La caja negra

MICHAEL CONNELLY

LA CAJA NEGRA

Traducción de
ANTONIO PADILLA

MICHAEL CONNELLY

LA CAJA NEGRA

Traducción de
ANTONIO PADILLA

RBA

VI Premio RBA de Novela Negra
Otorgado por un jurado formado por Paco Camarasa, Anik Lapointe,
Antonio Lozano, Soledad Puértolas y Lorenzo Silva.

Título original: *The Black Box*
© Hieronymus, Inc., 2012.
Edición publicada de acuerdo con Little, Brown and Company,
Nueva York, USA. Todos los derechos reservados
© de la traducción: Antonio Padilla, 2012.
© de esta edición: RBA Libros, S.A., 2012.
Diagonal, 189 - 08018 Barcelona.
rbalibros.com

Primera edición: noviembre de 2012.

REF.: OAFI761
ISBN: 978-84-9006-398-9
DEPÓSITO LEGAL: B. 24.225-2012

PARA TODOS LOS LECTORES QUE HAN MANTENIDO A HARRY BOSCH
CON VIDA A LO LARGO DE VEINTE AÑOS.
MUCHAS, MUCHÍSIMAS GRACIAS.

BLANCANIEVES, 1992

Durante la tercera noche, el número de muertos empezó a dispararse con tal rapidez que muchos de los equipos de la división de homicidios fueron apartados de la primera línea de contención de los disturbios y asignados a turnos de emergencia en South Central. Al inspector Harry Bosch y a su compañero Jerry Edgar los obligaron a salir de la comisaría de Hollywood y les encomendaron un equipo de vigilancia «B», del que también formaban parte dos agentes de patrulla armados con escopetas y con funciones de protección. Su misión era dirigirse allí donde su presencia fuera necesaria, es decir, en cualquier lugar donde apareciese un cadáver. Los cuatro hombres circulaban en un coche patrulla blanquinegro, y se trasladaban de una escena del crimen a otra, sin permanecer demasiado tiempo en ninguna. No era la forma adecuada de investigar homicidios, ni por asomo, pero era lo máximo que se podía hacer bajo las circunstancias surrealistas de una ciudad que se había venido abajo de sopetón.

South Central era una zona de guerra. Había incendios por todas partes. Los saqueadores se movían en bandadas, yendo de escaparate en escaparate, y toda semblanza de dignidad y de principios morales se había desvanecido en el humo que se alzaba sobre la ciudad. Las pandillas de South Los Ángeles habían entrado en acción con el propósito de controlar las sombras, e incluso habían firmado una tregua en sus luchas entre sí para establecer un frente unido contra la policía.

Más de cincuenta personas habían muerto hasta el momento. Algunos propietarios de tiendas habían abatido a saqueadores, los miembros de la guardia nacional habían abatido a saqueadores, los saqueadores habían abatido a otros saqueadores... Y luego estaban los asesinos que se amparaban en el caos y los disturbios para ajustar cuentas pendientes desde hacía mucho tiempo y que nada tenían que ver con las frustraciones del momento y las emociones a flor de piel que impregnaban las calles.

Dos días antes, las grietas raciales, sociales y económicas soterradas bajo la ciudad habían emergido a la superficie con una intensidad sísmica. El juicio a cuatro agentes del LAPD —el cuerpo de policía de Los Ángeles— acusados de haber propinado una fuerte paliza a un conductor de raza negra después de una persecución a toda velocidad, había terminado con la absolución de todos los cargos. Una vez hecha pública, la decisión —tomada por un jurado íntegramente formado por blancos en el juzgado de una zona residencial situada a más de sesenta kilómetros de distancia— tuvo consecuencias casi inmediatas en South Los Ángeles. En las esquinas empezaron a formarse pequeños grupos de indignados por lo sucedido. Y la situación pronto se tornó violenta. Los medios de comunicación, siempre atentos a lo que se cuece, empezaron a cubrir las noticias en directo y, desde helicópteros, retransmitían las imágenes para cada hogar de la ciudad y, muy poco después, del mundo entero.

El estallido pilló desprevenido al cuerpo. Cuando se hizo público el veredicto del jurado, el jefe de policía se encontraba fuera de la comisaría central, en un acto de tipo político. Asimismo, otros miembros de la cadena de mando estaban fuera de sus puestos. Nadie asumió el control de forma inmediata y —lo más importante— nadie acudió al rescate. El cuerpo de policía entero se batió en retirada, y las imágenes de violencia con impunidad se extendieron como un incendio forestal por todas las pantallas de televisión. Pronto, la ciudad se encontró fuera de todo control y ardiendo en llamas.

Dos noches más tarde, el hedor acre del caucho quemado y los sueños incinerados seguía flotando por todas partes. Las llamas de mil incendios danzaban un baile demoníaco en el cielo oscurecido. Los disparos y los gritos iracundos resonaban sin cesar en la estela del coche patrulla. Pero los cuatro hombres a bordo del vehículo no se detenían ante los gritos y disparos. Tan solo se detenían en caso de asesinato.

Era el viernes uno de mayo. Vigilancia «B» era la designación del turno nocturno de vigilancia en caso de movilización de emergencia, desde las seis de la tarde hasta las seis de la mañana. Bosch y Edgar iban en el asiento trasero, mientras que los agentes Robleto y Delwyn estaban sentados al frente. En el asiento del copiloto, Delwyn tenía la escopeta en el regazo, de tal forma que el cañón del arma asomaba por la ventanilla abierta.

Se dirigían a examinar un cadáver encontrado en un callejón que salía de Crenshaw Boulevard. La guardia nacional de California, que se había desplegado en la ciudad durante el estado de emergencia, había trasladado la llamada al centro de comunicaciones de emergencia. Tan solo eran las diez y media, y las llamadas estaban empezando a acumularse. El coche patrulla ya se había ocupado de un homicidio desde el comienzo del turno: un saqueador muerto a tiros en la puerta de una tienda donde vendían zapatos con descuento. El autor de los disparos había sido el propietario del comercio.

La escena del crimen estaba en el mismo interior de la tienda, lo que permitió a Bosch y a Edgar trabajar con relativa seguridad, mientras Robleto y Delwyn montaban guardia con las escopetas y el material y la vestimenta antidisturbios frente al escaparate del establecimiento. También tuvieron tiempo para recoger pruebas de lo sucedido, dibujar la escena del crimen y tomar sus propias fotografías. Grabaron la declaración del propietario del comercio

11

y miraron la cinta de vídeo de la cámara de seguridad de la tienda. El vídeo mostraba cómo el saqueador se valía de un bate de béisbol de aluminio para hacer trizas la puerta de cristal del establecimiento. El hombre entraba a través de las astillas de la puerta cuando fue abatido por dos disparos efectuados por el propietario del negocio, quien aguardaba agazapado y vigilante tras la caja registradora del mostrador.

Como la oficina del juez de instrucción estaba sobrecargada de trabajo y no daba abasto para investigar todas las muertes que se iban anunciando, una ambulancia vino y se llevó el cadáver al hospital universitario de Boyle Heights, donde estaría hasta que las cosas se calmaran —si algún día llegaban a calmarse—, y el juez de instrucción pudiera investigar todos los casos pendientes.

En lo concerniente al autor de los disparos, Bosch y Edgar optaron por no detenerlo. La oficina del fiscal del distrito se encargaría más tarde de decidir si había disparado en defensa propia o si se trataba de un caso de homicidio. No era la forma adecuada de proceder, pero era lo que había. En el caos del momento, la misión era simple: preservar las pruebas, documentar el lugar de los hechos lo mejor y más rápidamente posible, y llevarse el cadáver de turno. Entrar y salir. Y corriendo los menores riesgos posibles. La verdadera investigación tendría lugar más adelante. Quizás.

Mientras conducían en dirección sur por Crenshaw, se cruzaron con algunos grupos de gente, jóvenes en su mayor parte, agrupados en las esquinas o vagando apelotonados. En la esquina de Crenshaw con Slauson, un grupo de pandilleros que lucían los colores de la gran banda de los Crips se mofaron de los policías cuando el coche patrulla pasó a toda velocidad sin la sirena ni las luces de aviso puestas. Les arrojaron botellas y piedras, pero el automóvil iba demasiado rápido, y los proyectiles cayeron sobre su estela sin causar el menor daño.

—¡Ya volveremos, hijos de puta! Por eso no os preocupéis.

12

Era Robleto el que había gritado estas palabras, y Bosch tuvo que suponer que hablaba de forma metafórica. Las amenazas del joven patrullero eran tan vacuas como lo había sido la respuesta del cuerpo de policía una vez que los veredictos fueron retransmitidos en directo por televisión el miércoles por la tarde.

Sentado al volante, Robleto solo aminoró la marcha para detenerse frente a un puesto de control formado por vehículos y soldados de la guardia nacional. La estrategia establecida la víspera consistía en retomar el control de los principales cruces de calles en South Los Ángeles, para, a continuación, expandirse hacia el exterior con el objetivo de ir haciéndose con todos los puntos problemáticos. Se encontraban a poco más de un kilómetro de uno de esos cruces clave, el de Crenshaw con Florence, y las tropas y los vehículos de la guardia nacional ya estaban desplegados a uno y otro lado de Crenshaw a lo largo de varias manzanas de casas. Robleto tan solo bajó la ventanilla de su lado al detenerse frente a la barricada levantada en el cruce con la Calle 62.

Un guardia con distintivos de sargento se acercó a la puerta y agachó la cabeza para mirar a los ocupantes del automóvil.

—Soy el sargento Burstin, de San Luis Obispo. ¿Qué puedo hacer por ustedes, amigos?

—Homicidios —informó Robleto, señalando con el pulgar a Bosch y a Edgar.

Burstin se enderezó y movió el brazo, indicando a sus hombres que dejaran pasar a los recién llegados.

—Muy bien —dijo—. La chica está en un callejón en el lado este, entre las calles 66 y 67. Diríjanse allí y mis muchachos les indicarán. Vamos a establecer un perímetro de vigilancia y prestaremos mucha atención a los tejados. Nos han llegado informes sin confirmar que apuntan a la existencia de francotiradores en el vecindario.

Robleto subió la ventanilla mientras conducía el coche a través del puesto de control.

—«Mis muchachos...» —dijo, imitando la voz de Burstin—. Lo más seguro es que ese fulano sea un maestro de escuela o algo parecido en el mundo real. He oído que ninguno de estos tipos que han hecho venir son de Los Ángeles. Los han traído de todas partes del estado, pero no de Los Ángeles. Lo más seguro es que no sepan encontrar Leimert Park ni con la ayuda de un plano.

—Hace dos años tú tampoco no lo sabías, compañero —dijo Delwyn.

—Lo que tú digas. Pero, ¿y ese fulano que no sabe una mierda de esta ciudad y ahora se las da de que está al mando...? Un puto soldado de fin de semana, eso es lo que es. Lo único que estoy diciendo es que no hacía falta traer a esta gente. Porque nos hace quedar mal. Como si no fuéramos capaces de controlar el asunto, como si por nuestra inoperancia hubieran tenido que llamar a estos machotes de tres al cuarto, ¡del puto San Luis Obispo, nada menos!

En el asiento trasero, Edgar se aclaró la garganta y dijo:

—Para que lo sepas, es un hecho que no hemos sido capaces de controlar el asunto. Y quedar peor que el miércoles por la noche ya es imposible. Nos quedamos de brazos cruzados y dejamos que la ciudad ardiese, colega. Ya has visto toda esa mierda en la tele, supongo. Pero a nosotros no nos has visto repartiendo leña sobre el terreno. Así que no les eches la culpa a esos maestros de escuela de San Luis Obispo. La culpa la tenemos nosotros, socio.

—Lo que tú digas —repuso Robleto.

—En el lateral de este coche hay una leyenda: «Proteger y servir» —agregó Edgar—. Pero no hemos hecho mucho ni de lo uno ni de lo otro.

Bosch seguía en silencio. No porque estuviera en desacuerdo con su compañero. El cuerpo de policía se había cubierto de gloria por culpa de su ridícula respuesta al estallido inicial de violencia. Pero Harry no estaba pensando en ello. Estaba sorprendido por lo que el sargento había dicho: que la víctima era una mujer.

Era la primera mención a un caso así y, que el propio Bosch supiera, hasta el momento no habían habido víctimas femeninas, lo cual no quería decir que no hubiese mujeres implicadas en la violencia que se había apropiado de la ciudad. Los saqueos y los incendios eran acciones en las que imperaba la igualdad de oportunidades. Bosch había visto a mujeres implicadas tanto en los unos como en los otros. La noche anterior había estado destacado en misión de control de los disturbios en Hollywood Boulevard y había presenciado cómo arrasaban Frederick's, la famosa tienda de lencería. La mitad de los saqueadores habían sido mujeres.

Con todo, el informe del sargento le estaba dando que pensar. Una mujer se había visto inmersa en el caos de este lugar, y eso le había costado la vida.

Robleto cruzó la abertura en la barricada y continuó hacia el sur. Cuatro manzanas más allá, un soldado empuñaba una linterna y dirigía el haz de luz hacia un hueco entre dos de las tiendas que se sucedían en el lado oeste de la calle.

Dejando aparte a los soldados apostados cada veinticinco metros, Crenshaw estaba abandonada.

La tranquilidad resultaba tan oscura como inquietante. No llegaba ninguna luz de los comercios situados a ambos lados de la calle. Muchos habían sufrido la acción de los saqueadores y los pirómanos. Algunos permanecían milagrosamente intactos. En otros, en los tablones clavados a modo de protección sobre los escaparates, había pintadas que decían «de propiedad negra», en patética defensa contra las turbas.

La entrada al callejón estaba entre una tienda de llantas y neumáticos llamada Dream Rims, saqueada, y un comercio de electrodomésticos que había ardido hasta el techo y cuyo nombre era Used, Not Abused. La incinerada edificación estaba rodeada de cinta amarilla y marcada como «inhabitable» por las notificaciones en papel rojo de los inspectores municipales. Bosch adivinó que esta zona debió de ser una de las primeras afectadas por los disturbios. Tan solo estaba a unas veinte manzanas del punto en el que la espiral de violencia había tenido su epicentro: en el cruce entre Florence y Normandie, el lugar donde varios conductores fueron sacados por la fuerza de sus coches y camiones, y molidos a palos mientras el mundo miraba desde lo alto.

El guardia con la linterna echó a andar por delante del coche patrulla, dirigiendo el vehículo hacia el callejón. Al cabo de unos diez metros se detuvo y levantó la mano en un puño cerrado, como si se encontraran en misión de reconocimiento tras líneas enemigas. Había llegado el momento de salir. Edgar dio una palmada a Bosch en el brazo y dijo:

—Harry, acuérdate de mantener la distancia de seguridad. Dos metros, como poco y en todo momento.

Era una broma, hecha con intención de quitarle gravedad al momento. De los cuatro hombres del coche, tan solo Bosch era de raza blanca. Si por allí rondaba un francotirador, Bosch casi con toda seguridad sería su primer objetivo. Mejor dicho, sería el primer objetivo de todo individuo armado y dispuesto a disparar.

—Mensaje captado —dijo Bosch.

—Y ponte el sombrero.

Bosch puso la mano en el suelo del vehículo y cogió el casco antidisturbios blanco que le habían entregado cuando pasaron lista, con la orden de llevarlo puesto en todo momento en que estuviera de servicio. Bosch se decía que el plástico blanco y reluciente era lo que les convertía en unos blancos perfectos, más que cualquier otra cosa.

Él y Edgar tuvieron que esperar a que Robleto y Delwyn salieran y les abrieran las puertas traseras del coche patrulla. Bosch finalmente salió a la noche. Se encasquetó el casco de mala gana, pero no llegó a ajustarse el barboquejo. Tenía ganas de fumar un cigarrillo, pero el tiempo era precioso, y tan solo le quedaba un último pitillo en el paquete que llevaba en el bolsillo izquierdo de la camisola del uniforme. Era preciso conservarlo como fuera, pues no sabía ni cuándo ni dónde tendría ocasión de comprar otra cajetilla.

Bosch miró a su alrededor. No vio ningún cadáver. El callejón estaba sembrado de desechos. Contra la pared de Used, Not Abused había una hilera de vetustos electrodomésticos cuya reventa al parecer no valía la pena. Había basura por todas partes, y una parte de la estructura del tejado se había venido abajo durante el incendio.

—¿Dónde está? —inquirió.

—Por allí —indicó el guarda—. Al lado de la pared.

El callejón solo estaba iluminado por los faros del coche patrulla. Los viejos electrodomésticos y los demás desechos proyectaban sus sombras contra la pared y el suelo. Bosch encendió su linterna Mag-Lite y enfocó en la dirección señalada por el guarda. La pared de la tienda de electrodomésticos estaba cubierta de pintadas hechas por pandilleros: nombres, óbitos, amenazas... La pared era un tablón de anuncios de los Rolling Sixties, la pandilla local vinculada a los Crips.

Anduvo unos pocos pasos por detrás del guarda y la vio enseguida. Una mujer pequeña, tumbada de costado al pie de la pared. La sombra de una lavadora oxidada había estado escondiendo su cuerpo.

Antes de acercarse un solo paso más, Bosch barrió el suelo con el haz de luz de la linterna. En su momento, el callejón estuvo pavimentado, pero ahora el suelo era una mezcla de hormigón resquebrajado, grava y tierra. No vio ninguna pisada ni muestras de sangre. Terminó de acercarse lentamente y se puso de cuclillas. Apoyó en el hombro el pesado cañón de su linterna de seis pilas y recorrió el cuerpo con el haz de luz. Bosch estaba más que acostumbrado a examinar a personas muertas y se figuró que la mujer había fallecido entre doce y veinticuatro horas antes. Tenía las piernas marcadamente dobladas por las rodillas, y Bosch se

17

dijo que dicha postura podía ser tanto el resultado del rígor mortis como una indicación de que estaba de rodillas justo antes de morir. La piel visible en los brazos y el cuello aparecía oscurecida allí donde la sangre se había coagulado. Tenía las manos casi enteramente negras, y el olor a putrefacción comenzaba a impregnar el aire.

El rostro de la mujer estaba escondido en gran parte bajo el largo mechón de cabellos rubios que lo entrecruzaba. Tenía sangre seca visible en el pelo y en la nuca y aparecía amazacotada en la espesa onda que le oscurecía la cara. Bosch enfocó la pared situada sobre el cadáver y vio una salpicadura de sangre y unos goterones que indicaban que a la mujer la habían matado en ese punto preciso, que su cuerpo no había sido sencillamente abandonado ahí.

Bosch sacó un bolígrafo del bolsillo y lo utilizó para apartar los cabellos del rostro de la víctima, al tiempo que lo enfocaba con la linterna. Había salpicaduras de pólvora en torno a la cuenca del ojo derecho y una herida de penetración que había hecho estallar el globo ocular. A la mujer le habían disparado a pocos centímetros de distancia. El tiro había sido ejecutado a quemarropa y en trayectoria frontal.

Devolvió el bolígrafo al bolsillo y acercó el rostro un poco más; examinó la parte posterior de la cabeza con ayuda de la linterna. El orificio de salida, más grande y recortado con picos, era claramente visible. La muerte, sin duda, había sido instantánea.

—¡La puta de oros...! ¿Es una mujer blanca?

Era Edgar. Se había acercado por detrás y estaba mirando por encima del hombro de Bosch como un árbitro de béisbol situado tras el receptor.

—Eso parece —dijo Bosch.

Con el haz de la linterna recorrió el cuerpo de la víctima.

—¿Y qué diablos estaba haciendo aquí una chica blanca?

Bosch no respondió. Se había fijado en algo escondido bajo el brazo derecho. Dejó la linterna en el suelo para ponerse un par de guantes.

—Ilumínale el pecho con tu linterna —indicó a Edgar.

Tras enfundarse los guantes, Bosch volvió a agacharse frente al cadáver. La víctima yacía sobre el costado izquierdo y tenía el brazo derecho extendido sobre el pecho, escondiendo algo que estaba sujeto en torno al cuello con un cordel. Con cuidado, Bosch sacó ese algo de debajo del brazo.

Era una acreditación de prensa emitida por el LAPD, de color naranja brillante. Bosch había visto muchas acreditaciones de ese tipo a lo largo de los años. Esta tenía aspecto de ser nueva. El plastificado lucía impoluto y sin rayaduras. Una foto de carnet mostraba a una mujer con el pelo rubio. Más abajo venía su nombre y el medio de comunicación para el que trabajaba:

ANNEKE JESPERSEN
BERLINGSKE TIDENDE

—Una periodista extranjera —dijo Bosch—. Anneke Jespersen.

—¿De dónde? —preguntó Edgar.

—No lo sé. De Alemania, quizás. Aquí dice algo de Berlín... Berlín no sé qué. Ni idea de cómo se pronuncia.

—¿Y cómo se les ocurre a los alemanes enviar a un corresponsal? ¿Por qué no se ocupan de sus propios asuntos?

—Ni siquiera estoy seguro de que sea de Alemania. No sé qué decirte.

Bosch hizo caso omiso de los sarcasmos de Edgar y estudió la fotografía de la acreditación de prensa. La mujer retratada resultaba atractiva incluso en una foto de carnet. Sin sonreír, sin maquillaje, seria y reconcentrada, con el pelo suelto recogido tras las orejas y la piel tan pálida que era casi translúcida. Sus ojos mantenían las distancias, como los de los policías y los soldados que han visto demasiadas cosas a una edad demasiado temprana.

Bosch le dio la vuelta a la acreditación. No le parecía que fuese una falsificación. Sabía que las acreditaciones de prensa se renovaban anualmente y tenían que contar con una pegatina de validación para que un empleado de los medios de comunicación pudiera acceder a las ruedas de prensa del cuerpo de policía o a una escena del crimen acordonada. Esta acreditación tenía una pegatina de 1992, lo que indicaba que la víctima la había recibido en alguno de los ciento veinte días anteriores; al fijarse en la inmaculada condición de la acreditación, Bosch supo que su expedición había sido aún más reciente.

Harry volvió a estudiar el cadáver. La víctima iba vestida con pantalones vaqueros y un chaleco sobre una camisa blanca. Se trataba de un chaleco de profesional, con multitud de bolsillos amplios, lo cual inclinó a Bosch a pensar que la mujer seguramente era fotógrafa. Pero no había cámaras sobre el cuerpo ni cerca de él. Se las habían llevado, e incluso era posible que hubiesen constituido el motivo del asesinato. La mayoría de los fotógrafos de prensa que había visto llevaban consigo numerosas cámaras y material de muy alta calidad.

Harry se llevó la mano al chaleco y abrió uno de los bolsillos situados sobre el pecho. En circunstancias normales le hubiera pedido a un investigador forense que se encargara de hacerlo, pues la jurisdicción del cadáver recaía sobre el departamento médico forense. Pero Bosch ni siquiera sabía si un equipo de dicho departamento llegaría a presentarse en la escena del crimen, y no pensaba quedarse esperando para averiguarlo.

En el bolsillo había cuatro recipientes negros con carretes fotográficos en el interior. No sabía si estos carretes habían sido utilizados o no. Volvió a abotonar el bolsillo, y al hacerlo notó una superficie rígida bajo la prenda. Harry sabía que la rigidez cadavérica aparece y desaparece en un mismo día, dejando el cadáver blando y manejable. Abrió el chaleco de profesional y golpeó el pecho con su puño. En efecto, se trataba de una superficie rígida, y el sonido así lo confirmó. La víctima llevaba puesto un chaleco antibalas.

—Mira... —intervino Edgar—. Fíjate en este listado de bajas.

Bosch levantó la mirada del cadáver. La linterna de Edgar ahora estaba apuntando a la pared. Directamente sobre el cuerpo de la víctima, bajo el epígrafe «187», había un listado de muertos con los nombres de muchos pandilleros caídos en distintas batallas callejeras. Ken Dog, G-Dog, OG Nasty, Neckbone y demás. La escena del crimen se encontraba en territorio de los Rolling Sixties. Los Sixties eran un subgrupo de la gigantesca banda de los Crips. Y estaban en guerra permanente contra los cercanos Seven-Treys, otra pandilla dependiente de los Crips.

La opinión pública en general tenía la impresión de que la guerra entre bandas que se daba en la mayor parte de South Los Ángeles y se cobraba víctimas todas las noches de la semana se reducía a una lucha entre los Bloods y los Crips para hacerse con la supremacía y el control en las calles. Pero, en realidad, las rivalidades más violentas de la ciudad se daban entre subgrupos de una misma banda y explicaban la mayoría de los listados semanales de víctimas. Los Rolling Sixties y los Seven-Treys encabezaban dichos listados. Ambas pandillas, dependientes de los Crips, operaban según un protocolo de tirar a matar, y era costumbre que en el barrio hubiera pintadas que informaban del desarrollo de la guerra entre la una y la otra. Los listados con el encabezamiento «RIP» homenajeaban a las bajas propias acaecidas en el conflicto interminable, mientras que los que llevaban el título «187» enumeraban los muertos causados al enemigo.*

—Mira tú por dónde... Blancanieves y los Seven-Treys Crips —comentó Edgar.

Bosch meneó la cabeza, irritado. La ciudad se estaba viniendo

_____

* En el código de la policía estadounidense, el número 187 designa un asesinato o una muerte por otras causas. (N. del t.)

abajo y tenían el resultado delante de sus mismas narices: una mujer puesta contra la pared y ejecutada. Pero su compañero parecía ser incapaz de tomarse la situación en serio.

Edgar, sin duda, leyó el lenguaje corporal de Bosch. Al momento apuntó:

—No es más que una broma, Harry. Anímate un poco, hombre. Tal como está la cosa, un poco de humor negro resulta necesario.

—Muy bien —dijo Bosch—. Haré lo posible por animarme mientras llamas por la radio. Explícales lo que hemos encontrado, déjales claro que se trata de una periodista de fuera de la ciudad e intenta que nos envíen un equipo al completo. Si no puede ser, que por lo menos nos manden a un fotógrafo y unas luces. Diles que en este caso en particular nos vendría bien un poco de tiempo y ayuda.

—¿Por qué? ¿Porque la chica es blanca?

Bosch se tomó un momento antes de responder. El comentario de Edgar tenía mala intención. Edgar le estaba devolviendo la pelota por el hecho de que antes se hubiera tomado a mal el comentario sobre Blancanieves.

—No, no porque sea blanca —respondió Bosch sin levantar la voz—. Sino porque esta mujer no es una saqueadora ni una pandillera. Y porque más les vale darse cuenta de que los periodistas van a poner el grito en el cielo cuando sepan que la víctima es de su gremio. ¿Queda claro? ¿Es suficiente?

—Mensaje captado.

—Bien.

Edgar se dirigió al coche para hablar por la radio, mientras Bosch volvía a sumirse en la investigación de la escena del crimen. Lo primero que hizo fue delinear el perímetro. Ordenó a varios de los guardias que se retirasen por el callejón a fin de crear un área que se extendiera a lo largo de diez metros a ambos lados del cadáver. Los otros lados del rectángulo los constituían la pared del comercio de electrodomésticos de segunda mano, por un lado, y la de la tienda de llantas y neumáticos, por el otro.

Mientras marcaba el terreno, Bosch advirtió que el callejón atravesaba una manzana residencial situada justo tras la hilera de tiendas en la acera de Crenshaw. Los cercados de los patios traseros que daban al callejón no eran uniformes. Algunas de las viviendas contaban con muros de hormigón; otras, con cercas de madera o vallados metálicos de red.

Bosch se decía que en un mundo perfecto examinaría todos esos patios y llamaría a todas aquellas puertas, pero eso tendría lugar más adelante, si es que llegaba a tener lugar algún día. Por el momento estaba obligado a centrar la atención en la escena del crimen y sus inmediaciones. Si más tarde tenía ocasión de hacer preguntas puerta a puerta, pues tanto mejor.

Bosch reparó en que Robleto y Delwyn se habían apostado con las escopetas en la boca del callejón. Charlaban, probablemente quejándose de cualquier cosa. En la época en que Bosch había estado en Vietnam, semejante despliegue de imprudencia recibía el nombre de «dos por el precio de uno» para los posibles francotiradores del enemigo.

Había ocho guardias situados en el interior del perímetro enclavado en el callejón. Bosch advirtió que en el extremo más lejano estaba empezando a congregarse un grupo de mirones. Con una seña, indicó que se acercara al guardia que les había llevado al interior del callejón.

—¿Cómo se llama, soldado?

—Drummond, pero todo el mundo me conoce como Drummer.

—Muy bien, Drummer. Yo soy el inspector Bosch. Dígame quién fue el que la encontró.

—¿A la chica? Fue Dowler. Entró al callejón un momento para echar una meada y la descubrió. Dijo que primero la olió. Que él ese olor ya lo conocía.

—¿Y dónde está Dowler ahora?

—Creo que en el puesto de control que hay al sur.

—Tengo que hablar con él. ¿Puede decirle que venga?

—Sí, señor.

Drummond echó a andar hacia la boca del callejón.

—Un momento, Drummer. Aún no he terminado.

Drummond se dio la vuelta.

—¿Cuándo les asignaron a este lugar?

—Llevamos aquí desde las dieciocho horas de ayer, señor.

—En tal caso, ¿tienen controlada esta área desde entonces? ¿Este callejón?

—No exactamente, señor. Anoche empezamos por Crenshaw y Florence, y hemos avanzado hacia el este por Florence y hacia el norte por Crenshaw. Manzana a manzana.

—¿Y cuándo llegaron a este callejón?

—No estoy seguro. Creo que lo tuvimos cubierto esta madrugada.

—¿Para entonces ya se habían terminado los saqueos y los incendios en este sector concreto?

—Sí, señor. Por lo que tengo entendido, todo eso sucedió durante la primera noche.

—Muy bien, Drummer. Una cosa más. Necesitamos más luz en este lugar. ¿Puede hacer que venga uno de esos camiones con los focos en lo alto?

—Se llaman Hummer, señor.

—Ya, bueno. Traiga hasta aquí uno de los que están al final del callejón. Que pase junto a ese grupo de gente e ilumine con los focos la escena del crimen, ¿entendido?

—Entendido, señor.

Bosch señaló hacia el otro extremo, el situado frente al coche patrulla.

—Bien. Lo que quiero es iluminar la escena del crimen de forma cruzada, desde uno y otro lado, ¿entiende? No creo que nos sea posible hacer mucho más.

—Sí, señor.

Drummond echó a andar con paso rápido.

—Oiga, Drummer.

Drummond se dio la vuelta y regresó a su lado.

—Sí, señor.

Bosch acercó la boca a su oído y musitó:

—Todos sus hombres están observando lo que hago. ¿No sería más conveniente que miraran hacia el otro lado y vigilasen la avenida?

Drummond dio un paso atrás, se volvió y chasqueó los dedos por encima de su cabeza.

—¡Eh, ustedes! ¡Mirando hacia el otro lado, hacia la calle! Tenemos una misión que cumplir. Mantengan la vigilancia.

Señaló al grupo de mirones y añadió:

—Y asegúrense de mantener a esa gente a distancia.

Los guardias hicieron lo que se les ordenaba, y Drummond salió del callejón para llamar a Dowler por radio y hacer que viniera el todoterreno con los focos.

El busca que Bosch llevaba prendido a la cadera sonó. Se llevó la mano al cinturón y sacó el aparato de la funda. El número en la pantalla era el del puesto de mando, y supo que a él y a Edgar les iban a asignar otra misión. Ni siquiera habían empezado en este lugar, y ya se los querían llevar. Cosa que no le gustaba. Volvió a meter el busca en la funda ajustada al cinturón.

Echó a andar hacia el primer cercado que había junto a la esquina posterior de la tienda de electrodomésticos usados. Era un vallado de listones de madera, demasiado alto para mirar por encima; pero se fijó en que estaba recién pintado. En él no había dibujos ni pintadas, ni siquiera en la parte que daba al callejón. Tomó nota mental, pues era indicio de que el propietario de la vivienda se tomaba la molestia de borrar las pintadas de su cercado. Era posible que se tratara de una persona al acecho de cuanto sucedía alrededor y que hubiese oído o incluso visto algo.

Cruzó el callejón y se acuclilló en la esquina más alejada de la escena del crimen, como un boxeador en el rincón del cuadrilátero a la espera de salir a luchar. Comenzó a barrer con la linterna la superficie de tierra y hormigón resquebrajado del callejón. En aquel ángulo oblicuo, la luz reflejaba los incontables desniveles de la superficie, aportándole una perspectiva única. No tardó en ver el destello de algo metálico. Se acercó enfocando con la linterna y encontró el casquillo dorado de una bala entre la grava.

Se puso a cuatro patas para examinarlo de cerca sin necesidad de moverlo. Acercó la linterna y comprobó que se trataba de un casquillo de latón de nueve milímetros con el familiar logotipo de la marca Remington inscrito en su base plana. En el fulminante había una minúscula hendidura producida por el percutor. Bosch también reparó en que el casquillo estaba situado sobre la base de grava, lo cual significaba que nadie lo había pisado aún, en el que parecía ser un callejón bastante transitado. El casquillo no podía llevar mucho tiempo allí.

Bosch estaba buscando algo con lo que marcar la localización del casquillo cuando Edgar volvió a acercarse a la escena del crimen. Traía consigo una caja de herramientas, lo que indicó a Bosch que no iban a proporcionarles ninguna ayuda.

—¿Qué has encontrado, Harry?

—Un casquillo Remington del nueve. Y parece fresquito.

—Bueno, pues por lo menos ya hemos encontrado algo útil.

—Puede ser. ¿Has conseguido hablar con el puesto de mando?

Edgar dejó la caja de herramientas en el suelo. Pesaba lo suyo. En ella llevaban todo cuanto habían podido pillar del almacén de la comisaría de Hollywood después de que les comunicaran que no contarían con la presencia de equipos forenses en el terreno.

—Sí que he podido hablar con ellos, pero los del puesto de mando dicen que nanay. Todo el mundo está asignado a otros casos. Así que estamos solos, colega.

—¿Tampoco va a venir un forense?

—Tampoco. La guardia nacional va a encargarse de recoger a la chica. En un transporte de tropas.

—Lo dirás en broma. ¿Van a llevársela en un puto camión descubierto?

—No solo eso, sino que ya nos han asignado otra misión. Uno que se ha achicharrado. Los bomberos han encontrado el cuerpo dentro de un restaurante mexicano incendiado en Martin Luther King.

—Qué coño... Pero si justo acabamos de llegar aquí.

—Ya, claro, pero resulta que somos los que estamos más cerca de Martin Luther King. Y allí es adonde nos trasladan.

—Ya, claro, pero aquí no hemos terminado. Ni de lejos.

—Harry, no podemos hacer nada al respecto.

Bosch seguía obstinado.

—Yo aún no me voy. Aquí queda mucho por hacer, y si lo dejamos para la semana que viene o cuando sea, vamos a quedarnos sin escena del crimen. No podemos irnos.

—No nos queda otra, colega. Las normas no las hemos inventado nosotros.

—A tomar por el saco.

—A ver. Te diré lo que va a pasar: nos tomamos quince minutos más. Hacemos unas cuantas fotos, nos quedamos con el casquillo, ponemos el cuerpo en el camión y nos vamos de aquí. Cuando llegue el lunes, o cuando se haya terminado todo esto, ya ni siquiera vamos a estar asignados a este caso. Cuando las cosas se hayan calmado, nos devolverán a Hollywood, pero el caso va a seguir donde está. Lo que significa que el caso lo llevarán otros. Este lugar cae dentro de la jurisdicción de los de la 77. Así que el caso lo llevarán ellos.

A Bosch le daba igual lo que fuera a suceder después, si el caso iba o no a ser encomendado a los inspectores de la comisaría de la Calle 77. Lo que le importaba era lo que tenía delante de las narices. Una mujer venida desde muy lejos y llamada Anneke yacía muerta, y quería saber quién la había matado y por qué.

—No importa que el caso no vayamos a llevarlo nosotros —dijo—. Esa no es la cuestión.

—Harry, aquí no hay cuestión que valga —dijo Edgar—. Ahora no, no en esta situación de caos absoluto. En este momento todo da lo mismo. La ciudad está fuera de control. No puedes esperar que...

Un repentino sonido de fuego automático desgarró el aire. Edgar se tiró al suelo, y Bosch se arrojó instintivamente hacia la pared de la tienda de electrodomésticos. Su casco salió volando por los aires. Resonaron varias ráfagas procedentes de los guardias, hasta que unos gritos les pusieron fin.

—¡No disparen! ¡No disparen! ¡No disparen!

Dejaron de oírse disparos, y Burstin, el sargento de la barricada, llegó corriendo al callejón. Bosch vio que Edgar se levantaba con dificultad. Su compañero parecía encontrarse ileso, si bien miraba a Bosch con una expresión peculiar en el rostro.

—¿Quién ha disparado? —gritó el sargento—. ¿Quién ha sido el primero en disparar?

—Yo —dijo uno de los hombres en el callejón—. Me pareció ver un arma en un tejado.

—¿Dónde, soldado? ¿En qué tejado? ¿Dónde estaba el francotirador?

—Por allí.

El soldado señaló el tejado de la tienda de neumáticos.

—¡Maldita sea! —exclamó el sargento—. Deje de disparar de una puta vez... Ese tejado ya lo hemos examinado. ¡Ahí arriba solo estamos nosotros! ¡Nuestra propia gente!

—Lo siento, señor, he visto un...

—Chaval, me importa una puta mierda lo que hayas visto. Como te cargues a uno de los míos, juro que te meto una granada de mano en el culo.

—Sí, señor. Lo siento, señor.

Bosch se levantó. Los oídos le zumbaban y tenía los nervios

desquiciados. El repentino estallido de fuego automático no le era ajeno, pero habían pasado casi veinticinco años desde que aquel sonido formara parte habitual de su vida. Se levantó del suelo, recogió el casco y volvió a ponérselo en la cabeza. El sargento Burstin se le acercó.

—Prosigan con su trabajo, inspectores. Si me necesitan, estaré en el perímetro norte. Uno de nuestros camiones vendrá a llevarse los restos. Por lo que me han informado, debo formar un grupo de apoyo para escoltar su coche a otro lugar en el que hay otro cuerpo.

Dicho esto, se marchó del callejón.

—Por Dios bendito... ¿Tú has oído eso? —apuntó Edgar—. Ni que esto fuera la operación Tormenta del Desierto, o algo así. Ni en Vietnam, vaya. No sé qué pintamos en todo esto, socio.

—Lo mejor será que volvamos al trabajo —repuso Bosch—. Tú dibuja la escena del crimen. Yo me encargo del cadáver, de hacer las fotos y demás.

Bosch se acuclilló y abrió la caja de herramientas. Quería tomar una fotografía del casquillo de bala en el lugar donde lo habían encontrado, antes de llevárselo como posible indicio de lo sucedido. Edgar seguía hablando. El subidón de adrenalina provocado por los disparos no terminaba de disiparse. Edgar hablaba mucho cuando estaba nervioso. Demasiado, a veces.

—Harry, ¿has visto lo que has hecho cuando ese merluzo ha empezado a darle al gatillo?

—Sí. Tirarme al suelo como todo el mundo.

—No, Harry. Lo que has hecho es cubrir el cadáver con tu propio cuerpo. Lo he visto. Estabas escudando a nuestra amiga Blancanieves como si aún siguiera viva.

Bosch no respondió. Levantó y llevó a un lado la bandeja superior de la caja de herramientas y metió la mano para coger la cámara Polaroid. Reparó en que tan solo les quedaban dos estuches de película. Dieciséis fotos, más lo que les quedase en la cámara. Quizá veinte fotos en total, y tenían que tomar imágenes de esta escena del crimen y de lo que se encontraran en Martin Luther King. No era suficiente. Cada vez se sentía más frustrado.

—¿Cómo se te ha ocurrido hacer eso, Harry? —Edgar insistía.

Bosch terminó por perder la calma y le soltó un buen grito a su compañero:

—¡No lo sé! ¿Entendido? Así que pongámonos a trabajar de una vez y tratemos de hacer algo por ella, para que, con un poco de suerte, con mucha suerte, alguien un día pueda establecer un caso.

El estallido de Bosch llamó la atención de la mayoría de los guardias desplegados en el callejón. El soldado que antes se había puesto a disparar ahora le estaba mirando muy fijamente, contento de que fuese otro el que despertara la antipatía general.

—Bueno, Harry —dijo Edgar en voz baja—. Pongámonos a trabajar. Hagamos lo que tenemos que hacer. Quince minutos y nos largamos a por el otro.

Bosch asintió con la cabeza y contempló a la mujer muerta. Quince minutos, pensó. Había terminado por resignarse. Tenía claro que el caso estaba perdido antes incluso de haber empezado.

—Lo siento —susurró.

PRIMERA PARTE

DE PASEO CON UNA PISTOLA
2012

1

Le hicieron esperar con la disculpa de que Coleman estaba comiendo. Llevárselo ahora sería demasiado arriesgado, dado que después de la entrevista tendrían que conducirlo al segundo comedor, donde podía tropezarse con algún enemigo desconocido por los guardias; alguien podría pillarles desprevenidos y tratar de agredirlo. Eso era algo que los guardias querían evitar, así que le ordenaron a Bosch que esperase cuarenta minutos mientras Coleman terminaba de comerse el filete ruso y las judías verdes sentado a una mesa de picnic en el patio D, tan cómodo como seguro entre los suyos. Todos los Rolling Sixties encarcelados en San Quintín utilizaban los mismos comedores y patios.

Bosch mató el tiempo meditando sus cartas y ensayando lo que iba a decir. Iba a hacerlo todo solo. Sin la ayuda de ningún compañero. Porque estaba solo. Los recortes en el presupuesto para viajes del cuerpo de policía habían convertido casi todas las visitas a las cárceles en misiones en solitario.

Bosch había tomado el primer vuelo de la mañana y no había pensado en que llegaría a la prisión a la hora de la comida. El retraso tampoco importaba en exceso. El vuelo de regreso era a las seis de la tarde, y la entrevista con Rufus Coleman probablemente no sería muy larga. Coleman o bien aceptaría su oferta o le diría que no. En uno u otro caso, Bosch no iba a estar demasiado rato con él.

La sala de entrevistas era un cubículo de acero con una mesa empotrada que lo dividía en dos mitades. Bosch se sentó a un lado, con una puerta justo a sus espaldas. Al otro lado de la mesa se extendía un espacio de tamaño similar con otra puerta idéntica. Por esa puerta iban a traerle a Coleman, se dijo.

Bosch estaba investigando el asesinato —cometido veinte años atrás— de Anneke Jespersen, una fotógrafa y periodista muerta de un tiro durante los disturbios de 1992. Harry, por aquel entonces, estuvo investigando la escena del crimen durante una hora escasa, hasta que fue transferido a la investigación de otros asesinatos en una demencial noche de violencia que le llevó de un caso a otro.

Después del cese de las algaradas callejeras, el cuerpo de policía estableció un Departamento para la Investigación de los Crímenes cometidos durante los Disturbios (DICD), y la investigación del asesinato de Jespersen quedó al cargo de esta unidad. El crimen nunca fue resuelto, y después de estar clasificada como abierta y activa, la investigación y los escasos indicios disponibles fueron discretamente encarpetados y metidos en los archivos.

Pero, cuando ya empezaba a acercarse el vigésimo aniversario de los disturbios, el jefe de policía —que se las sabía todas en lo referente a los periodistas— envió una circular al teniente al frente de la unidad para los crímenes sin resolver, ordenando un nuevo examen de todos los asesinatos no resueltos acaecidos durante los tumultos de 1992. El jefe quería estar preparado cuando los medios de comunicación empezaran a elaborar los consabidos artículos y reportajes del vigésimo aniversario. Al cuerpo de policía lo habían pillado desprevenido en 1992, pero no iba a suceder otro tanto en 2012. El jefe quería estar en disposición de decir que todos los asesinatos no resueltos sucedidos durante los disturbios seguían estando bajo investigación activa.

Bosch pidió de forma específica que le asignaran el caso Anneke Jespersen y, veinte años después y sin tenerlo demasiado claro, volvió a estar al frente de la investigación. Bosch sabía que la mayoría de los casos se resolvían a lo largo de las primeras cuarenta y ocho horas; si no, las probabilidades de aclararlos se reducían de forma notable. Apenas habían investigado este caso durante una de esas cuarenta y ocho horas. Había sido aparcado a tenor de las circunstancias, y Bosch siempre había tenido remordimientos al respecto, como si hubiera abandonado a Anneke Jespersen a su suerte. A ningún inspector de homicidios le gusta dejar un caso sin resolver, pero Bosch no había tenido más alternativa. Le arrebataron el caso de las manos. Lo más fácil para él habría sido echarles la culpa a los investigadores que le sucedieron, pero Bosch tenía que incluirse a sí mismo entre los responsables. Fue él quien emprendió la investigación en la escena del crimen. No podía evitarlo y se decía que, por muy poco tiempo que hubiera estado allí, tenía que haber pasado algo por alto.

Y ahora, veinte años después, tenía otra oportunidad de resolver el caso. Una oportunidad entre mil. Bosch consideraba que todo caso tenía su propia caja negra. Un indicio en particular, una persona, una revaluación de los hechos que aportaba cierta comprensión y ayudaba a explicar lo que había sucedido y por qué. Pero en el caso de Anneke Jespersen no había ninguna caja negra. Lo único que había era un par de mohosas cajas de cartón sacadas de los archivos, que aportaban escaso rumbo o esperanza a Bosch. En las cajas estaban las prendas de vestir y el chaleco antibalas de la víctima, su pasaporte y otros efectos personales, así como una pequeña mochila y el equipo fotográfico recuperado en su hotel tras los disturbios. También estaba el pequeño casquillo de nueve milímetros encontrado en la escena del crimen, así como el escueto informe redactado por el Departamento para la Investigación de los Crímenes cometidos durante los Disturbios. La denominada ficha de asesinato.

La ficha de asesinato en realidad venía a ser una crónica de la inactividad del DICD en lo referente a este caso. La unidad había estado operando a lo largo de un año y se había encontrado con centenares de crímenes, entre ellos decenas de asesinatos, que investigar. Sus integrantes se habían visto casi tan desbordados en sus investigaciones como lo estuvo Bosch durante los mismos disturbios.

El DICD había pegado carteles en South Los Ángeles anunciando una línea telefónica de información y recompensas por aquellos datos que condujeran a detenciones y condenas por crímenes relacionados durante los disturbios. Había varios carteles con distintas fotografías de sospechosos, escenas de crímenes o víctimas. Tres de ellos llevaban una foto de Anneke Jespersen y animaban a ofrecer cualquier información sobre sus movimientos y su asesinato.

La unidad sobre todo trabajaba a partir de lo que llegaba por medio de los carteles y otras iniciativas de cooperación ciudadana y seguía aquellos casos en los que existía información sólida. Pero en lo referente a Jespersen no apareció ningún dato de valor, de forma que la investigación no llegó a ninguna parte. El caso era un callejón sin salida. Incluso la única prueba hallada en la escena del crimen —el casquillo de bala— carecía de valor en ausencia de una pistola a la que asignarla.

Al examinar los efectos personales y los archivos, Bosch encontró que la principal información obtenida durante la primera investigación era la relativa a la propia víctima. Jespersen tenía treinta y dos años y procedía de Dinamarca, no de Alemania, como Bosch había dado por supuesto a lo largo de veinte años. Trabajaba para un periódico de Copenhague llamado *Berlingske Tidende*, en el que ejercía de fotoperiodista, en el sentido más preciso de la palabra. Jespersen escribía artículos y tomaba fotografías. Había trabajado como corresponsal de guerra y había documentado diversos conflictos mundiales con palabras e imágenes.

La mujer había llegado a Los Ángeles la mañana posterior al comienzo de los disturbios. Y a la mañana siguiente estaba muerta. Durante las semanas que siguieron, *Los Angeles Times* publicó unos breves perfiles de todas las personas fallecidas durante el caos. El breve artículo sobre Jespersen citaba al director de su periódico y a su hermano en Copenhague y describía a la periodista como dispuesta a correr riesgos, siempre presta a ofrecerse voluntaria para ser enviada a las regiones más peligrosas del mundo. Durante los cuatro años anteriores a su muerte había cubierto los conflictos en Iraq, Kuwait, Líbano, Senegal y El Salvador.

Los desórdenes en Los Ángeles ciertamente no estaban al nivel de muchos de los conflictos armados que había reflejado en fotografías y artículos, pero, según el *Times*, Jespersen se encontraba de vacaciones cuando estallaron los disturbios en Los Ángeles. Telefoneó de inmediato a la sección de edición gráfica del *BT* (como solían denominar al periódico en Copenhague) y dejó un mensaje a su editora en el que le hacía saber que se dirigía a Los Ángeles desde San Francisco. Pero Jespersen murió antes de enviar ningún artículo ni ninguna fotografía al diario. Su editora nunca llegó a hablar con ella después de recibir el mensaje.

Después de que el DICD fuera disuelto, el asesinato no resuelto de Jespersen fue asignado al departamento de homicidios de la comisaría de la Calle 77, pues el crimen había tenido lugar en su sector. Encomendada a unos inspectores jóvenes y con acumulación de casos abiertos, la investigación fue archivada. Las anotaciones en la cronología de la investigación estaban muy espaciadas y, en gran medida, no pasaban de hacerse eco del interés que el caso había despertado en el extranjero. EL LAPD ni por asomo lo estaba llevando con dedicación, pero la familia de la fallecida y los conocidos de Jespersen entre la prensa internacional no abandonaban la esperanza. La cronología hacía mención a sus frecuentes preguntas sobre el caso. Unas preguntas que siguieron formulándose hasta que los efectos personales y los documentos vinculados al caso se archivaron. Desde entonces, se ignoraba a cualquiera que se interesara por Anneke Jespersen y su caso.

Curiosamente, nunca devolvieron las pertenencias personales de la víctima a su familia. En las cajas de archivo estaban la
mochila y los efectos entregados a la policía varios días después
del asesinato, después de que el gerente del motel Travelodge,
situado en Santa Monica Boulevard, se fijara en el nombre de la
periodista tras verlo en una lista de víctimas publicada en el *Times*, y lo cotejara con el registro de huéspedes del establecimiento. Hasta ese momento, en el hotel pensaban que Anneke Jespersen sencillamente se había escabullido de su habitación sin pagar
lo que debía, por lo que habían metido todas sus pertenencias en
la mochila que había en su habitación. A su vez, guardaron la
mochila en un armario cerrado de almacenamiento que había
en el hotel. Tras determinar que Jespersen nunca iba a volver
porque estaba muerta, el gerente envió la mochila con sus pertenencias al DICD, que en ese momento estaba operando en unas
oficinas temporales establecidas en la comisaría central de la
ciudad.

La mochila se encontraba ahora en una de las cajas de archivo
recuperadas por Bosch. En ella había dos pares de pantalones vaqueros, cuatro camisas blancas de algodón y varios calcetines y
prendas de ropa interior. Estaba claro que Jespersen siempre viajaba con poco equipaje, como correspondía a una corresponsal
de guerra, incluso de vacaciones. La cosa quizá se explicaba porque estaba previsto que volviera a cubrir una guerra después de
las vacaciones en Estados Unidos. No obstante, su editora en Copenhague había explicado al *Times* que el periódico tenía previsto
que Jespersen se trasladara directamente de Estados Unidos a Sa-
rajevo, donde la guerra había empezado unas pocas semanas
atrás. Los medios de comunicación estaban empezando a hablar
de las violaciones en masa y la limpieza étnica, y Jespersen iba a
dirigirse al ojo del huracán. Su marcha estaba prevista para el lunes siguiente al estallido de los desórdenes en Los Ángeles y lo
más probable era que Jespersen quisiera tomar fotos de los sa-

queadores como un simple aperitivo de lo que le estaba esperando en Bosnia.

En los bolsillos de la mochila también se encontraban el pasaporte danés de Jespersen y varios carretes de película de 35 milímetros sin usar.

El pasaporte de Jespersen mostraba un sello de entrada estampado por el servicio nacional de inmigración en el aeropuerto internacional John F. Kennedy de Nueva York seis días antes de su muerte. Según los informes de la investigación y los artículos de prensa, había estado viajando por su cuenta y había llegado a San Francisco cuando en Los Ángeles fueron emitidos los veredictos y la violencia estalló.

Ninguno de los documentos o artículos refería en qué lugares de Estados Unidos había estado Jespersen durante los cinco días anteriores a los disturbios callejeros. Al parecer, no se consideraba que dicha información pudiera ser relevante en la investigación de su muerte.

Lo que sí que parecía claro era que la erupción de violencia en Los Ángeles fue una fuerte motivación para Jespersen, quien de inmediato viajó de noche a Los Ángeles, según parece al volante de un coche alquilado en el aeropuerto internacional de San Francisco. La mañana del jueves 30 de abril presentó su pasaporte y sus credenciales periodísticas danesas en la oficina de comunicación del LAPD con el propósito de obtener una acreditación de prensa en la ciudad.

Bosch había pasado la mayor parte de los años 1969 y 1970 en Vietnam. Allí había conocido a muchos periodistas y fotógrafos en los campamentos militares y en los mismos sectores de combate. Todos ellos le habían impresionado por su peculiar forma de valentía. La suya no era la valentía que se le presumía a un soldado, sino que más bien se trataba de cierto ingenuo convencimiento de la propia invulnerabilidad, pasara lo que pasara. Daban la impresión de creer que sus cámaras y credenciales de prensa eran unos escudos capaces de protegerlos incluso en las peores circunstancias.

Bosch había conocido particularmente bien a uno de tales fotógrafos. Se llamaba Hank Zinn y trabajaba para la agencia Associated Press. En cierta ocasión había seguido a Bosch al interior de uno de los peligrosos túneles excavados por el Vietcong en Cu Chi. Zinn nunca dejaba pasar la ocasión de adentrarse en «territorio indio» y conseguir lo que él denominaba «auténtico». Murió a principios de 1970, cuando el helicóptero Huey en el que se había colado para llegar hasta el frente resultó abatido. Una de sus cámaras fue recuperada intacta entre los restos del aparato, y a alguien del campamento base le dio por revelar las fotografías. Resultó que Zinn había estado haciendo fotos sin cesar mientras el helicóptero recibía los disparos del enemigo y terminaba por precipitarse al vacío. Nunca llegó a saberse si Zinn estuvo documentando valerosamente su propia muerte o si pensaba que iba a tener unas fotos sensacionales cuando regresara al campamento base. Pero, conociendo a Zinn, Bosch estaba convencido de que el fotógrafo pensaba que era invencible y que el choque del helicóptero contra el suelo no iba a suponer el final del camino.

Al hacer frente otra vez al caso Jespersen después de tantos años, Bosch se preguntó si Anneke Jespersen habría sido una persona como Zinn. Convencida de su invulnerabilidad, segura de que su cámara y su pase de prensa le abrirían paso entre el fuego. No cabía duda de que se había metido personalmente en la boca del lobo. Bosch se preguntó cuál habría sido su último pensamiento, cuando el asesino apuntó con la pistola a su ojo. ¿Sería Jespersen como Zinn? ¿Le habría tomado una foto a su asesino?

Según un listado proporcionado por su editora en Copenhague e incluido en el informe de investigación del DICD, llevaba consigo un par de cámaras Nikon F4, así como diversas lentes y objetivos. Por supuesto, le habían arrebatado su material de trabajo y nunca llegó a ser recuperado. Las posibles pistas en forma de fotografías que pudieran existir en sus cámaras se habían esfumado mucho tiempo atrás.

Los investigadores del DICD revelaron los carretes fotográficos encontrados en los bolsillos de su chaleco. En la ficha de asesinato había algunas de estas impresiones de veinte por veinticinco centímetros, así como cuatro pruebas de negativo que incluían imágenes en miniatura de las noventa y seis fotos al completo, pero su valor era muy escaso como indicios o pistas de investigación: eran simples fotografías de los efectivos de la guardia nacional de California, reunidos junto al Coliseum después de que los llamaran para poner fin a la violencia en Los Ángeles; otras imágenes mostraban a los guardias en los puestos de control establecidos en cruces de calles de la zona sumida en los disturbios. No había fotos de violencia, de incendios o de pillaje, aunque sí había bastantes de agentes montando guardia en las aceras frente a las tiendas saqueadas o incendiadas. Según parecía, las imágenes se tomaron el día de su llegada, después de que el LAPD hubiera concedido una acreditación de prensa a Jespersen.

A pesar de su valor histórico para la documentación de los disturbios, las fotos fueron consideradas inútiles en lo referente a la investigación del asesinato, y Bosch no podía revocar dicha decisión veinte años después.

Asimismo, el informe del DICD incluía una nota fechada el 11 de mayo de 1992 referente a la recuperación del automóvil alquilado por Jespersen a la agencia Avis en el aeropuerto internacional de San Francisco. El coche se encontró abandonado en Crenshaw Boulevard, a siete manzanas de distancia del callejón donde apareciera el cadáver. Durante los diez días que había permanecido abandonado, alguien había entrado en el vehículo por la fuerza y había destrozado su interior. La nota explicitaba que el automóvil y su contenido —o ausencia de contenido— carecían de valor para los investigadores.

De todo ello se deducía que el único indicio que Bosch halló

41

durante la primera hora de la investigación seguía constituyendo la principal esperanza para solventar el caso. El casquillo de bala. Durante los últimos veinte años, las tecnologías policiales se habían desarrollado a la velocidad de la luz. Muchas cosas que antes eran impensables, hoy resultaban rutinarias. La aparición de aplicaciones tecnológicas para el análisis de pruebas y la resolución de casos criminales había llevado a que en el mundo entero fueran reabiertos multitud de antiguos casos no resueltos. Todos los principales cuerpos metropolitanos de policía contaban con equipos asignados a la investigación de este tipo de casos abiertos. El empleo de nuevas tecnologías para el esclarecimiento de antiguos casos hacía que a veces la cosa fuera pan comido: la cotejación de muestras de ADN, de huellas dactilares y de muestras de balística en muchas ocasiones llevaba a cerrar dichos casos de forma definitiva con la detención de unos culpables hasta entonces plenamente convencidos de la impunidad de sus asesinatos.

Pero otras veces las cosas no eran tan sencillas.

Uno de los primeros pasos que dio Bosch al reabrir el caso número 9212-00346 fue el de llevar el casquillo de bala a la unidad de balística para su análisis e identificación. Los de balística estaban abrumados de trabajo y pasaron tres meses antes de que a Bosch le llegara una respuesta. Esta no resultó ser ninguna panacea, una respuesta que condujera a la inmediata resolución del asesinato, pero sí que le ofreció a Bosch un camino por el que seguir. Lo que no estaba nada mal después de veinte años sin que a Anneke Jespersen se le hubiera hecho justicia.

El informe de balística proporcionó a Bosch el nombre de Rufus Coleman, de cuarenta y un años y miembro destacado de la pandilla de los Rolling Sixties, dependiente de los Crips. Coleman hoy estaba encarcelado por asesinato en la penitenciaría estatal californiana de San Quintín.

2

Era casi mediodía cuando la puerta se abrió y Coleman fue conducido al interior por dos guardias de la prisión. Hicieron que se sentara, con las manos esposadas a la espalda, en la silla situada al otro lado de la mesa, frente a Bosch. Los guardias le advirtieron que iban a estar observándole, tras lo cual les dejaron mirándose el uno al otro por encima de la mesa.

—Usted es de la bofia, ¿no? —dijo Coleman—. ¿Sabe a lo que me expongo si a alguno de esos dos bocazas de ahí fuera les da por correr la voz de que he estado hablando a solas con un poli?

Bosch no respondió. Estaba estudiando al hombre sentado al otro lado. Había visto algunas fotografías de Coleman, pero tan solo de su rostro. Sabía que era un tipo corpulento —era conocido como uno de los matones principales de los Rolling Sixties—, pero no que lo fuese tanto. Tenía un físico muy musculoso y esculpido, así como un cuello más ancho que la cabeza, orejas incluidas. Tras haberse pasado dieciséis años levantando pesas y haciendo todo tipo de ejercicios en su celda, tenía un pecho que se extendía más allá de su barbilla y unos bíceps y tríceps que parecían ser capaces de triturar una nuez hasta hacerla polvo. En las fotografías siempre lucía un peinado estilizado, pero ahora llevaba la cabeza afeitada al cero y usaba su cráneo como si fuera una obra de arte dedicada al Señor: en uno y otro lado lucía tatuajes carcelarios en tinta azul de cruces envueltas en alambre de espino. Bosch se preguntó si acaso se trataría de una comedia destinada a ganarse a los miembros de la junta de concesión de libertad condicional. «He encontrado a Dios. En mi cráneo lo pone bien claro».

—Sí, soy un policía —dijo por fin—. De Los Ángeles.

—¿Del LAPD o de la oficina del sheriff?

—Del LAPD. Me llamo Bosch. Y, Rufus, este va a ser el día con más o con menos suerte que haya tenido en la vida. Lo bueno es que usted mismo va a decidir si es lo uno o lo otro. La mayoría de nosotros nunca tenemos ocasión de elegir entre la buena suerte y la mala suerte. Digamos que simplemente nos encontramos con la una o con la otra. Es el destino. Pero usted por esta vez va a poder elegir, Rufus. Ahora mismo.

—¿Ah, sí? ¿Y cómo es eso? ¿Acaso tiene usted toda la suerte del mundo metida en los bolsillos?

Bosch asintió con la cabeza.

—Hoy, sí.

Bosch había dejado una carpeta en la mesa antes de que trajeran a Coleman. La abrió y sacó dos cartas. El sobre en que venían —en cuyo lomo había una dirección y unos sellos— lo dejó en el interior de la carpeta, lo suficientemente lejos para que Coleman no pudiera leerlo.

—Por lo que entiendo, el mes que viene va a pedir por segunda vez la condicional —repuso Bosch.

—Pues sí —asintió Coleman, con un ligero tono de curiosidad e inquietud en la voz.

—Bueno, yo no sé si sabe cómo funcionan estas cosas, pero esta segunda vez van a decidir los dos mismos miembros de la junta que decidieron sobre su primera petición hace un par de años. O lo que es lo mismo: todo está en manos de los que ya le dijeron que no una vez. Así que va a necesitar ayuda, Rufus.

—El Señor está conmigo.

Echó la cabeza hacia delante y la giró, para que Bosch pudiera ver bien las cruces tatuadas. A Harry le hicieron pensar en el em-

44

blema de un equipo impreso en el casco de un jugador de fútbol americano.

—Si quiere saber mi opinión, va a necesitar algo más que un par de tatuajes.

—Yo de usted no quiero saber nada, polizonte. No necesito su ayuda. He escrito todas las cartas necesarias, tengo buen comportamiento y el apoyo del capellán de la galería D. Incluso he recibido una carta de la familia Regis perdonándome por lo que pasó.

El hombre a quien Coleman asesinara a sangre fría se llamaba Walter Regis.

—Ya. ¿Y cuánto les ha pagado por esa carta?

—Yo no he pagado nada. He rezado, y el Señor ha escuchado mis oraciones. La familia me conoce y sabe que ahora soy otro. Me perdonan mis pecados, lo mismo que hace el Señor.

Bosch asintió con la cabeza y contempló las cartas que tenía delante un largo rato antes de proseguir:

—Muy bien, así que lo tiene todo arreglado. Tiene esa carta y tiene al Señor. Es posible que no le haga falta trabajar para mí, Rufus, pero lo que no le conviene es que yo trabaje en su contra. Eso no le conviene. De ninguna de las maneras.

—Pues escúpalo ya. ¿Qué coño quiere de mí?

Bosch asintió con la cabeza. Empezaban a entenderse. Levantó el sobre y dijo:

—¿Ve este sobre? Está dirigido a la junta de la libertad provisional en Sacramento. Aquí abajo consta su número de recluso. Y aquí arriba está el sello. Lo único que hace falta es meterlo en un buzón.

Devolvió el sobre a la mesa y cogió las cartas, una con cada mano. Las levantó y se las puso a Coleman ante las narices, para que las pudiera leer.

—Lo primero que voy a hacer cuando salga es meter una de estas dos cartas en el sobre y echar el sobre al correo. Usted decide de qué carta se trata.

Coleman se echó hacia delante y Bosch pudo percibir el rechinar de los grilletes contra el respaldo de la silla metálica. El hombre era tan corpulento que daba la impresión de llevar puesta una coraza bajo el mono gris de la prisión.

—¿Y ahora de qué me está hablando, polizonte? No puedo leer esta mierda.

Bosch acercó las dos cartas a su rostro, para que no tuviera dificultad para leerlas.

—Estas dos cartas están dirigidas a la junta de la libertad condicional. La primera habla muy favorablemente de usted. Dice que se siente muy arrepentido de los crímenes que cometió y que ha estado cooperando conmigo en la resolución de un asesinato cometido hace mucho tiempo y nunca aclarado. La carta termina...

—Y una mierda estoy cooperando con usted, hombre. A mí no me va a usar como soplón. Y ni se le ocurra andar diciendo eso: vigile la puta bocaza antes de soltar esa mierda.

—La carta termina con una recomendación por mi parte de que le concedan la condicional.

Bosch dejó la carta sobre la mesa y dijo en referencia a la otra misiva:

—Y bien. Esta segunda carta no es tan conveniente para usted. No hay mención a que esté arrepentido, pero sí informa de que se ha negado a cooperar en la investigación de un asesinato sobre el que tiene información de importancia. También dice que la unidad de inteligencia del LAPD especializada en bandas criminales tiene datos que sugieren que los Rolling Sixties están esperando a que salga en libertad para volver a emplearlo como matón y ejecutor de...

—¡Es una puta mentira! ¡Un cuento chino! ¡No puede enviar esa mierda!

Con calma, Bosch dejó la carta en la mesa y empezó a doblarla con intención de meterla en el sobre. Miró a Coleman sin expresión.

—¿Pretende decirme lo que puedo o no puedo hacer cuando está sentado con unos grilletes a la espalda? No, Rufus, no, así no es como funcionan las cosas. Usted deme lo que quiero, y yo a cambio le daré lo que quiere. Así es como funcionan las cosas.

Bosch repasó con el dedo los bordes de la carta doblada y empezó a meterla en el sobre.

—¿De qué asesinato me está hablando?

Bosch levantó la vista y lo miró. El otro empezaba a ceder. Se llevó la mano al bolsillo interior de la chaqueta y sacó la foto de Jespersen que había obtenido gracias a la acreditación de prensa. La levantó para que Coleman la viera.

—¿Una chica blanca? Yo no sé nada de ninguna chica blanca asesinada.

—No he dicho que tuviera que saberlo.

—Entonces, ¿de qué coño va esta entrevista? ¿Cuándo se cargaron a esa tipa?

—En mayo de 1992.

Coleman calculó la fecha, denegó con la cabeza y sonrió como si estuviera hablando con un mentecato.

—Se ha equivocado de hombre. En el 92 estaba en Corcoran cumpliendo cinco años de condena. Así que váyase a la mierda, señor polizonte.

—Sé muy bien dónde estaba en el 92. ¿Cree que habría hecho el viaje hasta aquí si no lo supiera todo sobre usted?

—Lo único que yo sé es que no tuve nada que ver con el asesinato de esa blanquita.

Bosch meneó la cabeza, dando a entender que eso no lo discutía.

—Déjeme explicárselo, Rufus, porque luego tengo que hablar con otra persona de aquí y también tengo que pillar un avión. ¿Va a escucharme de una vez?

—Le escucho. Escupa toda su mierda.

Bosch volvió a mostrarle la foto.

—Estamos hablando de algo que pasó hace veinte años. La noche entre el 30 de abril y el 1 de mayo de 1992, la segunda noche de

47

los disturbios en Los Ángeles, Anneke Jespersen, una fotoperiodista danesa, está en Crenshaw con sus cámaras fotográficas haciendo fotos para el periódico de Copenhague en el que trabaja.

—¿Y qué coño estaba haciendo en Crenshaw? Más le hubiera valido no acercarse.

—Eso no voy a discutirlo, Rufus. Pero el hecho es que estaba allí. Y alguien la puso contra una pared y la mató de un tiro en un ojo.

—Yo no fui. Y no sé nada de todo eso.

—Ya sé que usted no fue. Tiene la coartada perfecta. En ese momento estaba en la cárcel. ¿Puedo seguir?

—Sí, claro, hombre. Siga con lo suyo.

—El que mató a Anneke Jespersen lo hizo con una Beretta. Encontramos el casquillo en el lugar del crimen. Un casquillo con las típicas marcas de una Beretta del modelo 92.

Bosch estudió la expresión de Coleman, para ver si entendía adónde quería ir a parar.

—¿Me está siguiendo de una vez, Rufus?

—Le estoy siguiendo, pero no sé de qué mierda va todo esto.

—La pistola con la que mataron a Anneke Jespersen nunca fue recuperada y el caso nunca fue resuelto. Y entonces, cuatro años después, sale usted en libertad de Corcoran y lo detienen acusado del asesinato del miembro de una pandilla rival llamado Walter Regis, de diecinueve años de edad. Le disparó en la cara mientras estaba sentado en un reservado de un club nocturno en Florence. El supuesto motivo: que Regis había sido visto vendiendo crack en una de las esquinas callejeras controladas por los Sixties. Fue condenado por ese crimen atendiendo a lo que dijeron varios testigos presenciales y a su propia declaración a la policía. Pero seguía faltando una prueba: la pistola que usó, una Beretta del modelo 92. La pistola nunca llegó a ser recuperada. ¿Se da cuenta de adónde quiero ir a parar?

—Aún no.

Coleman estaba empezando a hacerse el tonto. Pero eso a

Bosch no le importaba. Coleman tan solo quería una cosa: salir de la cárcel. Con el tiempo terminaría por comprender que Bosch estaba en disposición de facilitar o complicar su puesta en libertad.

—Bueno, pues déjeme seguir contándole esta historia, y haga lo posible por seguirme. Voy a tratar de ponérselo fácil.

Hizo una pausa. Coleman no puso objeción.

—Así que estamos en 1996 y le sentencian a una condena de entre quince años y cadena perpetua. Va usted a la cárcel como el buen soldado de los Rolling Sixties que es. Pasan otros siete años, estamos en 2003 y se produce otro asesinato. A un pequeño camello perteneciente a los Crips de la calle Grape llamado Eddie Vaughn se lo cargan y le roban la mercancía mientras está sentado en su coche bebiendo cerveza y fumándose un canuto. Alguien mete el brazo por la ventanilla del otro lado y le pega dos tiros en la cabeza y dos en el torso. Pero lo de meter el brazo por la ventanilla no resulta buena idea. Los casquillos salen expelidos de la pistola y rebotan por el interior del coche. No hay tiempo de recogerlos todos... El asesino solo consigue encontrar dos antes de salir corriendo.

—¿Y todo eso qué tiene que ver conmigo, compañero? Yo por entonces estaba aquí.

Bosch asintió enfáticamente con la cabeza.

—Tiene razón, Rufus. Usted estaba aquí. Pero resulta que en 2003 la policía ya contaba con lo que llama sistema nacional integrado de identificación balística. Se trata de una base informática de datos gestionada por la ATF* donde aparecen los casquillos y las balas encontradas en escenas del crimen o en los cuerpos de las víctimas de asesinato.

—Una puta maravilla, por lo que dice.

—La balística, Rufus, hoy viene a ser como las huellas dactilares. Pronto establecieron que los casquillos recogidos en el coche

---

* Organismo policial estadounidense entre cuyas funciones se cuenta el control de las armas de fuego existentes en el país. (N. del t.)

de Eddie pertenecían a la misma pistola que usted usó siete años antes para cargarse a Walter Regis. La misma pistola fue empleada en ambos asesinatos por dos asesinos distintos.

—La ciencia avanza a pasos agigantados, polizonte.

—Eso está claro, pero a usted no le pilla de nuevo precisamente. Sé que vinieron aquí a hablar con usted sobre el caso Vaughn. Los investigadores querían saber a quién le entregó la pistola después de haberse cargado a Regis. Querían saber para qué gerifalte de los Rolling Sixties había cumplido el encargo de liquidar a Regis, porque pensaban que ese mismo fulano bien podía haber ordenado también que liquidaran a Vaughn.

—Creo que me acuerdo vagamente. Hace mucho tiempo de todo eso. Entonces no les dije una mierda, y a usted tampoco le diré una mierda ahora.

—Sí, le estuve echando una ojeada al informe. Les dijo que se fueran a tomar por el culo, que ya podían irse por donde habían venido. Lo que pasa es que por aquel entonces usted todavía era un soldado, fuerte y valiente. Pero eso fue hace nueve años, cuando no tenía nada que perder. La posibilidad de conseguir la libertad condicional eran remotas; pero las cosas ahora han cambiado. Y estamos hablando de tres asesinatos cometidos con la misma pistola. A principios de este año cogí el casquillo que encontramos en el lugar donde mataron a Jespersen en el 92 e hice que lo cotejaran con la base de datos de la ATF. El casquillo coincidía con los encontrados junto a Regis y Vaughn. Tres asesinatos cometidos con una misma pistola: una Beretta del modelo 92.

Bosch se arrellanó en la silla, a la espera de una reacción por parte del otro, sabedor de que Coleman tenía muy claro lo que quería.

—No puedo ayudarle, compañero —dijo Coleman—. Ya puede llamar a los bocazas para que me saquen de aquí.

—¿Está seguro de lo que dice? Porque puedo ayudarle.

Levantó el sobre de papel.

—O perjudicarle.

Siguió a la espera.

—Puedo conseguir que le cuelguen otros diez años de condena antes de que se les ocurra volver a considerar la posibilidad de una libertad condicional. ¿Es eso lo que quiere?

Coleman denegó con la cabeza.

—¿Y cuánto tiempo cree que seguiría con vida en este lugar si le ayudara, compañero?

—Muy poco tiempo, tiene razón. Pero nadie tiene por qué enterarse de esto, Rufus. No estoy pidiéndole que preste declaración en un juzgado, o por escrito.

«Al menos de momento», pensó Bosch.

—Lo único que quiero es un nombre. Un nombre que no va a salir de estas cuatro paredes. El nombre del fulano que ordenó el asesinato. El que le entregó la pistola y le dijo que se cargara a Regis. El fulano al que usted devolvió la pistola después de cumplir el encargo.

Coleman mantenía los ojos fijos en la mesa mientras pensaba. Bosch sabía que estaba sopesando los años de condena. Incluso el soldado más encallecido tiene una capacidad de aguante limitada.

—Las cosas no funcionan así —dijo finalmente—. El que ordena una ejecución nunca habla directamente con el ejecutor. Hay intermediarios, compañero.

Bosch había estado hablando con la unidad de inteligencia sobre bandas criminales antes de emprender el viaje. Le habían dicho que las jerarquías de las pandillas tradicionales de South Central, por lo general, estaban establecidas como las de las organizaciones paramilitares: en forma de pirámide, de tal forma que un verdugo de poca monta como Coleman nunca llegase a saber con exactitud quién había ordenado la muerte de Regis. Por eso Bosch había formulado la pregunta, para poner a prueba a Coleman. Si este le hubiera dado el nombre de un jefe pandillero, Bosch habría sabido de inmediato que Coleman estaba mintiéndole.

—Muy bien —dijo Bosch—. Eso me lo creo. Así que vayamos a lo sencillo. Concentrémonos en la pistola. ¿Quién se la pasó la noche en que se cargó a Regis? ¿Y a quién se la devolvió después?

Coleman asintió con la cabeza; seguía manteniendo los ojos bajos. Continuó en silencio, mientras Bosch se mantenía a la espera. Ese era el momento clave. A eso era a lo que había venido.

—Yo no puedo seguir más tiempo aquí dentro... —murmuró Coleman.

Bosch se mantuvo en silencio y trató de que su respiración siguiera siendo normal. Coleman iba a ceder.

—Tengo una hija —dijo—. Ya es casi una mujer, y solo la he podido ver en este lugar. No la he visto más que en la cárcel.

Bosch asintió con la cabeza.

—Eso no puede ser —admitió—. Yo mismo tengo una hija, y me pasé muchos años sin poder verla.

Bosch vio que a Coleman se le humedecían los ojos. El soldado pandillero estaba exhausto después de tantos años de cárcel, de remordimientos y de miedo. Dieciséis años seguidos vigilando en todo momento que nadie le clavara un pincho por la espalda. En el fondo, las capas de músculo no eran más que el disfraz de un hombre roto.

—Deme ese nombre, Rufus —apremió Bosch—. Y envío esa carta. Si no me da lo que quiero, sabe que de aquí solo saldrá con los pies por delante, y que a su hija no podrá verla más que a través del cristal.

Con los brazos sujetos en la espalda, Coleman nada podía hacer respecto a la lágrima que corría por su mejilla izquierda. Asintió con la cabeza y dijo:

—Es lo que hay.

Bosch se mantuvo a la espera. Coleman otra vez guardaba silencio.

—Dígamelo —repuso Bosch, finalmente.

Coleman se encogió de hombros.

—El nombre es un poco raro —soltó—. Trumont Story. Todos le llamaban Tru. Te. Erre. U. Fue el que me pasó la pipa para cumplir el encargo. Y luego se la devolví.

Bosch asintió. Ya tenía lo que había ido a buscar.

—Pero pasa una cosa —dijo Coleman.

—¿Qué cosa?

—Que Tru Story lleva mucho tiempo muerto, compañero. O eso es lo que he oído aquí.

Bosch estaba preparado para algo así. Las bajas entre las bandas criminales de South Los Ángeles se contaban por millares a lo largo de las dos últimas décadas. Ya había barajado la posibilidad de que estuviese buscando a un muerto; pero Bosch también sabía que la pista no tenía que terminar en Tru Story necesariamente.

—¿Todavía va a enviar esa carta? —preguntó Coleman.

Bosch se levantó. Ya había terminado. El hombre de aspecto brutal al otro lado de la mesa era un asesino a sangre fría y merecía estar donde estaba. Pero Bosch había cerrado un trato con él.

—Sin duda lo ha pensado un millón de veces —dijo—: ¿Qué piensa hacer después de salir y darle un abrazo a su hija?

Coleman, al punto, respondió:

—Encontrar una esquina en la que ponerme a operar.

Guardó silencio un momento, a sabiendas de que Bosch sacaría la conclusión errónea.

—... Y en la que ponerme a predicar. Explicaré a todos lo que he aprendido. Lo que ahora sé. La sociedad ya no va a tener más problemas conmigo. Voy a seguir siendo un soldado. Pero esta vez un soldado de Cristo.

Bosch asintió. Sabía que muchos de quienes salían de la cárcel tenían el mismo plan: seguir a Dios. Pocos lo lograban. El sistema se nutría de hombres que una y otra vez tropezaban con la misma piedra. Y el instinto le decía que Coleman probablemente era uno de esos hombres.

—Entonces voy a mandar la carta —dijo.

3

Por la mañana, Bosch fue a la oficina sur, en Broadway, para reunirse con el inspector Jordy Gant, de la brigada de bandas criminales (GED). Gant estaba sentado al escritorio hablando por teléfono cuando Bosch se presentó, pero la llamada no debía de ser muy importante, pues no tardó en colgar.

—¿Qué tal te ha ido con el amigo Rufus allí arriba? —preguntó.

Sonrió comprensivo, a la espera de que Bosch le dijera que el viaje a San Quintín había resultado inútil.

—Rufus me ha dado un nombre, pero también me ha dicho que el tipo está muerto. He estado jugando con él un poco, y es muy posible que me haya tomado el pelo.

—¿Cómo se llama ese tipo?

—Trumont Story. ¿Te suena?

Gant se limitó a asentir con la cabeza y se volvió hacia un pequeño montón de carpetas que tenía a un lado del escritorio. Junto a las carpetas había una pequeña caja negra con la etiqueta: «Rolling Sixties: 1991-1994». Bosch reconoció que la caja era de las que usaban en los viejos tiempos para guardar informes de entrevistas hechas en el terreno, antes de que el cuerpo empezara a valerse de ordenadores para almacenar los datos de inteligencia.

—Sí que es casualidad —dijo Gant—. Resulta que tengo la carpeta de Tru Story aquí mismo.

—Qué casualidad, sí —convino Bosch, echándole mano a la carpeta.

54

Lo primero que vio al abrirla fue una fotografía de veinte por veinticinco centímetros de un hombre muerto en una acera. En la sien izquierda tenía una herida a quemarropa. Donde estuviera el ojo derecho había un gran orificio de salida. En la acera había algo de sangre, no mucha, ya coagulada en el momento de tomar la foto.

—Muy bonito —observó Bosch—. Parece que Story dejó que alguien se le acercara demasiado. ¿Este caso sigue abierto?

—Pues sí.

Harry apartó la fotografía y consultó la fecha que aparecía en el informe de incidencias. Trumont Story llevaba tres años muerto. Cerró la carpeta y miró a Gant, quien seguía sentado en la silla, esbozando una sonrisa enigmática en el rostro.

—Tru Story lleva muerto desde 2009... ¿Cómo es que tienes su carpeta en el escritorio?

—No la tenía. La he sacado del archivo para ti. También he sacado otras dos carpetas y he pensado que igual querrías echarle un vistazo a los informes de entrevistas del 92. Quién sabe... Es posible que alguno de los nombres que aparecen mencionados signifique algo para ti.

—Es posible. ¿Por qué has sacado estas carpetas?

—Bueno, después de que estuviéramos hablando de tu caso y de la relación que la ATF había establecido con los otros dos casos, una misma pistola y tres tiradores diferentes, me puse a pensar y...

—No es muy probable, pero los tiradores bien pudieron ser solo dos. El mismo fulano que se carga a mi víctima en el 92 reaparece en 2003 y liquida a Vaughn.

Gant denegó con la cabeza.

—Podría ser, pero lo dudo mucho. Así que supongamos que estamos hablando de tres víctimas, de tres tiradores y de una sola pistola. Me puse a revisar los casos de los Rolling Sixties, esto es, los casos en que miembros de los Rolling Sixties aparecían implicados en episodios violentos. Como asesinos o como asesinados.

55

Me fijé en algunos casos que pudieran estar relacionados con esta pistola y di con tres en los que se produjeron asesinatos con arma de fuego y en los que no fueron encontradas muestras de balística. Dos de esos casos fueron ejecuciones de miembros de los Seven-Treys, y uno de ellos, lo has adivinado, era Tru Story.

Bosch seguía de pie. Cogió una silla y se sentó.

—¿Puedo mirar un momento los otros dos?

Gant le pasó las carpetas por encima del escritorio, y Bosch se puso a estudiarlos con rapidez. No eran fichas de asesinato, sino informes sobre las bandas criminales en los que, en consecuencia, había breves referencias a las muertes de pandilleros. Las fichas de asesinato al completo estarían en manos de los investigadores de homicidios asignados a los casos. Si quería saber más, Bosch tendría que solicitarlas o acercarse al despacho del inspector jefe de homicidios.

—Lo de siempre —observó Gant mientras Bosch seguía leyendo—. Un tipo se pone a trapichear en la esquina equivocada o visita a una chavala en el barrio equivocado, y ya lo han condenado a muerte. La razón por la que he incluido el informe de Tru Story es que a Story le mataron en un sitio y luego dejaron su cadáver en otro lugar.

Bosch levantó los ojos de los informes y miró a Gant.

—¿Qué me quieres decir con eso?

—Que quizá fue un asesinato cometido por su propia gente, por los de su propia pandilla. Es muy raro que trasladen el cadáver en un asesinato entre pandilleros rivales. Ya sabes, lo normal en estos casos son los disparos hechos desde un coche en movimiento o las ejecuciones del tipo aquí te pillo aquí te mato. Nadie se toma la molestia de liquidar a un fulano y después mover su cadáver sin un motivo concreto, por ejemplo, disimular lo que ha sido un ajuste interno de cuentas. El cadáver de Story fue abandonado en territorio de los Seven-Treys, y es probable que a Story le mataran en su propio territorio y que después dejaran el cuerpo tirado en una calle controlada por el enemigo para aparentar que se había adentrado por allí sin darse cuenta.

Bosch tomó buena nota mental. Gant se encogió de hombros.

—Es una simple suposición —dijo—. El caso sigue abierto.

—Esto tiene que ser más que una suposición —indicó Bosch—. ¿Qué es lo que sabes para suponer una cosa así? ¿Eres tú quien lleva este caso?

—Yo no trabajo en homicidios. Yo trabajo en inteligencia. Simplemente me llamaron para hacerme unas consultas; pero de eso hace ya tres años. Ahora tan solo sé que el caso sigue abierto.

En el seno del LAPD, la brigada de bandas criminales era el principal grupo especializado en las pandillas callejeras. La brigada contaba con sus propios investigadores de homicidios, equipos de inspectores, unidades de inteligencia y programas de colaboración con los vecinos.

—Muy bien. Así que te hicieron unas consultas —dijo Bosch—. ¿Y qué es lo que recuerdas de hace tres años?

—Bueno, Story ocupaba una posición bastante elevada en la pirámide. Y allí arriba muchas veces surgen disputas. Todo el mundo quiere llegar a lo más alto, pero cuando llegan arriba tienen que andarse con mucho ojo y no pueden fiarse de nadie.

Gant señaló las carpetas que Bosch tenía en la mano.

—Tú mismo lo has dicho al ver la foto. Story dejó que alguien se le acercara demasiado. ¿Tú sabes en cuántos asesinatos de pandilleros se producen heridas a quemarropa? En casi ninguno, a no ser que la muerte haya sucedido en un tiroteo en un club nocturno o algo parecido. E incluso entonces son muy raras las heridas a quemarropa. El hecho es que, la mayoría de las veces, los ejecutores de las pandillas no se acercan en absoluto a sus víctimas. Pero, esta vez, con Tru Story, sí que lo hicieron. Por eso en su momento se dijo que esta ejecución la habían cometido los Sixties. Alguien situado casi en lo más alto de la pirámide tuvo sus razones para decidir que a Tru Story había que darle el pasaporte, y punto. En referencia a lo que nos interesa, es posible que usaran la misma pistola que andas buscando. Ni la bala ni el casquillo fueron encontrados, pero la herida bien pudo ser hecha con una pistola del nueve... Y ahora que el amigo Rufus Coleman de San Quintín asegura que esa Beretta 92 que tanto te interesa estaba en manos de Tru Story, todo parece encajar muy bien.

Bosch asintió con un gesto. La cosa tenía sentido.

—¿Y la GED nunca llegó a enterarse de qué iba todo esto?

Gant denegó con la cabeza.

—Pues no, ni por asomo. Tienes que entender una cosa, Harry. La pirámide es más vulnerable al cumplimiento de la ley en la base. Al nivel de la calle. También es donde resulta más visible.

Lo que Gant estaba diciendo era que la GED se centraba en los crímenes y trapicheos que tenían lugar a pie de calle. Si un homicidio entre pandilleros no era solventado en cuarenta y ocho horas, pronto habría otro nuevo del que ocuparse. Aquella era una guerra de desgaste para ambos bandos.

—Ya... —musitó Bosch—. Pero volviendo al asesinato de Walter Regis... Coleman dice que Tru Story le pasó la pistola y le dio las instrucciones pertinentes; él cumplió el encargo y luego devolvió la pistola. Según añade, la idea de cargarse a Regis no era de Story. Lo mismo que él, Story tan solo cumplía órdenes de más arriba. ¿Y quién era el jefe de los Rolling Sixties en el 96?

Gant, una vez más, denegó con la cabeza.

—Eso sucedió antes de mi época, Harry. Yo por entonces patrullaba por Southeast. Y para ser sincero contigo, en aquel tiempo éramos un poco ingenuos. Era cuando tratamos de combatir a las bandas con la operación CRASH. ¿Te acuerdas de CRASH?

Bosch se acordaba. El vertiginoso incremento, tanto en integrantes como en violencia, de las bandas criminales se dio con tanta celeridad como la epidemia de consumo de crack en los años ochenta. Los efectivos del LAPD en South Central se vieron abrumados y respondieron con un proyecto llamado Recursos de la Comunidad contra la Delincuencia Callejera, o CRASH en sus siglas inglesas. El operativo tenía un acrónimo ingenioso, y algunos concluyeron que la policía había empleado más tiempo en dar con él que en idear bien la propia operación.

CRASH se centraba en el ataque a las capas inferiores de la pirámide. El operativo complicó los trapicheos callejeros de las pandillas y bandas, pero raras veces ponía en peligro los niveles superiores de la pirámide. Los soldados a pie de calle encargados de vender drogas y ejecutar misiones de venganza e intimidación casi nunca sabían nada, aparte del trabajo que tenían que realizar ese día concreto, e incluso así era muy poco frecuente que dijeran nada a la policía.

Eran hombres jóvenes, crecidos y cocinados en la olla a presión que era South Los Ángeles, donde el odio a la policía era lo habitual. A ello había que añadir un aliño de racismo, drogas, indiferencia por parte de la sociedad y la erosión de las estructuras familiares y educativas tradicionales. Unos jóvenes que, de pronto, se encontraban en la calle y comprobaban que podían ganar más dinero en una jornada que sus madres en un mes entero. Su forma de vida era jaleada por los grandes radiocasetes y los equipos de sonido de los coches, a través del mensaje de la música rap que proclamaba que la policía y el resto de la sociedad ya podían irse a la mierda. Meter a un pandillero de diecinueve años en una habitación y conseguir que delatara al que estaba por encima de él resultaba tan difícil como abrir una lata de guisantes con las uñas. El pandillero no sabía quién estaba por encima de él, y si lo hubiera sabido, tampoco le hubiese delatado.

El calabozo y la cárcel eran aceptados como extensiones de la vida en la banda, en parte como proceso de maduración, en parte como medio de subir de rango en la banda. Cooperar con la policía no reportaba ningún beneficio, solo un gran problema: la enemistad eterna de los demás miembros de la banda, una enemistad que siempre implicaba la amenaza de muerte.

—Si lo he entendido bien —repuso Bosch—, me estás diciendo que no sabemos para quién estaba trabajando Trumont Story por aquel entonces, ni de dónde sacó la pistola que entregó a Coleman para liquidar a Regis.

—Así es, más o menos. Aunque lo de la pistola hay que matizarlo. Lo que yo supongo es que esa pistola en realidad era propiedad de Tru, y este se la prestaba a aquellos que quería que la usaran. Verás. Hoy sabemos bastante más cosas que antes. Y con lo que hoy sabemos, si lo aplicamos a esa situación, podemos suponer que la cosa funcionó así... Todo empieza por un individuo situado en lo más alto, o casi, de esta pirámide llamada la pandilla callejera de los Rolling Sixties. Este individuo viene a ser una especie de capitán, y quiere ver muerto a un fulano llamado Walter «A tope» Regis porque este lleva un tiempo vendiendo donde no puede vender. Así que el capitán habla con su sargento de confianza, un sujeto llamado Trumont Story, y le musita al oído que quiere que alguien se ocupe de darle el pasaporte a Regis. A partir de ahora, el responsable del encargo es Story, quien tiene que hacer que se cumpla para mantener su rango en la organización. De forma que Story habla con uno de sus soldados de confianza, Rufus Coleman, le pasa una pistola y le dice que el hombre a abatir es Regis y que este es el club nocturno al que suele acercarse. Mientras Coleman se dirige a cumplir el encargo, Story tiene que prepararse una coartada, pues la pistola es suya. Se trata de una pequeña precaución, por si algún día alguien lo relaciona con esa pistola. Así es exactamente como operan ahora, y por eso digo que seguramente fue como lo hicieron entonces... Eso sí, por entonces no lo sabíamos con exactitud.

Bosch asintió con la cabeza. Estaba empezando a pensar que su investigación no iba a llegar a ninguna parte. Trumont Story estaba muerto, y la conexión con la pistola se había esfumado con él. En realidad, estaba tan lejos de aclarar quién mató a Anneke Jespersen como lo había estado aquella noche veinte años atrás, cuando le pidió disculpas al cadáver a sus pies. No tenía nada.

Gant se apercibió de su decepción.

—Lo siento, Harry.

—No es culpa tuya.

—Pero, en fin, lo más probable es que así te ahorres un montón de problemas.

—Ah. ¿Por qué lo dices?

—Bueno, ya sabes que hay la tira de casos sin resolver desde entonces... ¿Y qué pasaría si el único que resolviéramos fuese el de una chica de raza blanca? La noticia no sería muy bien acogida por la comunidad negra, ya me entiendes.

Bosch miró a Gant, quien era negro. Bosch no se había parado a pensar seriamente en los ángulos raciales de ese caso. Sencillamente estaba tratando de solventar un asesinato que le perseguía desde hacía veinte años.

—Eso supongo —dijo.

Siguieron sentados en silencio un largo instante hasta que Bosch formuló una pregunta.

—Y bien, ¿tú qué piensas? ¿Te parece que podría volver a pasar?

—¿El qué? ¿Los disturbios?

Bosch asintió con la cabeza. Gant había estado en South Los Ángeles durante toda su carrera profesional. Tenía que saber la respuesta mejor que la mayor parte de los demás policías.

—Claro, allí puede pasar de todo —respondió Gant—. ¿Hay mejor relación entre la gente y el cuerpo de policía? Pues sí, ahora es mucho mejor. De hecho, algunos de los vecinos incluso confían en nosotros. El índice de asesinatos ha bajado mucho. Qué demonios, la criminalidad en general ha bajado mucho, y los pandilleros ya no rondan por las calles con impunidad. Tenemos el control, los vecinos tienen el control...

Se detuvo. Bosch esperó a que dijera algo más, pero eso era todo.

—Pero... —le animó Bosch a seguir.

Gant se encogió de hombros.

—Hay un montón de gente sin trabajo, un montón de tiendas y negocios cerrados. En South Central no hay muchas oportunidades, Harry. Y tú sabes a lo que conduce una situación así. A la agitación, a la frustración, a la desesperación. Por eso digo que puede pasar cualquier cosa. La historia se desarrolla en ciclos. Y siempre se repite. Puede pasar otra vez, claro que sí.

Bosch asintió con la cabeza. Gant había expresado una opinión no muy distinta de la que él mismo tenía.

—¿Puedo llevarme estos informes?

—Siempre que me los devuelvas —dijo Gant—. Llévate también la caja negra.

Se dio la vuelta y se dirigió al fichero. Al volverse de nuevo hacia Bosch, este estaba sonriendo.

—¿Qué...? ¿Es que no la quieres?

—Sí, sí, claro que la quiero. Tan solo estaba pensando en un compañero que tenía hace tiempo. Hace mucho tiempo. Se llamaba Frankie Sheehan y...

—Conocí a Frankie. Fue una lástima lo que sucedió.

—Sí, pero antes de eso, cuando trabajábamos juntos, Frankie siempre decía lo mismo en referencia a la investigación de homicidios. Siempre decía que uno tiene que encontrar la caja negra. Que eso era lo fundamental, dar con la caja negra.

Gant lo miró con una expresión confusa en el rostro.

—¿Como en los aviones, quieres decir?

Bosch asintió con la cabeza.

—Efectivamente, como sucede en los accidentes aéreos. Tienen que encontrar la caja negra, en la que se registran los datos del vuelo. Si encuentran la caja negra pueden saber a ciencia cierta el origen del accidente. Frankie decía que lo mismo sucede en relación con una escena del crimen o un caso de asesinato: que siempre hay un elemento en particular que hace que todo lo demás cobre sentido. Si encuentras ese elemento, te ha tocado la lotería. Es como encontrar la caja negra de un avión. Y resulta que tú ahora me estás dando una caja negra.

—Bueno, tampoco esperes encontrar mucho en esta. Es de las que llamamos cajas CRASH. En ella solo encontrarás las fichas de entrevistas de por aquel entonces.

Antes de la aparición del MDT —la terminal móvil de datos instalada en todos los coches patrulla—, los agentes llevaban fichas de campo en el bolsillo trasero del pantalón: simples fichas de oficina en las que tomar notas durante las entrevistas sobre el terreno. En ellas se incluían la fecha, la hora y el lugar de la entrevista, así como el nombre, la edad, la dirección, los apodos, los tatuajes y la banda y/o pandilla a la que pertenecía el tipo en cuestión. En las fichas también había un espacio para los comentarios del propio agente, en el que se anotaba cualquier otra observación pertinente sobre el individuo.

La delegación de la American Civil Liberties Union* llevaba desde siempre protestando contra la práctica del LAPD de efectuar entrevistas en el terreno. Las tildaba de gratuitas y anticonstitucionales, y las consideraba registros personales encubiertos. Sin hacer el menor caso, el cuerpo de policía continuó con ese proceder, por mucho que las fichas de campo fueran conocidas por sus agentes como fichas de registro.

Bosch le pasó la caja a Gant y este la abrió. Estaba llena de un montón de ajadas fichas de cartón.

—¿Cómo es que no se destruyeron cuando se hizo la purga?

Gant sabía que se estaba refiriendo a la adopción por parte del cuerpo de policía de medios digitales de almacenamiento de datos. En todos los niveles del LAPD, los archivos en papel fueron

* Unión estadounidense para las libertades civiles. (*N. del t.*)

transformados en archivos digitales, con vistas a un futuro por completo electrónico.

—Porque teníamos claro que si pasaban todo esto a archivos de ordenador, se les escaparían la mitad de las cosas, Harry. Estas fichas se escribieron a mano, socio. A veces no hay forma de entender lo que pone en ellas. Sabíamos que la mayor parte de la información que hay en estas fichas no llegaría a introducirse en los ordenadores, así que conservamos todas las cajas negras que pudimos. Y has tenido suerte, Harry: resulta que tenemos una caja con datos sobre los Sixties. Espero que encuentres algo que merezca la pena.

Bosch se levantó de la silla.

—Te devolveré la caja sin falta.

4

Bosch se presentó otra vez en las dependencias de la unidad para los casos abiertos/no resueltos antes del mediodía. El lugar estaba casi desierto, porque la mayoría de los inspectores llegaban temprano por la mañana y se iban a almorzar muy pronto. No se veía por ninguna parte a David Chu, el compañero de trabajo de Harry, pero eso tampoco tenía nada de raro. Chu bien podía estar comiendo en cualquier otro punto del edificio o en alguno de los adyacentes laboratorios de criminalística. Bosch sabía que Chu estaba trabajando en varias presentaciones, esto es, en las primeras fases de casos, en la preparación de muestras genéticas, digitales o balísticas para su entrega a los diversos laboratorios para su análisis y comparación.

Bosch dejó las carpetas y la caja negra en su escritorio y descolgó el teléfono para comprobar si tenía mensajes. No era el caso. Se sentó y ya se disponía a echarle una ojeada al material que le había prestado Gant cuando el nuevo teniente de la unidad entró en el cubículo.

Cliff O'Toole no solo era nuevo en la unidad de casos abiertos/no resueltos, sino también en la misma división de robos-homicidios. Le habían transferido de la oficina de San Fernando Valley, donde estuvo al frente de toda la plantilla de inspectores en la comisaría de Van Nuys. Bosch no le había tratado demasiado, pero lo que había oído de los demás miembros de la unidad no hablaba muy en favor de O'Toole. Tras ponerse al frente de abiertos/no resueltos, el teniente había conseguido que le adjudicaran en un tiempo récord, no uno, sino dos apodos con connotaciones negativas.

—¿Cómo ha ido por allí arriba, Harry? —preguntó O'Toole.

Antes de autorizar el desplazamiento a San Quintín, O'Toole había sido informado en detalle sobre la pistola que conectaba el caso Jespersen con el asesinato de Walter Regis a manos de Rufus Coleman.

—Bien y mal —respondió Bosch—. Coleman me dio un nombre. El de un tal Trumont Story. Coleman dice que Story le pasó la pistola que usó para ejecutar a Regis y que luego le devolvió el arma. El problema es que no puedo hablar con Story, porque Story está muerto: a él también se lo cargaron, en 2009. Así que he pasado la mañana en la comisaría sur, comprobando algunos datos para confirmar que Story encaja en la cronología. Creo que Coleman me contó la verdad, que no se limitó a culpar de todo a un muerto. Así que el viaje no ha sido en vano, pero no he avanzado casi nada a la hora de averiguar quién mató a Anneke Jespersen.

Con un gesto señaló las carpetas y el fichero en el escritorio.

Con expresión pensativa, O'Toole asintió con la cabeza y se sentó en el borde del escritorio de David Chu, en el punto preciso en que Chu acostumbraba a poner el café. De haber estado presente, a Chu no le hubiera gustado nada.

—No me gusta nada eso de meterle mano al presupuesto para desplazamientos y que luego el viaje no sirva para nada —indicó.

—Tampoco es eso —se defendió Bosch—. Acabo de decirle que me han dado un nombre, y que el nombre encaja.

—Ya. Pues entonces lo mejor quizá sea ponerle un lacito al caso y olvidarnos del asunto —dijo O'Toole.

Lo de «ponerle un lacito a un caso» era la expresión empleada para dar un caso como «aclarado por otros medios». Esta última designación servía para cerrar formalmente un caso cuya solución era conocida pero no podía redundar en una detención o una denuncia porque el sospechoso estaba muerto o no podía ser entregado a la justicia por otras razones. En la unidad de abiertos/ no resueltos eran frecuentes los «casos aclarados por otros medios», dado que muchos sucesos habían tenido lugar décadas atrás y las muestras de huellas digitales o ADN habían llevado a la identificación de sospechosos fallecidos hacía mucho tiempo. Si la investigación de seguimiento situaba al sospechoso en el momento y el lugar del crimen, el superintendente de la unidad tenía la potestad de cerrar el caso y enviar el archivo a la oficina del fiscal de distrito para que le estamparan el sello definitivo.

Pero Bosch aún no estaba dispuesto a darle el carpetazo definitivo al caso Jespersen.

—No. A este caso no podemos ponerle el lacito —dijo con firmeza—. Lo único que sabemos es que la pistola del crimen estaba en manos de Trumont Story cuatro años después del caso Jespersen. Pero esa pistola pudo pasar por muchas otras manos antes de que llegara a Story.

—Es posible —dijo O'Toole—. Pero no quiero que se tome todo esto como una especie de hobby. Tenemos otros seis mil casos que resolver. Y la gestión de los casos al final siempre se reduce a la gestión de las horas de trabajo.

Unió las muñecas como si estuviera esposado, dando a entender que se encontraba constreñido por las obligaciones de su labor. Era esta faceta burocrática de O'Toole la que hasta ahora le había llevado a mirar con distanciamiento al nuevo teniente. O'Toole era un administrador, no un verdadero policía. Razón por la que le habían asignado el primer apodo de «Chupatintas».

—Lo sé, teniente —dijo Bosch—. Mi plan es trabajar con estos materiales y, si no encuentro nada, entonces será el momento de ponerme con otro caso. Pero con la información que ahora tenemos, a este caso no se le puede poner el lacito. De forma que no servirá para engordar las estadísticas positivas. Porque el caso seguirá estando sin resolver.

Bosch estaba intentando dejarle claro al recién llegado que no pensaba apuntarse al juego de las estadísticas. Un caso estaba aclarado si Bosch tenía el convencimiento de que estaba completamente aclarado. Y el hecho de que ahora supieran que la pistola del crimen había estado en manos de un pandillero cuatro años después del asesinato no era suficiente ni mucho menos.

—Bueno, pues a ver qué encuentra entre ese material —dijo O'Toole—. No estoy tratando de forzar las cosas sin justificación. Pero a mí me han trasladado aquí para que la unidad funcione mejor. Tenemos que cerrar más casos. Y para hacerlo tenemos que ocuparnos de más casos. Por eso digo que si no logra resolver este, póngase con otro, pues a lo mejor es posible cerrar el siguiente. Lo que no quiero es que se tome esta investigación como un hobby, Harry. Cuando llegué a esta unidad, demasiados de ustedes estaban ocupados en casos que tenían más de hobby que de otra cosa. Pero ya no tenemos tiempo para eso.

—Entendido —dijo Bosch en tono seco.

O'Toole echó a andar hacia su despacho. Bosch le dedicó un remedo de saludo militar a sus espaldas y se fijó en que la marca redonda de una taza de café se había transferido en forma de mancha al fondillo de sus pantalones.

O'Toole recientemente había sustituido a un teniente que gustaba de estar sentado en su despacho con las persianas cerradas. Su interacción con los inspectores era mínima. O'Toole era todo lo contrario. Siempre estaba metiéndose en sus asuntos, de forma excesiva a veces. No le ayudaba el hecho de que fuera más joven que la mitad de los inspectores y casi veinte años menor que Bosch. Su dirección excesivamente puntillosa de los inspectores de la unidad —veteranos en su mayor parte— resultaba innecesaria, lo cual hacía a Bosch sentirse irritado cada vez que O'Toole se le acercaba.

A ello había que sumar el hecho de que para O'Toole lo principal siempre eran los números. Insistía en dar casos por cerrados para engrosar las estadísticas mensuales y anuales que tenía que enviar al décimo piso del edificio. Y, por lo visto, O'Toole tampoco parecía estar muy interesado en el aspecto humano del trabajo policial. Recientemente había reprendido a Bosch después de que este hubiera pasado una tarde en compañía del hijo de una víctima de asesinato que quería visitar la escena del crimen veintidós años después de la muerte de su padre. El teniente le espetó que el hijo del asesinado podría haber encontrado la escena del crimen por su cuenta y que Bosch podría haber empleado esa media jornada en la investigación de algunos casos.

El teniente de pronto giró en redondo y volvió a entrar en el cubículo. Bosch se preguntó si acaso habría atisbado el sarcástico saludo militar en el reflejo de alguna de las ventanas de la oficina.

—Harry, un par de cosas más. En primer lugar, no se olvide de adjuntar la nota de gastos del viaje. No paran de darme la lata para que les envíe las notas de gastos con rapidez, y quiero asegurarme de que le devuelvan cuanto haya tenido que poner de su bolsillo.

Bosch se acordó del dinero que había depositado en la cuenta del economato del segundo recluso con el que había hablado en San Quintín.

—Por eso no se preocupe —dijo—. No tiene importancia. Entré un momento en el Balboa para comerme una hamburguesa, y nada más.

El bar parrillería Balboa de San Francisco estaba a mitad de camino entre el aeropuerto de la ciudad y el penal de San Quintín y era muy del gusto de los investigadores de homicidios del LAPD.

—¿Está seguro? —insistió O'Toole—. No quiero que acabe perdiendo dinero.

—Estoy seguro.

—Bueno, pues muy bien.

O'Toole iba a marcharse otra vez, pero Bosch al momento preguntó:

—¿Qué era lo otro? Un par de cosas, me ha dicho...

—Ah, sí. Feliz cumpleaños, Harry.

Sorprendido, Bosch echó la cabeza hacia atrás.

—¿Cómo sabe que es mi cumpleaños?

—Porque me sé los cumpleaños de todos los que trabajan para mí.

Bosch asintió con la cabeza. Hubiera preferido que O'Toole dijera «conmigo» y no «para mí».

—Gracias —repuso.

O'Toole se marchó, y Bosch se alegró de que la sala de inspectores estuviera vacía y nadie hubiese oído que hoy era su cumpleaños. Con los años que tenía, los demás seguramente habrían empezado a preguntarle por la jubilación. Y esa era una cuestión que Bosch trataba de eludir.

A solas por fin, Bosch estableció una cronología, empezando por el asesinato de Jespersen el 1 de mayo de 1992. A pesar de que la hora de la muerte no estaba clara y que pudieron asesinarla a últimas horas del 30 de abril, él escogió el día 1 de mayo porque fue el día que encontraron el cuerpo de Jespersen. Y a partir de ahí fechó el último asesinato relacionado —posiblemente— con la Beretta modelo 92. También incluyó los otros dos casos que Gant había desenterrado de los archivos, diciéndose que era posible que estuvieran vinculados.

Bosch trazó las anotaciones de los asesinatos en un papel en blanco en vez de en un ordenador, como habrían hecho la mayoría de sus compañeros. Bosch estaba acostumbrado a trabajar a su manera y quería tener un documento físico. Lo que quería era poder tenerlo en la mano, estudiarlo, doblarlo y llevarlo en el bolsillo. Lo que quería era vivir con él.

Dejó un espacio bastante amplio entre una y otra entrada, con la idea de poder agregar las anotaciones necesarias. Era su forma de trabajar desde siempre.

1 mayo 1992 - Anneke Jespersen - C. 67 con Crenshaw (asesino desconocido)

2 enero 1996 - Walter Regis - C. 63 con Brynhurst (Rufus Coleman)

30 septiembre 2002 - Eddie Vaughn - C. 68 con East Park (asesino desconocido)

18 junio 2004 - Dante Sparks - Av. 11 con Hyde Park (asesino desconocido)

8 julio 2007 - Byron Beckles - Centinela Park /calle Stepney (asesino desconocido)

1 diciembre 2009 - Trumont Story - C. 76 Oeste / Circle Park (asesino desconocido)

Los tres últimos asesinatos de la lista eran los casos seleccionados por Gant en los que no había muestras de balística. Bosch estudió la lista y se fijó en el lapso de siete años transcurrido entre los casos Regis y Vaughn, y a continuación examinó los antecedentes penales de Trumont Story que había sacado de la base de datos del centro nacional de información criminal. En ellos constaba que Story había estado en la cárcel entre 1997 y 2002, cumpliendo una condena de cinco años por lesiones con agravante. Si Story había dejado la pistola escondida en un lugar que tan solo él conocía, el lapso de siete años en el uso del arma estaba explicado.

Bosch abrió su guía urbana Thomas Brothers de Los Ángeles y señaló con un lápiz los asesinatos cometidos en la retícula de la ciudad. Los cinco primeros crímenes habían tenido lugar en una misma página de la gruesa guía, en el territorio de los Rolling Sixties. El último caso, el asesinato de Trumont Story, había tenido lugar en la siguiente página de la guía. El cuerpo se había encontrado en una acera de Circle Park, en el mismo corazón del territorio de los Seven-Treys.

Bosch estudió la guía largo rato, pasando de una a otra página repetidamente. Jordy Gant le había dicho que el cadáver de Story había sido trasladado, casi con toda seguridad, al punto donde fue encontrado, por lo que Bosch concluyó que todo estaba concentrado en un punto muy pequeño de la ciudad. Seis asesinatos, en los que posiblemente se había utilizado una sola arma. Y todo había empezado con el asesinato que no encajaba con los demás: el de Anneke Jespersen, la fotoperiodista muerta muy lejos de su casa.

—Blancanieves —musitó Bosch.

Abrió la ficha de asesinato de Jespersen y miró la foto de su acreditación de prensa. Le resultaba imposible adivinar por qué había ido a aquel lugar por su cuenta y qué le había sucedido.

Harry acercó la caja negra que había sobre el escritorio. Mientras la estaba abriendo, sonó su teléfono móvil. La identificación de llamada mostraba que era Hannah Stone, la mujer con la que llevaba casi un año saliendo.

—¡Feliz cumpleaños, Harry!

—¿Quién te lo ha dicho?

—Un pajarito.

La hija del propio Harry.

—Maddie haría mejor en ocuparse de sus propios asuntos.

—Yo diría que también es asunto suyo. Sé que va a tenerte para ella sola esta noche y por eso te llamo, para ver si al menos puedo invitarte a almorzar por tu cumpleaños.

Bosch consultó su reloj. Ya era mediodía.

—¿Hoy?

—Hoy es tu cumpleaños, ¿no? Te habría llamado antes, pero mi sesión de grupo se ha alargado. Venga, ¿qué me dices? Ya sabes que por donde estoy se mueven los mejores vendedores ambulantes de tacos de toda la ciudad.

Bosch tenía claro que necesitaba hablar con ella sobre San Quintín.

—No sé si esto último será verdad, pero si el tráfico no pone problemas puedo estar ahí dentro de veinte minutos.

—Perfecto.

—Nos vemos.

Cortó la llamada y miró la caja negra sobre el escritorio. Se pondría con ella después de comer.

Decidieron almorzar sentados en un restaurante de verdad en lugar de comerse unos tacos en la calle. En Panorama City no había casi ningún establecimiento mínimamente elegante, por lo que condujeron hasta Van Nuys y almorzaron en la cafetería situada en el sótano de los juzgados. El establecimiento tampoco era un prodigio de elegancia, pero sí que contaba con un viejo músico de jazz que la mayoría de los días tocaba un piano de media cola en un rincón. Era uno de los secretos que Bosch conocía de la ciudad. Hannah se quedó impresionada. Se sentaron a una mesa cercana a la música.

Compartieron un gran emparedado de pavo y ambos dieron buena cuenta de sendos platos de sopa. La música puntuaba de forma agradable los momentos de silencio en la conversación. Bosch estaba empezando a sentirse cómodo en compañía de Hannah. La había conocido el año anterior mientras investigaba un caso. Hannah era psicóloga y trabajaba con condenados por delitos de violencia sexual después de su puesta en libertad. El suyo era un trabajo difícil, que le aportaba parte de la oscura comprensión del mundo característica de Bosch.

—Hace unos días que no sé nada de ti —dijo ella—. ¿En qué andas metido?

—Bueno, pues en un caso. Estoy llevando una pistola de paseo.

—¿Y eso qué quiere decir?

—Que estoy conectando el uso de una pistola, o «paseándola», de un caso a otro. No tenemos la pistola de marras, pero los análisis de balística nos llevan a vincular un caso con los demás. Ya me entiendes, a lo largo de los años, a lo ancho de la geografía, entre unas víctimas y otras, etcétera. Lo que llamamos sacar un arma de paseo.

No dijo más al respecto. Hannah asintió con la cabeza, sabedora de que Harry nunca respondía en detalle a las preguntas sobre su trabajo.

Bosch escuchó al pianista terminar *Mood Indigo*, tras lo cual se aclaró la garganta y dijo:

—Ayer estuve hablando con tu hijo, Hannah.

No había tenido muy claro cómo abordar la cuestión. Así que lo hizo sin delicadeza. Hannah dejó la cuchara en el plato, con tanta fuerza que el pianista levantó las manos de las teclas.

—¿Qué quieres decir? —preguntó.

—Que he ido a San Quintín —explicó Bosch—. Tenía que ver a un preso en relación con esa pistola de la que te hablaba. Cuando terminé de hablar con él, me quedaba algo de tiempo, así que solicité hablar con tu hijo. Tan solo estuve diez o quince minutos con él. Le dije quién era, y me respondió que ya había oído hablar de mí, que tú se lo habías explicado.

Hannah tenía la mirada fija en un punto en el espacio. Bosch comprendió que había obrado con torpeza. Hannah nunca le había escondido la historia de su hijo. Habían hablado largo y tendido sobre él. Bosch sabía que después de haberse confesado culpable de violación, en la cárcel se había convertido en un agresor sexual. El crimen casi le había destrozado el corazón a su madre, pero Hannah había encontrado un medio de sobrellevarlo todo: cambiar de especialización en su trabajo. Abandonó la psicoterapia familiar y pasó a tratar a criminales como su propio hijo. Y fue esta labor la que le llevó a conocer a Bosch. Por su parte, Bosch agradecía que Hannah formara parte de su vida y fuera consciente de las sombrías circunstancias fortuitas que les habían llevado a entablar una relación que prometía. Si el hijo no hubiera cometido un crimen tan horrendo, Bosch nunca habría conocido a la madre.

—Supongo que tendría que habértelo dicho —repuso él—. Lo siento. Pero es que ni siquiera estaba seguro de que fuera a tener tiempo de verlo. Con los recortes en el presupuesto, las dietas por desplazamiento ya no cubren que pases la noche en un hotel. Tienes que ir y volver en el mismo día, por eso no estaba seguro.

—¿Qué aspecto tenía?

En su voz había miedo de madre.

—Diría que bastante bueno. Le pregunté si estaba bien y me dijo que sí. No vi en él nada preocupante, Hannah.

Su hijo vivía en un lugar en el que uno era depredador o presa. No era un hombre especialmente fuerte o corpulento. Para cometer su crimen, lo que hizo fue drogar a su víctima, no forzarla mediante la violencia. La situación dio un vuelco en la cárcel, donde varias veces se convirtió en la presa de otros depredadores. La propia Hannah así se lo había contado a Bosch.

—Mira, no tenemos que hablar de esto —dijo él—. Tan solo quería que lo supieras. No fue algo que tuviera planeado, sencillamente me encontré con un poco de tiempo libre, pedí que me dejaran hablar con él y me dijeron que sí.

Hannah guardó silencio un instante y apuntó, con urgencia en la voz:

—Sí, sí que tenemos que hablar de esto. Quiero saber todo lo que él te ha dicho. Y todo lo que tú has visto. Es mi hijo, Harry. Hiciera lo que hiciera, es mi hijo.

Bosch asintió con la cabeza.

—Me ha pedido que te dijera que te quiere.

5

La sala de inspectores estaba a pleno rendimiento cuando Bosch volvió de comer. La caja negra seguía estando allí donde la había dejado, y su compañero estaba en el cubículo sentado ante su escritorio, tecleando en su ordenador. Sin apartar la mirada de la pantalla, preguntó:

—Harry, ¿cómo va eso?

—Va.

Bosch tomó asiento, a la espera de que Chu mencionara su cumpleaños, cosa que no sucedió. El cubículo estaba dispuesto de tal forma que sus respectivos escritorios estaban a uno y otro lado, por lo que trabajaban dándose la espalda mutuamente. En la vieja jefatura central, en la que Bosch había pasado la mayor parte de su carrera profesional, los dos miembros de un equipo estaban sentados frente a frente, pues los escritorios estaban unidos en el centro del cubículo. A Bosch le gustaba más trabajar espalda contra espalda, porque así tenía mayor privacidad.

—¿Qué hay en esa caja negra? —preguntó Chu por detrás.

—Fichas de entrevistas y registros de los Rolling Sixties. Estoy echando la caña, a ver si pesco alguna cosa.

—Ya. Pues buena suerte.

Como integrantes de un equipo, se les asignaban los mismos casos, pero ellos se los repartían e investigaban cada uno por su cuenta, hasta que llegaba el momento de efectuar un trabajo de campo —de vigilancia, por ejemplo—, o de ejecutar una orden de búsqueda y captura. Las detenciones también las efectuaban en común. Estas prácticas permitían que cada uno tuviera una mejor comprensión de la carga de trabajo de su compañero. Bosch y Chu acostumbraban a tomar café juntos los lunes por la mañana para revisar los casos pendientes y ver cómo estaban las investigaciones en activo. Bosch ya le había hablado a Chu del viaje a San Quintín al llegar de San Francisco la tarde anterior.

Bosch abrió la caja y contempló el grueso montón de fichas de entrevistas. Para leerlas todas con atención, probablemente necesitaría lo que quedaba del mediodía y casi toda la tarde, lo cual no le importaba a pesar de ser un hombre impaciente. Sacó el mazo de fichas de ocho por trece centímetros, y una rápida ojeada le reveló que estaban amontonadas en orden cronológico y cubrían los cuatro años anotados en la etiqueta de la caja. Decidió empezar por el año del asesinato de Anneke Jespersen. Seleccionó las fichas correspondientes a 1992 y se puso a leer.

Unos pocos segundos resultaban suficientes para leer lo que ponía en cada tarjeta: nombres, apodos, números del carnet de conducir y otros datos similares. Era frecuente que el agente que conducía la entrevista anotara los nombres de otros pandilleros que estaban con el individuo en ese momento. Bosch vio que varios nombres aparecían repetidos en las fichas, bien como sujetos de entrevista, bien como asociados confirmados.

Bosch se fijó en todas las direcciones incluidas en las fichas —lugar de la entrevista y domicilio que constaba en el carnet de conducir del individuo— y las señaló en la guía Thomas Bros de Los Ángeles en la que ya había marcado los asesinatos cometidos con la Beretta modelo 92. Estaba tratando de encontrar coincidencias con los seis asesinatos anotados en su cronología; había varias, y algunas resultaban obvias. Dos de los asesinatos habían tenido lugar en esquinas callejeras en las que la compra y la venta de drogas eran habituales. Era lógico dar por sentado que los agentes en coche patrulla y las unidades CRASH quisieran hablar con los pandilleros congregados en dichas esquinas.

Cuando ya llevaba dos horas metido en faena y la espalda y el cuello empezaban a dolerle por culpa del trabajo físicamente repetitivo de revisar una ficha tras otra, Bosch encontró algo que le hizo bullir la sangre. El 9 de febrero de 1992, los agentes habían parado a un adolescente identificado en la ficha de registro como un «PP» —o pequeño pandillero— de los Rolling Sixties, que estaba holgazaneando en una de las esquinas calientes. El nombre en su carnet de conducir era Charles William Washburn. Según la ficha, en la calle era conocido por el apodo de 2 Small. A pesar de que solo tenía dieciséis años y no llegaba a medir uno sesenta, se había ganado que le hicieran el tatuaje característico de los Rolling Sixties —el número 60 en una lápida, cuyo mensaje era el de lealtad a la pandilla hasta la muerte— en el bíceps izquierdo. Lo que llamó la atención de Bosch fue la dirección que constaba en el carnet de conducir. Charles 2 *Small* Washburn vivía en West 66 Place, y cuando Bosch buscó la dirección en la guía descubrió que correspondía a una vivienda cuya parte posterior daba al callejón donde había sido asesinada Anneke Jespersen. Al mirar bien el plano, Bosch estimó que Washburn vivía a menos de quince metros del lugar donde había sido hallado el cuerpo de Jespersen.

Bosch nunca había pertenecido a una unidad especializada en bandas, pero con los años había investigado numerosos asesinatos relacionados con los *gangs*. Y sabía que un «pequeño pandillero» era un chaval que estaba siendo preparado para ingresar en la banda pero que todavía no era miembro de pleno derecho. Había un precio a pagar por la admisión, generalmente una muestra de lo orgulloso que el muchacho se sentía de su barrio o su pandilla, un encargo, una muestra de dedicación. Casi siempre se trataba de un acto de violencia, a veces incluso de un asesinato. Todo aquel que hubiera cometido un asesinato era inmediatamente ascendido y transformado en pandillero oficial.

Bosch se arrellanó en la silla y trató de estirar los músculos de los hombros. Se puso a pensar en Charles Washburn. A principios de 1992 era un aspirante a pandillero, seguramente a la espera de su oportunidad para ascender de rango. Menos de tres meses después, los policías le pararon y entrevistaron en el cruce de Florence con Crenshaw, en su barrio estallaron unos disturbios y una fotoperiodista murió de un tiro a quemarropa en un callejón junto a su casa.

Eran demasiadas coincidencias para ignorarlas. Bosch cogió la ficha de asesinato compilada veinte años atrás por el Departamento para la Investigación de los Crímenes cometidos durante los Disturbios.

—Chu, ¿puedes mirarme un nombre? —preguntó sin volverse para mirar a su compañero.

—Un segundo.

Chu manejaba el ordenador a la velocidad del rayo. Mientras que Bosch no sabía mucho de informática. Lo normal era que Chu fuera quien buscase los nombres en la base de datos del centro nacional de información criminal.

Bosch empezó a pasar las páginas de la ficha de asesinato. No se trataba de una verdadera investigación de campo, pero en ella había un gráfico de las viviendas emplazadas al otro lado de los vallados del callejón. Encontró unas pocas páginas de informes y empezó a leer nombres.

—Muy bien, dime —repuso Chu.

—Charles William Washburn, fecha de nacimiento: cuatro-siete-siete-cinco.

—¡Nacido el Cuatro de Julio, tú!

Bosch oyó que los dedos de su compañero empezaban a volar por el teclado. Por su parte, encontró un informe relativo a la dirección de Washburn oeste en 66 Place: el 20 de enero de 1992, cincuenta días después del asesinato, dos inspectores llamaron a la puerta y hablaron con Marion Washburn, de cincuenta y cuatro años de edad, y con Rita Washburn, de treinta y cuatro, madre e hija y residentes en la casa. Ninguna de las dos ofreció información sobre la muerte por disparo acaecida en el callejón el 1 de mayo. La entrevista fue corta, discurrió sin tensión y tan solo ocupaba un párrafo del informe. No se hacía mención de ningún miembro de la tercera generación de la familia llamado Charles Washburn. Bosch cerró la ficha de asesinato.

—Tengo algo —dijo Chu.

Bosch hizo girar la silla y miró la espalda de su compañero.

—Dámelo. Necesito algo.

—Charles William Washburn, alias 2 Small. Muchos antecedentes penales. Sobre todo por cuestiones de drogas, lesiones... También le han quitado la custodia de un hijo, por imprudencia. Veamos... Dos condenas de cárcel. Ahora mismo está en libertad, pero desde julio pasado hay una orden de busca y captura contra él porque no ha estado pasando la pensión de su hijo. En paradero desconocido.

Chu se volvió y le miró.

—¿Quién es este tipo, Harry?

—Alguien que me interesa. ¿Puedes imprimirme todo eso?

—Voy volando.

Chu envió el informe del DICD a la impresora de la unidad. Bosch tecleó la contraseña de su móvil y llamó a Jordy Gant.

—Charles 2 *Small* Washburn... ¿Le conoces?

—2 Small... Me suena de algo. Un momento.

Al otro lado de la línea se hizo el silencio, y Bosch se mantuvo casi un minuto a la espera hasta que Gant volvió a hablar.

—Hay información actual. Miembro de los Rolling Sixties. Pero en la base de la pirámide; no estamos hablando de uno de los peces gordos. ¿De dónde has sacado este nombre?

—De la caja negra. En el 92 vivía al otro lado del vallado que había en el lugar donde mataron a Jespersen. Por entonces tenía unos dieciséis años y quizá estaba a la espera de ingresar definitivamente en los Sixties.

80

Bosch oyó el sonido de un teclado mientras hablaba por teléfono. Gant estaba efectuando una nueva investigación.

—Tenemos una orden de búsqueda tramitada en la oficina del sheriff uno-veinte del centro —dijo—. Charles ha dejado de pasar la pensión a la madre de su hija. La última dirección conocida es la casa en 66 Place. Pero de eso hace ya cuatro años.

Bosch sabía que una orden de búsqueda de un padre que no pagaba su pensión en South Los Ángeles era casi irrelevante. Difícilmente atraería la atención de los agentes del sheriff, a no ser que el caso hubiera llamado de alguna manera la atención de los medios de comunicación. Eso sí, la orden de búsqueda seguiría agazapada en las bases de datos, a la espera de salir a relucir la próxima vez que Washburn tuviera un encontronazo con la ley, y su nombre fuera examinado en un ordenador. Pero mientras continuara sin meterse en problemas, Washburn seguiría en libertad.

—Voy a acercarme a la antigua dirección a ver si hay suerte —dijo Bosch.

—¿Quieres apoyo? —preguntó Gant.

—No, me las arreglo por mi cuenta. Pero no estaría mal que avisaras a los coches patrulla.

—Hecho. Ahora mismo voy a correr la voz sobre 2 Small. Y bien, a ver si pescas alguna cosa, Harry. Si me necesitas por allí, házmelo saber.

—Eso mismo.

Bosch colgó y se volvió hacia Chu.

—¿Listo para salir a dar un paseo?

—¿Estarás de vuelta a las cuatro?

—A saber. Si encuentro al amigo que ando buscando, es posible que la cosa lleve su tiempo. ¿Quieres que vaya con otro?

—No, Harry. Es solo que esta noche tengo cosas que hacer.

Bosch se acordó de que tenía órdenes estrictas de su hija de no retrasarse para cenar.

—¿Es que tienes plan para ligar? —preguntó Bosch.

—Por eso no te preocupes. Vamos.

Chu se levantó, más dispuesto a acompañarle que a responder a preguntas sobre su vida privada.

La casa de Washburn era una pequeña vivienda rectangular de un piso con el jardín desolado y un Ford viejo y desvencijado emplazado sobre unos bloques de hormigón en el caminillo de acceso. Bosch y Chu habían dado una vuelta a la manzana antes de aparcar delante y se habían fijado en que la esquina occidental del patio trasero de la casa se encontraba a apenas media docena de metros del punto en el callejón donde alguien puso a Anneke Jespersen contra una pared y la mató de un tiro.

Bosch usó los nudillos para llamar a la puerta con firmeza, tras lo cual se hizo a un lado. Chu se situó al otro lado de la puerta. Frente a esta había unos barrotes de hierro de seguridad cerrados con llave.

La puerta finalmente se abrió, y una mujer de unos veinticinco años se los quedó mirando tras los barrotes. A su lado, un niño pequeño se le aferraba al muslo.

—¿Qué quieren? —preguntó indignada, tras suponer correctamente que eran policías—. Yo no les he llamado.

—Señorita —dijo Bosch—, estamos buscando a Charles Washburn. Tenemos constancia de que esta es su dirección. ¿Está aquí?

La mujer soltó un chillido, y a Bosch le llevó unos segundos comprender que en realidad estaba riéndose.

—¿Señorita?

—¿Me está hablando de 2 Small? ¿De ese Charles Washburn?

—Del mismo. ¿Está aquí?

—¿Cómo va a estar aquí? Son ustedes de lo más tonto que hay. Ese hombre me debe dinero. ¿Cómo va a estar aquí? Y si un día le da por presentarse, más le vale venir con el dinero.

Bosch terminó de comprender. Su mirada fue del niño al rostro de la mujer otra vez.

—Por favor, ¿cómo se llama usted?

—Latitia Settles.

—¿Y su hijo?

—Charles júnior.

—¿Tiene alguna idea de dónde puede estar Charles sénior? Tenemos una orden de búsqueda por no haberle estado pasando la pensión.

—Pues ya era hora, coño. Cada vez que veo a ese mamón pasar en coche por la calle les llamo, pero nadie mueve el culo; y ahora, se presentan cuando llevo dos meses sin ver al enano.

—¿Ha oído alguna cosa, Latitia? ¿Sabe de alguien que le haya visto?

Denegó con la cabeza, firmemente.

—Ese se ha dado el piro.

—¿Y qué me dice de su madre y de su abuela? Antes vivían en esta casa.

—La abuela está muerta, y su madre se fue a vivir a Lancaster hace la tira. Salió por piernas del barrio, y para siempre.

—¿Charles la visita alguna vez?

—No lo sé. Antes iba de vez en cuando, por su cumpleaños y cosas así. Pero yo ya no sé si Charles está vivo o está muerto. Lo único que sé es que mi hijo jamás ha ido al médico o al dentista, o le han comprado ropa nueva.

Bosch asintió con la cabeza. «Y su hijo tampoco tiene un padre», pensó. Tampoco dijo a la mujer que si encontraban a Charles Washburn no sería para que pagase la pensión de su hijo.

—Latitia, ¿le importa si entramos en la casa?

—¿Para qué?

—Para echar una ojeada, para asegurarnos de que la casa es segura...

La mujer dio un manotazo a las rejas.

—Aquí estamos seguros. Por eso no se preocupe.

—Entonces, ¿no podemos entrar?

—No. No quiero que nadie vea el desastre que es esta casa. No estoy preparada para eso.

—Bueno, ¿y qué nos dice del patio trasero? ¿Podemos entrar un momento?

Latitia pareció quedarse sorprendida por la pregunta, pero finalmente se encogió de hombros.

—Hagan lo que quieran.

—¿Se puede entrar por la puerta del vallado de atrás?

—La cerradura está rota.

—Bueno, pues vamos a ver.

Bosch y Chu bajaron el escalón de la puerta principal y echaron a andar por el caminillo que discurría por el lado de la casa y terminaba ante una valla de madera. Chu se vio obligado a levantar la puerta y mantenerla apoyada sobre una de las herrumbrosas bisagras para abrirla. Entraron en un patio trasero sembrado de juguetes viejos y rotos, y de cochambrosos muebles inservibles. En uno de los lados había un lavavajillas, y Bosch se acordó de los electrodomésticos inservibles alineados en el callejón veinte años atrás.

El lateral izquierdo de la propiedad daba a la pared posterior de la antigua tienda de neumáticos en Crenshaw. Bosch se acercó al vallado trasero que separaba el patio del callejón. Era demasiado alto para mirar por encima, por lo que cogió un triciclo infantil al que le faltaba una de las ruedas de atrás.

—Con cuidado, Harry —dijo Chu.

Bosch apoyó un pie en el asiento del triciclo y se encaramó a lo alto del vallado. A través del callejón, contempló el punto donde Anneke Jespersen había sido asesinada veinte años atrás.

Bosch bajó al otro lado y echó a andar junto al vallado, apretando cada uno de los tablones con la mano, tratando de dar con uno que estuviera suelto o, incluso, con una portezuela de trampilla que facilitara el acceso rápido al callejón. Llevaría recorridas las dos terceras partes del perímetro cuando uno de los tablones se movió ligeramente al contacto de su mano. Bosch se detuvo, lo miró con atención y, a continuación, atrajo el tablón hacia sí. No estaba clavado a los listones transversales de arriba y abajo. Sacó el tablón del vallado con facilidad y descubrió una abertura de casi treinta centímetros.

Chu se acercó y estudió la abertura.

—Una persona pequeña podría pasar por ahí y tener acceso directo al callejón —observó.

—Es lo que estaba pensando —respondió Bosch.

Resultaba obvio. La cuestión era dilucidar si el tablón se había soltado con el tiempo o si este había sido un acceso camuflado cuando Charles 2 *Small* Washburn vivía en la casa, tenía dieciséis años y era un aprendiz de pandillero empeñado en convertirse en un pandillero temido.

Bosch pidió a Chu que hiciera una foto de la abertura con su teléfono móvil. Más tarde la imprimiría y la incluiría en la ficha de asesinato. Vio a Latitia Settles de pie en la puerta posterior de la vivienda, mirándole a través de otra estructura de barrotes de hierro. Bosch comprendió que Latitia sin duda se daba cuenta de que en realidad no habían venido en busca de Charles por su incumplimiento en el pago de la pensión del niño.

6

Al volver a casa, Bosch encontró una tarta de cumpleaños en la mesa y a su hija en la cocina, preparando la cena con un libro de recetas.

—Vaya... Eso huele bien —apuntó.

Bajo el brazo llevaba la ficha del asesinato de Jespersen.

—Sal de la cocina —dijo ella—. Quédate en el porche hasta que te diga que la cena está lista. Y deja esa carpeta del trabajo en un estante, al menos hasta después de cenar. Y pon algo de música.

—Sí, jefa.

La mesa estaba puesta para dos. Tras dejar la ficha de asesinato en una estantería, conectó el equipo de sonido y abrió el cargador de discos compactos. Su hija ya había puesto en la bandeja cinco de sus discos preferidos.

Frank Morgan, George Cables, Art Pepper, Ron Carter y Thelonious Monk. Los puso en modo de reproducción aleatorio y salió al porche.

En la mesa del porche había una botella de cerveza Fat Tire metida en un tiesto de barro lleno de hielo, cosa que le sorprendió. La Fat Tire era una de sus cervezas preferidas, pero Bosch raras veces tenía alcohol en casa, y era un hecho que no había comprado cerveza en los últimos tiempos. A sus dieciséis años de edad, su hija parecía tener más años, pero no los suficientes para poder comprar cerveza sin que le pidieran el carnet de conducir.

Abrió la botella y bebió un largo trago. La cerveza le entró de maravilla, incidiendo en la garganta con su mordisco helado. Era todo un alivio después de haberse pasado el día paseando la pistola y estrechando el cerco sobre Charles Washburn.

Bosch había trazado un plan con la ayuda de Jordy Gant. Cuando llegara el último turno de noche del día siguiente, todos los agentes de coche patrulla y todas las unidades antibandas de la comisaría sur habrían visto la foto de Washburn y sabrían que su detención tenía prioridad. La motivación oficial sería la orden de búsqueda por incumplimiento en el pago de la pensión, pero una vez que Washburn estuviera bajo custodia, a Bosch le avisarían de inmediato. Y entonces se presentaría para hablar con Washburn de otras cuestiones muy distintas.

Sin embargo, no era cuestión de dejar las cosas ahí. Bosch tenía trabajo que hacer. Olvidándose de que era su cumpleaños, se había llevado la ficha de asesinato a casa con la idea de peinar cada página a conciencia en busca de alguna referencia a Washburn o de algún dato que hubiera pasado por alto.

Pero ahora estaba empezando a repensar dicho plan. Su hija le estaba preparando una cena de cumpleaños, y esa iba a ser su prioridad. Nada en el mundo podía ser mejor que contar con toda la atención de su niña.

Con la cerveza en la mano, Bosch contempló el cañón en el que llevaba más de veinte años viviendo. Se sabía de memoria sus colores y contornos. Estaba familiarizado con el sonido de la autovía que llegaba desde el fondo del cañón. Conocía el sendero por el que los coyotes se movían, allí donde la vegetación era más tupida. Y sabía que nunca iba a querer irse de ese lugar. Iba a quedarse allí hasta el final.

—Bueno, ya está. Esperemos que todo haya salido bien.

Bosch se dio la vuelta. Maddie se había colado por la puerta abierta sin que la oyera. Sonrió al ver que su hija había aprovechado para ponerse un vestido formal para la cena.

—Se me hace la boca agua —dijo.

La comida ya estaba en la mesa. Chuletas de cerdo con salsa de manzana y patatas al horno. La tarta de cumpleaños ahora estaba en un lado de la mesa.

—Espero que te guste —dijo ella, mientras tomaba asiento.

—Huele de maravilla y tiene una pinta exquisita —repuso Bosch—. Seguro que está riquísimo.

Bosch tenía una sonrisa pintada en el rostro. Su hija no había tenido esos detalles los dos anteriores cumpleaños que había pasado con él en la casa.

Maddie alzó la copa de vino, en la que se había servido un refresco.

—Felicidades, papá.

Bosch levantó la botella de cerveza, ya casi vacía.

—Por la buena comida y por la buena música. Y, sobre todo, por la buena compañía.

La copa tintineó al chocar contra la botella.

—Hay más cerveza en la nevera, por si te apetece —dijo ella.

—Ya. ¿Y de dónde la has sacado?

—No te preocupes por eso. Tengo mis métodos.

Maddie entrecerró los ojos remedando una expresión de conspiradora.

—Eso es lo que me preocupa.

—Papá, no empecemos. ¿Es que no puedes disfrutar de la cena que te acabo de preparar?

Bosch asintió con la cabeza, dejando correr el asunto... Por el momento.

—Sí, claro.

Se puso a comer. Advirtió que en el equipo de sonido estaba sonando *Helen's Song*. Se trataba de una canción maravillosa, y uno podía sentir el amor que George Cables había puesto en ella. Bosch siempre había pensado en la tal Helen como en una esposa o una compañera especial del músico.

Las chuletas de cerdo estaban perfectamente salteadas y combinaban de maravilla con la salsa de manzana. Con la salvedad de que esta no era una salsa de manzana normal. Era una reducción caliente de manzana que Maddie había preparado al horno. Parecida al relleno que le ponían al pastel de manzana en el restaurante Du-par.

La sonrisa volvió al rostro de Bosch.

—Esto está delicioso, Mads. Gracias.

—Ya verás cuando pruebes el pastel. Es un bizcocho, y de mármol, lo mismo que tú.

—¿Cómo?

—Bueno, no estoy hablando de mármol mármol, pero, ya me entiendes, de lo oscuro y lo claro unidos en un mismo conjunto. Por lo que haces y por lo que has visto.

Bosch pensó un momento.

—Creo que es lo más bonito que me han dicho en la vida. Que soy como un pastel de mármol.

Los dos rompieron a reír.

—¡También tengo regalos! —exclamó Maddie—. Pero no he tenido tiempo de envolverlos, así que te los doy luego.

—Veo que te lo has trabajado todo a tope. Gracias, guapa.

—Tú siempre estás a tope conmigo, papá.

El comentario alegró y entristeció a Bosch al mismo tiempo.

—Eso espero.

Decidieron digerir un poco la cena antes de atacar el pastel de mármol. Madeline fue a su habitación a envolver los regalos, y Bosch aprovechó para coger la ficha de asesinato que había dejado en el estante. Se sentó en el sofá y se fijó en que la mochila escolar de su hija estaba en el suelo junto a la mesita.

Lo pensó un instante, tratando de decidir si sería más conveniente esperar a que su hija se fuera a dormir una vez terminada la velada. Pero Bosch se dijo que era muy posible que Maddie se llevara la mochila a su habitación, cuya puerta entonces estaría cerrada.

Decidió no esperar más. Se agachó y abrió la cremallera del compartimento pequeño de la mochila. La billetera de su hija estaba dentro. Era lo que Bosch suponía, pues Maddie nunca llevaba bolso. Abrió rápidamente la billetera —que tenía el símbolo de la paz bordado en el exterior— y examinó su contenido. Había una tarjeta de crédito que Bosch le había dado para situaciones de emergencia, así como su recién adquirido carnet de conducir. Miró la fecha de nacimiento que constaba en el carnet y vio que era la correcta. También había un par de recibos y tarjetas de regalos de iTunes y Starbucks, así como un bono para comprar *smoothies* en un establecimiento del centro comercial. Compre diez y le regalamos el siguiente.

—Papá, ¿qué estás haciendo?

Bosch levantó la mirada. Su hija estaba allí, de pie. En cada mano llevaba un pequeño regalo con su envoltorio. El motivo del papel de envolver era el antes mencionado: entreverados blancos y negros, a semejanza del mármol.

—Yo, eh, quería ver si tenías dinero suficiente, pero no tienes nada y...

—Me lo he gastado en la cena. Estás fisgando por el tema de la cerveza, ¿verdad?

—Hija mía, no quiero que te metas en problemas. Cuando vayas a inscribirte en la academia, no puedes ir con un...

—No tengo un carnet de conducir falsificado, ¿está claro? Hice que Hannah fuese a comprar las cervezas. ¿Ya estás satisfecho?

Dejó caer los regalos sobre la mesa, se giró en redondo y desapareció por el pasillo. Bosch oyó que la puerta de su dormitorio se cerraba de un portazo.

Esperó un momento. Se levantó, fue por el pasillo y llamó a su puerta con delicadeza.

—Maddie, sal de ahí, por favor. Comámonos el pastel y olvidemos todo esto.

No le llegó respuesta. Trató de hacer girar el pomo, pero Maddie había echado la llave.

—Vamos, Maddie, abre. Lo siento.

—Cómete el pastel tú solo.

—No quiero comerme el pastel sin ti. Lo siento, de verdad. Soy tu padre. Tengo la obligación de vigilarte y de protegerte. Simplemente quería asegurarme de que no vas a meterte en ningún lío.

Nada.

—Maddie, desde que te sacaste el carnet tienes mucha mayor libertad. Siempre me encantaba llevarte al centro comercial, pero ahora vas tú por tu cuenta. Tan solo quería cerciorarme de que no estabas cometiendo un error que más tarde pudiera perjudicarte. Siento haberlo hecho de esta manera. Te pido disculpas. ¿Entendido?

—Me estoy poniendo los auriculares y no voy a oír una sola palabra más de lo que me estás diciendo. Buenas noches.

Bosch reprimió el impulso de echar la puerta abajo. Acercó el oído y se puso a la escucha. Oyó el sonido metálico y débil de la música que sonaba por sus auriculares.

Volvió a la sala de estar y se sentó en el sofá. Cogió el teléfono móvil y envió un mensaje de texto a su hija valiéndose del código interno del LAPD. Sabía que Maddie podría descifrar el mensaje: EL CAPULLO DE TU PADRE TE PIDE PERDÓN. Esperó su respuesta, pero esta no llegó por lo que cogió la ficha de asesinato y se puso a trabajar, con la esperanza de que la inmersión en el caso Blancanieves le distrajera del error que acababa de cometer como padre.

El informe más grueso en la ficha de asesinato era la cronología de los investigadores, pues en ella se incluían todos los pasos dados por los inspectores y todas las llamadas y preguntas hechas por la ciudadanía sobre el caso. El DICD había puesto tres carteles en el corredor de Crenshaw Boulevard con el propósito de estimular la respuesta ciudadana al no resuelto caso Jespersen. En los carteles se prometía una recompensa de 25.000 dólares por toda información que llevara a una detención o una condena por el asesinato. Los carteles y la promesa de una recompensa provocaron que se diesen centenares de llamadas telefónicas de todo tipo, proporcionando información legítima, aportando datos por completo inventados o expresando quejas por el esfuerzo del cuerpo de policía en resolver la muerte de una mujer de raza blanca cuando tantos negros e hispanos habían sido víctimas de asesinatos no resueltos durante los disturbios en Los Ángeles. Los inspectores del DICD anotaron todas las llamadas en la cronología y citaron todos los seguimientos efectuados a partir de la información aportada en ellas. Bosch había ojeado estas páginas con rapidez durante su primer examen de la ficha de investigación, pero ahora contaba con nombres vinculados al caso y quería estudiar cada página para ver si alguno había sido mencionado antes.

Durante la siguiente hora, Bosch estudió decenas de hojas de la cronología. No había mención alguna a Charles Washburn, a Rufus Coleman o a Trumont Story. La mayoría de las informaciones daban la impresión de ser falsas, y Bosch entendía que hubieran sido ignoradas en su momento. Muchos de los que llamaron dieron otros nombres, pero las investigaciones posteriores dejaron clara la inocencia de los mencionados como sospechosos. En muchos casos, quienes telefoneaban lo hacían de forma anónima y acusaban a personas inocentes, a sabiendas de que la policía las investigaría y les complicaría la existencia hasta que su inocencia quedase clara. Se trataba de venganzas efectuadas por causas que nada tenían que ver con el asesinato.

Las llamadas anotadas en la cronología empezaban a ser más espaciadas hacia 1993, cuando la división fue desmontada y los carteles desaparecieron de las calles. Una vez que el caso Jespersen fue asignado a la división de homicidios de la comisaría de la Calle 77, las anotaciones en la cronología fueron tornándose cada vez más escasas. Por lo general, ya solo llamaban Henrik, el hermano de Jespersen, y algunos periodistas. Pero Bosch, finalmente, se fijó en una de las últimas anotaciones.

El 1 de mayo de 2002 —décimo aniversario del asesinato—, la cronología registraba una llamada efectuada por un tal Alex White. El nombre no le decía nada a Bosch, pero la correspondiente anotación en la cronología incluía un número de teléfono con el prefijo 209. La llamada aparecía registrada como «en demanda de información». Quien llamaba quería saber si habían dado por cerrado el caso.

En la anotación no había referencia alguna a la razón particular por la que White tenía interés en el caso. Bosch no tenía ni idea de quién era White, pero lo que llamaba su atención era aquel prefijo telefónico. No correspondía a ningún barrio de Los Ángeles, y Bosch no estaba seguro de su localización.

Harry abrió el ordenador portátil, buscó el prefijo en Google y pronto supo que correspondía al condado californiano de Stanislaus, a más de 350 kilómetros de Los Ángeles.

Bosch consultó su reloj. Era tarde, pero no tan tarde. Llamó al número que acompañaba el nombre de Alex White en la cronología. El teléfono sonó una vez, y le llegó un mensaje entonado por una agradable voz de mujer:

—Acaba de llamar a Tractores Cosgrove, el principal concesionario de tractores John Deere en Central Valley. Estamos en el 912 de Crows Landing Road, en Modesto, muy cerca de la autopista Golden State. Y estamos abiertos de lunes a viernes, de nueve de la mañana a seis de la tarde. Si desea dejar un mensaje, un miembro de nuestro equipo de comerciales se pondrá en contacto con usted lo antes posible.

Bosch colgó antes de que sonara el pitido, diciéndose que volvería a llamar al día siguiente durante el horario de trabajo. También tenía claro que Tractores Cosgrove posiblemente no tenía nada que ver con la llamada en 2002. El número podía haber sido asignado a otra empresa o a otro particular después de ese año.

—¿Vas a comerte el pastel?

Bosch levantó la mirada. Su hija había salido del dormitorio. Iba vestida con una larga camisa de pijama; el vestido de noche seguramente estaba colgado en su armario.

—Pues claro.

Cerró la ficha de asesinato y la dejó en la mesita al levantarse del sofá. Mientras iban a la mesa del comedor, trató de abrazar a su hija, pero esta eludió el abrazo con delicadeza y se dirigió a la cocina.

—Voy a por unos platos y tenedores.

Desde la cocina le gritó que abriera sus dos regalos, empezando por el más evidente, pero Bosch esperó a que regresara.

Mientras Maddie cortaba el pastel, abrió la caja larga y estrecha que sin duda contenía una corbata. Su hija siempre estaba criticando lo antiguas y sosas que eran sus corbatas. Una vez incluso bromeó que, a la hora de comprarse una corbata, Harry se inspiraba en la vieja teleserie *Dragnet*, de los años en blanco y negro. Abrió la caja y se encontró ante una corbata en desteñidas tonalidades azules, verdes y granates.

—Qué bonita —proclamó—. Mañana mismo me la pongo.

Su hija sonrió, y Bosch pasó al segundo regalo. Lo desenvolvió, y resultó ser un estuche con seis discos compactos. Una colección de grabaciones de Art Pepper hechas en directo y recientemente publicadas por primera vez.

—*Unreleased Art* —Bosch leyó el título—. Volúmenes uno al seis. ¿Dónde has encontrado esto?

—En internet —dijo Maddie—. Los ha publicado la viuda de Pepper.

—No sabía que existieran estas grabaciones.

—La viuda tiene su propio sello discográfico: Widow's Taste.

Bosch reparó en que algunos de los estuches contenían varios discos. Allí había mucha música.

—¿Los escuchamos?

Maddie le pasó un plato con una porción de pastel de mármol.

—Aún tengo que hacer los deberes —dijo—. Me vuelvo a la habitación, pero escúchalos tú.

—Creo que voy a poner el primero.

—Espero que te guste.

—Seguro que sí. Gracias, Maddie. Por todo.

Dejó el plato y los discos compactos en la mesa y fue a abrazar a su hija. Ella esta vez se dejó, y Bosch se sintió agradecido en extremo.

7

El miércoles por la mañana, Bosch llegó pronto a su cubículo, antes de que se hubieran presentado los demás inspectores. Cogió el gran vaso de papel con café para llevar que había comprado y vertió su contenido en la taza que guardaba en el cajón del escritorio. Se puso las gafas de leer y escuchó los mensajes pendientes, con la esperanza de que un golpe de suerte hubiera llevado a la detención de Charles Washburn esa misma noche y que este ahora le estuviera esperando en un calabozo de la comisaría de la Calle 77. Pero ni en el teléfono ni en el correo electrónico había referencia a 2 Small. Seguía en paradero desconocido. Sin embargo, sí que había un correo electrónico de respuesta enviado por el hermano de Anneke Jespersen. Bosch sintió un estremecimiento de interés al reconocer las palabras del encabezamiento: la investigación del asesinato de su hermana.

Una semana antes, cuando la ATF notificó a Bosch que el casquillo de bala encontrado tras el asesinato de Jespersen se correspondía con las muestras de balística de otros dos asesinatos, el caso pasó de la fase de presentación a la de investigación activa. El protocolo operativo de la unidad para casos abiertos/no resueltos estipulaba la necesidad de avisar a la familia de la víctima cuando un caso era declarado activo, lo cual originaba ciertas complicaciones: lo último que un investigador quería hacer era dar falsas esperanzas a los familiares o hacerles revivir de forma gratuita el trauma de la pérdida de un ser querido. La notificación inicial siempre era efectuada con delicadeza, lo que implicaba hablar con un miembro minuciosamente escogido de la familia y darle información cuidadosamente seleccionada y sopesada.

Bosch tan solo contaba con una conexión familiar en el caso Jespersen. El hermano de la víctima, Henrik Jespersen, aparecía en los informes como el contacto con la familia, y una entrada correspondiente a 1999 en el informe cronológico incluía una dirección suya de correo electrónico. Bosch envió un mensaje a dicha dirección, sin saber si seguiría en activo después de trece años. El mensaje no fue devuelto, pero tampoco le llegó respuesta. Dos días después lo reenvió, sin obtener *feedback* de ningún tipo. Bosch entonces dejó para más tarde la cuestión del contacto con la familia y se puso a investigar a Rufus Coleman, con quien iba a encontrarse en San Quintín.

Daba la casualidad de que una de las razones de Bosch para llegar tan temprano al trabajo era tratar de conseguir un teléfono para llamar a Henrik Jespersen en Copenhague, ciudad cuyo huso horario iba nueve horas por delante del de Los Ángeles.

Henrik en esta ocasión se había adelantado a Bosch y había respondido a su mensaje, de tal forma que la respuesta había llegado al correo electrónico de Harry a las dos de la madrugada en California.

Querido señor Bosch, gracias por su mensaje. Fue a parar por error a la bandeja de correo basura, pero ya lo he recuperado. Es mi intención responder cuanto antes. Gracias a usted y al LAPD por buscar al asesino de mi hermana. Aquí en Copenhague todos echamos mucho de menos a Anneke. *BT*, el periódico para el que trabajaba, hizo poner una placa dorada en conmemoración de esta valienta periodista. Espero que puedan detener a esos assesinos sin escrupulos. Si quiere hablar conmigo, lo mejor es que me llame al hotel donde trabajo como direktor. El teléfono es 00-45-25-14-63-69. Espero que encuentren al assesino. Para mí es muy importante. Mi hermana y yo eramos gemelos. La echo mucho en falta.

Henrik

Posdata: Anneke Jespersen no estaba de vaciones. Estaba cubriendo noticia.

Bosch se quedó mirando esta última frase largo rato. Supuso que Henrik quería decir «vacaciones» allí donde había puesto «vaciones». La posdata parecía responder directamente a algo que Bosch había escrito en su mensaje inicial, el cual aparecía copiado más abajo:

Apreciado señor Jespersen, soy un inspector de homicidios del cuerpo de policía de Los Ángeles (LAPD). Me han asignado continuar la investigación del asesinato de su hermana Anneke acaecido el 1 de mayo de 1992. No quiero molestarle ni causarle más dolor, pero como investigador tengo el deber de informarle de que estoy haciendo lo posible por encontrar nuevos indicios sobre el caso. Le pido disculpas por no saber su idioma. Si puede usted comunicarse en inglés, por favor responda a este mensaje o llámeme a alguno de los números que aparecen más abajo.

Han pasado veinte años desde que su hermana vino a este país de vacaciones y perdió la vida tras dirigirse a Los Ángeles a fin de cubrir una información para su periódico en Copenhague. Mi obligación es resolver este caso, y tengo la esperanza de conseguirlo. Voy a hacer todo lo posible, y entretanto espero poder comunicarme con usted.

Bosch tenía la impresión de que la referencia de Henrik a una «noticia» no era necesariamente una referencia a los disturbios. Henrik podía haber dicho que su hermana había venido a Estados

Unidos a cubrir otra noticia, la cual habría aparcado para dirigirse a Los Ángeles y cubrir los disturbios.

Todo esto no eran más que conjeturas hasta que Bosch hablase con Henrik directamente. Miró el reloj de pared e hizo un cálculo mental. En Copenhague serían las cuatro y pico de la tarde. Tenía bastantes probabilidades de pillar a Henrik en el hotel.

Un recepcionista se puso al teléfono de inmediato y le dijo que Henrik había terminado su jornada y acababa de irse a casa. Bosch dejó su nombre y número, pero ningún mensaje. Tras colgar mandó un correo electrónico a Henrik pidiendo que le llamara tan pronto como pudiese, de día o de noche.

Bosch sacó de su ajado maletín los informes del caso y se puso a leerlos otra vez, en esta ocasión tratando de vincularlo todo a una nueva hipótesis: la de que Anneke Jespersen ya estaba cubriendo una noticia cuando vino a Estados Unidos.

Las cosas pronto empezaron a encajar. Jespersen viajaba con poco equipaje precisamente porque *no* estaba de vacaciones. Estaba trabajando, y por eso viajaba solo con ropas de trabajo a fin de poder trasladarse con rapidez y facilidad. Una mochila, y punto. Para poder viajar con la idea de cubrir la noticia... Fuese cual fuese aquella noticia.

La lectura de los informes desde ese nuevo ángulo hizo que se fijara en otras cosas que le habían pasado desapercibidas. Jespersen era fotógrafa y periodista. Tomaba fotos y escribía artículos sobre noticias. Pero no había aparecido ningún cuaderno de notas junto a su cuerpo o entre sus pertenencias en la habitación del hotel. Si estaba cubriendo un caso, ¿no tendría que haber tomado notas? ¿No tendría que haber un cuaderno en su mochila o en alguno de los bolsillos de su chaleco?

—¿Qué más? —preguntó Bosch en voz alta, tras lo cual levantó la vista para asegurarse de que seguía estando solo.

¿En qué otras cosas no se había fijado? ¿Qué más tendría que haber llevado encima? Bosch hizo un ejercicio mental. Se imaginó a sí mismo en la habitación de un hotel. Salía de ella, cerraba la puerta a sus espaldas y se iba. ¿Qué cosas llevaría en los bolsillos?

Lo pensó un momento y se le ocurrió una cosa. Revolvió los papeles en la carpeta hasta dar con la lista de objetos personales redactada por el forense: una lista escrita a mano de todos los objetos encontrados en el cuerpo o las ropas de la víctima. En ella venían las prendas de vestir, así como una billetera, algo de dinero y dos piezas de joyería: un reloj de pulsera y un discreto collarito de plata.

—Falta la llave de la habitación —dijo en voz alta.

Para Bosch, aquello solo podía tener dos explicaciones: la primera, que había dejado la llave de la habitación dentro del coche de alquiler y que quien había entrado en el vehículo por la fuerza se la había llevado; la segunda, y más probable, que quien había asesinado a Jespersen se había llevado de su bolsillo la llave de la habitación de su hotel.

Volvió a estudiar la lista y a continuación los estuches de plástico que contenían las fotografías Polaroid tomadas por él mismo veinte años atrás. Las desvaídas imágenes mostraban la escena del crimen y el cadáver tal como había sido encontrado, desde distintos ángulos. Dos de las fotos eran primeros planos del torso y mostraban con claridad los pantalones de la víctima. En lo alto del bolsillo izquierdo se veía que asomaba el forro blanco. Bosch tuvo claro que eso se debía a que alguien había registrado los bolsillos de la víctima y se había quedado con la llave de la habitación del hotel... Sin coger ni las joyas ni el dinero en efectivo.

Lo que apuntaba a que la habitación del hotel probablemente había sido registrada. El porqué seguía siendo un misterio. El caso es que ningún cuaderno o papel suelto había aparecido entre las pertenencias entregadas por el personal del hotel a la policía.

Bosch se levantó; se hallaba demasiado tenso para continuar sentado. Intuía que estaba a punto de dar con algo, pero no tenía idea de qué se trataba y de si, en último término, tenía que ver con el asesinato de Anneke Jespersen.

—Hola, Harry.

Sentado ante el escritorio, Bosch volvió la cabeza y vio que su compañero acababa de llegar al cubículo.

—Hola.

—Hoy has llegado pronto.

—No, como de costumbre. Eres tú quien llega tarde.

—Oye, ¿es que ha sido tu cumpleaños o algo parecido?

Bosch miró a Chu un momento antes de responder:

—Sí, ayer. ¿Cómo lo sabes?

Chu se encogió de hombros.

—Esa corbata que llevas. Parece nueva, y tengo claro que en la vida se te habría ocurrido comprarla de esos colores tan vivos.

Bosch bajó la mirada hacia la corbata y la alisó contra su pecho.

—Mi hija —explicó.

—Se nota que tiene buen gusto. Es una pena que tú no lo tengas.

Chu rió y dijo que se iba a la cafetería a tomarse un café. Era lo que hacía cada mañana: presentarse en la sala de inspectores y al momento hacer una pausa para el café.

—¿Quieres alguna cosa, Harry?

—Pues sí. Necesito que me busques un nombre en el ordenador.

—Quiero decir si te apetece un café o lo que sea.

—No, estoy bien.

—Te busco ese nombre en cuanto vuelva.

Bosch se despidió de él con un gesto de la mano. Decidió no esperar. Se puso ante el ordenador y empezó por la base de datos de vehículos matriculados en California. Tecleando con dos dedos, insertó el nombre Alex White y se encontró con que en California había casi cuatrocientos conductores llamados Alex,

Alexander o Alexandra White. Tan solo tres de ellos vivían en Modesto, y eran varones de entre veintiocho y cuarenta y cuatro años de edad. Copió la información e insertó los tres nombres en el NCIC, la gran base de datos del FBI; ninguno tenía antecedentes penales.

Bosch consultó el reloj de pared y vio que todavía eran las ocho y media. El concesionario John Deere, desde el que Alex White efectuara una llamada diez años atrás no abriría hasta dentro de media hora. Llamó a información telefónica interesándose por el prefijo 209, pero en la zona no constaba ningún Alex White.

Chu regresó, entró en el cubículo y dejó el vaso con café en el punto preciso donde el teniente O'Toole se había sentado el día anterior.

—Y bien, Harry, ¿qué nombre es ese? —preguntó.

—Ya he estado mirando —dijo Bosch—. Pero igual puedes buscarlo en el TLO y, con suerte, conseguirme algunos números de teléfono.

—No hay problema. Déjame hacer.

Bosch corrió la silla hasta situarse al lado de Chu y le pasó el papel donde había anotado la información sobre los tres Alex White. El TLO era una base de datos a la que el LAPD estaba suscrito y que recopilaba información procedente de numerosas fuentes públicas y privadas. Se trataba de una herramienta útil, que muchas veces proporcionaba números telefónicos —de fijos y móviles— que no aparecían en los listines, y hasta solicitudes de empleo. Para usar esta base de datos había que tener cierta experiencia y saber cómo formular bien una petición, y era en ese punto donde Chu se mostraba mucho más diestro que Bosch.

—Muy bien. Dame unos minutos —dijo Chu.

Bosch volvió a sentarse ante su escritorio. Se fijó en el montón de fotografías apiladas a su derecha. Eran ampliaciones —de ocho por trece centímetros de tamaño— de la foto de la acreditación de prensa de Anneke Jespersen, unas ampliaciones que había pedido al departamento de fotografía para poder distribuirlas a conveniencia. Cogió una de ellas y estudió otra vez el rostro de Jespersen, con los ojos fijos en los de la periodista y su mirada distante.

Finalmente, metió la foto bajo la cubierta de cristal del escritorio, donde se unió a todas las demás. Todas mujeres. Todas víctimas. Casos y rostros de los que siempre quería acordarse.

—Bosch, ¿qué está haciendo aquí?

Bosch levantó la vista y vio que se trataba del teniente O'Toole.

—Aquí es donde trabajo, teniente —dijo.

—Hoy le toca cursillo, y no voy a permitir que vuelva a dejarlo para otro día.

—Hasta las diez no empiezo, y además ya tienen a gente de sobra. Pero no se preocupe, cumpliré con el cursillo.

—No quiero más excusas.

O'Toole se alejó en dirección a su despacho. Bosch le miró alejarse y meneó la cabeza.

Chu se dio la vuelta y le tendió la hoja de papel que Bosch le había entregado.

—Pan comido —comentó.

Bosch cogió el papel y lo miró. Chu había escrito varios números de teléfono bajo los tres nombres. Bosch se olvidó de O'Toole al instante.

—Gracias, colega.

—Y, bueno, ¿quién es ese fulano?

—No estoy seguro, pero, hace diez años, alguien llamado Alex White hizo una llamada desde Modesto preguntando por el caso Jespersen. Y quiero saber por qué.

—¿No viene un resumen de la llamada en el informe?

—No. Solo hay una entrada en la cronología. Y es una suerte que alguien se tomara el trabajo de insertarla.

103

Bosch se puso al teléfono y llamó a los tres Alex White. Tuvo suerte y no la tuvo. Consiguió hablar con los tres, pero ninguno de ellos reconoció ser el Alex White que telefoneara interesándose por el caso Jespersen. Además de referirse a Jespersen, Bosch preguntaba en cada llamada cómo se ganaba la vida su interlocutor y si sabía algo del concesionario John Deere, desde el que alguien supuestamente había telefoneado diez años atrás. Bosch consiguió establecer una mínima conexión en la última llamada.

El Alex White de mayor edad, un contable propietario de varias parcelas de terreno, dijo que había comprado un tractor segadora en el concesionario de Modesto unos diez años atrás, pero se mostró incapaz de aportar la fecha exacta sin mirar los papeles que tenía en casa. El hombre estaba jugando al golf cuando Bosch llamó, pero prometió telefonear a Harry ese mismo día y proporcionarle la fecha precisa de compra. Contable de profesión como era, estaba seguro de que conservaba la factura.

Bosch colgó. No sabía si estaba dando palos de ciego, pero lo dicho por Alex White le daba que pensar. Eran ya las nueve pasadas, así que llamó al concesionario John Deere.

Las llamadas en frío siempre resultaban delicadas. Bosch se proponía actuar con cautela y no tropezarse con algo de mala manera o alertar a un posible sospechoso de que estaba investigando el caso. Decidió inventarse una historia en lugar de revelar quién era y desde dónde estaba llamando.

Una recepcionista se puso al teléfono y Bosch preguntó por Alex White. Se produjo una pausa.

—Me temo que en nuestra lista de empleados no consta ningún Alex White. ¿Está seguro de que quiere hablar con Tractores Cosgrove?

—Bueno, White me dio este número. ¿Cuánto tiempo hace que trabaja para la empresa?

—Veintidós años. Un momento, por favor.

La recepcionista no aguardó a oír su respuesta y puso a Bosch a la espera mientras, seguramente, atendía otra llamada. Al poco rato volvió a hablar.

—Aquí no trabaja ningún Alex White. ¿Desea hablar con alguna otra persona?

—¿Podría hablar con el gerente?

—Sí. ¿De parte de quién, por favor?

—De John Bagnall.

—Un momento, por favor.

John Bagnall era el nombre falso que todos los miembros de la unidad de casos abiertos/no resueltos empleaban al hacer una llamada telefónica de este tipo.

Otra voz se puso al teléfono con rapidez.

—Hola, soy Jerry Jimenez. ¿En qué puedo ayudarle?

—Hola. Me llamo John Bagnall y estoy revisando una petición de empleo en la que se asegura que Alex White estuvo empleado en Tractores Cosgrove entre los años 2000 y 2004. ¿Me lo podría confirmar, por favor?

—Yo no, me temo. Entonces ya estaba aquí, pero no me acuerdo de ningún Alex White. ¿En qué departamento trabajaba?

—Ese es precisamente el problema. En el currículum no se especifica dónde trabajaba exactamente.

—Bueno, pues no sé cómo podría ayudarle. Por entonces yo era el encargado de ventas. Conocía personalmente a todos los que trabajaban aquí, lo mismo que ahora, y en la empresa no había ningún Alex White, se lo aseguro. La nuestra tampoco es una empresa muy grande, ya me entiende. Hay cuatro departamentos: ventas, servicio, recambios y dirección. En total somos veinticuatro personas, incluido yo.

Bosch repitió el número de teléfono desde el que Alex White había hecho la llamada y preguntó desde cuándo lo tenía el concesionario.

—Desde siempre. Desde que abrimos en 1990. Yo por entonces ya estaba aquí.

—Gracias por su amabilidad, señor. Que tenga un buen día.

Bosch colgó, sintiendo más curiosidad que nunca por la llamada efectuada por Alex White en 2002.

Bosch se pasó el resto de la mañana atendiendo al prefijado cursillo semianual sobre armamento y protocolos a seguir. Primero estuvo sentado una hora en el aula, donde le pusieron al día sobre las últimas decisiones judiciales relativas al trabajo policial y los subsiguientes cambios en los protocolos operativos del LAPD. También se examinaron varios informes sobre recientes intervenciones armadas de la policía, tras lo cual se debatió qué era lo que había funcionado bien o mal en cada caso. A continuación, Bosch fue al campo de tiro, donde estuvo disparando a fin de conservar su licencia de armas. El sargento al cargo del campo de tiro era un viejo amigo y le preguntó por su hija, lo que dio una idea a Bosch para hacer algo con Maddie el fin de semana.

Bosch avanzaba por el aparcamiento en dirección a su coche, pensando en lo que iba a almorzar, cuando Alex White telefoneó desde Modesto con información sobre la compra de su tractor. White dijo a Bosch que se había quedado tan intrigado por aquella llamada inesperada que había dejado el partido de golf después de tan solo ocho hoyos. White comentó que en ese momento llevaba contabilizados cincuenta y nueve golpes, lo que seguramente también influyó en su decisión de abandonar el partido.

Según los archivos del contable, White había adquirido el tractor segadora a Tractores Cosgrove el 27 de abril de 2002 y lo había recogido el 1 de mayo, el décimo aniversario de la muerte de Anneke Jespersen y el mismo día en que alguien que decía ser Alex White había llamado al LAPD desde el concesionario preguntando sobre el caso.

—Señor White, tengo que preguntárselo otra vez: ¿el día que

recogió su tractor hizo una llamada al LAPD desde el concesionario preguntando por un caso de asesinato?

White rió con incomodidad antes de responder:

—Esto es de locos —dijo—. No, no llamé al LAPD. No he llamado al LAPD en mi vida. Alguien debió de utilizar mi nombre, y no sabría decirle por qué. No me lo explico, inspector.

Bosch preguntó si en la factura y los papeles de la fecha de compra constaba algún nombre. White le dio dos nombres. El vendedor había sido un tal Reggie Banks, mientras que el jefe de ventas que había cerrado la transacción era Jerry Jimenez.

—Muy bien, señor White —dijo Bosch—. Ha sido usted de gran ayuda. Muchas gracias, y perdóneme por haberle fastidiado el partido de golf.

—No hay problema, inspector. Hoy tenía un día aciago. Pero voy a pedirle una cosa: si averigua quién llamó utilizando mi nombre, hágamelo saber, por favor.

—Así lo haré, señor. Que tenga un buen día.

Pensativo, Bosch abrió la portezuela del coche. De ser un detalle que precisaba de aclaración, el misterio de Alex White se había convertido en algo más importante. Era evidente que alguien había llamado desde el concesionario John Deere interesándose por el caso Jespersen y había dado una identidad falsa, valiéndose del nombre de un cliente que había estado en el concesionario ese mismo día, lo que para Bosch cambiaba las cosas de modo radical. Ya no se trataba de un blip inexplicado del radar. Ahí había algo interesante, algo que tenía que ser esclarecido.

8

Bosch decidió pasar sin almorzar y volvió a la sala de inspectores. Por suerte, Chu aún no se había ido a comer, y Bosch le dio los nombres de Reginald Banks y Jerry Jimenez para que los mirase en las bases de datos. En ese momento reparó en la lucecilla parpadeante de su teléfono en el escritorio y escuchó el mensaje. Se había perdido una llamada de Henrik Jespersen. Soltó una maldición y se preguntó por qué Henrik no le había llamado al teléfono móvil que Bosch había incluido en sus correos electrónicos.

Bosch consultó el reloj de pared e hizo un cálculo mental. En Dinamarca eran las nueve de la noche. Henrik le había dejado el número de su casa en el mensaje, y Harry le llamó. Hubo un largo silencio mientras la llamada cruzaba un océano entero. Bosch estaba empezando a pensar si llegaría a establecer conexión cuando una voz de hombre respondió al otro lado.

—Le habla el inspector Bosch, de Los Ángeles. ¿Es usted Henrik Jespersen?

—Sí, soy Henrik.

—Siento llamarle tan tarde. ¿Le va bien hablar unos minutos?

—Sí, por supuesto.

—Excelente. Gracias por haber respondido a mi correo electrónico, pero tengo que hacerle unas cuantas preguntas más, si no le importa.

—Encantado de responderle. Adelante, por favor.

—Gracias. Yo, eh, como le dije por correo electrónico, la investigación de la muerte de su hermana tiene gran prioridad. Estoy trabajando activamente en el caso. Aunque hayan pasado veinte años, estoy seguro de que la muerte de su hermana sigue siendo motivo de dolor. Y lo siento mucho.

—Gracias, inspector. Anneke era una mujer muy hermosa y con mucha alegría. La echo mucho de menos.

—Estoy seguro.

A lo largo de los años, Bosch había hablado con muchas personas que habían perdido a seres queridos por causa de la violencia. Demasiadas como para recordar sus nombres, pero ello no le facilitaba las cosas en momentos como este ni provocaba que su empatía fuera menor.

—¿Qué era lo que quería preguntarme? —inquirió Jespersen.

—Bien, en primer lugar quería preguntarle por la posdata que me escribió en el correo electrónico. Decía usted que Anneke no estaba de vacaciones, y me gustaría confirmar este punto.

—Eso es. No estaba de vacaciones.

—Bueno, ya sé que no estaba de vacaciones mientras se encontraba en Los Ángeles cubriendo los disturbios para su periódico. Pero, ¿me está diciendo que tampoco estaba de vacaciones cuando llegó a Estados Unidos?

—Todo el tiempo estaba trabajando. Andaba ocupada con un caso.

Bosch cogió un papel para tomar notas.

—¿Sabe qué caso era ese?

—No. No me lo dijo.

—Entonces, ¿cómo sabe que vino a Estados Unidos a trabajar?

—Porque me dijo que iba a su país a cubrir una noticia. No me dijo de qué se trataba porque era periodista y no me hablaba de esas cosas.

—¿Le parece que su jefe o su editor podrían saberlo?

—No creo. Mi hermana trabajaba por libre, ya me entiende, y

luego vendía sus fotos y artículos al *BT*. A veces le encargaban cubrir una noticia, pero no siempre. Ella cubría sus historias y luego les decía lo que tenía, ya sabe.

En los informes y artículos de prensa había referencias al redactor jefe de Anneke, así que Bosch sabía que contaba con un punto de partida. Pero igualmente preguntó a Henrik:

—¿Recuerda el nombre del redactor jefe para el que ella trabajaba?

—Sí. Jannik Frej. Habló en el funeral. Un hombre muy considerado.

Bosch le pidió que deletreara el nombre y apellido y preguntó si tenía un número de contacto de Frej.

—No. Nunca lo he tenido. Lo siento.

—No pasa nada. Puedo conseguirlo por mi cuenta. Y bien, ¿podría decirme cuándo fue la última vez que habló con su hermana?

—Sí. Fui a verla el día antes de que viajara a América.

—¿Y ella no le dijo nada sobre esa noticia que perseguía?

—Yo no le pregunté, y ella tampoco me dijo más.

—Pero usted sabía que ella iba a venir aquí, ¿correcto? Fue a verla para despedirse.

—Sí. Y para darle la información sobre el hotel.

—¿Qué información...?

—Llevo treinta años trabajando en el sector turístico. Y en aquel entonces siempre le hacía las reservas a Anneke cuando se iba de viaje.

—¿El periódico no se ocupaba de eso?

—No. Anneke trabajaba por su cuenta y le era más fácil hacerlo a través de mí. Los viajes siempre se los organizaba yo. Incluso cuando iba a un país en guerra. Por entonces no existía internet, recuerde. Era más difícil encontrar lugares donde alojarse. Anneke necesitaba que lo hiciera yo.

—Entiendo. ¿Recuerda dónde se alojó en Estados Unidos? Su

hermana llegó a mi país varios días antes de los disturbios. ¿En qué lugares estuvo además de Nueva York y San Francisco?

—Eso tendría que verlo.

—¿Perdón?

—Tendría que ir al almacén donde guardo mis cosas y mirar en mis archivos. He guardado muchas cosas de esa época... por lo que sucedió. Iré a ver. Pero me acuerdo de que Anneke no iba a Nueva York.

—¿Tan solo aterrizó allí?

—Sí. Y enlazó con un vuelo para Atlanta.

—¿Qué razón tenía para ir a Atlanta?

—Eso no lo sé.

—Muy bien. ¿Cuándo le parece que podrá mirar en sus archivos, Henrik?

Bosch quería presionarle, pero sin excederse.

—No estoy seguro. No los tengo aquí. Tendré que ausentarme del trabajo para ir.

—Entiendo, Henrik. Pero eso podría ser de mucha ayuda. ¿Me llamará o escribirá cuando lo haya hecho?

—Sí, por supuesto.

Bosch miró las anotaciones en el papel y trató de pensar en otras preguntas que formularle.

—Henrik, ¿dónde estaba su hermana antes de viajar a Estados Unidos?

—Aquí, en Copenhague.

—Quiero decir, ¿cuál fue el último viaje que hizo antes de ir a Estados Unidos?

—Estuvo un tiempo en Alemania. Y antes en Kuwait City, cuando la guerra.

Bosch entendió que la referencia era a la primera guerra del Golfo. Sabía que Anneke había estado allí, pues lo había leído en los artículos sobre su persona publicados por la prensa. Anotó «Alemania». Eso le resultaba nuevo.

—¿Sabe en qué lugar de Alemania estuvo?

—En Stuttgart. De eso me acuerdo.

Bosch asimismo tomó nota. Se dijo que no iba a poder sacarle más a Henrik hasta que este consultara en sus archivos y mirara la documentación de los viajes.

—¿Ella le dijo para qué iba a Alemania? ¿Estaba cubriendo una noticia?

—No me lo dijo. Me pidió que le buscara un hotel que estuviera cerca de la base militar americana. De eso me acuerdo.

—¿No le contó nada más?

—Eso fue todo. Pero no entiendo qué importancia tiene todo esto. A mi hermana la mataron en Los Ángeles.

—Lo más probable es que no tenga importancia, Henrik. Pero a veces vale la pena tirar por elevación.

—¿Qué significa eso?

—Que si uno hace muchas preguntas, al final consigue mucha información. No toda esa información es útil, pero a veces hay suerte. Gracias por su paciencia y por haber hablado conmigo.

—¿Va a resolver este caso de una vez, inspector?

Bosch hizo una pausa y respondió:

—Estoy haciendo todo lo que puedo, Henrik. Si lo consigo, le prometo que usted será el primero en enterarse.

La conversación con Henrik aportó nuevas energías a Bosch, por mucho que este no hubiera encontrado todo lo que era posible encontrar. No sabía decir exactamente por qué, pero ahora las cosas eran distintas. Tan solo un día antes, Bosch pensaba que la investigación no iba a ninguna parte y que pronto iba a tener que meter otra vez todos los documentos en las cajas y devolver a Anneke Jespersen a las profundidades del almacén de casos no resueltos y víctimas olvidadas. Pero ahora había surgido una chispa;

había un juego con nuevos misterios; había preguntas que responder, y Bosch seguía metido en el juego.

Lo siguiente que hizo fue contactar con el redactor jefe de Anneke en el *BT*. Bosch cotejó el nombre que Henrik le había dado, Jannik Frej, con el que aparecía en las noticias e informes del libro de asesinato. Los nombres no coincidían. En las noticias publicadas cuando los disturbios se hacía mención a un redactor jefe llamado Arne Haagan. La cronología de los investigadores también mencionaba a Haagan como el redactor jefe con quien los inspectores del DICD estuvieron hablando sobre Jespersen.

Bosch no se explicaba la discrepancia. Buscó en Google, encontró un número de teléfono de la redacción del *Berlingske Tidende* e hizo la llamada. Por muy tarde que fuera, en la redacción habría alguien, o eso pensaba.

—*Nyheder.*

Bosch se había olvidado de las dificultades idiomáticas. No sabía si la mujer que le había respondido había dicho su nombre o una palabra en danés.

—*Hej? Nyheder skrivebord.*

—Eh, hola... ¿Habla usted inglés?

—Un poco, sí. ¿En qué puedo ayudarle?

Bosch consultó sus notas.

—Quisiera hablar con Arne Haagan o Jannik Frej, por favor.

Se produjo una pequeña pausa, y la mujer finalmente respondió:

—El señor Haagan está muerto.

—¿Que está muerto? Eh, vaya, ¿y el señor Frej?

—Frej no trabaja aquí.

—Eh, ¿y cuándo ha fallecido el señor Haagan?

—Hum... No cuelgue, por favor.

Bosch siguió a la espera durante lo que parecieron ser cinco minutos. Echó una ojeada a la sala de inspectores y vio que el teniente O'Toole le estaba mirando fijamente a través del cristal de su despacho. O'Toole hizo el gesto de disparar una pistola y a continuación levantó el dedo pulgar hacia arriba al tiempo que arqueaba las cejas en señal de interrogación. Bosch entendió que le estaba preguntando si había aprobado el cursillo. Asimismo levantó el pulgar y apartó la mirada. Finalmente, una voz masculina se puso al teléfono. El recién llegado resultó hablar inglés de forma excelente, sin apenas acento.

—Le habla Mikkel Bonn. ¿En qué puedo ayudarle?

—Sí. Quería hablar con Arne Haagan, pero la mujer que se ha puesto al teléfono me ha dicho que había fallecido. ¿Es eso cierto?

—Sí. Arne Haagan murió hace cuatro años. ¿Puedo preguntarle el motivo de su llamada?

—Me llamo Harry Bosch y soy inspector del cuerpo de policía de Los Ángeles. Estoy investigando la muerte de Anneke Jespersen, sucedida hace veinte años. ¿Está familiarizado con el caso?

—Sé quién era Anneke Jespersen. Aquí nos conocemos todos. Arne Haagan por entonces era el redactor jefe del periódico. Pero luego se jubiló. Y después murió.

—¿Y qué me dice de otro editor llamado Jannik Frej? ¿Continúa trabajando en la redacción?

—Jannik Frej... No, Jannik no sigue aquí.

—¿Cuándo se fue? ¿Aún está vivo?

—También se jubiló, hace unos cuantos años. Que yo sepa, sigue con vida.

—Muy bien, ¿sabe cómo puedo contactar con él? Necesito hablar con Frej.

—Puedo mirar si alguien tiene información de contacto. Es posible que en la redacción haya alguien que siga viéndole. ¿Podría usted decirme si hay novedades en lo referente a este caso? Soy periodista y me gustaría...

—El caso sigue abierto. Estoy investigando, pero no puedo decirle más. Justo acabo de empezar.

—Entiendo. ¿Le parece que vuelva a llamarle cuando tenga la información para contactar con Jannik Frej?

—Si no le importa, prefiero esperar a que me la proporcione ahora.

Se produjo una pausa.

—De acuerdo. Bien, intentaré no tardar demasiado.

Bosch quedó de nuevo a la espera. Esta vez no miró en dirección al despacho del teniente. Se dio la vuelta para mirar detrás de él, y vio que Chu se había ido, a almorzar lo más probable.

—¿Inspector Bosch?

Era Bonn otra vez.

—Sí.

—Tengo una dirección de correo electrónico de Jannik Frej.

—¿Y un número de teléfono?

—Por el momento, no. Aunque trataré de encontrarlo y facilitárselo. Pero, ahora mismo, ¿le interesa esta dirección de correo?

—Sí, claro.

Tomó nota de la dirección y después le proporcionó a Frej su propio correo electrónico y número de teléfono.

—Buena suerte, inspector —dijo Bonn.

—Gracias.

—Una cosa más. Yo aún no estaba aquí cuando pasó lo que pasó. Pero hace diez años sí que lo estaba, y me acuerdo de que publicamos un gran artículo sobre Anneke y el caso. ¿Le gustaría verlo?

Bosch titubeó.

—Pero estará escrito en danés, ¿no?

—Sí, pero en internet hay muchas herramientas de traducción que pueden serle de utilidad.

Bosch no estaba muy seguro de lo que Bonn quería decir con eso, pero le invitó a enviarle un enlace al artículo. Le dio las gracias de nuevo y colgó.

9

Bosch se dio cuenta de que estaba muerto de hambre. Cogió el ascensor y bajó al vestíbulo, salió por la puerta principal y cruzó la plaza. Su plan era dirigirse a Philippe's para comerse un emparedado de rosbif, pero su teléfono móvil sonó antes de cruzar First Street. Era Jordy Gant.

—Harry. Ya tenemos a tu hombre.

—¿A 2 Small?

—El mismo. Justo acaba de llamarme uno de mis muchachos. Le han pillado saliendo de un McDonald's en Normandie. Uno de los agentes con los que hablé esta mañana llevaba su foto en la visera. Y sí, es 2 Small.

—¿Adónde lo han llevado?

—A la comisaría de la Calle 77. Le están tomando los datos en este mismo momento. Tan solo pueden retenerle provisionalmente, aunque si te das prisa, igual puedes llegar antes de que tenga tiempo de contactar con un abogado.

—Ahora mismo salgo.

—¿Te parece que vaya también?

—Nos vemos allí.

El poco tráfico del mediodía facilitó que llegara a la comisaría de la Calle 77 en veinte minutos. Durante el trayecto no hizo más que pensar en lo que iba a decirle a Washburn. Lo único que tenía para inculpar a 2 Small era una intuición basada en la proximidad. Esa era la única carta que podía jugar. Debía convencer a

Washburn de que tenía un indicio serio en su contra y valerse de dicha mentira para arrancarle una confesión. Era el método más endeble de todos, especialmente en el caso de un sospechoso que se las había visto varias veces con la policía. Pero era el único que tenía.

En la comisaría, Gant le estaba esperando en el despacho de guardia.

—He hecho que lo trasladen al despacho de inspectores. ¿Estás listo?

—Estoy listo.

Bosch vio una caja de donuts en un estante tras el escritorio del teniente de patrulla. Estaba abierta, y en su interior solo quedaban dos donuts. Casi con toda seguridad llevaban ahí desde primera hora de la mañana.

—Oye, ¿te importa si...?

Señaló los donuts.

—Cómetelos, hombre —respondió Gant.

Bosch cogió uno de los donuts cubiertos de azúcar glaseado y lo devoró en cuatro bocados mientras seguía a Gant por el pasillo en dirección al despacho de inspectores.

Entraron en la sala, repleta de escritorios, archivadores y montones de papel. La mayoría de los escritorios estaban desocupados, y Bosch supuso que los inspectores habrían salido a comer o estarían investigando sus casos. Vio una caja de pañuelos de papel en uno de los escritorios y sacó tres pañuelos para limpiarse el azúcar de los dedos.

Un agente de coche patrulla estaba sentado ante la puerta de una de las dos salas de interrogatorios. Se levantó al ver que llegaban Gant y Bosch. Gant lo presentó como Chris Mercer, el patrullero que había encontrado a 2 Small Washburn.

—Buen trabajo —le felicitó Bosch, al tiempo que le estrechaba la mano—. ¿Le ha leído la cartilla? —agregó, en referencia a las protecciones y derechos conferidos por la Constitución.

—Sí.

—Perfecto.

—Gracias, Chris —dijo Gant—. A partir de ahora nos encargamos nosotros.

El agente hizo un remedo de saludo militar y se fue. Gant miró a Bosch.

—¿Quieres hacer esto de alguna forma en particular?

—¿Tenemos algo más, aparte de la orden de búsqueda?

—Algo hay. El hombre llevaba catorce gramos de hierba encima.

Bosch frunció el ceño. No era mucho.

—Y también llevaba encima seiscientos dólares en metálico.

Bosch asintió con la cabeza. Eso facilitaba un poco las cosas. Seguramente podría utilizar el dinero en contra de Washburn, en función de lo que este supiera sobre las actuales leyes antidroga.

—Voy a comerle el coco un poco, y a ver si él mismo se acaba retratando. Es la mejor opción que veo. Hacerle creer que lo tiene muy crudo para que tenga que darle un poco a la lengua.

—De acuerdo. Si me necesitas, te sigo el juego.

Entre las puertas de acceso a las salas de interrogatorios había un archivador. Bosch sacó un documento estandarizado de renuncia voluntaria a los derechos del detenido, lo dobló y se lo metió en el bolsillo de la americana.

—Abre la puerta y deja que entre yo primero —dijo.

Gant así lo hizo, y Bosch entró en la sala de interrogatorios con el rostro ceñudo. Washburn estaba sentado ante una pequeña mesa, con las muñecas amarradas al respaldo de la silla por unas esposas de plástico flexible. Como se sabía, era un hombrecillo bajito que llevaba ropas muy holgadas para tratar de disimular lo pequeño que era. En la mesa había una bolsa de plástico transparente con las pertenencias encontradas en sus ropas en el momento del arresto. Bosch se sentó frente a él. Gant cogió la tercera silla, la acercó a la puerta y se sentó como si estuviera de vigilancia, medio metro por detrás del hombro de Bosch.

Bosch cogió la bolsa de plástico y examinó su contenido. Una billetera, un teléfono móvil, un llavero con sus llaves, el fajo de billetes y la bolsita con catorce gramos de marihuana.

—Charles Washburn —dijo—. Alias 2 Small, ¿correcto? Con un número dos. Un apodo muy gracioso el tuyo. ¿Lo inventaste tú mismo?

Levantó los ojos de la bolsa de plástico y miró a Washburn, quien no respondió. Bosch volvió a fijar la vista en la bolsa y meneó la cabeza.

—Tenemos un problema contigo, 2 Small. ¿Sabes cuál es ese problema?

—Me importa una mierda.

—Bueno, ¿sabes qué es lo que no veo dentro de esta bolsa?

—Me da lo mismo.

—No veo que haya una pipa o papel de fumar. Y resulta que hemos encontrado un gran fajo de billetes junto a la maría. Ya sabes por dónde voy, ¿verdad?

—Lo que sé es que tiene que dejarme llamar a mi abogado. Y no pierda el tiempo hablando conmigo, porque no voy a decirle una puta mierda. Lo que tiene que hacer es pasarme el móvil, y ahora mismo llamo a mi hombre.

Bosch pulsó la tecla principal del teléfono móvil, y la pantalla se activó al momento. Como suponía, el teléfono estaba protegido con una contraseña.

—¡Vaya! Necesitas una contraseña.

Bosch levantó el móvil para que Washburn lo viera bien.

—Dámela, y yo mismo llamo a tu abogado.

—No hace falta. Vuelvan a meterme en el calabozo, y hago la llamada desde el teléfono público que hay dentro.

—¿Y por qué no llamas desde este móvil? Seguramente tienes a tu abogado en marcación rápida, ¿no es así?

—Porque ese teléfono no es mío, y no me sé la contraseña.

Bosch sabía que el móvil, casi con toda probabilidad, contenía unos listados de llamadas y contactos que podían meter a Washburn en más problemas todavía. A 2 Small no le quedaba más remedio que negar que el teléfono fuera suyo, por risible que resultara la cosa.

—¿Lo dices en serio? Me parece muy raro, ya que lo hemos encontrado en tu bolsillo. Junto con la hierba y el dinero.

—Ese móvil me lo han puesto ustedes encima. Quiero llamar a un abogado.

Bosch asintió con la cabeza y se giró hacia Gant. En ese momento estaba bordeando el filo de la legalidad.

—¿Sabes lo que significa eso, Jordy?

—Dímelo.

—A este fulano lo hemos trincado con droga en un bolsillo y un fajo de billetes de banco en el otro. El hombre se ha equivocado al no llevar una pipa encima, pues al no llevar algo que evidencie que la droga es para su consumo personal, la ley estipula que estamos ante un caso de tenencia con intención de traficar, lo cual es un delito grave. Seguro que su propio abogado se lo dice.

—Pero, ¿y ahora qué me está diciendo, hombre? —protestó Washburn—. Esta cantidad es de puta pena. Yo no trafico, y usted lo sabe.

Bosch le devolvió la mirada.

—¿Estás hablando conmigo? —preguntó—. Hace un momento me has dicho que querías hablar con un abogado y, si me dices eso, tengo que cerrar el pico. Pero, ¿ahora quieres hablar conmigo?

—Lo único que estoy diciendo es que yo no trafico una mierda.

—¿Quieres hablar conmigo?

—Bueno, pues sí, si con eso se acaba toda esta mierda.

—Vale. En tal caso, hagamos las cosas bien.

Bosch sacó del bolsillo de la americana el documento de renuncia a los derechos del detenido e hizo que Washburn lo firmara. Bosch dudaba de que una comedia así pudiera resistir el escrutinio del tribunal supremo, pero tampoco creía que las cosas fueran a llegar a ese punto.

—Muy bien, 2 Small, hablemos —dijo—. Yo lo único que sé es lo que veo dentro de esta bolsa. Y lo que hay dentro de la bolsa te incrimina como traficante de drogas, y como tal tenemos que denunciarte.

Bosch vio que Washburn flexionaba los músculos de sus hombros delgados al tiempo que agachaba la cabeza. Bosch consultó su reloj de pulsera y continuó:

—Pero tú por eso no te preocupes demasiado, 2 Small. Porque la maría es lo último que me preocupa. Simplemente es lo que necesito para meterte en el talego, porque está claro que un fulano que no paga la pensión de su hijo no va a poder cubrir una fianza de veinticinco mil dólares.

Bosch de nuevo levantó la bolsa llena de marihuana.

—Esto me servirá para que pases una temporada a la sombra mientras me ocupo de otro caso que tengo entre manos.

Washburn levantó la mirada.

—Y una mierda van a encerrarme. Tengo amigos que me ayudarán.

—Ya. Pero resulta que los amigos acostumbran a desaparecer cuando llega el momento de apoquinar.

Bosch se giró hacia Gant y agregó:

—¿Verdad que te has fijado, Jordy?

—Me he fijado. Los amigos suelen esfumarse, sobre todo cuando un fulano está en horas bajas. Se dicen que para qué aflojar pasta para la fianza cuando el tipo en cuestión va a acabar en la trena igualmente.

Bosch asintió con la cabeza, con la mirada fija en Washburn.

—¿Qué es toda esta mierda? —protestó 2 Small—. ¿Por qué la ha tomado conmigo, hombre? ¿Yo qué carajo le he hecho?

Bosch tamborileó con los dedos sobre la mesa.

—Bueno, pues voy a decírtelo, 2 Small. Yo trabajo en el centro y no he venido hasta aquí para trincar a un infeliz con unos gramos de maría. Para que lo sepas, yo trabajo en homicidios. Me dedicó a investigar casos abiertos. ¿Sabes lo que significa eso? Que me dedico a investigar viejos casos. Casos muy viejos. De hace veinte años, por ejemplo.

Bosch escrutó el rostro de Washburn en busca de una reacción, pero su expresión seguía siendo la misma.

—Como el caso del que ahora vamos a hablar.

—Yo no sé nada de ningún homicidio. Está hablando con un puto inocente.

—¿Ah, sí? ¿En serio? No es eso lo que me han dicho. Será que hay gente que te quiere mal y va largando cuentos chinos sobre ti.

—Eso mismo. Así que dejemos toda esta mierda de una puta vez.

Bosch se arrellanó en la silla, como si estuviera considerando seguir la indicación de Washburn. Pero al momento denegó con la cabeza y dijo:

—No, eso no puedo hacerlo. Tengo una testigo, Charles. Una testigo de oídas, si sabes lo que quiero decir.

Washburn respondió con la mirada ausente:

—Lo único que sé es que no dice más que mierdas.

—Tengo una testigo que oyó cómo te atribuías el crimen, colega. Dice que tú mismo se lo dijiste. Te las querías dar de machote y le contaste que pusiste a la putita blanca contra la pared y le descerrajaste un tiro. Esta testigo dice que estabas muy orgulloso porque lo tendrías más fácil para entrar en los Sixties.

Washburn trató de levantarse, pero sus ligaduras hicieron que al momento volviera a sentarse.

—¿Una putita blanca? Pero, ¿de qué coño me está hablando, hombre? ¿Todo eso se lo ha contado Latitia? Latitia no dice más que mierdas. Está tratando de buscarme un problema porque llevo cuatro meses sin pagarle la pensión. Miente como una perra y es capaz de decir cualquier cosa.

—Ya. Bueno, yo no doy los nombres de mis informantes,

Charles. Pero voy a decirte que estás metido en un buen lío, pues he estado revisando algunas cosas a partir de lo que me han dicho, y resulta que, en 1992, una mujer blanca fue asesinada en el callejón que está justo detrás de tu casa. Y esto no es una mentira de mierda ni nada por el estilo.

Un brillo de comprensión apareció en la mirada de Washburn.

—¿Me está hablando de aquella periodista a la que se cargaron cuando los disturbios? Yo con eso no tengo nada que ver, hombre. No tengo ni puta idea de eso, y ya puede decirle a su testigo que si sigue contando mentiras se la va a ganar pero de verdad.

—Charles, creo que no te conviene amenazar a una testigo delante de dos agentes de la ley. Supongamos que mañana le pasa algo malo a Latitia, sea ella o no una testigo... En ese caso, tú serás el primero al que iremos a buscar. ¿Está claro?

Washburn no respondió. Bosch prosiguió:

—De hecho hay más de un testigo, Charles. Hay otra persona del barrio que dice que tú por entonces tenías una pistola. Una Beretta, para ser precisos. Justo el modelo de pistola con el que mataron a esa mujer en el callejón.

—¡¿Esa pistola!? ¡Pero si la encontré tirada en mi jardín, hombre!

Ya estaba. Washburn había reconocido algo. Pero también acababa de ofrecer una explicación plausible. Una explicación que parecía demasiado auténtica y extemporánea para tratarse de un embuste. Bosch tenía que ajustarse a ella.

—¿En tu jardín? ¿Quieres hacerme creer que sencillamente la encontraste tirada en el jardín trasero?

—A ver, un momento, jefe. Yo por entonces tenía dieciséis años. Durante los disturbios, mi madre no me dejaba ni salir a la calle. La puerta de mi cuarto tenía una cerradura que cerraba desde fuera, y en las ventanas había rejas. Mi vieja me encerró con llave y no me dejó salir. Vaya a preguntárselo, y verá.

—Y entonces, ¿cuándo encontraste esa pistola?

—Después de que se acabara todo el follón. Por completo. Una tarde salí al jardín y la encontré mientras estaba cortando el césped. No sabía de dónde había salido. Ni siquiera sabía que se habían cargado a la tipa aquella, hasta que mi vieja me contó que la policía se había presentado en casa haciendo preguntas.

—¿Le dijiste lo de la pistola a tu madre?

—No. Qué carajo, no. No iba a contarle nada. Y por entonces tampoco la tenía.

Con disimulo, Bosch miró a Gant de soslayo por encima del hombro. Harry estaba empezando a sentirse descolocado. La versión de Washburn tenía la desesperación y los detalles de la verdad. La persona que asesinó a Jespersen bien pudo haber tirado la pistola al otro lado del vallado para librarse de ella.

Gant se percató de la mirada, se levantó y situó su silla junto a la de Bosch, asumiendo el mismo protagonismo.

—Charles, todo esto es muy serio —dijo, en un tono que denotaba dicha seriedad a la perfección—. Sabemos más cosas sobre todo este asunto de las que tú vas a saber en la vida. Puedes salirte de esta sin problemas si no nos vienes con cuentos chinos. Si nos mientes, vamos a darnos cuenta.

—Muy bien —dijo Washburn con voz sumisa—. ¿Qué quieren saber?

—Queremos que nos digas qué fue lo que hiciste con esa pistola hace veinte años.

—Se la di a otro. Primero la escondí y luego se la di a otro.

—¿A quién?

—A un tipo que conocía, pero que ahora está muerto.

—No voy a volver a preguntártelo. ¿A quién?

—El pavo se llamaba Trumond, pero no sé si era su nombre de verdad o no. En la calle todos le llamaban Tru Story.

—¿Un alias? ¿Cuál era su apellido?

Gant estaba siguiendo el procedimiento habitual en los interrogatorios: hacer algunas preguntas cuyas respuestas ya conocía.

Servía para poner a prueba la sinceridad del interrogado y a veces aportaba una ventaja estratégica, cuando el interrogado pensaba que el interrogador sabía menos cosas de las que en realidad sabía.

—No lo sé, jefe —dijo Washburn—. Pero el pavo ahora está muerto. Se lo cargaron hace unos cuantos años.

—¿Quién se lo cargó?

—Ni idea. El tipo era un buscavidas y alguien se lo cargó, ¿sabe? Son cosas que pasan.

Gant se arrellanó en la silla, lo cual era una señal para que Bosch retomara la iniciativa, si quería.

Bosch la retomó.

—Háblame de esa pistola.

—Una Beretta, como usted mismo ha dicho. De color negro.

—¿En qué punto exacto del jardín la encontraste?

—Pues no sé. Cerca del columpio. Estaba ahí tirada, en medio de la hierba. No la vi y pasé por encima de ella con el cortacésped. Me acuerdo de que le hice una puta rayadura de las gordas al metal.

—¿Dónde hiciste esa rayadura?

—En un lado del cañón.

Bosch sabía que la rayadura podía servir para identificar la pistola, si esta llegaba a aparecer. Y, lo más importante, la rayadura serviría para confirmar la versión de Washburn.

—¿La pistola seguía funcionado?

—Ya lo creo que sí. Funcionaba de primera. Disparé con ella allí mismo y le metí un balazo a uno de los maderos del vallado. Me sorprendió, pues casi ni apreté el gatillo.

—¿Tu madre oyó el disparo?

—Sí, y salió corriendo, pero escondí la pipa bajo el faldón de la camisa a tiempo. Le dije que había sido un petardeo del cortacésped.

Bosch estaba pensando en la bala alojada en el tablón del vallado. Si seguía allí, confirmaría todavía más lo dicho por Washburn. Pasó a otra cuestión:

—Bien, dices que tu madre te encerró en la habitación durante los disturbios, ¿verdad?

—Correcto.

—Bien, entonces, ¿cuándo encontraste la pistola? Los disturbios terminaron a los tres días. El 1 de mayo fue la última noche. ¿Te acuerdas cuándo encontraste la pistola?

Washburn negó con la cabeza, como si se sintiera irritado.

—Hace mucho de todo eso, jefe. No me acuerdo de qué día fue. Lo único que recuerdo es que encontré la pistola, y punto.

—¿Por qué se la diste a Tru Story?

—Porque en la calle era el baranda. Por eso.

—Quieres decir que era uno de los jefes de los Rolling Sixties, dependientes de los Crips, ¿correcto?

—¡Sí, correcto!

Lo dijo imitando burlonamente el acento de un hombre blanco. Saltaba a la vista que prefería hablar con Gant antes que con Bosch. Harry miró un momento a Gant, quien retomó la iniciativa.

—Antes has dicho Trumond. Pero querías decir Trumont, ¿no es así? Trumont con T. Trumont Story, ¿verdad?

—Eso supongo, jefe. Tampoco es que le conociera muy bien.

—Entonces, ¿por qué le pasaste la pistola?

—Porque quería conocerle. Porque quería subir en la jerarquía, ¿me explico?

—¿Y subiste?

—Tampoco mucho. Me pillaron de marrón y me mandaron a Sylmar, al reformatorio. Me chupé casi dos años allí y perdí la oportunidad de subir.

Sylmar, uno de los principales centros de detención para delincuentes juveniles, se encontraba en el extremo septentrional de San Fernando Valley. Los tribunales de menores muchas veces enviaban a los delincuentes juveniles a cumplir condena en centros alejados de sus barrios de origen, en un intento de romper sus vínculos con las pandillas criminales.

126

—¿Volviste a ver esa pistola alguna vez? —preguntó Gant.

—Pues no, nunca en la vida —contestó Washburn.

—¿Y qué nos dices de Tru Story? —preguntó Bosch—. ¿Volviste a verle?

—A veces le veía por la calle, pero ni siquiera nos hablábamos.

Bosch aguardó un momento, para ver si Washburn decía algo más. No lo hizo.

—Muy bien, 2 Small, espéranos aquí sentado un momento —repuso.

Bosch se levantó y dio un toquecito a Gant en el hombro. Los dos inspectores salieron de la sala de interrogatorios, cerraron la puerta e intercambiaron impresiones al otro lado. Gant se encogió de hombros.

—Tiene sentido.

De mala gana, Bosch asintió con la cabeza. La versión dada por Washburn sonaba a cierta. Reconocía haber encontrado una pistola en el jardín trasero de su casa. Seguramente se trataba de la pistola que Bosch andaba buscando, pero no había ninguna prueba al respecto, como tampoco había ningún indicio de que la implicación de 2 Small Washburn en el asesinato de Anneke Jespersen fuera más allá de lo que el propio 2 Small reconocía.

—¿Qué quieres hacer con él? —preguntó Gant.

—No quiero saber más de él. Incúlpale por el impago de la pensión y por lo de la hierba, pero hazle saber que no ha sido Latitia ni ninguna otra persona la que ha estado hablando con nosotros.

—Hecho. Y siento que la cosa no haya funcionado, Harry.

—Ya. Estaba pensando...

—¿Qué?

—En Trumont Story. En que es posible que no se lo cargaran con su propia pistola.

Gant se frotó el mentón y dijo:

—De eso hace casi tres años.

—Sí, ya lo sé. Es poco probable. Pero el hecho es que nadie

usó esa pistola durante los cinco años que Story pasó en Pelican Bay. La pistola siguió escondida.

Gant asintió con la cabeza.

—Story vivía en la Calle 73. Hace cosa de un año, estuve en ese barrio como parte de cierto programa de relación con el vecindario. Llamé a la puerta de su casa y me encontré con que la madre de sus hijos seguía viviendo allí.

Bosch hizo un gesto de asentimiento.

—¿Sabes si los agentes que descubrieron el cadáver de Story llegaron a registrar la casa?

Gant negó con la cabeza.

—Eso no lo sé, Harry, pero no creo que mirasen muy a fondo. No sin una orden de registro, quiero decir. Puedo preguntarles.

Bosch hizo un nuevo gesto de asentimiento y echó a andar hacia la puerta de la sala de inspectores.

—Dime algo en cuanto puedas —repuso—. Si los agentes no registraron la casa, puede que lo haga yo mismo.

—Quizá valga la pena intentarlo —dijo Gant—. Pero hay algo que tengo que decirte: la mamaíta de los hijos de Story era una pandillera de cuidado. Qué coño, seguramente estaría en lo alto de la pirámide si hubiera tenido un poco más de suerte. La tipa es dura de pelar.

Bosch consideró un momento lo que acababa de oír.

—Igual podemos utilizarlo en nuestro favor, porque no creo que tengamos lo suficiente para que nos proporcionen una orden.

Bosch se refería a sus posibilidades de obtener una orden de registro de la antigua casa de Trumont Story casi tres años después de su muerte. Lo mejor siempre era convencer a un juez para que firmase una orden de registro. En ausencia de dicha orden, lo mejor era ser invitado a efectuar el registro por el inquilino de la vivienda. Y, si uno sabía jugar sus cartas, a veces era posible que el inquilino menos pensado formulara la invitación más improbable.

—Voy a pensar en una forma de hacerlo, Harry —dijo Gant.

—Muy bien. Ya me dirás algo.

10

Chu estaba sentado frente al ordenador redactando un texto en Word cuando Bosch regresó a la sala de inspectores.

—¿Qué es eso que estás escribiendo?

—La carta a la junta de la libertad condicional en relación con el caso Clancy.

Bosch asintió con la cabeza. Se alegraba de que Chu estuviera redactando la carta. El departamento recibía una notificación cada vez que un asesino condenado tras una de sus investigaciones iba a presentarse ante la junta de concesión de la libertad condicional. No era obligatorio, pero los investigadores asignados al caso eran invitados a escribir cartas de objeción o recomendación a la junta. Abrumados de trabajo, a veces no tenían tiempo de redactarlas, pero Bosch siempre era puntilloso al respecto. Insistía en escribir unas cartas en las que se describía en detalle la brutalidad del asesinato de turno, con la esperanza de que el horror del crimen influyera en los miembros de la junta y les llevara a denegar la libertad condicional. Se trataba de una práctica que quería inculcar a Chu, y por eso le había asignado la tarea de escribir la carta relativa al caso Clancy, un apuñalamiento por motivos sexuales particularmente repelente.

—Creo que mañana tendré listo el borrador.

—Estupendo —dijo Bosch—. ¿Has mirado esos nombres que te di?

—Sí, pero no hay mucho que rascar. Jimenez no está fichado. Y de Banks solo consta una detención por conducir borracho.

—¿Estás seguro?

—Es todo cuanto he encontrado, Harry. Lo siento.

Decepcionado, Bosch cogió la silla y se sentó ante el escritorio. Tampoco esperaba que el misterio de Alex White pudiera ser solventado al momento, pero hubiera preferido encontrar algo más que un simple arresto por conducir en estado de embriaguez. Esperaba algo que le diera qué pensar.

—De nada —dijo Chu en tono sarcástico.

Bosch se giró hacia él; la decepción dejó pasó a la irritación.

—Si quieres que siempre te estén dando las gracias por cumplir con tu obligación, entonces es que te has equivocado de trabajo —espetó.

Chu no contestó. Bosch conectó el ordenador y se encontró con un mensaje de correo electrónico enviado por Mikkel Bonn, del *Berlingske Tidende*.

El mensaje databa de casi una hora atrás:

Inspector Bosch:

He estado haciendo algunas preguntas. Jannik Frej era el editor que trabajaba con Anneke Jespersen, ya que estaba al cargo de los proyectos con periodistas independientes. El señor Frej no habló directamente con los investigadores y periodistas de Los Ángeles en 1992 porque su dominio del inglés era limitado. Quien se estuvo comunicando con ellos fue Arne Haagan, pues dominaba el inglés a la perfección y era el redactor jefe del periódico. He establecido contacto con el señor Frej, y es un hecho que no se expresa bien en inglés. Le ofrezco mis servicios como mensajero si tiene usted preguntas que hacerle. Si puedo serle de utilidad, estaré encantado de ayudarle. Por favor, hágame saber su respuesta.

Bosch consideró la oferta. Sabía que la supuesta oferta desinteresada por parte de Bonn en realidad encubría un acuerdo implícito: Bonn era periodista y siempre andaba en busca de la noticia, y si Bosch utilizaba a Bonn como mensajero, este se encontraría al corriente de una información que podría resultar vital para la investigación. No se trataba de la mejor de las soluciones, pero Bosch se decía que era preciso pillar la ocasión al vuelo. Se puso a teclear una respuesta.

Señor Bonn:
Estoy dispuesto a aceptar su oferta si me promete que la información proporcionada por el señor Frej será mantenida en secreto hasta que yo le diga que no hay problema en publicarla. Si está usted conforme con dicha condición, estas son las preguntas que me gustaría hacer:
¿Sabe si Anneke Jespersen viajó a Estados Unidos con el propósito de cubrir una noticia?
Si la respuesta es sí, ¿qué noticia era esa? ¿Qué hacía ella en nuestro país?
¿Puede decirme alguna cosa sobre sus destinos en Estados Unidos? Anneke estuvo en Atlanta y San Francisco antes de desplazarse a Los Ángeles. ¿Por qué? ¿Sabe si también estuvo en otras ciudades del país?
Antes de viajar a Estados Unidos, Anneke visitó Stuttgart, en Alemania, y se alojó en un hotel cercano a la base militar estadounidense. ¿Sabe por qué?
Creo que con esto es suficiente para empezar, y le estaré agradecido por cualquier información que pueda conseguir sobre el viaje de Anneke a nuestro país. Gracias por su ayuda y, una vez más, le pido que toda esta información siga siendo confidencial.

Bosch releyó el mensaje antes de enviarlo. Pulsó con el ratón la tecla de envío y al momento se arrepintió vagamente de estar involucrando en el caso a Bonn, un periodista al que nunca había visto en persona y con quien tan solo había hablado una vez.

Apartó la mirada de la pantalla y miró el reloj de pared. Eran casi las cuatro de la tarde, casi las siete en Tampa, Florida. Bosch abrió la ficha de asesinato y dio con el número —que había anotado en la pestaña interior de la carpeta— de Gary Harrod, el inspector ahora jubilado que en 1992 tenía asignado el caso Jespersen en el Departamento para la Investigación de los Crímenes cometidos durante los Disturbios. Bosch ya había hablado con Harrod al reabrir el caso. En aquel momento no había tenido muchas preguntas que formularle, pero ahora sí que las tenía.

Bosch no estaba seguro de si el número que tenía de Harrod correspondía a un teléfono móvil, del trabajo o de su domicilio. Harrod se había prejubilado tras veinte años en el cuerpo y se había trasladado a vivir a Florida, estado del que era natural su esposa y donde hoy estaba al frente de una boyante empresa inmobiliaria.

—Gary al habla.

—Eh, hola, Gary... Soy Harry Bosch, de Los Ángeles. ¿Se acuerda de mí? Estuvimos hablando del caso Jespersen el mes pasado...

—Sí, Bosch. Claro, claro.

—¿Tiene un par de minutos libres para hablar? ¿O le pillo cenando?

—Aún falta media hora para la cena. Hasta entonces soy todo suyo. No me diga que ya ha resuelto el caso Blancanieves.

En el curso de la llamada anterior, Bosch le había dicho que Anneke fue apodada Blancanieves por su compañero de investigación la noche del asesinato.

—La verdad es que no. Aún sigo dando tumbos por ahí. Pero he encontrado un par de cosas, y por eso quería preguntarle.

—Adelante, pues. Dispare.

—Bien. Mi primera pregunta tiene que ver con el periódico para el que trabajaba Jespersen. ¿Fue usted quien contactó con la gente en Dinamarca?

Al otro lado se produjo una larga pausa; Harrod estaba haciendo memoria. Bosch nunca había trabajado directamente con Harrod, pero le conocía de su época en el cuerpo. Tenía fama de ser un investigador concienzudo, razón por la que Harry había escogido hablar con él antes que con cualquiera de los otros investigadores que habían estado vinculados al caso durante aquellos primeros años. Bosch sabía que si estaba en su mano, Harrod le ayudaría.

Bosch siempre hacía lo posible por hablar con los investigadores originales de los casos no resueltos. De forma sorprendente, muchos de ellos seguían haciendo gala de un torcido orgullo profesional y no les hacía gracia ayudar a un investigador empeñado en resolver un caso que ellos mismos habían sido incapaces de solventar.

No sucedía así con Harrod. Durante aquella primera conversación al teléfono, este le había expresado su mala conciencia por no haber cerrado el caso Jespersen y otros casos de asesinato acontecidos durante los disturbios. Como sucediera con Jespersen, la mayoría de las investigaciones emprendidas por el DICD se basaban en unas indagaciones incompletas —por no decir inexistentes— en la escena del crimen. La ausencia de datos forenses resultaba de lo más frustrante.

—En muchos casos no sabíamos ni por dónde empezar —había explicado Harrod a Bosch—. Nos encontrábamos dando palos de ciego, así que pusimos carteles y ofrecimos recompensas, y de eso estuvimos viviendo primordialmente. Pero no nos llegó información de interés, y al final no conseguimos ningún avance. No recuerdo que llegásemos a aclarar ni uno solo de aquellos casos. De lo más frustrante. Fue una de las razones por las que me prejubilé después de veinte años de servicio. Tenía que irme de Los Ángeles.

Bosch no pudo evitarlo y se dijo que la ciudad y el cuerpo habían perdido a un profesional valioso. Su esperanza era conseguir resolver el caso Jespersen y ayudar a que Harrod sintiera un poco más de consuelo.

—Recuerdo que hablé con un hombre en Copenhague —explicó Harrod—. No era el jefe directo de Jespersen, porque dicho jefe prácticamente no hablaba inglés. De forma que hablé con una especie de supervisor general, quien me dio información general. También me acuerdo de que encontramos a un agente destacado en Devonshire que hablaba el idioma —el danés— y de que nos valimos de él para hacer algunas llamadas a Dinamarca.

Esto Bosch no lo sabía. En la ficha de asesinato no constaban más entrevistas telefónicas que la efectuada a Arne Haagen, el redactor jefe del periódico.

—¿Recuerda con quién habló ese agente?

—Creo recordar que con otros empleados del periódico. Es posible que también con algunos familiares.

—¿Con su hermano?

—Es posible, pero no me acuerdo. Han pasado veinte años, Harry, y desde entonces llevo una nueva vida.

—Entiendo. ¿Recuerda el nombre de ese agente de la comisaría de Devonshire que estuvo haciendo llamadas para ustedes?

—¿No aparece en la ficha?

—No, en la ficha no consta ninguna entrevista hecha en danés. ¿Ha dicho que se trataba de un agente patrullero de Devonshire?

—Eso mismo. De un chaval que había nacido allí pero que había crecido aquí y sabía hablar el idioma. Nos lo encontraron los de personal. Del nombre no me acuerdo. Pero, una cosa, si en la ficha no había anotaciones, entonces es que esas llamadas no sirvieron para nada. De lo contrario, hubiera tomado nota, Harry.

Bosch asintió con la cabeza. Sabía que Harrod tenía razón. Pero, a la vez, siempre le sorprendía enterarse de una línea de investigación de la que no había constancia en el registro oficial, la ficha de asesinato.

—Muy bien, Gary, no le doy más la lata. Simplemente quería consultar todo esto con usted.

—¿Está seguro? ¿No quiere preguntar nada más? Desde que me llamó no he hecho más que pensar en el caso sin parar. En este caso y en el otro que sigue escociendo, claro.

—¿Qué otro caso es ese? Lo digo porque, si nadie lo ha examinado todavía, igual puedo echarle una mirada.

Harrod de nuevo hizo una pausa mientras su recuerdo iba de un caso al otro.

—Ahora no me acuerdo del nombre —dijo—. La cosa sucedió en Pacoima. Un hombre originario de Utah que estaba alojado en un motel de mala muerte de por allí. El hombre formaba parte de una cuadrilla de obreros de la construcción que construían pequeños centros comerciales por todos los estados del oeste. Se dedicaba a la instalación de los embaldosados, de eso sí que me acuerdo.

—¿Qué fue lo que pasó?

—Nunca llegamos a averiguarlo. Lo encontraron muerto de un tiro en la cabeza en plena calle a una manzana de distancia del motel. Recuerdo bien que en su habitación había un televisor. El hombre debía de estar viendo todo el caos por la tele. Y por las razones que fueran, salió a la calle a ver qué ocurría. Y eso es lo que siempre me ha intrigado de este caso.

—¿El hecho de que saliera a la calle?

—Sí. ¿Por qué lo hizo? La ciudad estaba en llamas. La ley había dejado de existir, reinaba la anarquía, pero decidió abandonar la seguridad del motel para salir a ver... ¿qué? Por lo que dedujimos, lo que pasó fue tan simple como que alguien pasó en coche por la calle y le pegó un tiro. No había testigos, no había un motivo, no había indicios de ninguna clase. El mismo día que me asignaron el caso, supe que no había forma de aclararlo. Me acuerdo de que hablé con sus padres por teléfono. Vivían en Salt Lake City. No podían comprender que a su hijo le hubiera pasado una cosa así. Para ellos, Los Ángeles era una especie de planeta diferente. No lo entendían, de ninguna de las maneras.

—Ya —contestó Bosch.

No había más que decir.

—En fin... —dijo Harrod, liberándose del recuerdo—. Será mejor que vaya a darme una ducha, Harry. Mi mujer va a hacer pasta para cenar esta noche.

—Eso suena estupendo, Gary. Gracias por su ayuda.

—¿Qué ayuda?

—Acaba de ayudarme. Póngase en contacto conmigo si se acuerda de cualquier otra cosa.

—Hecho.

Bosch colgó y trató de dilucidar si conocía a alguien que hubiera estado trabajando en Devonshire veinte años atrás. Por entonces se trataba del sector policial más tranquilo a pesar de ser el más amplio geográficamente hablando, pues cubría toda la esquina noroeste de la ciudad en San Fernando Valley. La comisaría era conocida como Club Devonshire porque era de construcción reciente y la carga de trabajo resultaba fácil de sobrellevar.

Bosch entonces se acordó de que Larry Gandle, el antiguo teniente al cargo de la unidad de casos abiertos/no resueltos había estado asignado a Devonshire durante los años noventa y quizá conociera a aquel agente patrullero que hablaba danés. Bosch telefoneó al despacho de Gandle, quien ahora era capitán y dirigía la división de robos con homicidio. No tardaron en ponerle con Gandle. Harry explicó el motivo de su llamada, y Gandle no tardó en darle una mala noticia.

—Sí. Tú te refieres a Magnus Vestergaard. Pero Vestergaard lleva diez años muerto, por lo menos. Un accidente de moto.

—Mierda.

—¿Por qué querías hablar con él?

—Porque hizo de traductor del danés en un caso que estoy revisando. Quería preguntarle qué cosas recordaba que no constaran en la ficha.

—Pues lo siento, Harry.

—Ya. Y yo también.

El teléfono sonó nada más colgar Bosch. Era el teniente O'Toole.

—Inspector, ¿puede venir un momento a mi despacho?

—Ahora mismo voy.

Bosch apagó la pantalla del ordenador y se levantó. No era buen presagio que O'Toole hiciera a alguien ir a su despacho. Notó que muchas miradas lo acompañaban en su trayecto.

El interior estaba muy iluminado. Las persianas de los cristales que daban a la sala de inspectores estaban subidas, al igual que las de las ventanas exteriores con vistas al edificio de *Los Angeles Times*. El anterior teniente siempre las mantenía bajadas por miedo a que los periodistas pudieran estar espiándole.

—Dígame, teniente —repuso Bosch.

—Tengo algo para usted.

—¿Qué quiere decir?

—Que quiero que investigue un caso. Me ha llamado un analista del escuadrón de la muerte. Este hombre, Pran, ha establecido una asociación entre un caso abierto de 2006 con otro caso del 99. Y quiero que usted se ocupe del asunto. La cosa parece prometedora. Aquí tiene la extensión directa de Pran.

O'Toole sacó una nota adhesiva de color amarillo con un número de teléfono garabateado. El «escuadrón de la muerte» era el nombre jocoso que se daba a la nueva unidad de teoría y evaluación de datos. La suya era una nueva forma de investigar los casos no resueltos llamada «sintetización de datos».

Durante los tres años precedentes, los hombres del escuadrón de la muerte habían estado digitalizando los libros de asesinato archivados, de modo que habían creado una gigantesca base de datos con información fácilmente accesible y comparable sobre los asesinatos nunca aclarados.

La unidad contaba con un ordenador IBM del tamaño de una cabina telefónica que constantemente estaba procesando sospechosos, testigos, armas, localizaciones, notas y un sinfín de detalles relacionados con las escenas de los crímenes y las investigaciones. Se trataba de un método novedoso para investigar los casos abiertos.

Bosch se abstuvo de coger la nota adhesiva, pero la curiosidad le llevó a preguntar:

—¿Cuál es la relación entre un caso y el otro?

—Un testigo. Resulta que este mismo testigo vio cómo se escapaba el autor de los disparos. Dos asesinatos a sueldo, uno en San Fernando Valley, sin conexión aparente, pero resulta que el testigo es el mismo las dos veces. Y me parece que no estaría de más investigar bajo una nueva luz a este testigo. Coja el número.

Bosch no lo hizo.

—¿A qué viene todo esto, teniente? Estoy haciendo progresos en el caso Jespersen. ¿Por qué me quiere cargar con este otro caso?

—Ayer me dijo que el caso Jespersen no avanzaba.

—No dije que no avanzara. Lo que dije era que no estaba para ponerle un lacito.

Bosch de pronto lo entendió todo. Algo de lo que le había dicho Jordy Gant encajaba con lo que O'Toole estaba tratando de hacer. Bosch a la vez sabía que O'Toole había estado presente la mañana anterior en la reunión semanal de los mandos que tenía lugar en el décimo piso. Se giró en redondo y echó a andar hacia la puerta.

—Harry, ¿se puede saber adónde va?

Bosch respondió sin volver la cabeza:

—Pásele el encargo a Jackson, que no tiene ningún caso que investigar.

—Quiero que se encargue usted. ¡Oiga!

Bosch cruzó a paso rápido por el pasillo central, salió por la puerta y pulsó el botón de llamada del ascensor. O'Toole no le había seguido, lo cual era buena señal. Las dos cosas que más exasperaban a Bosch eran la política y la burocracia. Y estaba convencido de que O'Toole en ese momento estaba metido de lleno en ambas... Aunque no necesariamente por iniciativa propia.

Subió en ascensor al décimo piso y entró por una puerta abierta que daba a los despachos del jefe de policía. En el despacho exterior había cuatro escritorios: tres de ellos estaban ocupados por agentes uniformados; el cuarto lo estaba por Alta Rose, quien seguramente era la funcionaria civil con mayor cuota de poder de cuantas trabajaban en el cuerpo de policía. Alta llevaba casi tres décadas vigilando la entrada de la oficina del jefe de policía. En parte perro guardián y en parte atenta, amable y modosa, quien la tomara por una simple secretaria se equivocaba de cabo a rabo. Alta era quien llevaba la agenda del jefe y solía decirle dónde tenía que estar y en qué momento.

A Bosch le habían llamado al despacho del jefe las suficientes veces a lo largo de los años como para que Rose lo reconociese a primera vista. Le sonrió con dulzura mientras se acercaba a su escritorio.

—Inspector Bosch, ¿cómo está usted? —preguntó.

—Muy bien, señorita Rose. ¿Cómo va todo por aquí arriba?

—No creo que las cosas pudieran ir mejor. Pero, lo siento, no veo su nombre en la agenda del jefe para hoy. ¿Habré pasado algo por alto?

—No, nada de eso, señorita Rose. Tan solo quería ver si Marty... Si el jefe, quiero decir, puede dedicarme cinco minutos.

Los ojos de la mujer examinaron un instante el teléfono multilíneas sobre su escritorio. Una de las teclas de línea estaba iluminada de rojo.

—Cuánto lo siento. Está hablando por teléfono.

Pero Bosch sabía que esa línea siempre estaba iluminada para que Alta Rose pudiera desviar a conveniencia a los visitantes inoportunos. Kiz Rider, una antigua compañera de equipo de Harry, había estado trabajando un tiempo en la oficina del jefe y le había contado el secreto a Bosch.

—Veo que también tiene cita esta tarde y va a tener que salir en cuanto...

—Tres minutos, señorita Rose. Pregúnteselo, por favor. Creo que hasta es probable que me esté esperando.

Alta Rose frunció el ceño, pero se levantó del escritorio y desapareció tras la gran puerta que daba a las dependencias de Su Majestad. Bosch quedó a la espera.

El jefe Martin Maycock había ascendido a través del escalafón. Veinticinco años antes había trabajado como inspector de robos con homicidio asignado a la brigada especial de homicidios. Lo mismo que Bosch. Nunca habían formado parte de un mismo equipo, pero sí que habían trabajado juntos en algunos casos de la unidad, sobre todo en el famoso caso Dollmaker, finiquitado cuando Bosch mató a tiros a aquel asesino en serie de horrible reputación en su cámara de las torturas de Silver Lake. Maycock era físicamente apuesto, más que competente en lo profesional y tenía un apellido que, de peculiar, resultaba fácil de recordar. Y en su momento utilizó la fama y la atención dispensadas por los medios de comunicación tras aquellos casos tan sonados para iniciar su escalada por la estructura de mando del departamento, culminada al ser designado jefe por la comisión policial.

Al principio, los agentes e inspectores se sintieron entusiasmados por la ascensión al décimo piso de un currante como ellos. Pero, tres años después del nombramiento, la luna de miel había terminado. Maycock presidía un cuerpo policial debilitado por la negativa a contratar más efectivos, una descomunal reducción en el presupuesto y los escándalos variopintos que surgían cada pocos meses. El índice de criminalidad descendía, pero sin que Maycock pudiera apuntarse tantos profesionales o políticos. Y, lo peor de todo, los agentes e inspectores habían empezado a consi-

derar que prefería salir ejerciendo de politicastro en los noticia-
rios televisivos de la noche, antes que hacer acto de presencia en
los despliegues operativos en los lugares donde habían sido tiro-
teados agentes de policía. En los vestuarios, aparcamientos y bares donde los policías se reunían —en horas de servicio o no—
estaba empezando a encontrar nueva vida un apodo en tiempos
aplicado al jefe: Marty MyCock.*

Bosch se esforzó en conservar la fe en Maycock durante mucho tiempo, pero el año anterior había ayudado de forma inad-
vertida al jefe a imponerse en una sucia contienda política a un
consejero del Ayuntamiento que era el principal crítico del cuerpo de policía. Fue una encerrona en la que Bosch se vio manipu-
lado por Kiz Rider. Como resultado, esta consiguió un ascenso:
hoy era capitana y estaba al frente de la comisaría de West Valley.
Y Bosch no había hablado con ella ni con el jefe desde entonces.

Alta Rose salió de las dependencias de Su Majestad y mantuvo
la puerta abierta para Bosch.

—El jefe le concede cinco minutos, inspector Bosch.

—Gracias, señorita Rose.

Bosch entró y se encontró con que Maycock estaba sentado
tras un enorme escritorio ornado de curiosidades y recuerdos policiales y deportivos. El despacho era de gran tamaño y tenía unas
amplias vistas del centro cívico, un gran balcón particular y una
sala de reuniones anexa con una mesa de seis metros de longitud.

—Harry Bosch... Algo me decía que hoy iba a saber de ti.

Se estrecharon las manos. Bosch se quedó de pie ante el escritorio. No podía negar que su viejo compañero le caía bien; lo que
no le gustaba era aquello en lo que se había convertido.

—Entonces, ¿por qué has tenido que usar a O'Toole? Lo único que tenías que hacer era llamarme y decirme que subiera a
verte. El año pasado me hiciste subir a verte cuando lo de Irving.

* En sentido muy amplio, Marty Gilipollas. (N. del t.)

—Sí, pero luego la cosa se complicó. Ahora he recurrido a O'Toole, pero veo que la cosa también se complica.

—¿Qué es lo que quieres, Marty?

—¿Tengo que decírtelo?

—A esa mujer la ejecutaron, Marty. La pusieron contra la pared y le metieron un tiro en el ojo. Pero, como resulta que era de raza blanca, ¿ahora no quieres que resuelva el caso?

—No es eso. Por supuesto que quiero que lo resuelvas. Pero el momento es delicado. Hace veinte años de los disturbios, y si al final resulta que el único asesinato de por entonces que hemos conseguido aclarar es el de la chica blanca muerta de un tiro por algún pandillero, vamos a encontrarnos con una situación de mierda. Han pasado veinte años, pero las cosas no han mejorado tanto desde entonces, Harry. Nunca se sabe qué puede prender la mecha de otro estallido.

Bosch se apartó del escritorio y contempló el edificio del Ayuntamiento por el ventanal.

—Me estás hablando de un problema de relaciones públicas —indicó—. Pero yo estoy hablando de un asesinato. ¿Qué ha pasado con el viejo lema de que todas las personas resultan iguales para nosotros, con independencia de lo que son? ¿O es que ya has olvidado lo que nos enseñaron en la brigada especial de homicidios?

—Por supuesto que no lo he olvidado, Harry. Y para mí tiene el mismo valor de siempre. No estoy pidiéndote que dejes el caso. Lo que estoy pidiéndote es que dejes pasar un poco de tiempo. Espera hasta que pase un mes desde el 1 de mayo y resuélvelo, pero sin hacer ruido. Y entonces se lo diremos a la familia y dejaremos las cosas como están. Con un poco de suerte, el sospechoso estará muerto, por lo que no tendremos que preocuparnos de un juicio. Y entretanto, O'Toole me ha dicho que los del escuadrón de la muerte le han planteado un asunto interesante, del que podrías ocuparte. Quizás este asunto pueda brindarnos el tipo de cobertura informativa que queremos.

142

Bosch negó con la cabeza.

—Ahora mismo estoy ocupado en la investigación de otro caso.

Maycock estaba empezando a impacientarse con Bosch. Su rostro sonrosado estaba comenzando a tornarse rojizo.

—Aparca ese caso por el momento y ocúpate del asunto que te he dicho.

—¿O'Toole te ha explicado que si resuelvo este, igual puedo aclarar cinco o seis casos más?

Maycock asintió con la cabeza pero hizo un gesto desdeñoso con la mano y espetó:

—Sí, ya, casos de pandilleros. Y ninguno sucedido durante los disturbios.

—La idea de reabrir los casos no resueltos fue tuya.

—¿Y cómo iba yo a saber que tú serías el único en hacer progresos en un caso y que justamente sería el de Blancanieves? Por Dios, Harry, el mismo nombre de Blancanieves ya lo dice todo. Ahora que lo pienso, pase lo que pase, lo primero que tienes que hacer es dejar de usar ese nombre. Pero ya.

Bosch dio unos pasos y se detuvo allí donde la aguja del edificio del Ayuntamiento se reflejaba en la fachada acristalada del ala norte de la comisaría central. Ya se tratase de asesinatos recientes o de casos abiertos, la persecución de los asesinos tenía que ser constante. Era la única forma de proceder y la única forma de trabajar que Bosch conocía. Cuando las consideraciones políticas y sociales entraban en juego, la paciencia se le agotaba.

—Maldita sea, Marty... —masculló.

—Entiendo lo que sientes —dijo el jefe.

Bosch, finalmente, se giró hacia él.

—No, no lo entiendes. Ya no eres capaz.

—Tienes derecho a expresar tu opinión.

—Pero no a seguir investigando mi propio caso.

—Voy a repetirlo: no es eso lo que te estoy pidiendo. Insistes en interpretarlo de una forma que no...

143

—Ya es demasiado tarde para dejarlo, Marty. El caso está a punto de caramelo.

—¿Qué quieres decir?

—Que necesitaba información sobre la víctima. Así que telefoneé al periódico para el que trabajaba. Y ahora estoy trabajando con un periodista, con quien he compartido información. Si de repente dejo correr el caso, adivinará por qué, y la noticia será más sonora que una eventual aclaración del asesinato por mi parte.

—Si serás hijo de perra. ¿Qué periódico es ese? ¿Un periódico de Suecia?

—De Dinamarca. La chica era de Dinamarca. Pero no sueñes con que la cosa no vaya a salir de Dinamarca. Los medios de comunicación operan de forma global. La noticia puede surgir en Dinamarca, pero no tardará en ser conocida aquí. Y entonces tendrás que explicar por qué decidiste ponerle fin a la investigación.

Maycock agarró una pelota de béisbol que había sobre el escritorio y empezó a flexionar los dedos en torno a su superficie, como un lanzador haría con una bola nueva.

—Ya puedes irte —dijo.

—Muy bien. ¿Y?

—Y que te largues de una puta vez. Hemos terminado.

Bosch se quedó un momento parado y acto seguido echó a andar hacia la puerta.

—Mientras siga investigando tendré bien presentes todas las cuestiones de relaciones públicas —dijo.

Era una exigua concesión por su parte.

—Sí, mejor, señor inspector —dijo el jefe.

Al salir del despacho, Bosch dio las gracias a Alta Rose por haberle permitido entrar.

11

Eran las seis de la tarde cuando Bosch llamó a la puerta de la casa en 73 Place. Lo normal era ejecutar los registros de viviendas por las mañanas, para que llamaran menos la atención en el vecindario. La gente a esas horas estaba en el trabajo, en la escuela, todavía en la cama...

Pero esta vez iba a suceder de otra forma. Bosch no quería esperar. El caso había empezado a acelerarse y no quería perder ni un segundo.

Después de tres llamadas, abrió la puerta una mujer bajita vestida con una bata y tocada con un vistoso pañuelo en la cabeza. Los tatuajes envolvían su cuello y su mentón como una bufanda. Se quedó mirando a Bosch desde el otro lado de los barrotes de seguridad, del tipo que había en la mayoría de las casas del barrio.

Bosch estaba de pie sobre el escalón, a un palmo de la puerta. A propósito. A sus espaldas aguardaban dos agentes de raza blanca asignados a la brigada antibandas. Jordy Gant y David Chu se encontraban apostados en el jardín delantero, hacia el lado izquierdo. Bosch quería dejarle claro a esa mujer que se encontraba ante un operativo de importancia: unos policías blancos uniformados se disponían a registrar su domicilio.

—¿Gail Briscoe? Soy el inspector Bosch, del cuerpo de policía de Los Ángeles. Vengo con un documento que me autoriza a registrar su casa.

—¿Registrar mi casa? ¿Y por qué?

—Como aquí se especifica, estamos buscando una pistola Beretta, modelo 92, que estuvo en posesión de Trumont Story, residente en este domicilio hasta su muerte acaecida el 1 de diciembre de 2009.

Bosch levantó el documento y se lo mostró, si bien la mujer no podía cogerlo a causa de los barrotes de seguridad. O eso esperaba Bosch, al menos.

La mujer de pronto estalló.

—¡Lo dirán en broma, cabrones! —espetó—. Olvídense de entrar y registrar mi casa. Yo vivo aquí, capullos.

—Señorita —dijo Bosch con calma—. ¿Es usted Gail Briscoe?

—Sí. Y esta es mi puta casa.

—¿Va a hacer el favor de abrir la puerta, para que pueda leer el documento? Lo que pone en él es de obligado cumplimiento, con su cooperación o sin ella.

—No voy a leer una puta mierda. Conozco mis derechos, y ustedes no pueden presentarse aquí con un simple papelucho y hacer que les abra la puerta de mi casa.

—Señorita, usted...

—Harry, ¿me dejas hablar con la señorita?

Era Gant, quien se había acercado al escalón dispuesto a seguir con la comedia que ambos habían ideado de antemano.

—Claro. Tú mismo —dijo Bosch con voz áspera, como si se sintiera más irritado por la intrusión de Gant que por la resistencia de Briscoe. Bajó del escalón, al que subió Gant.

—Tiene cinco minutos para abrir esa puerta o le ponemos las esposas, la metemos en un coche y nos la llevamos detenida. Voy a pedir refuerzos ahora mismo.

Bosch sacó su teléfono móvil y echó a andar por entre los hierbajos del jardín, para que Briscoe viera que efectivamente estaba haciendo una llamada.

Gant se puso a hablar en voz baja con la mujer plantada en el umbral, expresándose con voz acelerada y tratando de convencerla por las buenas.

—Niña, ¿te acuerdas de mí? Estuve de visita hace unos meses. Vine para mantener la paz en el barrio, pero con estos tipos no hay manera. Están decididos a entrar y registrarlo todo como sea. A abrirlo todo, a mirar todas tus cosas y las que cualquier otra persona tenga en tu casa. ¿Es eso lo que quieres?

—Esto es un puto escándalo. Tru lleva tres años muerto, y ahora se les ocurre venir por aquí... ¡Es de risa! Ni siquiera han sido capaces de resolver su maldito asesinato, y ahora me vienen con una puta orden de registro.

—No, si yo te entiendo, niña. Pero lo primero que tienes que hacer es pensar en ti misma. No te interesa que estos tipos se pongan a husmear en tu casa. ¿Dónde está la pipa? Porque sabemos que la pipa la tenía Tru. Tú entrégales esa pipa, y ellos te dejarán en paz.

Bosch fingió que terminaba de hacer la llamada, se llevó el móvil al bolsillo y se dirigió hacia la casa.

—Se acabó lo que se daba, Jordy. El coche de refuerzo está en camino. No tenemos todo el día.

Gant levantó la mano.

—Un momento, inspector. Estamos hablando.

Fijó la mirada en Briscoe y lo intentó por última vez.

—Nos entendemos, ¿verdad? Te interesa evitar una situación así, ¿verdad? No te interesa que los vecinos vean que te esposamos y te metemos en un coche, ¿verdad?

Gant se detuvo, lo mismo que Bosch. Todos estaban a la espera.

—Entras tú solo —dijo Briscoe, finalmente.

A través de los barrotes, señaló a Gant con el dedo.

—No hay problema —repuso él—. ¿Vas a llevarme al lugar donde está la pipa?

Briscoe abrió la puerta de seguridad y la empujó hacia Gant.

—Entras tú solo —repitió.

Gant volvió el rostro hacia Bosch y le dedicó un guiño. Ya estaba dentro. Entonces, Briscoe cerró la puerta de seguridad con llave.

Un detalle que a Bosch no le gustó. Subió los escalones y escudriñó a través de los barrotes. Briscoe estaba conduciendo a Gant por un pasillo hacia la parte trasera de la vivienda. Bosch reparó por primera vez en la presencia de un niño de nueve o diez años que estaba jugando a un videojuego.

—Jordy, ¿todo en orden? —gritó.

Gant se volvió hacia él, y Bosch cerró las manos en torno a los barrotes de seguridad y los sacudió ligeramente, para recordarle que estaba encerrado por dentro y que sus compañeros no podían entrar.

—Todo en orden —exclamó Gant a su vez—. Esta señorita piensa entregarnos la pipa. No tiene ganas de ver cómo unos patanes blanquitos le ponen la casa patas arriba.

Sonrió y se perdió de vista. Bosch se quedó pegado a la puerta, a la escucha de cualquier sonido que pudiera denotar la existencia de problemas. Se llevó la falsa orden de registro —fabricada a partir de un antiguo documento de ese tipo— al bolsillo interior de la americana para sacarla a relucir cualquier otro día que hiciera falta.

Siguió a la espera durante cinco minutos, sin oír más que los pitidos electrónicos del juego del niño, a quien suponía hijo de Trumont Story.

—¿Todo bien, Jordy? —llamó finalmente.

El niño no levantó la mirada del videojuego. Tampoco llegó ninguna respuesta.

—¿Jordy?

Otra vez sin respuesta. Bosch trató de abrir la puerta de seguridad, aunque sabía que estaba cerrada. Se volvió hacia los dos agentes de la brigada antibandas y les indicó con un gesto que se dirigieran a la parte posterior de la casa, a ver si había una puerta abierta. Chu subió por los escalones hacia la puerta.

Y entonces Bosch vio que Gant reaparecía por el fondo del pasillo, sonriente y con una bolsa de plástico transparente con cierre de sello y una pistola negra dentro.

—La tenemos, Harry. Ya está.

Bosch le dijo a Chu que fuera a buscar a los dos agentes y respiró con verdadero alivio por primera vez en diez minutos. Lo habían conseguido, y de la única forma en que podían hacerlo. O'Toole no le habría autorizado ni en sueños solicitar una orden de registro, ya que no existían indicios suficientes para que un juez diera el visto bueno a un registro tres años después de la muerte de Tru Story. Por eso habían recurrido a la orden de registro de pega. Y la comedia urdida por Gant había funcionado a la perfección. Briscoe les había entregado el arma de forma voluntaria, sin necesidad de proceder a un registro ilegal de la vivienda.

Gant llegó a la puerta y Bosch se fijó en que la bolsa de plástico estaba mojada.

—¿En la cisterna del váter?

Un lugar predecible. Era uno de los cuatro o cinco escondrijos preferidos por los criminales. Todos habían visto *El padrino* en algún momento de sus años de formación.

—Pues no. En la bandeja de desagüe que hay debajo de la lavadora.

Bosch asintió con la cabeza. Un escondrijo que no estaba entre los veinticinco más habituales.

Briscoe se adelantó a Gant y abrió la cerradura de la puerta de seguridad. Bosch tiró de ella para que su compañero pudiese salir.

—Gracias por su cooperación, señorita Briscoe —dijo.

—Váyanse de una puta vez de mi propiedad y no vuelvan por aquí —contestó la mujer.

—Sí, señorita. Será un placer.

Bosch le dedicó una parodia de saludo militar y bajó los escalones por detrás de Gant. Este le pasó la bolsa, y Harry examinó la pistola sin detenerse. La bolsa de plástico estaba manchada de moho negruzco y plagada de rayaduras por los años de uso pero Bosch pudo reconocer una Beretta modelo 92.

Harry abrió el maletero de su coche, se puso unos guantes de goma y sacó la pistola de la bolsa de plástico para estudiarla con detenimiento. Lo primero que observó fue que en el lado izquierdo había una profunda rayadura que discurría por el cañón y el armazón, más o menos disimulada con un toque de pintura o una pasada de rotulador. Todo indicaba que era el arma que Charles 2 *Small* Washburn decía haber hallado en el jardín trasero de su casa después del asesinato de Jespersen.

A continuación, Bosch buscó el número de serie en el lado izquierdo del armazón. Sin embargo, el número troquelado a máquina había desaparecido. Acercó la Beretta a sus ojos, la puso en ángulo y apreció en el metal varias rayaduras profundas que difícilmente hubieran podido estar causadas por la hoja de un cortacésped. Más bien parecían ser el resultado de un esfuerzo concentrado y deliberado encaminado a borrar el número de serie. Cuanto más se fijaba en aquellas rayaduras, más evidente le resultaba. Trumont Story o algún propietario anterior del arma había borrado a propósito el número de serie.

—¿Es la que buscabas? —preguntó Gant.

—Eso parece.

—¿Has visto el número de serie?

—No. Lo han borrado.

Bosch sacó el peine de balas —que estaba cargado— y el proyectil de la recámara. Acto seguido metió el arma en una nueva bolsa de plástico con cierre hermético. Los exámenes balísticos tendrían que confirmar la conexión de la pistola con el asesinato de Jespersen y las muertes posteriores, pero Bosch estaba seguro de que tenía en las manos el único indicio fiable relativo al caso Jespersen aparecido en veinte años. Eso no le llevaba necesariamente a estar más cerca del asesino de la periodista danesa, pero era algo. Un punto de partida.

—¡Les he dicho que se larguen! —gritó Briscoe al otro lado de los barrotes—. ¡Déjenme en paz de una vez o les meto una denuncia por intromisión! ¿Por qué no hacen algo útil de una vez y buscan al que mató a Tru Story?

Bosch metió la pistola en una caja de cartón abierta que tenía en el maletero y luego cerró la tapa. Miró a la mujer un instante y se mordió la lengua mientras se disponía a abrir la puerta del automóvil.

Habían tenido suerte. Charles Washburn no solo había sido incapaz de reunir la fianza, sino que además lo habían trasladado de los calabozos de la comisaría en la Calle 77 a los situados en la comisaría del centro. Cuando Bosch, Chu y Gant se presentaron allí, Washburn ya esperaba de nuevo en la sala de interrogatorios, junto a la sala de inspectores.

—Vaya... ¡Tres tontitos en lugar de dos! —soltó—. ¿Es que esta vez necesitan ser tres para amargarme la existencia?

—No, Charlie, no venimos a amargarte la existencia —dijo Gant—. De hecho, venimos a devolverte un favor que nos has hecho.

Bosch cogió una silla, se sentó frente a Washburn y puso una caja de cartón, cerrada, sobre la mesa. Gant y Chu seguían de pie en la sala diminuta.

—Te ofrecemos un trato —dijo Gant—. Tú nos llevas a la casa donde vivías con tu madre y nos enseñas ese tablón del vallado en el que clavaste un balazo, y nosotros a cambio haremos lo posible para que se olviden de algunos de esos cargos de los que te acusan. En atención a que eres un testigo que ha estado cooperando con nosotros, ya me entiendes. Favor por favor.

—¿Cómo? ¿Ahora? Pero si es de noche, hombre.

—Tenemos linternas, colega —recordó Bosch.

—Yo no soy testigo de nada, y menos aún voy a cooperar con ustedes. Así que váyanse a la mierda con su favor por favor. Solo les he contado lo de Story porque está muerto. Así que ya pueden meterme en la celda otra vez.

Hizo amago de levantarse, pero Gant le pegó un manotazo en el hombro, amigable pero lo bastante firme para mantenerlo sentado en la silla.

—A ver un momento. No se trata de que cooperes con nosotros para incriminar a otro, ni nada por el estilo. Se trata de que nos enseñes dónde está esa bala. Es lo único que nos interesa.

—¿Y nada más?

Su mirada se trasladó a la caja en la mesa. Gant fijó la vista en Bosch, quien explicó:

—También queremos que le eches un vistazo a unas pistolas que hemos pillado por ahí. Para ver si puedes identificar la que encontraste hace veinte años. La pistola que pasaste a Trumont Story.

Bosch abrió la caja. Los policías habían metido otras dos pistolas de nueve milímetros descargadas en sendas bolsas de plástico transparente junto a la entregada por Gail Briscoe. Bosch sacó las tres armas, las dejó sobre la mesa y puso la caja en el suelo. A continuación, Gant quitó las esposas a Washburn para que este pudiera examinarlas sin sacarlas de las bolsas de plástico.

La pistola que 2 Small miró en último lugar fue la Beretta conseguida en la casa de Tru Story. Estudió uno y otro lado del arma y asintió con la cabeza.

—Esta —dijo.

—¿Estás seguro de lo que dices? —preguntó Bosch.

Washburn señaló con el dedo el lado izquierdo de la Beretta.

—Sí, con la diferencia de que alguien se ocupó de disimular la rayadura. Pero todavía se nota. Es la rayadura que le hice con la hoja del cortacésped.

—No me interesan las suposiciones. Así que dímelo claro: ¿es la pistola que encontraste? ¿Sí o no?

—Sí, hombre, sí. Es la misma pipa.

Bosch cogió el arma y extendió el envoltorio de plástico hasta que este quedó tirante sobre el punto donde tendría que estar el número de serie.

—Fíjate en esto. ¿La pistola estaba así cuando la encontraste?

—¿Que me fije en qué?

—No te hagas el tonto, Charles. El número de serie está borrado. ¿Ya estaba así cuando la encontraste?

—¿Se refiere a estas otras rayaduras? Bueno, pues sí, creo que sí. Se las hizo el cortacésped.

—Estas rayaduras no las ha hecho ningún cortacésped. Esto lo hicieron con una lima. ¿Y nos dices que tienes claro que ya estaba así cuando la encontraste?

—A ver, hombre, no puedo estar seguro de algo que pasó hace veinte años. ¿Qué quieren que les diga? Pues no me acuerdo.

Bosch estaba empezando a irritarse con tanta comedia.

—¿Lo borraste tú mismo, Charles? ¿Para que la pistola le resultara más valiosa a un fulano como Tru Story?

—No, hombre, yo no borré nada.

—Entonces dime una cosa. ¿Cuántas pistolas has encontrado en la vida, Charles?

—Solo esta.

—Ya. Y nada más encontrarla comprendiste que tenía su valor, ¿verdad? Sabías que se la podías pasar al pandillero jefe de tu calle y que algo sacarías a cambio. Igual hasta se lo agradecían nombrándote miembro del club, ¿no es cierto? Así que no me vengas con cuentos chinos de que no te acuerdas. Si ya habían borrado el número de serie cuando la encontraste, sin duda se lo dijiste a Trumont Story, porque sabías que a Story le haría aún más gracia tu regalito. Entonces, ¿estaba o no estaba el número de serie, Charles?

—Vale, hombre, vale. No estaba, ¿entendido? Ya lo habían borrado y se lo dije a Tru, ¿vale o no vale? Así que déjeme en paz de una vez.

Bosch reparó en que al apoyarse en la mesa había invadido el que Washburn consideraba su espacio personal. Se echó hacia atrás en la silla.

—Muy bien, Charles. Gracias.

Se trataba de una confesión significativa, pues confirmaba algo sobre el modo en que había sucedido el asesinato de Anneke Jespersen. Bosch había estado dándole vueltas a la causa por la cual el asesino había tirado la pistola al otro lado del vallado. ¿Quizás había pasado algo en el callejón que le había impelido a deshacerse del arma? ¿Era posible que el disparo hubiera atraído otros disparos? El hecho de que hubiera empleado un arma cuyo origen era imposible de trazar explicaba parte de lo sucedido. Dado que el número de serie estaba borrado, el asesino seguramente pensó que tan solo podrían descubrir su culpabilidad si le pillaban con el arma del crimen en la mano. La mejor forma de evitar dicha posibilidad era deshacerse del arma al momento, lo que explicaba que tirase la pistola al otro lado del vallado.

La comprensión de la secuencia de los acontecimientos en un crimen siempre era importante para Bosch.

—Bueno, ¿y ahora van a retirar los cargos y toda esa mierda? —preguntó Washburn.

—No, aún no. Todavía tenemos que encontrar esa bala.

—¿Para qué la necesitan? Ya tienen la pipa, ¿no?

—Porque ayudará a explicar lo que pasó. A los jurados les encantan los pequeños detalles. Vamos.

Bosch se levantó y devolvió las tres pistolas al interior de la caja de cartón. Gant alzó un poco las esposas de Washburn, para indicarle que se levantara. Washburn siguió sentado protestando.

—Ya les he dicho dónde está, hombre. A mí no me necesitan.

En ese momento Bosch comprendió una cosa. Hizo una seña a Gant para que se apartara y dijo:

—Voy a proponerte una cosa, Charles. Si prometes cooperar con nosotros, no hace falta que vayas esposado. Y haremos lo posible para que tu ex no se acerque. ¿Lo ves bien?

Washburn miró a Bosch un segundo y asintió con la cabeza. Harry advirtió el cambio en su expresión. El hombrecillo no quería que su hijo le viera esposado.

—Pero si intentas pasarte de listo y darte el piro, me encargaré de encontrarte aunque sea en el infierno —terció Gant—. Y cuando te encuentre, me aseguraré de que lo pases mal de verdad. Y ahora vamos.

Esta vez ayudó a Washburn a levantarse de la silla.

Media hora más tarde, Bosch y Chu se encontraban con Washburn en el jardín trasero de la casa. Gant estaba en la parte delantera de la vivienda, vigilando a la ex mujer de Washburn para asegurarse de que su rabia no se tradujera en una acción agresiva contra el padre de su hijo.

Washburn pronto dio con el tablón del vallado en el que había alojado una bala veinte años atrás. La marca dejada por la entrada del proyectil todavía era visible, sobre todo cuando la enfocaban de lado con las linternas. El impacto había agujereado el barniz de la madera y el agujero había sufrido daños producidos por el agua. Chu tomó una fotografía con su teléfono móvil mientras Bosch sostenía una tarjeta de visita junto al punto de entrada para aportarle escala. A continuación, Bosch abrió su navaja de bolsillo y clavó la punta de la hoja en la madera blanda y medio putrefacta, hasta extraer la bala de plomo. La hizo rodar entre los dedos para limpiarla de porquería, y la alzó para mirarla. La bala anterior a esa en el cargador había matado a Anneke Jespersen.

Dejó caer el proyectil en una pequeña bolsita de plástico abierta por Chu.

—Bueno, ¿puedo irme ya? —preguntó Washburn, echando una aprensiva mirada de reojo a la puerta trasera de la casa.

—Todavía no —respondió Bosch—. Tenemos que volver a la comisaría de la Calle 77 y hacer un poco de papeleo.

—Me dijeron que si les ayudaba, retirarían los cargos. Por haber sido un testigo cooperador y todo eso.

—Has cooperado, Charles, y lo agradecemos. Pero en ningún momento dijimos que fuéramos a retirar todos los cargos; lo que dijimos fue que si nos ayudabas, te ayudaríamos. Así que ahora toca volver y hacer algunas llamadas para mejorar tu situación. Estoy seguro de que nos las arreglaremos para que lo de la tenencia de marihuana se quede en nada. Pero lo de la pensión del niño ya es otra cuestión. La orden de detención está firmada por un juez. Tendrás que hablar con él y tratar de convencerle.

—Es una jueza. ¿Y cómo voy a poder arreglar el asunto si le da por meterme en la cárcel?

Bosch se situó frente a Washburn y separó los pies. Si estaba pensando en darse el piro, lo haría en ese momento. Chu se percató y se acercó.

—Bueno —dijo Bosch—. Esa es una pregunta que seguramente tendrás que hacerle a tu abogado.

—Mi abogado es un mierda. Todavía no le he visto la cara.

—Ya. Pues entonces lo mejor será que te busques uno nuevo, digo yo. Vamos.

Mientras cruzaban por el jardín hacia la puerta rota del vallado, el rostro de un niño apareció bajo la cortina de una de las ventanas posteriores de la casa. Washburn levantó la mano y alzó el pulgar.

Al marcharse de la comisaría de la Calle 77 y dejar a Washburn en el calabozo, Bosch tenía claro que era demasiado tarde para llevar la pistola y la bala que habían encontrado directamente al laboratorio regional de criminalística de la Universidad Estatal de California. Así que Chu y él se dirigieron al edificio central del LAPD y metieron ambas muestras en la caja fuerte de la unidad para los casos abiertos/no resueltos.

Antes de irse a casa, Bosch quiso comprobar si le habían dejado algún mensaje, y vio una nota adhesiva pegada al respaldo de su silla. Supo que era del teniente O'Toole antes de leerla. Las notas de este tipo eran uno de los métodos de comunicación preferidos por O'Toole. El mensaje simplemente decía TENEMOS QUE HABLAR.

—Veo que mañana tienes cita con el Atontao —comentó Chu.

—No sabes la ilusión que me hace.

Despegó la nota y la tiró a la papelera. No iba a darse mucha prisa en hablar con O'Toole. Tenía cosas más importantes que hacer.

12

Se repartieron el trabajo. Madeline hizo el pedido por internet, y Bosch se acercó en coche a Bird's, en Franklin, para recoger la comida. Todavía estaba caliente cuando llegó a casa. Abrieron los envoltorios de cada cosa y los fueron poniendo a uno y otro lado de la mesa. Ambos habían pedido pollo rustido —la especialidad del establecimiento—, si bien Bosch se había decantado por un acompañamiento de salsa barbacoa, ensalada de col y judías con salsa de tomate, mientras que su hija había escogido salsa malaya agridulce y unos macarrones con queso. El pan de pita venía envuelto en papel de aluminio, mientras que un tercer recipiente más pequeño contenía la ración de pepinillos fritos que habían acordado compartir.

La comida era deliciosa. No resultaba tan bueno como cenar en el propio Bird's, pero le faltaba muy poco. Aunque estaban comiendo sentados el uno frente al otro, no hablaban demasiado. Bosch estaba pensando en el caso y en lo que iba a hacer con la pistola que antes había encontrado; su hija, a todo esto, estaba leyendo un libro mientras cenaba, a lo que Bosch no ponía objeción pues consideraba que leer mientras se comía era mucha mejor opción que dedicarse a enviar mensajes de texto o colgar entradas en Facebook, justo lo que Maddie solía hacer.

Bosch era un inspector de natural impaciente. Para él, lo fundamental era ir ganando terreno en un caso. Cómo conseguir ese terreno, cómo mantenerlo, cómo evitar salirse del terreno conquistado. Y Bosch sabía que podía dejar la pistola en la unidad de armas de fuego para su análisis y la posible restauración del número de serie. Pero lo más probable era que pasaran semanas o meses enteros antes de que le dieran respuesta. Tenía que dar con una forma de eludir los obstáculos derivados de la burocracia y la acumulación de trabajo. Al cabo de un rato creyó haber dado con una solución.

No tardó en comerse toda la cena. Miró al otro lado de la mesa y se dijo que con un poco de suerte aún podría probar los macarrones con queso.

—¿Quieres más pepinillos? —preguntó.

—No. Cómetelos tú, si quieres —dijo ella.

Se comió los pepinillos restantes de un bocado. Echó una mirada al libro que Maddie estaba leyendo, una obra que estaba en el programa del curso de literatura. Casi la había terminado. Bosch adivinó que no le quedarían más allá de un par de capítulos.

—Nunca te había visto devorar un libro de esa manera —observó—. ¿Vas a acabarlo esta noche?

—Se supone que hoy no tenemos que leer el último capítulo, pero no voy a poder evitarlo. Es triste...

—¿Quieres decir que el protagonista muere?

—No. Bueno, aún no lo sé. Creo que no. Pero lo que es triste es que esté a punto de acabar.

Bosch asintió con la cabeza. No era un lector empedernido, pero entendía lo que Maddie quería decir. Recordó haber sentido lo mismo al llegar al final de *Straight Life*,* el que bien podría ser el último libro que se había leído de cabo a rabo.

Maddie dejó el libro en la mesa para terminar de comerse la

* *Straight Life* es la estremecedora autobiografía del saxofonista de jazz Art Pepper. En España ha sido traducida con el título de *Una vida ejemplar* (Global Rhythm Press, 2011). *(N. del t.)*

cena. Harry adivinó que aquella noche no iban a sobrar macarrones con queso.

—¿Sabes una cosa? Me recuerdas un poco a él... —comentó su hija.

—¿En serio? ¿Al chico del libro?

—El señor Moll dice que el tema es la inocencia. El chico quiere evitar que los niños pequeños se caigan por el acantilado, lo que es una metáfora de la pérdida de la inocencia. El chico sabe cuáles son las realidades de la vida y quiere evitar que los niños tengan que afrontarlas.

El señor Moll era su maestro. Maddie le había explicado que, cuando había examen, el señor Moll se encaramaba a su escritorio y se quedaba allí plantado de pie, vigilando a los alumnos desde lo alto para que no copiasen ni hiciesen trampas. Los alumnos le llamaban «el guardián en el escritorio».

Bosch no supo qué responder, pues no había leído el libro. Él había crecido en orfanatos, centros juveniles y hogares de acogida, de forma que ningún maestro le había asignado la lectura del libro. Y si se la hubieran asignado, seguramente no lo habría leído. Nunca fue un buen estudiante.

—Bueno —apuntó—, pues diría que yo aparezco después de que hayan caído por el acantilado, ¿no crees? Al fin y al cabo, me dedico a investigar asesinatos.

—Ya —dijo ella—. Pero creo que por eso te dedicas a lo que te dedicas. Porque de niño te arrebataron muchas cosas. Yo creo que por eso decidiste hacerte policía.

Bosch guardó silencio. Madeline era muy perceptiva, y cuando daba en el clavo en lo referente a su persona, se sentía medio avergonzado, medio maravillado. Bosch a la vez era consciente de que a Maddie también le habían arrebatado muchas cosas en la niñez y ella misma le había dicho que estaba pensando en dedicarse a lo mismo que su padre, cosa que a Bosch le producía tanto orgullo como miedo. Tenía la secreta esperanza de que algo se interpusiera —los caballos, los chicos, la música, lo que fuese— y la hiciera cambiar de idea.

Pero, por el momento, nada se había interpuesto, así que Bosch hacía todo cuanto estaba en su mano para prepararla en lo referente a su vocación.

Maddie terminó de comerse la cena, sin dejar más que los huesos del pollo. Era una muchacha con gran energía, y habían quedado atrás los días en que Bosch confiaba en poder acabarse las sobras de sus platos.

Recogió todos los restos y los tiró a la basura. Después abrió la nevera y cogió una botella de cerveza Fat Tire sobrante de su cumpleaños.

Cuando regresó al comedor, Maddie estaba leyendo el libro en el sofá.

—Una cosa —dijo Harry—. Mañana tengo que irme prontísimo. ¿Te ocupas tú misma de prepararte el almuerzo y lo demás?

—Claro.

—¿Qué piensas hacer?

—Lo de siempre. Fideos japoneses. Y ya pillaré un yogur en una de las máquinas del cole.

Fideos y leche fermentada. No era la clase de almuerzo que Bosch pudiera considerar satisfactorio.

—¿Cómo andas de dinero para las máquinas?

—Me queda suficiente para el resto de la semana.

—Oye, ¿y qué ha pasado con ese chico que te estaba dando la lata porque todavía no te pones maquillaje?

—No me hablo con él. Es una tontería, papá. Y olvídate de lo de «todavía»; no pienso ponerme maquillaje nunca en la vida.

—Perdón. No era lo que quería decir.

Se quedó un momento a la espera, pero la conversación había terminado. Se preguntó si al describir el acoso de aquel chaval como una tontería, Maddie en realidad le estaba diciendo que era algo serio. Hubiera preferido que levantase la mirada del libro al

161

hablar con él, pero el hecho era que estaba en el último capítulo. Dejó correr el asunto.

Se fue con la cerveza al porche trasero para contemplar la ciudad. El aire era fresco y seco, de forma que a sus pies las luces en el cañón y en la autovía relucían con mayor nitidez y claridad. Las noches frías siempre hacían que Bosch se sintiera solo. El frío se le metía en la columna vertebral y allí se quedaba alojado, llevándole a pensar en las cosas que había perdido con el tiempo.

Se dio la vuelta y, a través del cristal, contempló a su hija en el sofá. Vio que terminaba el libro. La vio llorar cuando llegó a la última página.

13

A las seis de la mañana, Bosch llegó al aparcamiento situado frente al laboratorio regional de criminalística. La luz del amanecer empezaba a teñir el cielo sobre East Los Ángeles. El campus de la universidad estatal que rodeaba el edificio estaba semidesierto a esa hora de la mañana. Bosch aparcó en una plaza desde la que podía ver llegar a todos los empleados que trabajaban en el laboratorio. Bebió un sorbo de café y se mantuvo a la espera.

A las seis y veinticinco vio llegar a la persona que andaba buscando. Dejó el café en el coche, salió del vehículo con la caja con la pistola bajo el brazo y avanzó entre las hileras de coches en dirección a su hombre.

—Pistol Pete... Justo la persona en la que estaba pensando. Y qué casualidad, yo también voy al tercer piso.

Bosch le abrió la puerta a Peter Sargent, un veterano investigador de la unidad de análisis de armas de fuego que formaba parte del laboratorio. En el pasado habían trabajado juntos en muchos casos.

Sargent se valió de una tarjeta para atravesar la puerta electrónica. Bosch mostró su insignia al agente de seguridad que estaba sentado tras el mostrador de entrada y cruzó después de Sargent, al que siguió en dirección al ascensor.

—¿Cómo va eso, Harry? Me ha dado la impresión de que estabas esperándome ahí fuera.

Bosch sonrió como si le hubieran pillado en una travesura y asintió con la cabeza.

—Me temo que sí. Y es que eres el tipo que necesito en este momento. Necesito a Pistol Pete.

El *Los Angeles Times* le había puesto dicho sobrenombre muchos años atrás, en el titular de una noticia donde se informaba de su labor infatigable a la hora de relacionar una misma pistola Kahr P-9 con las balas usadas en cuatro homicidios aparentemente no relacionados. En el juicio, el testimonio de Sargent fue clave para condenar a un asesino a sueldo de la mafia.

—¿Qué caso estás llevando? —preguntó Sargent.

—Un asesinato de hace veinte años. Ayer por fin recuperamos la que casi con toda seguridad fue el arma del crimen. Necesito confirmar que una bala fue disparada con esta pistola, pero también quiero ver si es posible recuperar el número de serie. Eso es lo principal. Si encontramos el número, estoy casi seguro de que tendremos al sospechoso. Y resolveremos el caso.

—Así de fácil, ¿eh?

Cogió la caja mientras las puertas del ascensor se abrían en el tercer piso.

—Bueno, los dos sabemos que no es tan sencillo. Pero estamos cogiendo carrerilla en lo referente a este caso y no quiero detenerme.

—¿El número lo limaron o lo borraron con ácido?

Avanzaban por el pasillo en dirección a la puerta doble de la unidad de armas de fuego.

—Yo diría que lo limaron. Podréis sacarlo a la luz otra vez, ¿no?

—A veces podemos... parcialmente, por lo menos. Pero ya sabes que el proceso lleva unas cuatro horas, ¿no? Media jornada. Y como también sabes, se supone que las pistolas las estudiamos por orden de entrega. Hay una lista de espera de cinco semanas, y no está permitido que alguien se cuele.

Bosch estaba preparado para una respuesta así.

—No te estoy pidiendo que me cueles. Tan solo me pregunto si quizá sería posible que le echaras un vistazo durante el almuerzo y, si la cosa tiene buena pinta, que le pongas tus polvos mágicos y al final del día mires a ver qué ha salido. Cuatro horas, de acuerdo, pero sin distraerte de tu trabajo normal.

Bosch abrió los brazos como si estuviera explicando algo tan sencillo que resultaba hermoso.

—Nadie se salta la cola y nadie tiene por qué mosquearse.

Sargent sonrió mientras tecleaba la clave de apertura de la puerta de la unidad. Tecleó 1852, el año de fundación de la compañía Smith & Wesson.

Tiró de la puerta hacia el interior y dijo:

—No sé, Harry... Solo tenemos cincuenta minutos para comer, y tengo que salir. Yo no me traigo el almuerzo en tartera como hacen otros.

—Por eso mismo, lo mejor es que me digas qué te apetece comer, para presentarme con lo que más te guste a las once y cuarto en punto.

—¿Lo dices en serio?

—Lo digo en serio.

Sargent le condujo hasta su lugar de trabajo: un simple taburete tapizado y una mesa alta sembrada de piezas y cañones de pistolas, así como de bolsas de plástico transparente con balas o armas cortas en el interior. En la pared estaba pegado el titular del *Times*:

«PISTOL PETE» ACUSA AL SUPUESTO EJECUTOR DE LA MAFIA

Sargent puso la caja que Bosch le había entregado en el centro de la mesa, lo que Harry se tomó como buena señal. Miró a su alrededor para asegurarse de que nadie estaba mirando mientras trataba de ganarse a Sargent. En aquel momento eran los únicos que había en la unidad.

—Y bien, ¿qué me dices? —apuntó—. Estoy seguro de que no

habéis vuelto a comeros un buen filete a la pimienta de Giamela's desde que os trasladaron a este lugar.

Sargent asintió con la cabeza pensativamente. El laboratorio regional tan solo tenía unos años de existencia y era la fusión de los laboratorios de criminalística del LAPD y de la oficina del sheriff de Los Ángeles. La unidad de armas de fuego del LAPD en su momento estuvo situada en la comisaría de Northeast, cerca de Atwater. Y allí todos iban a comprar el almuerzo a un establecimiento llamado Giamela's especializado en enormes bocadillos a la italiana. Bosch y su compañero de trabajo del momento siempre hacían parada en Giamela's y hasta se las arreglaban para fijar las entregas de pistolas al laboratorio en torno al mediodía, con la idea de pedir unos bocadillos que comerse en el cercano Forest Lawn Memorial Park. Bosch en cierta ocasión estuvo trabajando con un inspector que era un fanático aficionado al béisbol y siempre insistía en ir a ver la tumba de Casey Stengel. Y si el césped circundante no estaba perfectamente cuidado, él mismo se ocupaba de llamar la atención a los jardineros.

—¿Sabes lo que sí me gustaría comer? —dijo Sargent—. Ese bocadillo de filete ruso que preparan. Le ponían una salsa que estaba de puta madre.

—Un bocadillo de filete ruso. Tomo nota —repuso Bosch—. ¿Con queso?

—No, sin queso. Pero, si puedes, pide que te pongan la salsa en un vaso de papel o algo parecido, para que el bocadillo no quede pringoso.

—Bien pensado. A las once y cuarto estoy aquí.

El trato estaba cerrado, así que Bosch se dirigió a la puerta antes de que Sargent pudiera cambiar de idea.

—Un momento, Harry, espera —indicó Sargent al instante—. ¿Y qué me dices del cotejo con la bala? Me dijiste que también te hacía falta, ¿no?

Bosch no tenía claro si Sargent acaso esperaba sacarle un segundo bocadillo.

—Sí, pero lo primero que necesito es el número de serie, porque puedo ir trabajando con él mientras hacen el análisis de balística. Por lo demás, estoy bastante seguro de que la bala salió de esa pistola. Tengo un testigo que ha identificado el arma.

Sargent asintió con la cabeza, y Bosch de nuevo echó a andar hacia la puerta.

—Hasta luego, Pistol Pete.

Bosch se sentó ante el ordenador tan pronto como llegó a su escritorio. Había puesto el despertador de su casa a las cuatro de la madrugada para ver si había algún correo electrónico de Dinamarca, pero no había sido el caso. Al conectarse ahora vio un mensaje de Mikkel Bonn, el periodista con quien había hablado.

Detective Bosch, he estado conversando con Jannik Frej. He puesto en cursiva las respuestas a sus preguntas.

¿Sabe usted si Anneke Jespersen viajó a Estados Unidos con el propósito de cubrir una noticia? Si la respuesta es sí, ¿qué noticia era esa? ¿Qué hacía ella en nuestro país? *Frej dice que Anneke estaba investigando un caso de crímenes de guerra cometidos durante la guerra del Golfo, pero que tenía por costumbre no revelar completamente qué artículos estaba preparando antes de estar segura del todo. Frej no se acuerda bien de con quién habló ni a qué lugar de Estados Unidos tenía pensado ir. El último mensaje que Anneke le envió decía que se iba a Los Ángeles a seguir con su investigación y que aprovecharía para cubrir los disturbios si el BT se lo pagaba aparte. He insistido mucho en este punto, pero Frej afirma que está seguro de que Anneke le dijo que ya tenía previsto dirigirse a Los Ángeles con motivo de esa historia de la guerra del Golfo, pero que estaba dispuesta a cubrir los disturbios si el periódico pagaba. ¿Esto le resulta de utilidad?*

¿Puede decirme alguna cosa sobre sus destinos en Estados Unidos? *Anneke estuvo en Atlanta y San Francisco antes de desplazarse* a Los Ángeles. ¿Por qué? ¿Sabe si también estuvo en otras ciudades del país? *Frej no tiene respuestas a estas preguntas.*

Antes de viajar a Estados Unidos, Anneke visitó Stuttgart, en Alemania, y se alojó en un hotel cercano a la base militar estadounidense. ¿Sabe por qué? *Ese viaje lo hizo al principio de ponerse a investigar el caso, pero Frej no sabe a quién fue a ver Anneke. Frej cree que tal vez en esa base militar existía una unidad de investigación de crímenes de guerra.*

El mensaje no parecía ser de mucha ayuda. Bosch se arrellanó en la silla y fijó la mirada en la pantalla. Las barreras de la distancia y el idioma resultaban frustrantes. Las respuestas de Frej eran interesantes pero incompletas. Bosch tenía que redactar una respuesta que demandara mayor información. Puso las manos sobre el teclado y empezó a escribir.

Señor Bonn, gracias por todo. ¿Sería posible que yo mismo hablara directamente con Jannik Frej? ¿Frej habla inglés, aunque sea un poquito? La investigación va a buen ritmo, pero este proceso en particular resulta demasiado lento, pues hace falta un día entero para conseguir respuestas a mis preguntas. Si no es posible que yo hable directamente con él, ¿podríamos organizar una llamada a tres bandas en la que usted hiciera de intérprete? Le ruego que me responda en cuanto pueda.

El teléfono sonó en el escritorio de Bosch, quien lo cogió sin apartar los ojos de la pantalla.

—Bosch.

—Soy el teniente O'Toole.

Bosch se dio la vuelta y miró hacia el despacho situado en el rincón. Las persianas de los cristales estaban subidas y O'Toole lo miraba directamente desde su escritorio.

—¿Qué me cuenta, teniente?

—¿Es que no ha visto la nota que le dejé diciéndole que tenía que verlo inmediatamente?

—Sí, la vi anoche, pero usted ya se había ido. Y hoy no me he dado cuenta de que ya estaba aquí. He tenido que enviar un importante mensaje de correo electrónico a Dinamarca. Las cosas están...

—Quiero que venga a mi despacho. Ahora mismo.

—Voy pitando.

Bosch terminó de escribir el mensaje con rapidez y lo envió. Se levantó y fue al despacho del teniente. Nadie había llegado aún a la sala de inspectores; tan solo estaban O'Toole y él. Fuera lo que fuera a pasar, no habría ningún testigo.

Entró en el despacho, y O'Toole le dijo que se sentara. Eso hizo.

—¿Todo esto tiene que ver con el escuadrón de la muerte? —preguntó—. Porque si es así, yo...

—¿Quién es Shawn Stone?

—¿Cómo?

—Le he preguntado que quién es Shawn Stone.

Bosch titubeó, mientras trataba de adivinar qué era lo que O'Toole se proponía. El instinto le dijo que lo mejor era decir la verdad y jugar a carta descubierta.

—Es un preso de San Quintín condenado por violación.

—¿Y qué se trae entre manos con él?

—Yo no me traigo nada entre manos.

—¿Habló con él el lunes pasado, cuando estuvo en la cárcel de visita?

O'Toole estaba mirando un documento de una página que sostenía con ambas manos y con los codos apoyados en el escritorio.

—Sí, sí que lo hice.

—¿Y depositó cien dólares en su cuenta del economato de la prisión?

—Sí. También. Pero, ¿qué...?

—Dice que no se trae nada entre manos con él. En ese caso, ¿cuál es su relación con Stone?

—Es el hijo de una amiga mía. Como me sobraba tiempo en San Quintín, pedí verlo un momento. Hasta entonces no lo había visto nunca.

O'Toole frunció el ceño, con los ojos fijos en el papel que tenía en las manos.

—Así que ha estado usando el dinero de los contribuyentes para visitar al hijo de su amiga e ingresar cien dólares en su cuenta del economato. ¿Estoy en lo cierto?

Bosch guardó silencio un instante, mientras pensaba cómo reconducir la situación. Se había dado cuenta de lo que O'Toole estaba haciendo.

—No, no está en lo cierto, teniente. Fui a San Quintín, en un viaje pagado con el dinero de los contribuyentes, para entrevistar a un recluso con información vital sobre el caso Anneke Jespersen. Conseguí esa información, y como no tenía nada que hacer antes de volver al aeropuerto, fui a hablar con Shawn Stone. También hice un ingreso en su cuenta. La cosa me llevó menos de media ahora y no provocó ningún retraso en mi regreso a Los Ángeles. Si tiene pensado tenderme una encerrona, va a necesitar algo más consistente, teniente.

Con expresión pensativa, O'Toole asintió con la cabeza.

—Bueno, dejaremos que la OAP se ocupe del asunto.

A Bosch le entraron ganas de levantarse y agarrar a O'Toole por el cuello. La OAP era la Oficina de Asuntos Profesionales, antes llamada de Asuntos Internos. A Bosch todo aquello le olía a chamusquina. Se levantó y preguntó:

—¿Tiene pensado elevar una queja?

—Sí.

Bosch meneó la cabeza con incredulidad. La ceguera en el proceder del teniente le resultaba difícil de asumir.

—¿Se da cuenta de que va a tener en contra a la sala entera si sigue adelante con esta idea?

Bosch se estaba refiriendo a la sala de inspectores. En cuanto los demás inspectores supieran que O'Toole estaba buscándole un problema a Bosch por algo tan trivial como una conversación de quince minutos en San Quintín, su ya escasa reputación se vendría abajo como un puente construido con mondadientes. Curiosamente, Bosch estaba más preocupado por O'Toole y su futuro en la unidad que por la investigación de la OAP subsiguiente a su poco meditada decisión.

—Eso no me preocupa —dijo O'Toole—. Lo que me preocupa es la integridad de la unidad.

—Está cometiendo un error, teniente, ¿y por qué? ¿Por esto? ¿Porque no dejé que le diera carpetazo a mi investigación?

—Puedo asegurarle que una cosa no tiene nada que ver con la otra.

Bosch meneó la cabeza otra vez.

—Y yo puedo asegurarle que voy a salir bien de esta, pero usted no.

—¿Me está amenazando?

Bosch no se dignó a responder. Se dio la vuelta en dirección a la puerta del despacho.

—¿Adónde va, Bosch?

—Tengo un caso del que ocuparme.

—No durante mucho tiempo.

Bosch regresó a su escritorio. O'Toole no tenía autoridad para suspenderle de sus funciones. Las normas internas del cuerpo lo dejaban claro. Una investigación de la OAP tenía que llevar al establecimiento de una falta y a una denuncia formal antes de que se pudiera producir una suspensión. Lo que O'Toole estaba haciendo era apretarle las tuercas a Bosch, y este necesitaba, ahora más que nunca, seguir adelante con sus averiguaciones.

Entró en el cubículo. Chu estaba sentado ante su escritorio con el café de todas las mañanas.

—¿Cómo va, Harry?

—Va.

Bosch se sentó pesadamente en la silla de su escritorio. Le dio a la barra espaciadora del teclado, y la pantalla del ordenador volvió a la vida. Vio que tenía una respuesta de Bonn. Abrió el mensaje.

Detective Bosch, voy a hablar con Frej para organizar la llamada a tres que propone. Le digo algo en firme tan pronto como pueda. Llegados a este punto, creo que lo mejor es que deje claras mis intenciones. Yo le prometo confidencialidad en lo referente a este asunto si usted me asegura que tendré la exclusiva de la noticia inicial cuando efectúe una detención o se proponga llamar a declarar a posibles testigos, lo que suceda primero.

¿Estamos de acuerdo?

Bosch ya sabía que su interacción con el periodista danés iba a llegar a este punto. Escribió su respuesta y le dijo a Bonn que estaba de acuerdo en concederle la exclusiva tan pronto como el caso redundara en una noticia de interés. Envió el mensaje pulsando la tecla con fuerza. Después, hizo girar la silla y echó una nueva mirada al despacho del teniente. O'Toole seguía sentado ante su escritorio.

—¿Qué es lo que pasa, Harry? —preguntó Chu—. ¿Qué ha hecho esta vez el Chupatintas?

—Nada —dijo Bosch—. No te preocupes por eso. Ahora tengo que irme.

—¿Adónde?

—A ver a Casey Stengel.

—Bueno. ¿Necesitas apoyo?

Bosch se quedó mirando un instante a su compañero. Chu era un estadounidense de origen chino y, por lo que Bosch sabía, lo ignoraba todo sobre los deportes. Nacido poco después de la muerte de Casey Stengel, Chu parecía estar hablando con sinceridad e ignorar quién había sido el famoso jugador y entrenador de béisbol.

—No, creo que no me hace falta apoyo. Luego hablo contigo.

—Aquí estaré, Harry.

—Claro.

172

14

Bosch estuvo paseando una hora por el cementerio de Forest Lawn, antes de ir a Giamela's a recoger los bocadillos. En recuerdo de su antiguo compañero Frankie Sheehan, empezó por el sepulcro de Casey Spengel, tras lo cual hizo el recorrido de las tumbas de los famosos, pasando junto a lápidas en las que estaban cincelados nombres como los de Gable y Lombard, Disney, Flynn, Ladd y Nat King Cole, antes de acercarse a la sección del Buen Pastor del vasto camposanto. Una vez allí, presentó sus respetos al padre que nunca había conocido. En la lápida ponía «J. Michael Haller, padre y marido», pero Bosch tenía claro que él siempre había sido un cero a la izquierda en aquella ecuación familiar.

Al cabo de un rato echó a andar ladera abajo hacia allí donde el terreno era más llano y las tumbas estaban más próximas las unas a las otras. Le llevó algo de tiempo, pues habían pasado doce años, pero finalmente encontró la lápida que señalaba la tumba de Arthur Delacroix, un niño en cuyo caso Bosch estuvo trabajando una vez. Junto a la lápida había un jarrón barato de plástico con los resecos tallos de unas flores muertas largo tiempo atrás. Daban la impresión de subrayar que el niño había sido olvidado en vida, pero también una vez muerto. Bosch cogió el jarrón y lo tiró a un contenedor de basura junto a la puerta de salida del cementerio.

Llegó a la unidad de análisis de armas de fuego a las once de la mañana, con una bolsa con dos bocadillos de Giamela's todavía calientes y con la salsa aparte. Fueron a comer a una sala de descanso, y Pistol Pete emitió un gemido tan audible tras pegarle un primer mordisco al bocadillo de filete ruso, que otros dos investigadores de la unidad asomaron la cabeza para ver qué era lo que pasaba. Sargent y Bosch compartieron sus bocadillos respectivos, aunque no de muy buena gana. El hecho era que Bosch se había ganado un amigo de por vida.

Cuando Sargent le llevó a su mesa de trabajo, Bosch vio que la Beretta que le había traído estaba sujeta por un tornillo de banco y con el lado izquierdo al frente. El armazón había sido pulido a conciencia con lana de acero para que Sargent tratara de sacar a relucir el número de serie.

—Ya estamos listos —anunció Sargent.

Se ajustó un par de gruesos guantes de goma y unas gafas protectoras de plástico y se sentó en el taburete frente al tornillo de banco. Acercó el brazo de la lupa montada sobre la mesa y conectó la luz.

Bosch sabía que toda arma fabricada legalmente en el mundo llevaba un número de serie particular que resultaba útil tanto para establecer a quién pertenecía como para trazar su origen en caso de robo. Los individuos que querían dificultar el seguimiento de un arma muchas veces limaban el número de serie con alguna herramienta o trataban de quemarlo con ácido.

Pero la fabricación del arma y el procedimiento usado para troquelar el número de serie facilitaban que los agentes de la ley pudieran recuperar un número de serie borrado. El procedimiento de troquelado del número en la superficie del arma durante la fabricación provoca una compresión del metal situado bajo las letras y los números. La superficie después puede ser lijada o quemada con ácido, pero la compresión inferior muchas veces sigue intacta. Hay varios métodos para reflotar un número de serie: uno de ellos consiste en la aplicación de una mezcla de ácidos y sales de cobre que reaccionan al contacto con el metal comprimido y revelan los números; otro de los métodos implica el uso de imanes y residuos de hierro.

—Voy a empezar probando el imantado, porque si funciona es más rápido y no daña la pistola —explicó Sargent—. Todavía tenemos que hacer las pruebas de balística con este cacharro, y me interesa que siga en funcionamiento.

—Tú mandas —dijo Bosch—. Y, por mí, cuanto más rápido, mejor.

—Bueno, pues a ver cómo va la cosa.

Sargent fijó un imán grande y redondo directamente bajo la corredera de la pistola.

—Primero, imantamos...

Rebuscó con la mano en un estante que había bajo la mesa y sacó un pulverizador de plástico. Lo agitó y apuntó con él hacia la pistola.

—Y ahora vamos a probar con la mezcla de hierro y aceite patentada por Pistol Pete...

Bosch acercó el rostro mientras Sargent echaba el líquido sobre el arma.

—¿Hierro y aceite?

—El aceite es lo bastante denso para mantener en suspensión el hierro imantado. Al rociar, el imán atrae el hierro hacia la superficie de la pistola. La atracción magnética resulta más fuerte allí donde estaba troquelado el número de serie, pues el metal es más denso. Esa es la teoría, al menos.

—¿Cuánto tiempo lleva el proceso?

—No mucho. Si funciona, funciona. Y si no, tendremos que recurrir al ácido, pero lo más seguro es que dañe la pistola. Así que es mejor dejar el ácido para después de las pruebas de balística. ¿Tienes a alguien que se vaya a ocupar de ellas?

—Aún no.

Sargent se refería al análisis destinado a confirmar que la

pistola que tenían delante había disparado la bala que mató a Anneke Jespersen. Bosch estaba casi seguro de que era el caso, pero resultaba necesario confirmarlo a través de un análisis balístico. Bosch estaba dejando dicho análisis para el final de forma premeditada, a fin de mantener la velocidad de crucero en la investigación del caso. Quería obtener el número de serie para trazar el arma, pero a la vez era consciente de que si el procedimiento de Sargent con aceite y hierro no funcionaba, tendría que ralentizar las cosas y seguir el protocolo habitual. Y ahora que O'Toole iba a elevar una queja a la OAP, el retraso bien podría dejar el caso en punto muerto... Justo lo que O'Toole se proponía para congraciarse con el jefe de policía.

—Y bien, esperemos que funcione —dijo Sargent, apartando a Bosch de sus pensamientos.

—Sí —convino Harry—. ¿Qué hago? ¿Me quedo esperando o prefieres llamarme?

—Lo mejor es que pasen unos cuarenta minutos. Si quieres, puedes quedarte esperando.

—Bien pensado, mejor llámame cuando tengas algo.

—Cuenta con ello, Harry. Y gracias por el bocadillo.

—Gracias por el trabajito, Pete.

Hubo una época en que Bosch se sabía de memoria el número de teléfono de la asesoría jurídica de la oficina de protección de derechos de la policía; pero al volver al coche y echar mano al móvil para hablar con alguno de sus abogados sobre la cuestión de O'Toole, Bosch se dio cuenta de que ya no recordaba el número. Estuvo pensando un momento, con la esperanza de que le volviera a la memoria.

Dos jóvenes criminalistas pasaron andando por el aparcamiento; el viento mecía sus blancas batas de laboratorio. No los reconocía, pero supuso que serían especialistas asignados a las escenas de un crimen. Bosch ya casi nunca trabajaba en los sitios donde acababa de tener lugar un crimen.

Seguía sin acordarse del número cuando el móvil empezó a sonar en su mano. El identificador de llamadas mostró una larga serie de cifras precedidas por el signo matemático de la suma. Comprendió entonces que se trataba de una llamada internacional. Contestó.

—Harry Bosch.

—Hola, inspector. Soy Bonn. Tengo al señor Jannik al teléfono. ¿Tiene un momento para hablar con él? Puedo traducir.

—Sí. Un momento, por favor.

Bosch cogió la libreta y un bolígrafo.

—Muy bien, ya podemos hablar. Señor Jannik, ¿puede oírme?

Siguió lo que supuso que era la traducción de su pregunta al danés. Y una nueva voz respondió:

—Sí. Buenas tardes, inspector.

Jannik hablaba inglés con fuerte acento, pero de forma comprensible.

—Tendrá que perdonar. Hablo inglés muy mal.

—Mejor de lo que yo hablo danés. Y gracias por ponerse al teléfono, señor.

Bonn se puso a traducir. Se produjo una conversación de treinta minutos que no aportó muchos datos que permitieran a Bosch aclarar las circunstancias del viaje de Anneke Jespersen a Los Ángeles. Jannik le proporcionó detalles sobre el carácter y la profesionalidad de la fotoperiodista, sobre todo su empeño en cubrir una noticia hasta el final, con independencia del riesgo y los obstáculos. Pero cuando Bosch se refirió a los supuestos «crímenes de guerra» que estaba investigando, Jannik dijo que no sabía qué crímenes eran esos, quién los había cometido o cómo se había enterado Jespersen. Según recordó a Bosch, Anneke trabajaba por libre, por lo que nunca terminaba de revelar una noticia al editor de un periódico. Otros editores la habían engañado en el

177

pasado: habían escuchado sus propuestas, le habían dicho que no, gracias, y luego habían encargado cubrir la noticia a sus propios periodistas y fotógrafos.

Bosch se sentía cada vez más frustrado por el lento proceso de traducción y por lo que finalmente escuchaba cuando las respuestas de Jannik eran traducidas al inglés. Se estaba quedando sin preguntas y se daba cuenta de que no había anotado nada en la libreta. Mientras pensaba qué más podía preguntar, los otros dos siguieron hablando en su lengua nativa.

—¿Qué es lo que está diciendo Jannik? —preguntó Bosch finalmente—. ¿De qué están hablando?

—Jannik se siente frustrado, inspector Bosch —explicó Bonn—. Apreciaba mucho a Anneke y le gustaría ser de más ayuda. Pero no tiene la información que usted necesita. Y se siente frustrado porque sabe que a usted le pasa lo mismo.

—Bueno, dígale que no hace falta que se lo tome como algo personal.

Bonn tradujo, y Jannik a continuación se embarcó en una larga respuesta.

—Empecemos por el principio —dijo Bosch, cortando a los dos daneses—. En Los Ángeles conozco a muchos periodistas. No son corresponsales de guerra, pero supongo que trabajan de la misma forma. Lo normal es que una noticia lleve a otra noticia. O, si dan con una fuente en la que confían, suelen volver una y otra vez a esa fuente. Así que veamos si Jannik se acuerda de las últimas noticias que Anneke estuvo cubriendo. Sé que estuvo en Kuwait un año antes, pero usted pregúntele... pregúntele si recuerda qué otras noticias estuvo cubriendo.

Bonn y Jannik al momento se enzarzaron en un largo toma y daca. Bosch oía que uno de ellos estaba tecleando; adivinó que era Bonn. Mientras seguía a la espera de la traducción al inglés, en su móvil sonó un aviso de llamada en espera. Miró el identificador y vio que la llamada procedía de la unidad de armas de fuego. Pistol Pete. Le entraron ganas de responder de inmediato, pero decidió que lo primero era terminar la entrevista con Jannik.

—Bien, ya lo tengo —dijo Bonn—. He estado mirando en nuestros archivos digitales. El año anterior a su muerte, Anneke estuvo informando y enviándonos fotos desde Kuwait durante la operación Tormenta del Desierto. El *BT* compró muchos de sus artículos y fotografías.

—Muy bien. ¿Hay alguna referencia a crímenes de guerra, a atrocidades, a algo por el estilo?

—Eh... No. No veo nada por el estilo. Anneke escribía artículos sobre la guerra vista por la gente. La gente de Kuwait City. Envió tres reportajes fotográficos y...

—¿Qué quiere decir con eso de «la gente»?

—Que escribía sobre la vida bajo el fuego, sobre familias que habían perdido a algún miembro... Historias de ese tipo.

Bosch pensó un momento. *Familias que habían perdido a algún miembro...* Sabía que los crímenes de guerra muchas veces adoptaban la forma de atrocidades cometidas con inocentes atrapados en medio de la guerra.

—Una cosa —dijo, finalmente—. ¿Puede usted enviarme los enlaces a esos artículos que está mirando?

—Sí, se los envío. Pero tendrá que traducirlos.

—Sí, lo sé.

—¿Hasta cuándo quiere que me remonte contando a partir de su último artículo?

—¿Qué tal un año?

—Un año. De acuerdo. Van a ser muchos artículos.

—No hay problema. ¿El señor Jannik tiene alguna cosa más? ¿Se acuerda de algo más?

Esperó a que el otro tradujera esta última pregunta. Bosch quería dejarlo ya. Quería devolverle la llamada a Pistol Pete.

—El señor Jannik pensará un poco más en todo esto —dijo

Bonn—. Y promete mirar la página web para ver si se acuerda de alguna otra cosa.

—¿Qué página web?

—La que hay en recuerdo de Anneke.

—¿Cómo...? ¿Es que hay una página web?

—Sí, claro. La hizo su hermano, en homenaje a Anneke. En esa página hay muchas de sus fotografías y artículos, ya verá.

Bosch guardó silencio un momento, se sentía embarazado. Podía culpar al hermano de Anneke por no haberle dicho nada de esa página web, pero eso resultaba lo más fácil. Tendría que haber sido más espabilado y habérselo preguntado.

—¿Cuál es la dirección de la página? —preguntó.

Bonn se la deletreó. Bosch por fin tenía algo que anotar.

Era más rápido llamar que volver y tener que pasar otra vez por seguridad. Pistol Pete respondió al segundo timbrazo.

—Soy Bosch. ¿Has encontrado algo?

—Te lo he dicho en el mensaje —repuso Sargent.

Su voz carecía de entonación. Bosch se lo tomó como mala señal.

—No lo he escuchado. Me he limitado a devolverte la llamada. ¿Qué es lo que hay?

Bosch contuvo el aliento.

—Pues la cosa ha ido bastante bien. Lo tengo todo menos un dígito. De forma que ahora solo hay diez posibilidades.

Bosch había trabajado en otros casos en los que había necesitado trazar el origen de una pistola y se había encontrado con mucho menos en las manos. Con la libreta todavía en la mano, pidió a Sargent que le diera lo que había encontrado. Bosch lo anotó y lo leyó en voz alta para confirmarlo:

BER0060_5Z

—El problema lo plantea ese octavo dígito, Harry —dijo Sargent—. No ha habido manera de que salga a relucir. Eso sí, en lo alto hay una pequeña curva, por lo que diría que es otro cero, un tres, un ocho o un nueve. Algo con una pequeña curva en lo alto.

—Entendido. Ahora mismo voy a mi despacho a mirarlo en el ordenador. Pistol Pete, no me has fallado. Gracias, hombre.

—Es un placer, Harry. Y ya sabes: ¡la próxima vez, otro bocadillo de Giamela's!

Bosch colgó y puso el coche en marcha. A continuación llamó a Chu, quien estaba sentado ante el escritorio cuando respondió. Bosch le leyó el número de serie de la Beretta y le pidió que empezara a mirar las diez posibilidades del número completo. Lo mejor sería comenzar por la base de datos del Departamento de Justicia de California, a la que Chu tenía acceso y en la que estaban registradas todas las armas vendidas en el estado. Si ahí no encontraba lo que buscaban, tendrían que solicitar a la ATF que efectuara una búsqueda en su propia base de datos, lo que ralentizaría las cosas. Los agentes federales no destacaban por su rapidez, y la ATF se había visto afectada por una serie de escándalos y torpezas que habían llevado a que las solicitudes ajenas fueran llevadas con mayor lentitud.

Pero Bosch se sentía optimista. Había tenido suerte con Pistol Pete y el número de serie. No había razón para pensar que la racha fuera a terminar.

Se sumó al congestionado tráfico de San Fernando Road y puso rumbo sur. No sabía cuánto tiempo iba a llevarle llegar a la central.

—¿Harry? Una cosa —dijo Chu, bajando la voz.

—¿Qué?

—Ha venido una persona de asuntos internos para hablar contigo.

La racha de suerte parecía haber terminado. O'Toole seguramente había entregado la queja en mano a la OAP, a la que muchos policías seguían llamando «asuntos internos» a pesar del cambio oficial de nombre.

—¿Cómo se llama ese tipo? ¿Está ahí todavía?

—Es una tipa, y se ha presentado como la inspectora Mendenhall. Ha entrado con O'Toole en su despacho, han estado hablando un rato a puerta cerrada, y luego se ha marchado. O eso creo.

—Vale. Ya me las arreglaré. Ahora mira ese número.

—Entendido.

Bosch desconectó. Su carril estaba inmovilizado, y no podía ver qué era lo que pasaba más adelante, pues el Hummer que tenía enfrente bloqueaba su campo de visión. Soltó un resoplido y pulsó la bocina con frustración. Tenía la sensación de que algo más que la suerte le estaba abandonando. Su optimismo se venía abajo. Parecía como si estuviera empezando a oscurecer.

15

Cuando Bosch llegó a la central, Chu no estaba en su cubículo. Miró el reloj de pared y vio que solo eran las tres de la tarde. Si a su compañero se le había ocurrido marcharse antes para compensar las horas adicionales de la jornada precedente y sin mirar los números de serie en la base de datos del Departamento de Justicia, Bosch iba a ponerse hecho una furia. Se acercó al escritorio vacío y pulsó la barra espaciadora del teclado de Chu. La pantalla se iluminó, pero en ella apareció el recuadro donde había que insertar la contraseña del ordenador. Husmeó en el escritorio, por si había una impresión del registro de una pistola por parte del Departamento de Justicia, pero no vio nada. Bosch asomó la cabeza al cubículo vecino que ocupaba Rick Jackson.

—¿Has visto a Chu?

Jackson se enderezó en la silla y miró la sala de inspectores, como si fuera capaz de reconocer a Chu allí donde Bosch era incapaz.

—No... Estaba ahí hace un rato. Igual ha ido al despacho del teniente.

Bosch dirigió la vista hacia el despacho de O'Toole. Chu no estaba allí. O'Toole estaba sentado ante su escritorio, escribiendo en un papel.

Bosch se acercó a su propio escritorio. Tampoco había ninguna impresión, pero sí que vio una tarjeta de visita. Nancy Mendenhall, inspectora de tercera de la OAP.

—Oye, Harry... —repuso Jackson en voz alta—. He oído que el Chupatintas ha elevado una queja contra ti.

—Pues sí.

—¿Una chorrada?

—Eso mismo.

Jackson meneó la cabeza.

—Lo que me suponía. Se necesita ser asno.

Jackson era el inspector más veterano después de Bosch. Y sabía que la iniciativa de O'Toole acabaría por perjudicar más al propio teniente que a Bosch, pues a partir de entonces ninguno de los inspectores de la sala se fiaría de él. Nadie le diría más que lo mínimo requerido. Había superiores que conseguían inspirar a sus hombres para que dieran lo mejor de sí. Pero, en este caso, los inspectores de la unidad de casos abiertos/no resueltos tendrían que hacerlo lo mejor posible a pesar del superior que los comandaba.

Bosch se sentó, contempló la tarjeta de Mendenhall y consideró la posibilidad de llamarla, hablarle claramente sobre lo insustancial de la queja y olvidarse del asunto por el momento. Abrió el cajón intermedio del escritorio y sacó la vieja agenda con tapas de cuero que tenía desde hacía treinta años. Encontró el número que antes no consiguiera recordar y telefoneó a la asesoría jurídica de la oficina de protección de derechos de la policía. Dio su nombre, rango y función en el cuerpo, y añadió que necesitaba hablar con uno de los abogados. El supervisor de la unidad respondió que en aquel momento no había ningún abogado disponible, pero que le llamarían sin dilación. Bosch estuvo a punto de decirle que ya se estaba produciendo una dilación, pero se contentó con darle las gracias al supervisor y colgar.

De forma casi inmediata, una sombra se proyectó sobre su escritorio. Bosch levantó la mirada y vio que se trataba de O'Toole. Llevaba puesta la americana, lo que indicó a Bosch que seguramente se dirigía al décimo piso.

—¿Dónde ha estado, inspector?

184

—En Casa Pistolas, chequeando balística.

O'Toole hizo una pausa, como si estuviera memorizando la respuesta para comprobar la veracidad de Bosch más tarde.

—Pete Sargent —dijo Bosch—. Llámele. También hemos comido juntos. Espero que eso no sea una infracción de las normas.

O'Toole se encogió de hombros a modo de respuesta, se acercó al escritorio y llevó el dedo índice a la tarjeta de Mendenhall.

—Llámela. Quiere concertar una entrevista con usted.

—Claro. Cuando tenga un momento.

Bosch se dio cuenta de que Chu estaba entrando en ese momento en el cubículo desde el pasillo exterior. Se detuvo al ver a O'Toole en el interior, fingió haberse olvidado algo, dio media vuelta y salió al pasillo otra vez.

O'Toole no se percató.

—No era mi intención llegar a una situación así —dijo—. Lo que yo quería era establecer una buena relación de confianza con los inspectores de mi brigada.

Sin levantar la mirada, Bosch respondió:

—Ya. Pues la cosa no ha durado mucho, ¿verdad? Y no se trata de su brigada, teniente. Es la brigada, y punto. Yo ya estaba aquí antes de que usted viniera y voy a seguir estándolo después de que se vaya. Quizás el problema sea ese, que en ningún momento ha llegado a comprenderlo.

Lo dijo en voz suficientemente alta para que le oyeran en la sala.

—Si lo que acaba de decir no viniera de una persona con un historial lleno de quejas y denuncias internas, me lo tomaría como un insulto.

Bosch se arrellanó en el asiento y finalmente miró a O'Toole.

—Ya. Un montón de quejas y denuncias internas, pero resulta que sigo sentado en esta silla. Y voy a seguir sentándome en ella cuando a usted le hayan dado la patada.

—Eso lo veremos.

O'Toole hizo amago de marcharse, pero fue incapaz de reprimirse. Puso la mano en el escritorio de Bosch y agachó la cabeza para decirle con voz lenta y venenosa:

—Es usted un inspector de policía de la peor especie, Bosch. Es un arrogante, un chulo y piensa que las leyes y las normas en su caso no están para aplicarse. No soy el primero en tratar de librar a esta unidad de su presencia. Pero voy a ser el último.

Tras haber dicho lo que quería decir, O'Toole apartó la mano del escritorio, se irguió cuan largo era y se alisó la americana pegándole un estirón a los bajos.

—Se olvida de una cosa, teniente —indicó Bosch.

—¿De qué cosa? —apuntó O'Toole.

—De que yo soy un policía que resuelve casos. No para engrosar las estadísticas que luego enseña en PowerPoint en la décima planta. Los resuelvo en atención a las víctimas. Y en atención a sus familias. Y eso es algo que usted nunca va a comprender, porque usted no es un profesional como el resto de nosotros.

Bosch extendió la mano en dirección a la sala de inspectores. Jackson, quien estaba claramente a la escucha de la conversación, tenía los ojos firmemente clavados en O'Toole.

—Nosotros somos los que hacemos el trabajo y resolvemos los casos; usted es el que sube en ascensor para que le den la palmadita en la espalda.

Bosch se levantó y se encaró con O'Toole.

—Y por eso precisamente no tengo tiempo para usted ni para sus gilipolleces.

Dicho esto, se marchó por la puerta que Chu atravesara un momento antes, al tiempo que O'Toole se iba por la otra puerta, la que comunicaba con el rellano del ascensor.

Bosch terminó de cruzar la puerta y salió al pasillo. Uno de los lados era de cristal y daba a la plaza y los edificios municipales.

Chu estaba de pie contemplando el familiar chapitel del Ayuntamiento.

—Chu, ¿se puede saber qué es lo que pasa?

Pillado por sorpresa, Chu dio un respingo.

—Hola, Harry, y perdona, me olvidé de una cosa y... eh...

—¿De qué te olvidaste? ¿De limpiarte el culo? Te estaba esperando. ¿Qué hay de la base de datos del Departamento de Justicia?

—Bueno, que no hay resultados, Harry. Lo siento.

—¿Que no hay resultados? ¿Has probado las diez combinaciones posibles?

—Sí, pero no hay ninguna transacción registrada en California. La pistola no la vendieron en este estado. Alguien la trajo aquí y se olvidó de registrarla.

Bosch posó una mano en la barandilla y apoyó la frente contra el cristal, en el cual se reflejaba el edificio del Ayuntamiento.

—¿Tú conoces a alguien en la ATF? —preguntó.

—No de verdad —respondió Chu—. ¿Y tú?

—No de verdad. No a alguien que pueda acelerar el proceso. Tuve que esperar cuatro meses para que mirasen el casquillo en el ordenador.

Bosch no mencionó que tenía un historial complicado de interacciones con los organismos policiales federales. No podía contar con que alguien fuera a hacerle un favor en la ATF o similares. Y sabía que si seguía el procedimiento habitual y rellenaba los formularios de rigor, la respuesta le llegaría en seis semanas como muy pronto.

Pero existía otra posibilidad. Se apartó de la pared acristalada y echó a andar hacia la puerta de la sala de inspectores.

—¿Adónde vas, Harry? —preguntó Chu.

—A trabajar otra vez.

Chu le siguió.

—Quería hablar contigo sobre uno de mis casos. Tenemos que hacer una recogida en Minnesota.

Bosch se detuvo en la puerta de la sala de inspectores. Por «recogida» entendían trasladarse a otro estado para entrevistar y detener a un sospechoso en un caso abierto. Por lo general, el sospechoso había sido relacionado con un antiguo asesinato por medio de muestras de ADN o huellas digitales. En la pared de la sala de inspectores había un mapa en el que alfileres de cabeza roja señalaban todos los lugares de recogida en los que los miembros de la brigada habían estado durante los diez años posteriores a su establecimiento. El mapa estaba puntuado por decenas de alfileres.

—¿De qué caso se trata? —preguntó Bosch.

—Del caso Stilwell. Al final lo he localizado en Minneapolis. ¿Cuándo puedes ir?

—Con el frío que hace en Minnesota, se nos van a helar los cojones.

—Eso está claro. Pero, ¿qué me dices? Tengo que formular una solicitud de viaje.

—Tengo que ver cómo va el caso Jespersen durante los próximos días. Y no olvides que estoy metido en ese lío con la OAP... Es posible que me suspendan.

Chu asintió con la cabeza, pero Bosch entendió que había estado esperando mayor entusiasmo por su parte ante la perspectiva de pillar a Stilwell. Y una respuesta algo más concreta sobre el momento en que podrían hacerlo. A ningún inspector de la brigada le gustaba quedarse de brazos cruzados después de que un sospechoso hubiera sido identificado y localizado.

—Mira, lo más seguro es que durante un tiempo O'Toole no vaya a aprobar ningún viaje por mi parte. Igual te conviene preguntar si hay alguien que pueda ir. Yo en tu lugar se lo pediría a Trish la Tía Buena. Así tendrás habitación para ti solito.

Las normas de viaje de la unidad exigían que los inspectores se alojaran en habitaciones dobles de hotel para recortar gastos, lo que era un fastidio, pues a nadie le gustaba compartir un cuarto de baño y, de forma invariable, uno de los dos roncaba. Tim Marcia tuvo que grabar los estentóreos ronquidos de su compañero de trabajo para persuadir a los mandos de que le dejaran dormir en una habitación individual. Pero la excepción más natural se daba cuando uno de los dos inspectores era del sexo opuesto. Trish Allmand era muy requerida por los de la unidad de casos abiertos/no resueltos. No solo era físicamente atractiva —de ahí su apodo— y una buena investigadora, sino que viajar con ella suponía dormir en una habitación individual.

—Pero el caso es nuestro, Harry... —protestó Chu.

—Muy bien, pero entonces vas a tener que esperar. No puedo hacer otra cosa.

Bosch cruzó la puerta y entró en su cubículo. Cogió el móvil y la agenda que había dejado en el escritorio. Pensó en la llamada que iba a hacer y decidió no utilizar ni su móvil ni su teléfono del escritorio.

Contempló la vasta sala de la división de robos con homicidio. La brigada de casos abiertos/no resueltos se encontraba en el extremo sur de una sala del tamaño de un campo de fútbol. Dado que el cuerpo de policía llevaba tiempo sin promover ascensos ni efectuar contrataciones, había muchos cubículos vacíos en cada una de las áreas de las distintas brigadas. Bosch se dirigió a un escritorio vacío que había en homicidios especiales y se sentó para llamar por el teléfono fijo. Miró el número por el móvil y tecleó las cifras. Le respondieron al momento.

—División táctica.

Creyó reconocer la voz, pero no estaba seguro después de tanto tiempo.

—¿Rachel?

Se produjo una pausa.

—Hola, Harry. ¿Cómo estás?

—Bien ¿Cómo estás tú?

—No me quejo. ¿Es que tienes nuevo número de teléfono?

—No, simplemente estoy llamando desde el escritorio de un compañero. ¿Cómo está Jack?

Acababa de pasar de puntillas por el hecho de que había llamado desde un teléfono que no era el suyo porque confiaba en que Rachel no se opondría si su nombre aparecía en el identificador de llamada. Bosch y la agente del FBI se conocían de mucho tiempo atrás, y su relación había sido... complicada.

—Jack está bien. Jack es como es. Pero dudo de que me llames desde un teléfono que no es el tuyo para preguntarme por Jack.

Bosch asintió, por mucho que ella no pudiera verle.

—Claro. Bueno, como probablemente te imaginas, necesito que me hagas un favor.

—¿Qué tipo de favor?

—Estoy metido en un caso. Anneke, una mujer de Dinamarca valiente a más no poder... Era corresponsal de guerra y...

—Harry, no hace falta que me vendas a tu víctima, eso no va a influir en mi decisión. Mejor dime qué es lo que quieres.

Bosch asintió de nuevo con la cabeza. Rachel Walling siempre se las arreglaba para ponerle nervioso. Habían sido amantes, pero la conexión emocional no había terminado bien. Desde entonces había pasado mucho tiempo, pero Bosch seguía sintiendo remordimientos y preguntándose cómo podría haberse desarrollado la relación cada vez que hablaba con ella.

—Vale, vale. Te lo cuento. Tengo el número de serie parcial de la Beretta modelo 92 que usaron para matar a esta mujer hace veinte años, cuando los disturbios. Hemos recuperado la pistola, y me acaban de dar este número parcial. Tan solo falta un dígito, de forma que hay diez posibilidades. Las hemos mirado todas en la base de datos del Departamento de Justicia de California, pero no hemos encontrado nada. Necesito que alguien de...

—De la ATF. Es su jurisdicción.

—Ya lo sé. Pero no conozco a nadie en la ATF, y si recurro a ellos siguiendo el procedimiento normal, no van a darme una respuesta hasta dentro de dos o tres meses... Y no puedo esperar tanto tiempo, Rachel.

—No has cambiado, Harry. Siempre con tus prisas. Lo que quieres saber es si conozco a alguien en la ATF que pueda acelerar un poco las cosas.

—Sí, más o menos.

Se produjo una larga pausa. Bosch no sabía si algo había distraído a Rachel o si esta vacilaba en ayudarle. Bosch llenó el silencio con nuevas argumentaciones para convencerla.

—Estoy dispuesto a compartir todos los méritos con ellos a la hora de hacer la detención, lo cual supongo que no les vendría mal. De hecho, los de la ATF son quienes han proporcionado la pista inicial en este caso, al vincular un casquillo encontrado en la escena del crimen con otros dos asesinatos. Para variar, por una vez podrían quedar bien.

La ATF últimamente era conocida por haber puesto en marcha una operación encubierta que había salido rematadamente mal y había puesto centenares de armas en manos de unos narcoterroristas. El escándalo había sido tal que ahora lo estaban utilizando en la campaña para las elecciones presidenciales.

—Entiendo —convino Walling—. Bueno, es verdad que tengo una amiga en la ATF. Puedo hablar con ella. Creo que lo mejor sería que me dieras ese número de serie y que yo se lo diera a ella. No creo que sea muy útil pasarte su número de móvil directamente.

—No hay problema —dijo Bosch al momento—. Lo que sea mejor. Tu amiga seguramente puede mirar el número y encontrar el registro de transacción en cuestión de minutos.

—No es tan fácil. El acceso a las búsquedas de este tipo está controlado y necesita la asignación de un número de caso. Mi amiga va a necesitar el permiso de su superior para hacer la consulta.

—Mierda. Es una pena que no fueran tan estrictos con ese arsenal que dejaron en manos de los narcos mexicanos el año pasado.

—Muy gracioso, Harry. Le contaré a mi amiga lo que has dicho.

—Eh... Creo que es mejor que no se lo cuentes.

Walling le pidió el número de serie de la Beretta, número que Bosch le leyó, haciendo hincapié en que faltaba el octavo dígito. Walling explicó que ella misma volvería a llamarle o que su amiga, la agente Suzanne Wingo, contactaría con él directamente. Al final formuló una pregunta de tipo personal:

—Y bien, Harry, ¿cuánto tiempo vas a seguir así?

—¿Cómo? —dijo él, aunque ya intuía por dónde iban los tiros.

—Cargando con la placa y la pistola. Pensaba que a estas alturas estarías jubilado, de forma voluntaria o no.

Bosch sonrió.

—Voy a seguir en la brecha mientras me dejen, Rachel. Cuatro años más, según pone en mi contrato.

—Bueno. Con un poco de suerte, nuestros caminos volverán a cruzarse antes de que lo dejes.

—Sí, eso espero.

—Cuídate.

—Gracias por hacerme este favor.

—Bueno, antes de darme las gracias déjame ver si efectivamente puedo hacerlo.

Bosch colgó el teléfono. Se levantó para volver a su cubículo, y justo en ese momento el móvil sonó. El identificador de llamada no decía quién llamaba. Quizá fuera Rachel tratando de contactar con él otra vez.

No era Rachel, sino la inspectora Mendenhall de la OAP.

—Inspector Bosch, tenemos que concertar una entrevista. ¿Cómo anda de tiempo?

Bosch echó a andar hacia la brigada de casos abiertos/no resueltos. La voz de Mendenhall no sonaba amenazadora; era neutra y tranquila. Era posible que la inspectora se hubiera dado cuenta de que la queja elevada por O'Toole era una idiotez. Harry decidió afrontar la investigación interna sin la menor dilación.

—Mendenhall, esta queja que han presentado es por una

chorrada absoluta, y me gustaría resolver el asunto cuanto antes. ¿Qué tal si nos vemos mañana por la mañana a primera hora?

Si la mujer se sorprendió de que Bosch quisiera hablar con ella más pronto que tarde, su voz no lo translució.

—Tengo un hueco a las ocho. ¿Le va bien esa hora?

—Perfectamente. ¿Su casa o la mía?

—Preferiría que viniera usted aquí, si no es mucha molestia.

La mujer se refería al edificio Bradbury, en el que trabajaba casi todo el personal de la OAP.

—No hay problema, Mendenhall. Mañana a esa hora estaré allí con un representante de defensa.

—Muy bien. A ver si podemos solucionar el asunto. Eso sí, quisiera pedirle una cosa, inspector.

—¿Cuál?

—Que se dirija a mí como inspectora o inspectora Mendenhall. Es poco respetuoso llamarme por el apellido. Y me gustaría que nuestra relación fuese profesional y respetuosa desde el principio.

Bosch acababa de entrar en su cubículo, donde Chu estaba sentado frente al ordenador. Se dio cuenta de que nunca se dirigía a Chu por su nombre de pila o su rango. ¿También era poco respetuoso con él?

—Muy bien, inspectora —convino—. Nos vemos a las ocho.

Colgó. Antes de sentarse, asomó la cabeza por el tabique que daba al cubículo de Rick Jackson.

—Tengo una entrevista en el Bradbury mañana a las ocho. No creo que me lleve mucho tiempo. Los de defensa de la policía todavía no me han dicho nada. ¿Quieres ser mi representante de defensa?

Si bien el organismo de defensa de la policía proporcionaba abogados para asistir a las entrevistas concertadas por la OAP, cualquier agente o inspector podía hacer de representante de la defensa siempre y cuando no tuviera nada que ver con la investigación interna en curso.

Bosch escogía a Jackson porque este tenía una cara que decía que no estaba para aguantar tonterías, lo que siempre resultaba un factor de intimidación durante el interrogatorio de un sospechoso; Bosch más de una vez había hecho que estuviera sentado a su lado durante una entrevista. La cara impasible de Jackson a menudo incomodaba al acusado. Bosch pensaba que Jackson podía aportarle cierta ventaja si estaba sentado frente a la inspectora Mendenhall.

—Claro que sí —respondió Jackson—. ¿Qué quieres que haga?

—Tengo una idea: nos vemos a las siete en el Dining Car. Cenamos y te lo cuento todo.

—Perfecto.

Bosch tomó asiento y pensó que quizás había insultado a Chu al no pedirle que fuese su representante de defensa. Se giró en la silla y dijo a su compañero:

—Oye, Chu... Eh, David.

Chu se volvió hacia él.

—No puedo pedirte que seas mi representante de defensa porque Mendenhall seguramente querrá hablar contigo sobre el caso. Así que vas a ser un testigo.

Chu asintió con la cabeza.

—¿Queda claro?

—Claro, Harry, lo entiendo.

—Y otra cosa: siempre te llamo por el apellido, pero no porque te esté faltando al respeto. Es lo que hago con todo el mundo, sencillamente.

Chu ahora parecía sentirse confuso por la extraña disculpa a medias de Bosch.

—Sí, claro, Harry —dijo.

—Entonces, ¿todo está bien?

—Sí, Harry, todo está bien.

—Bien.

SEGUNDA PARTE

IMÁGENES Y PALABRAS

16

Bosch había empezado a escuchar las grabaciones de Art Pepper que su hija le había regalado por su cumpleaños. Iba por el tercer volumen y en ese momento estaba escuchando una sensacional versión de *Patricia* grabada tres décadas atrás en un club de Croydon, Inglaterra, por la época en que Pepper regresó a los escenarios después de los años de adicción a la heroína y las estancias en la cárcel. Esa noche de 1981, Pepper había conseguido que todo funcionara mejor que nunca. Al escuchar este tema, Bosch se decía que Pepper estaba dejando claro que nadie en el mundo iba a tocar mejor que él. Harry no estaba seguro del significado preciso de la palabra «etéreo», pero era el término que le venía a la cabeza. La canción era perfecta, el saxofón era perfecto, la interacción y comunicación entre Pepper y sus tres compañeros de grupo era tan perfecta y orquestada como el movimiento acompasado de sus dedos. Había muchas palabras que solían emplearse para describir la música de jazz. Bosch las había leído todas a lo largo de los años en las revistas especializadas y las notas de contracubierta de los discos. No siempre entendía lo que significaban. Él tan solo sabía lo que le gustaba, y esto era lo que le gustaba. Un sonido incesante y con un poderío lleno de melancolía.

Le resultaba difícil concentrarse en la pantalla del ordenador mientras sonaba la canción, en la que el grupo se extendía casi veinte minutos. Bosch tenía *Patricia* en otros vinilos y discos

197

compactos. Era uno de los temas más representativos de Pepper, pero nunca había oído una versión tan vigorosa y tan preñada de pasión. Miró a su hija, que estaba tumbada en el sofá leyendo otro libro que le habían asignado en el colegio. Este libro se llamaba *Bajo la misma estrella*.

—Esta es para su hija.

Maddie levantó la vista del libro y lo miró.

—¿Qué quieres decir?

—Esta canción, *Patricia*. La escribió para su hija. Pepper estuvo alejado de ella durante varios largos períodos en su vida, pero la quería y la echaba de menos. Es algo que se escucha en esta versión, ¿verdad?

Maddie lo pensó un momento y asintió con la cabeza.

—Creo que sí. Casi parece que el saxofón esté llorando.

Bosch asimismo asintió con la cabeza.

—Te has dado cuenta.

Volvió a sumirse en el trabajo. Estaba mirando los numerosos enlaces a noticias que Bonn le había enviado por correo electrónico. Entre ellos se contaban los catorce últimos artículos y reportajes fotográficos hechos por Anneke Jespersen para el *Berlingske Tidende*, así como el artículo de homenaje publicado por el periódico diez años después de su muerte, en 2002. Se trataba de una labor tediosa, pues los artículos estaban en danés y tenía que utilizar un traductor de internet para ir convirtiéndolos al inglés cada dos o tres párrafos.

Anneke Jespersen había cubierto y fotografiado la primera guerra del Golfo desde todos los ángulos. Sus palabras e imágenes procedían de los campos de batalla, las pistas de aterrizaje, los puestos de mando y hasta el transatlántico usado por los aliados como plataforma flotante de descanso y diversión para las tropas. Sus imágenes mostraban a una periodista que estaba documentando una guerra distinta de las anteriores, una contienda de alta tecnología que llegaba desde el cielo a velocidad de vértigo. Pero Jespersen no era de los periodistas que se mantenían a distancia prudencial. Cuando la guerra se trasladó a tierra en la operación Sable del Desierto, la danesa se unió al avance de los soldados aliados y documentó las batallas para recuperar Kuwait City y Al Kafji.

Sus artículos contaban los hechos; sus fotografías mostraban los costes. Jespersen fotografió los barracones estadounidenses en Dhahran, en los que veintiocho soldados murieron como consecuencia de un ataque con un misil SCUD. No había fotos de cadáveres, pero la chatarra humeante de los vehículos Hummer destruidos reflejaba las pérdidas humanas a su manera; también fotografió los campos de prisioneros en el desierto saudí, donde las miradas de los soldados iraquíes capturados mostraban una fatiga y un miedo indescriptibles; su cámara recogió las negras nubes de humo que ascendían de los campos petrolíferos kuwaitíes ardiendo, tras la retirada de las tropas iraquíes; y sus imágenes más estremecedoras, las de la «autopista de la muerte», donde las fuerzas aliadas habían bombardeado sin piedad el largo convoy de tropas enemigas, así como de civiles iraquíes y palestinos.

Bosch había estado en una guerra. La suya había sido una guerra marcada por el barro, la sangre y la confusión. Pero él había visto de cerca a las personas que mataban, a las que él mismo mataba. Algunos de aquellos recuerdos le resultaban tan nítidos como las fotografías en la pantalla del ordenador. Por lo general le sobrevenían por la noche cuando no lograba dormir o, de forma inesperada, cuando una imagen cotidiana evocaba otra imagen, más o menos relacionada, de las selvas y túneles en los que había combatido. Bosch conocía la guerra de cerca, y las palabras y fotografías de Anneke Jespersen le parecieron las más cercanas a la guerra que había visto a través de los ojos de un periodista.

Jespersen no se marchó a su país después del alto el fuego. Permaneció en la región varios meses, documentando los campos de refugiados y las aldeas destruidas, y los esfuerzos de reconstrucción y recuperación efectuados mientras los aliados ponían en marcha cierto programa llamado operación «Procuración de Bienestar».

Si resultaba posible llegar a conocer a la persona no vista y, al otro lado de la cámara, a la persona armada con el bolígrafo, era en estos artículos y fotos de la posguerra. Jespersen buscaba a las madres, a los niños y a los más perjudicados y desposeídos por el conflicto. Quizá no fueran más que palabras e imágenes, pero en conjunto explicaban el lado humano y el coste y las consecuencias de una guerra de alta tecnología.

Acaso fuera por el acompañamiento del conmovedor saxofón de Art Pepper, pero mientras traducía con dificultad, leía los artículos y contemplaba las fotografías, Bosch tenía la sensación de estar cada vez más unido a Anneke Jespersen. Veinte años después, Anneke le estaba fascinando con su trabajo, lo que terminó por reforzar la determinación de Harry. Veinte años antes le había pedido perdón; esta vez le estaba haciendo una promesa. Iba a descubrir quién fue el que se lo arrebató todo a Anneke.

La última parada en el recorrido digital que Bosch estaba haciendo por la vida y la obra de Anneke Jespersen era la página web creada por su hermano. Para entrar en ella tuvo que registrarse y poner su dirección de correo electrónico, en lo que era el equivalente digital a poner el nombre en el libro de firmas de un funeral. La página resultó estar dividida en dos secciones: fotos tomadas por Jespersen y fotos que le habían hecho a ella.

Muchas de las imágenes de la primera sección procedían de los artículos que Bosch ya había visto gracias a los enlaces que Bonn proporcionó. Había muchas fotos adicionales correspondientes a esos mismos artículos, y Harry encontró que algunas de ellas eran incluso mejores que las seleccionadas para acompañar los textos.

La segunda sección tenía más de álbum de fotos familiar, con imágenes de Anneke que empezaban cuando era una niña pequeña y flaca con el pelo rubio, casi blanco. Bosch las repasó con rapidez hasta llegar a una serie de fotografías tomadas por la propia Anneke. Eran fotos hechas ante diferentes espejos a lo largo de bastantes años. Jespersen posaba con la cámara sujeta al cuello con una correa, sosteniéndola al nivel del pecho o disparando sin mirar por el visor. En conjunto mostraban la progresión del tiempo en sus facciones. Anneke seguía siendo guapa imagen tras imagen, pero Bosch podía percibir una madurez cada vez mayor en la mirada.

En las últimas fotos daba la impresión de estar mirando directa y exclusivamente a Bosch. A Harry le resultaba difícil eludir aquellos ojos.

La página tenía un apartado para comentarios. Bosch entró y se encontró que el torrente de anotaciones hechas en 1996, el año en que se hizo la página web, iban reduciéndose poco a poco hasta un único comentario durante el año anterior. Este comentario lo había hecho su hermano, quien había creado la página y se ocupaba de su mantenimiento. Bosch copió el comentario y lo pegó en el traductor de internet que estaba usando, a fin de leerlo en inglés.

Anneke, el tiempo no ha borrado tu pérdida. Te echamos de menos como hermana, artista, amiga. Siempre.

Leídas estas palabras, Bosch salió de la página web y cerró el ordenador portátil. Ya había tenido bastante por esa noche, y aunque su labor le había acercado mucho a Anneke Jespersen, no le había servido para averiguar qué era lo que la había llevado a Estados Unidos un año después de Tormenta del Desierto. No había ninguna pista que explicara por qué había venido a Los Ángeles. No se intuía ninguna noticia de crímenes de guerra ni nada que sugiriese la posibilidad de un seguimiento, y menos todavía un viaje a Los Ángeles. Fuera lo que fuera lo que Anneke estaba siguiendo, continuaba siendo un misterio para él.

Harry miró su reloj de pulsera. El tiempo había pasado volando. Eran más de las once, y por la mañana tenía que levantarse temprano. El disco había llegado a su final, y ya no sonaba la música, pero ni se había dado cuenta. Su hija se había quedado dormida en el sofá con el libro, y Harry tenía que escoger entre despertarla para que se fuera a la cama o contentarse con cubrirla con una manta sin molestarla.

Bosch se levantó, y sus tendones protestaron al estirarse. Cogió la caja de pizza que estaba en la mesita y, cojeando, se la llevó andando con lentitud a la cocina, donde la dejó sobre el cubo de la basura para tirarla más tarde. Contempló la caja un instante y se regañó en silencio por haber antepuesto una vez más su trabajo a la adecuada nutrición de su hija.

Cuando volvió a la sala de estar, Madeline estaba sentada erguida en el sofá, todavía medio dormida, tapándose la boca con la mano mientras bostezaba.

—Oye, es tarde —dijo Harry—. Es hora de ir a la cama.

—No...

—Vamos. Te acompaño.

Maddie se levantó y se apoyó en él. Bosch le pasó el brazo por los hombros, y echaron a andar por el pasillo en dirección a su dormitorio.

—Mañana tengo que irme pronto otra vez, así que tendrás que arreglarte sola con todo. ¿Te parece?

—No hace falta que me lo preguntes, papá.

—Es que he quedado para desayunar a las siete y media y...

—No hace falta que me des explicaciones.

Al llegar a la puerta de la habitación soltó a su hija y le dio un beso en la cabeza, que olía a champú de granada.

—Sí que hace falta. Te mereces a alguien que se ocupe más de ti. Que esté siempre disponible cuando lo necesites.

—Papá, estoy muy cansada... No quiero hablar de todo eso.

Bosch señaló la sala de estar situada al final del pasillo.

—Voy a decirte una cosa: si fuera capaz de tocar esa canción tan bien como Art Pepper, la tocaría. Y entonces te darías cuenta.

Había ido demasiado lejos en la exhibición de sus sentimientos de culpabilidad.

—¡Ya lo sé! —dijo ella en tono irritado—. Y ahora buenas noches.

Entró en el cuarto y cerró la puerta a sus espaldas.

—Buenas noches, preciosa —dijo Bosch.

Bosch fue a la cocina, cogió la caja de pizza y la tiró al cubo de la basura. Luego se aseguró de dejar la tapa bien cerrada, en previsión de la posible aparición de coyotes y otros animales de la noche.

Antes de regresar al interior, abrió el candado de la puerta del pequeño almacén que había en el garaje. Tiró de la cuerda que encendía la bombilla del techo y se puso a repasar con la mirada los estantes abarrotados y polvorientos, en los que se acumulaban todos los trastos conservados a lo largo de la mayor parte de su vida. Se acercó, cogió una caja, la puso en la banqueta de trabajo y a continuación alargó la mano para coger lo que antes estaba detrás de la caja.

Sacó el casco blanco antidisturbios que llevaba puesto la noche que encontró a Anneke Jespersen. Miró su superficie sucia y con rayaduras. Con la palma de la mano limpió de polvo la pegatina fijada al frente: la insignia alada. Estudió el casco y se acordó de las noches en que la ciudad se vino abajo. Habían pasado veinte años. Pensó en todos esos años, en todo cuanto le había sucedido, en lo que había permanecido con él y en lo que había desaparecido para siempre.

Al cabo de un rato devolvió el casco al estante y volvió a poner la caja en su lugar. Cerró el candado del pequeño almacén y fue a acostarse.

17

La inspectora Nancy Mendenhall era una mujer pequeñita con una sonrisa sincera pero no deslumbrante. Su aspecto no tenía nada de amenazador, lo que de inmediato puso a Bosch en guardia. Y eso que ya venía alerta y preparado para todo cuando entró en compañía de Rick Jackson en el edificio Bradbury para la entrevista prefijada. Su larga experiencia a la hora de vérselas con investigaciones internas le llevó a no devolverle la sonrisa a Mendenhall y a sospechar de su afirmación de que simplemente estaba tratando de averiguar la verdad, sin prejuicio ninguno por su parte y sin que le hubieran llegado órdenes de arriba.

Mendenhall disponía de despacho propio. Era pequeño, pero las sillas situadas delante del escritorio resultaban confortables. Incluso contaba con un hogar, como sucedía con tantos otros despachos en el viejo edificio. Las ventanas posteriores daban a Broadway y al edificio donde estaba el viejo Million Dollar Theater. Puso una grabadora digital en la mesa, junto a la grabadora del propio Jackson, y empezaron. Tras identificar a los presentes en la estancia y formular las frases protocolarias de rigor, Mendenhall sencillamente dijo:

—Hábleme de su viaje del lunes a la prisión de San Quintín.

Durante los siguientes veinte minutos, Bosch desgranó los hechos relativos a su visita a la prisión para entrevistar a Rufus Coleman en relación con la pistola que había sido empleada para asesinar a Jespersen. Dio a Mendenhall todos los detalles que pudo recordar, incluyendo el tiempo que tuvo que esperar hasta que trajeron al recluso a su presencia. Mientras desayunaban juntos, Bosch y Jackson habían acordado que Bosch no escondería nada, con la esperanza de que el sentido común de Mendenhall le llevara a comprender que la queja de O'Toole no tenía ni pies ni cabeza.

Bosch ilustró sus explicaciones con copias de documentos de la ficha de asesinato, para que Mendenhall viera que le había sido absolutamente necesario desplazarse a San Quintín para hablar con Coleman y que el viaje no había sido una excusa para encontrarse con Shawn Stone.

Parecía que la entrevista iba bien, y Mendenhall tan solo formulaba preguntas muy generales que permitían que Bosch se explayara. Cuando Harry terminó, la inspectora empezó a centrarse en los detalles concretos.

—¿Shawn Stone estaba avisado de su llegada? —preguntó.

—No. En absoluto —respondió Bosch.

—¿Avisó usted a su madre de que iba a verlo?

—No, no le avisé. Fue una decisión que tomé sobre la marcha. Como he dicho antes, aún faltaba rato para mi vuelo de regreso. Tenía tiempo para un encuentro rápido, y por eso pedí verlo.

—Sin embargo, le trajeron al preso a la sala de entrevistas con agentes de la ley, ¿correcto?

—Correcto. No me dejaron que fuera a la sala de visitas de familiares y amigos. Me dijeron que traerían a Shawn al lugar en el que estaba.

Este era el único punto en el que Bosch se sentía un tanto vulnerable. No había pedido visitar a Shawn Stone como lo haría un ciudadano. Se había quedado en la sala a la que habían traído a Rufus Coleman y sencillamente había pedido ver a otro recluso, a Stone. Bosch entendía que dicha circunstancia podía ser entendida como valerse de su placa para obtener un favor.

Mendenhall prosiguió:

—Bien, y cuando estuvo organizando el viaje a San Quintín, ¿hizo lo posible por contar con tiempo suficiente entre uno y otro vuelo para encontrarse con Shawn Stone?

—En absoluto. Cuando hay que ir a San Quintín, uno nunca sabe cuánto tiempo tardarán en presentarse con el recluso o durante cuánto tiempo va a estar hablando el preso. Una vez fui a San Quintín y la entrevista duró un minuto. Otra vez fui y la entrevista, que en principio iba a ser de una hora, acabó siendo de cuatro. Uno nunca lo sabe, y por eso lo mejor es contar con tiempo adicional.

—Usted se las arregló para contar con unas cuatro horas de tiempo en la prisión.

—Sí, más o menos. Pero es que además hay que contar con la incertidumbre del tráfico. Primero hay que ir en avión a San Francisco, después en tren hasta la agencia de alquiler de coches, coger tu coche e ir a la ciudad, atravesar la ciudad de punta a punta y cruzar por el Golden Gate, y luego hay que hacerlo todo otra vez al volver. Por eso hay que contar con tiempo adicional para posibles imprevistos. Estuve un poco más de cuatro horas en la cárcel y tan solo empleé dos en esperar a Coleman y hablar con él. Usted misma puede hacer el cálculo. Me encontré con que tenía tiempo de sobra y aproveché para ver a ese chaval.

—¿Cuándo dijo exactamente a los guardias que quería ver a Stone?

—Recuerdo que miré mi reloj cuando se llevaron a Coleman. Vi que eran las dos y media; mi vuelo salía a las seis. Calculé que, incluso contando con el tráfico y la devolución del coche a la agencia, me sobraba por lo menos una hora. Podía regresar antes al aeropuerto o intentar que me trajeran a otro preso con rapidez. Elegí lo segundo.

—¿Pensó en mirar si había algún vuelo que saliera antes?

—No, porque no tenía sentido. Mi jornada terminaría cuando regresara a Los Ángeles. No iba a volver a la central, así que no importaba si aterrizaba a las cinco o las siete. Como sabe perfectamente, ya no se pagan horas extras, inspectora.

Jackson intervino por primera vez en la conversación:

—Además —dijo—, el cambio de vuelo suele implicar un suplemento que puede oscilar entre veinticinco y cien dólares, y si Bosch hubiera cambiado de vuelo, entonces habría tenido que justificarlo ante la gente de administración.

Bosch asintió. Jackson había improvisado sobre la pregunta de Mendenhall, pero lo que había dicho tenía su lógica.

Mendenhall daba la impresión de tener una lista que iba siguiendo punto por punto, a pesar de que no estuviera leyendo papel alguno. La inspectora obvió la pregunta sobre el vuelo y pasó a la siguiente.

—¿En algún momento sugirió a los funcionarios de San Quintín que tenía que hablar con Shawn Stone como parte de una investigación?

Bosch denegó con la cabeza.

—No, no lo hice. Y creo que cuando pregunté si era posible ingresar dinero en su cuenta del economato quedó claro que Stone no tenía nada que ver con ninguna investigación.

—Pero usted hizo esa pregunta después de hablar con Stone, ¿correcto?

—Correcto.

Se produjo una pausa; la inspectora examinó los documentos aportados por Bosch.

—Creo que esto ha sido todo por hoy, caballeros.

—¿No hay más preguntas? —inquirió Bosch.

—Por el momento. Es posible que más adelante tenga que formularle algunas más.

—Espere, ¿podría hacerle yo ahora unas preguntas?

—Puede preguntarme. Y si puedo, voy a responderle.

Bosch asintió con la cabeza. Le parecía justo.

—¿Cuánto tiempo va llevar todo esto?

Mendenhall frunció el ceño.

—Bueno, en lo que respecta al tiempo de investigación, no creo que mucho. Aunque siempre es posible que no pueda conseguir por teléfono todo cuanto necesito que me digan en San Quintín y me vea obligada a desplazarme hasta allí.

—O sea, que de todas formas van a gastarse todo ese dinero en mandarle allí en viaje de ida y vuelta para averiguar qué estuve haciendo con una hora de mi tiempo libre.

—La decisión la tendría que tomar mi capitán, quien desde luego tendrá en cuenta los costes y el nivel de seriedad de la investigación. El capitán también sabe que en este momento estoy llevando muchas otras investigaciones. Es posible que decida que no vale la pena gastar tiempo y dinero en un caso como este.

Bosch no tenía dudas de que, si lo consideraban necesario, la enviarían a San Quintín. Mendenhall quizá viviera en una burbuja en la que no había presiones desde arriba, pero no era eso lo que sucedía con su capitán.

—¿Alguna cosa más? —preguntó la inspectora—. Tengo otra entrevista a las nueve y he de terminar de prepararla.

—Sí, una pregunta más —repuso Bosch—. ¿De dónde procede esta queja?

Mendenhall pareció sorprenderse por la pregunta.

—Eso no puedo decírselo, pero pensaba que era obvio.

—No, si ya sé que la queja procede de O'Toole. Pero, ¿cómo supo que visité a Shawn Stone? ¿Por qué conducto se enteró?

—No estoy autorizada a decírselo, inspector. Cuando termine mi investigación y efectúe una recomendación, es posible que llegue a enterarse de esas circunstancias.

Bosch asintió con la cabeza, pero la pregunta sin respuesta no dejaba de inquietarle. ¿Alguien de San Quintín había llamado a O'Toole para indicarle que Bosch se había comportado de forma reprobable? ¿O había sido el propio O'Toole el que había estado investigando el asunto, llegando a comprobar las actividades pre-

208

cisas de Bosch en la prisión? Fuera lo uno o lo otro, Bosch estaba desconcertado. Había entrado en el despacho convencido de que la denuncia interna sería fácilmente desechada sin más después de explicárselo todo a Mendenhall. Ahora se decía que las cosas tal vez no eran tan sencillas.

Tras salir de la OAP, Jackson y Bosch bajaron al vestíbulo en uno de los ornados ascensores. Para Bosch, el centenario edificio Bradbury era de lejos la estructura más bonita de la ciudad. Lo único que empañaba su imagen era el hecho de que albergara la Oficina de Asuntos Profesionales. Mientras cruzaban el vestíbulo en dirección a la salida a la Calle 3 Oeste, Bosch pudo percibir el olor a pan recién horneado, con vistas a la hora del almuerzo, que salía del establecimiento de bocadillos enclavado junto a la puerta principal del edificio. Era otra cosa que le fastidiaba. La OAP no solo se encontraba en una de las joyas escondidas de la ciudad y no solo tenía hogares en algunos de los despachos, sino que el lugar siempre olía de maravilla cuando Harry lo visitaba.

Jackson guardaba silencio mientras cruzaban el vestíbulo y salían por el poco iluminado antevestíbulo lateral. En este había un banco con una estatua de Charlie Chaplin en bronce sentada en él. Jackson se sentó junto a la estatua e indicó a Bosch que tomara asiento en el otro lado.

—¿Cómo...? —apuntó Bosch—. Tendríamos que ir tirando.

Jackson parecía estar molesto. Denegó con la cabeza y acercó el rostro por encima del regazo de Charlie Chaplin para murmurar:

—Harry, creo que estás metido en un buen follón.

Bosch no entendía el ánimo de Jackson ni su aparente sorpresa por el hecho de que el cuerpo de policía llegara a tales extremos por una entrevista de quince minutos en San Quintín. Pero nada de todo eso resultaba nuevo para Harry. El primer encontronazo con asuntos internos lo había tenido treinta y cinco años atrás: se ganó una reprimenda por haber parado en una tintorería —que se encontraba en su ruta habitual— para recoger sus uniformes planchados de camino a la comisaría. Desde entonces, nada de cuanto el cuerpo de policía hiciera para atar en corto a los suyos podía sorprenderle.

—Bueno, ¿y qué? —dijo con desdén—. Que la inspectora respalde esa denuncia interna, si quiere. ¿Cuál es la peor sanción que podrían imponerme? ¿Tres días? ¿Una semana? Pues me iré con mi hija a Hawái.

Jackson volvió a negar con la cabeza.

—No lo pillas, ¿verdad?

Bosch lo miró sin comprender nada.

—¿Qué es lo que no pillo? Estamos hablando de asuntos internos, lo llamen como lo llamen ahora. ¿Qué es lo que tengo que pillar?

—Que no estamos hablando de una semana de suspensión. Tú tienes uno de esos contratos con la jubilación aplazada. Y no tienes las mismas protecciones que los demás. Seguramente por eso no te han llamado los de defensa de la policía. El contrato puede ser cancelado si demuestran que hubo comportamiento inadecuado por tu parte.

Bosch ahora lo entendió. El año anterior había firmado un nuevo contrato de cinco años ajustándose al denominado plan opcional de jubilación aplazada. Lo que en realidad había hecho era jubilarse para cobrar la pensión entera y, a continuación, entrar a trabajar otra vez en el cuerpo por medio del nuevo contrato, en el cual había una cláusula que permitía al departamento despedirle si era encontrado culpable de haber cometido un delito o si prosperaba una denuncia interna por comportamiento inadecuado.

—¿No te das cuenta de lo que está haciendo el Atontao? —preguntó Jackson—. Quiere reconformar la brigada, para convertirla en su brigada. Y está dispuesto a echar mano de esta clase de mierdas con cualquier persona que no le guste, con la que tenga un problema o que no le muestre el debido respeto y consideración.

Bosch asintió con la cabeza; ahora lo veía claro. Harry a la vez sabía algo que Jackson ignoraba: que O'Toole quizá no estaba actuando en solitario; quizás estaba cumpliendo las órdenes del hombre que ocupaba el décimo piso.

—Hay algo que no te he dicho —indicó.

—Mierda —dijo Jackson—. ¿El qué?

—Aquí no. Vámonos.

Dejaron a Charlie Chaplin a solas y echaron a andar hacia la central. Bosch contó dos historias por el camino, una vieja y otra nueva. La primera tenía que ver con el caso que Bosch había llevado un año antes, el de la muerte del hijo del entonces concejal Irvin Irving. Bosch explicó que había sido utilizado por el jefe de policía y por una antigua compañera de trabajo en la que confiaba, con el propósito de ejecutar una maniobra política que a la postre tuvo éxito e impidió que Irving fuera reelegido. En su lugar fue elegido un simpatizante del cuerpo de policía.

—Desde entonces Marty y yo no nos entendemos —agregó—. Y ahora que estoy llevando este caso hemos terminado por chocar.

A continuación, Bosch explicó que el hombre del décimo piso estaba valiéndose de O'Toole para presionarle con el objetivo de que no fuera tan rápido con la investigación del caso Anneke Jespersen. Cuando terminó de contar la historia, Bosch intuyó que Jackson estaba arrepintiéndose de haber firmado como representante de su defensa.

—Y, en lo relativo al fondo del problema —dijo Jackson mientras entraban en el jardín delantero del edificio de la central—, ¿no estás dispuesto a ir un poco menos rápido, a dejar correr el caso hasta el año que viene?

Bosch denegó con la cabeza y respondió:

—Jespersen lleva demasiado tiempo esperando. Y el sujeto que la mató lleva demasiado tiempo en libertad. Ni por asomo voy a apartarme de la investigación.

Jackson asintió con el mentón mientras entraban por las puertas automáticas.

—Eso creía yo.

18

Nada más sentarse ante el escritorio en su cubículo de la unidad de casos abiertos/no resueltos, Bosch recibió la visita de su nuevo Némesis, el teniente O'Toole.

—Bosch, ¿ya ha concertado cita con la investigadora de la OAP?

Bosch se giró en el asiento para mirar directamente a su interlocutor. O'Toole iba sin americana y llevaba puestos unos tirantes con un estampado de pequeños palos de golf. El pasador de su corbata era una insignia del LAPD en miniatura, de las que vendían en la tienda de recuerdos de la academia de policía.

—Ya me he ocupado del asunto —dijo Bosch.

—Bien. Quiero que todo esto se aclare lo antes posible.

—Estoy seguro de ello.

—No es nada personal, Bosch.

Harry sonrió.

—Hay una cosa que quiero saber, teniente. ¿Todo esto es cosa suya, o le han echado una mano desde los pisos de arriba?

—¡Harry...! —dijo Jackson desde el cubículo vecino—. No me parece bien que te metas en...

Bosch levantó la mano, indicándole a Jackson que no se metiera en eso.

—No pasa nada, Rick. Solo es una pregunta retórica. El teniente no tiene por qué responder.

—No sé qué insinúa con esa referencia a los pisos de arriba

—dijo O'Toole—. Pero es típico de usted centrarse en la procedencia de la queja antes que en la misma queja y en su propia conducta.

El móvil de Bosch empezó a sonar. Lo sacó del bolsillo y apartó la mirada de O'Toole para contemplar la pantalla. El identificador de llamadas no mostraba ningún nombre.

—La cuestión es sencilla —prosiguió O'Toole—. Todo se reduce a saber si se comportó de la forma apropiada durante la visita a la prisión o si...

—Tengo que responder a esta llamada —zanjó Bosch—. Estoy llevando un caso, teniente.

O'Toole se dio la vuelta para irse del cubículo. Bosch respondió a la llamada pero pidió a la persona al otro lado de la línea que esperase un segundo, tras lo cual se llevó el teléfono al pecho para que su interlocutor no pudiese oír lo que iba a decir.

—Teniente —llamó.

Lo dijo en voz bastante alta para que le oyeran varios de los inspectores de los cubículos vecinos. O'Toole se dio la vuelta y lo miró.

—Si sigue acosándome —repuso—, voy a presentar una queja formal.

Mantuvo la mirada de O'Toole unos segundos y se llevó el móvil al oído.

—Inspector Bosch. ¿En qué puedo ayudarle?

—Soy Suzanne Wingo, de la ATF. ¿Se encuentra usted en la central?

El contacto de Rachel Walling. Bosch sintió que la adrenalina corría pos su sangre. Era posible que Wingo hubiera identificado a quién pertenecía la pistola con que mataron a Anneke Jespersen.

—Sí, estoy aquí. ¿Han podido...?

—Estoy sentada en un banco de la plaza. ¿Puede bajar? Tengo algo para usted.

—Eh, sí, claro. Pero, ¿no prefiere subir a la oficina? Puedo...

—No, preferiría que bajara usted.

—Pues bajo en dos minutos.

—Venga solo, inspector.

La mujer colgó. Bosch se quedó pensando un instante, preguntándose por qué le había instado a presentarse solo. Al momento llamó a Rachel Walling.

—¿Harry?

—Yo mismo. Esta Suzanne Wingo... ¿de qué va?

—¿Qué quieres decir? Me dijo que miraría esos números. Y le di tu número de móvil.

—Ya lo sé. Acaba de llamarme; me ha dicho que me encuentre con ella en la plaza de abajo. Pero me ha dicho que vaya solo. ¿En qué me estoy metiendo, Rachel?

Walling soltó una risa y respondió:

—No pasa nada, Harry. Ella sencillamente es así. Muy cauta y muy dada al secretismo. Está haciéndote un favor y no quiere que nadie más lo sepa.

—¿Estás segura de que eso es todo?

—Sí. Y de que seguramente querrá alguna cosa a cambio. Favor por favor.

—¿Qué clase de favor?

—No tengo ni idea, Harry. Es posible que no tengas que hacérselo ahora mismo. Igual simplemente vas a deberle un favor. Sea lo que sea, si lo que quieres es saber a quién pertenece esa pistola, baja ahora mismo y habla con ella.

—Muy bien. Gracias, Rachel.

Bosch desconectó y se levantó. Miró a sus espaldas. Chu seguía ausente. Bosch aún no le había visto en toda la mañana. Se fijó en que Jackson estaba mirándole y le hizo una señal para que se encontrara con él en la puerta. Harry esperó hasta que estuvieron en el pasillo para preguntarle:

—¿Tienes unos minutos?

—Supongo —respondió Jackson—. ¿Qué sucede?

—Ven aquí un momento.

Bosch se acercó a la pared acristalada que permitía contemplar la plaza. Se fijó en los bancos de hormigón hasta que vio a una mujer sentada a solas y con una carpeta en la mano. Iba vestida con una americana, un polo y unos pantalones formales. Bosch reparó en el bulto del bolsillo derecho; la mujer llevaba una pistola oculta bajo la prenda. Era Wingo. Bosch la señaló con el dedo.

—¿Ves a esa mujer que está en el banco? ¿La de la chaqueta azul?

—Sí.

—Voy a bajar para hablar con ella unos minutos. Lo único que tienes que hacer es mirarnos... Y quizás hacer una foto con el móvil. ¿Te parece bien?

—Claro. Pero, ¿qué es lo que pasa?

—Lo más probable es que no pase nada. Esa mujer es de la ATF y quiere darme una cosa.

—¿Y entonces?

—Es la primera vez que la veo. Pero me ha dicho que no quería subir y que bajara a verla solo.

—Bueno.

—Igual me estoy volviendo paranoico. Pero ahora que está claro que O'Toole no va a perderme de vista un segundo...

—Ya. Y creo que no has hecho bien al dejarle en evidencia hace un momento. No olvides que soy tu representante de defensa, y no me parece buena idea que...

—Que le den por el culo. Tengo que bajar. ¿Montas guardia?

—Aquí me quedo.

—Gracias. Eres un amigo.

Bosch le dio un golpe en el brazo y echó a andar. Jackson espetó:

—Voy a decirte una cosa. Eres el fulano más paranoico que he conocido en la vida.

Bosch lo miró con una expresión de fingida sospecha.

215

—¿Quién te ha dicho una cosa así de mí?

Jackson se echó a reír. Bosch bajó por el ascensor y atravesó la plaza en dirección a la mujer que había visto desde arriba. Al llegar vio que tendría unos treinta y cinco años, era de complexión atlética y llevaba el pelo castaño rojizo cortado de forma discreta. Bosch tuvo la impresión de que estaba ante una agente federal con amplia experiencia.

—¿La agente Wingo?

—Dijo usted dos minutos.

—Lo siento. Un superior me ha entretenido; el hombre es un auténtico coñazo.

—Como todos.

Lo dijo como si la cosa cayera por su propio peso, y a Bosch le gustó que lo dijera. Se sentó a su lado y posó la mirada en la carpeta que tenía en las manos.

—Y bueno, ¿a qué viene esto de jugar a los agentes secretos y encontrarnos aquí fuera? Cuando estábamos en el otro edificio, nadie quería venir a vernos porque estaba hecho una ruina y cualquier día podía venirse abajo. Pero ahora tenemos oficinas nuevas. Si quiere, entramos, y se las enseño.

—Rachel Walling me ha pedido que le haga este favor, pero dice que tan solo puede recomendarle hasta cierto punto. No sé si me explico...

—No. ¿Qué es lo que Rachel le ha dicho de mí?

—Que siempre está metido en problemas y que tuviera un poco de cuidado con usted. Aunque no lo ha dicho con estas palabras exactas.

Bosch asintió con la cabeza. Adivinaba que Walling le había descrito como un imán a la hora de atraer las mierdas ajenas. No sería la primera vez.

—Entre ustedes las chicas no hay secretos.

—Este es un club de chicos, así que tenemos que ayudarnos.

—¿Y ha mirado los números de la pistola?

—Sí. Y no sé si voy a serle de mucha ayuda.

—¿Por qué lo dice?

—Porque creo que esa pistola que ha recuperado lleva veintiún años desaparecida.

Bosch sintió que el subidón de adrenalina al momento empezaba a aminorar. Se arrepintió de haber puesto tantas esperanzas en que el número de serie del arma le permitiera abrir la caja negra del caso.

—Lo que resulta interesante es el lugar donde desapareció la pistola —añadió Wingo.

Bosch sintió una curiosidad repentina.

—¿Dónde desapareció?

—En Iraq. Durante la operación Tormenta del Desierto.

19

Wingo abrió la carpeta y leyó sus propias notas antes de continuar.

—Empecemos por el principio.

—¿Necesito tomar notas? —preguntó Bosch—. ¿O tiene previsto darme esa carpeta?

—Es toda suya. Pero déjeme utilizarla para contarle esta historia.

—Adelante.

Bosch trató de recordar qué le había dicho exactamente a Rachel Walling sobre el caso. ¿Le había contado que Anneke Jespersen en su momento cubrió la operación Tormenta del Desierto? ¿Walling se lo habría contado a Wingo? Incluso si Wingo estaba al corriente, ello no hubiera cambiado los resultados de la búsqueda del número de serie, ni Wingo tampoco podía suponer que este nuevo dato —que la pistola había desaparecido en Iraq— llevaba a Bosch a observar los acontecimientos desde otra perspectiva.

—Empecemos por el principio —repitió Wingo—. Los diez números de serie que me dio corresponden a un lote fabricado en Italia en 1988. Esas diez pistolas formaban parte de una remesa de tres mil armas manufacturadas y vendidas al Ministerio de Defensa del Gobierno de Iraq. La remesa fue entregada el 1 de febrero de 1989.

—No me diga que la pista termina ahí.

—No, no es el caso. El ejército iraquí mantenía algunos registros, incompletos, a los que hemos tenido acceso tras la segunda guerra del golfo Pérsico. Se trata de un pequeño beneficio que obtuvimos a partir de la distribución de los archivos confiscados en los palacios y bases militares de Saddam Hussein. ¿Se acuerda de la búsqueda de armas de destrucción masiva? Bueno, pues no encontraron armas de ese tipo, pero sí que se tropezaron con una barbaridad de documentos referentes a armas de menor peligro. Documentos a los que con el tiempo hemos tenido acceso.

—Me alegro por ustedes. ¿Y qué decían sobre esa pistola mía?

—La remesa de armamento procedente de Italia fue distribuida entre la guardia republicana, la fuerza de élite del régimen. ¿Se acuerda de lo que sucedió más tarde?

Bosch asintió con la cabeza.

—Me acuerdo de lo fundamental. Saddam invadió Kuwait y cuando empezaron las atrocidades, las fuerzas de la coalición dijeron basta.

—Exacto. Saddam invadió Kuwait en 1999, justo después de recibir este armamento. Así que me parece evidente concluir que estaba pertrechándose para la invasión.

—De forma que la pistola acabó en Kuwait.

Wingo asintió con la cabeza.

—Es lo más probable, pero no podemos estar seguros. Porque ahí es donde termina la documentación de que disponemos.

Bosch se arrellanó en el asiento y contempló el cielo. De pronto recordó que le había pedido a Rick Jackson que estuviera observándoles, lo cual ya no le parecía que fuera necesario. Escudriñó la superficie acristalada del edificio de la central; el reflejo del sol en el cristal le impedía ver bien. Levantó la mano y unió los dedos índice y pulgar en señal de que todo iba bien. Confiaba en que Jackson entendiera el mensaje y dejara de perder el tiempo allí plantado.

—¿Qué es eso? —preguntó Wingo—. ¿Qué es lo que está haciendo?

—Nada. Le pedí a un compañero que nos vigilara porque me parecía raro que tomase usted tantas precauciones para vernos. Pero acabo de decirle que todo está en orden.

—Muchas gracias.

Bosch sonrió ante el sarcasmo en su voz. Wingo le entregó la carpeta. El informe estaba completo.

—Me explicaré: soy del tipo paranoico, y ha pulsado usted las teclas adecuadas —repuso Bosch.

—La paranoia a veces es algo bueno —respondió Wingo.

—A veces. Y bien, ¿qué cree que pasó con la pistola? ¿Cómo es que acabó aquí?

Bosch estaba formulando sus propias respuestas a esas preguntas, pero quería escuchar la opinión de Wingo antes de que se marchara. Al fin y al cabo, era agente de un organismo federal encargado del control de las armas de fuego.

—Bueno, ya sabemos lo que pasó en Kuwait cuando la operación Tormenta del Desierto.

—Sí. Que fuimos allí y les dimos un buen rapapolvo a los soldados de Saddam.

—Exacto. La guerra en sí duró menos de dos meses. El ejército iraquí primero se retiró a Kuwait City y luego trató de cruzar la frontera otra vez, en dirección a Basora. Murieron muchos soldados, y muchos otros fueron capturados.

—Creo que a esa ruta le dieron el nombre de la «autopista de la muerte» —dijo Bosch, acordándose de los artículos y las fotografías que envió Anneke Jespersen.

—Justamente. Ayer estuve mirándolo todo en Google. En esa sola ruta murieron centenares de iraquíes y algunos millares fueron hechos prisioneros. A los soldados capturados los metieron en autobuses y los enviaron a Arabia Saudí, donde se habían establecido campos de prisioneros. El armamento capturado al enemigo también se envió en camiones a ese mismo país.

—Así que mi pistola bien hubiera podido estar en uno de esos camiones.

—Exacto. Pero también pudo haber estado en manos de un soldado que no llegó a salir con vida... O que consiguió llegar a Basora. No hay forma de saberlo.

Bosch lo estuvo pensando un momento. De una forma u otra, una pistola de la guardia republicana iraquí había terminado apareciendo en Los Ángeles un año después.

—¿Qué se hizo con el armamento capturado? —inquirió.

—Las armas fueron almacenadas y posteriormente destruidas.

—¿Y nadie anotó los números de serie?

Wingo denegó con la cabeza.

—Estamos hablando de una guerra. Había demasiado armamento y no sobraba el tiempo para ponerse a registrar los números de serie; estamos hablando de camiones enteros cargados de armas. De forma que el armamento fue destruido. Millares de armas cada vez. El procedimiento era el mismo: las transportaban al centro del desierto, las volcaban en un agujero excavado en el suelo y las hacían trizas con explosivos de alto orden. Dejaban que ardieran un día o dos y luego cubrían el agujero con arena. Asunto concluido.

Bosch asintió con la cabeza.

—Asunto concluido.

Harry continuaba pensando. Había algo en la periferia de su mente, algo que relacionaba las cosas y que podía ayudar a entenderlas... Estaba seguro de ello, pero no terminaba de verlo con claridad.

—Voy a hacerle una pregunta —dijo finalmente—. ¿Se han encontrado con un caso así antes? Me refiero a que un arma de Iraq de pronto aparezca en un caso. Un arma que en su momento supuestamente fue capturada y destruida.

—Precisamente lo he comprobado esta mañana, y la respuesta es que sí. Por lo menos una vez, según he podido saber. Aunque las cosas no se produjeron de esta forma exactamente.

—¿De qué otra forma, entonces?

—En el 96 se produjo un asesinato en Fort Bragg, en Carolina del Norte. Un soldado borracho y fuera de sí mató a otro soldado por un asunto de faldas. El arma que usó también era una Beretta modelo 92 procedente del ejército de Saddam. El soldado en cuestión había estado destacado en Kuwait durante la operación Tormenta del Desierto. En su confesión reconoció que había encontrado la pistola en el cuerpo de un soldado iraquí muerto y que luego se la había llevado en secreto a Estados Unidos como recuerdo. En los documentos que he consultado no se especifica cómo entró la pistola en el país, pero el hecho es que consiguió introducirla.

Bosch sabía que había muchas formas de introducir armas de recuerdo en el país. La práctica era tan vieja como el mismo ejército. Durante su estancia en Vietnam, la forma más sencilla era desmontar el arma y enviar las piezas por correo a Estados Unidos, por separado y a lo largo de bastantes semanas.

—¿En qué está pensando, inspector?

Bosch soltó una risita.

—Estoy pensando... Estoy pensando que tengo que descubrir quién trajo esa pistola aquí. La víctima de mi caso era periodista y fotógrafa. Y estuvo cubriendo esa guerra. He leído un artículo que escribió sobre la «autopista de la muerte». También he visto sus fotos...

Bosch tenía que considerar la posibilidad de que hubiera sido la propia Anneke Jespersen la que trajera a Los Ángeles la pistola con la que iba a ser asesinada. Parecía improbable, pero Harry no podía obviar el hecho de que Anneke había estado en el mismo lugar en el que la pistola fue vista por última vez.

—¿Cuándo empezaron a utilizar detectores de metal en los aeropuertos? —preguntó.

—Bueno, hace mucho tiempo —respondió Wingo—. A raíz de los secuestros de aviones en los años setenta. El escaneo del equipaje facturado es una práctica mucho más reciente, pero tampoco se realiza de forma muy consistente.

Bosch meneó la cabeza.

—La víctima siempre viajaba con poco equipaje. No era del tipo de persona que siempre está facturando maletas.

No estaba convencido. No tenía sentido que Anneke Jespersen, de un modo u otro, se agenciase la pistola de un soldado iraquí muerto o capturado, que la colase de contrabando en su país y que luego hiciese otro tanto en Estados Unidos... Todo para que al final alguien la matase con esa misma pistola.

—No parece probable que viajara con esa pistola —concedió Wingo—. Pero si pudiera consultar algún censo del barrio en el que su víctima fue asesinada, si pudiera descubrir quién del barrio estuvo en el ejército y en la guerra del Golfo... Si encontrara que un veterano había regresado recientemente y por entonces vivía en ese barrio... Seguramente recordará que en su momento se habló mucho del llamado «síndrome de la guerra del Golfo», de la exposición al calor y a los productos químicos. Muchos episodios de violencia en Estados Unidos tenían su origen en la guerra, o eso se decía. En el caso del soldado de Fort Bragg, ese fue el argumento de la defensa.

Bosch asintió con la cabeza, pero ya no estaba escuchando a Wingo. Las cosas de pronto estaban empezando a encajar, las palabras, las imágenes y los recuerdos... Las imágenes de aquella noche en el callejón junto a Crenshaw. De soldados alineados en la calle; de fotografías en blanco y negro de soldados en la «autopista de la muerte»; de los barracones destrozados en Dharhan y de la masa informe y humeante de un vehículo Hummer del ejército; de las luces del Hummer que trajeron al callejón...

Bosch echó la cabeza hacia delante y, con los codos sobre las rodillas, se mesó los cabellos con ambas manos.

—¿Se encuentra bien, inspector Bosch? —preguntó Wingo.

—Estoy bien. Perfectamente.

—Ya, es que no lo parece.

—Creo que estaban allí...

—¿Quiénes estaban allí?

Con las manos todavía en la cabeza, Bosch se dio cuenta de que lo había dicho en voz alta. Se dio la vuelta para mirar a Wingo por encima del hombro. No contestó a su pregunta.

—Lo ha conseguido, agente Wingo. Creo que ha abierto usted la caja negra.

Se levantó y la miró.

—Les doy las gracias, a Rachel Walling también. Ahora tengo que irme.

Se levantó y echó a andar hacia las puertas de la central. Wingo preguntó a sus espaldas.

—¿Qué caja negra?

No respondió. Siguió caminando.

20

Bosch cruzó la sala de inspectores hasta llegar a su escritorio. Chu se encontraba en el cubículo, sentado de medio lado y encorvado sobre el ordenador. Bosch entró, agarró su silla giratoria y la llevó junto a Chu. Se sentó en la silla a caballo y preguntó con voz imperiosa:

—¿Qué estás haciendo, David?

—Eh, estoy organizando el viaje a Minnesota.

—¿Vas a ir sin mí? No pasa nada si lo haces, ya te lo dije.

—Creo que tengo que ir cuanto antes. O empezar con cualquier otra cosa si sigo a la espera.

—Entonces tienes razón; lo mejor es que vayas. ¿Has preguntado quién puede ir contigo?

—Sí. Trish la Tía Buena ya me ha dicho que sí. Resulta que tiene familia en Saint Paul, así que el viaje le hace ilusión, por mucho frío que vaya a hacer.

—Ya. Pero dile que se ande con cuidado, que O'Toole luego va a mirar con lupa todos los gastos del viaje.

—Ya se lo he dicho. ¿Qué es lo que necesitas, Harry? Salta a la vista que andas detrás de algo. ¿Una de tus corazonadas?

—Eso mismo. Y lo que necesito es que mires en el ordenador y me digas qué unidades de la guardia nacional de California se enviaron a Los Ángeles durante los disturbios del 92.

—Eso tendría que ser fácil.

—Y luego sería cuestión de mirar cuáles de esas unidades estuvieron desplegadas en el golfo Pérsico durante la operación Tormenta del Desierto del año anterior. ¿Entendido?

—Sí. Lo que quieres averiguar es qué unidades estuvieron en uno y otro sitio.

—Exacto. Y una vez que tengas un listado, habría que mirar en qué lugares de California estaban destinadas esas unidades y qué fue lo que hicieron durante la operación Tormenta del Desierto: dónde fueron enviadas, ese tipo de cosas. ¿Puedes hacerlo?

—Estoy en ello.

—Bien. Y supongo que la mayoría de esas unidades tendrán sus propios archivos en la red: páginas web, fotografías, cosas así. Estoy buscando nombres. Nombres de soldados que estuvieron en Tormenta del Desierto en el 91 y en Los Ángeles un año después.

—Mensaje captado.

—De primera. Gracias, David.

—Una cosa, Harry, no hace falta que me llames por el nombre de pila si te resulta incómodo. Estoy acostumbrado a que me llames por el apellido.

Chu lo dijo sin apartar la mirada de la pantalla del ordenador.

—Se nota demasiado, ¿no? —apuntó Bosch.

—Digamos que se nota bastante —dijo Chu—. Y más después de haberme estado llamando Chu durante tanto tiempo.

—Bueno, pues te propongo una cosa. Encuéntrame eso que ando buscando, y a partir de ahora te llamaré señor Chu.

—Tampoco es eso. Pero, si no te importa decírmelo, ¿para qué hay que hacer estas búsquedas? ¿Qué tienen que ver con Jespersen?

—Muchísimo. Todo, o eso espero.

Bosch explicó la nueva teoría que le había venido a la mente en relación con el caso: Anneke Jespersen estaba cubriendo una historia y había venido a Los Ángeles, no en razón de los desórdenes, sino porque andaba siguiendo a alguien perteneciente a alguna de las unidades de la guardia nacional de California que fueron enviadas al golfo Pérsico el año anterior.

—¿Y qué fue lo que pasó allí que llevó a Jespersen a seguir a ese tipo? —preguntó Chu.

—Aún no lo sé —dijo Bosch.

—¿Qué vas a hacer mientras miro todo esto?

—Mirar por otro lado. Los nombres de algunos de esos soldados constan en el archivo de asesinatos. Voy a empezar por ahí.

Bosch se levantó y empujó la silla giratoria hacia su escritorio. Tomó asiento otra vez y abrió la ficha de asesinato del caso Jespersen, pero el móvil sonó antes de que pudiera examinar las declaraciones de los testigos.

Miró la pantalla y vio que se trataba de Hannah Stone. Bosch estaba ocupado y había dado con un nuevo punto de inflexión. Normalmente se habría abstenido de responder, contentándose con que Hannah le dejara un mensaje, pero algo le dijo que haría mejor en contestar. Hannah raras veces llamaba durante las horas de trabajo. Cuando quería hablar con él, primero le enviaba un mensaje de texto para ver si iba a estar disponible.

Contestó.

—Hannah, ¿sucede algo?

Hannah respondió en un murmullo y con urgencia en la voz:

—En la sala de espera hay una mujer de la policía. Dice que quiere entrevistarme por algo relacionado contigo y con mi hijo.

En el murmullo era perceptible un miedo limítrofe con el pánico. Hannah no tenía idea de qué era lo que estaba sucediendo, y Bosch se dio cuenta de que tenía su lógica que fueran a entrevistarla. Tendría que haberla avisado.

—No pasa nada, Hannah. ¿Esa mujer te ha dado su tarjeta? Se llama Mendenhall, ¿no?

—Sí. Dice que es inspectora de asuntos profesionales o algo parecido. No me ha dado su tarjeta y se ha presentado sin avisar.

—No pasa nada. Viene de la Oficina de Asuntos Profesionales y solo quiere preguntarte lo que sabes sobre mi encuentro con Shawn del otro día.

—¿Cómo...? ¿Por qué?

—Porque mi teniente se ha empeñado en buscarme las cosquillas y dice que estuve haciendo una visita personal durante mi horario de trabajo. Mira, Hannah, es una tontería. Tú dile a esa mujer todo lo que sabes. Dile la verdad.

—¿Estás seguro? Quiero decir, ¿estás seguro de que lo mejor es que hable con ella? Me ha dicho que no estoy obligada a hacerlo.

—Puedes hablar con ella, pero limítate a decir la verdad. No le digas lo que te parece que puede serme de ayuda. Simplemente dile lo que sabes. ¿Entendido, Hannah? No es un asunto importante.

—Pero, ¿y Shawn?

—¿Qué pasa con Shawn?

—¿Pueden perjudicarle de alguna manera?

—No, Hannah, en absoluto. Todo esto tiene que ver conmigo, no con Shawn. Así que dile que entre y responde a sus preguntas con la verdad. ¿Entendido?

—Si tú lo ves claro...

—Lo veo claro. No hay razón para preocuparse. Mira, una cosa, llámame cuando se haya marchado.

—No puedo. Tengo varias visitas. Y el trabajo se me va a acumular si tengo que hablar con esa mujer.

—En ese caso, termina con ella pronto y llámame cuando te quites el trabajo de encima.

—¿Y por qué no vamos a cenar fuera esta noche?

—De acuerdo. Buena idea. Nos llamamos luego y nos ponemos de acuerdo en dónde quedar.

—De acuerdo, Harry. Me quedo más tranquila.

—Bien, Hannah. Después hablamos.

Colgó y volvió a enfrascarse en la ficha de asesinato. Chu había entreoído la conversación con Hannah, por lo que apuntó:

—Así que no van a dejarte en paz con todo eso.

—Todavía no. ¿Mendenhall te ha llamado para concertar una entrevista?

—Pues no. A mí no me ha dicho nada.

—Tranquilo, que ya te dirá alguna cosa. Da la impresión de ser una investigadora bastante eficiente.

Bosch rebuscó entre las primeras páginas de la ficha de asesinato hasta encontrar y releer la declaración hecha por Francis John Dowler, el soldado de la guardia nacional de California que encontró el cadáver de Anneke Jespersen en el callejón. El informe era la transcripción de una entrevista telefónica efectuada por Gary Harrod, de la división para los crímenes cometidos durante los disturbios. Bosch y Edgar no habían tenido oportunidad de interrogar a Dowler durante la primera noche de la investigación. Harrod, finalmente, habló con este por teléfono cinco semanas después del asesinato. Dowler por entonces se había reintegrado a la vida civil en un pueblo llamado Manteca.

En el informe y la declaración constaba que Dowler tenía veintisiete años y trabajaba como conductor de camiones de larga distancia. Según se añadía, formaba parte de la guardia nacional desde hacía seis años y estaba asignado a la 237.ª compañía de transporte, con base en Modesto.

Bosch experimentó un nuevo subidón de adrenalina. Modesto. Alguien que se hacía llamar Alex White había efectuado una llamada desde Modesto diez años después del crimen.

Bosch se giró en la silla y transmitió la información sobre la 237.ª compañía a Chu, quien respondió que ya había establecido en la búsqueda por internet que la 237.ª fue una de las tres unidades de la guardia nacional con efectivos asignados tanto a la operación Tormenta del Desierto como a los disturbios en Los Ángeles.

Sin apartar la mirada de la pantalla, Chu amplió:

—Las unidades son la 237.ª compañía, con base en Modesto, y la 2668.ª, en Fresno. Las dos eran unidades de transporte. Conductores de camiones, sobre todo. La tercera unidad fue la 270.ª, de Sacramento. Policía militar.

Bosch se había quedado con lo de «conductores de camiones». En ese momento estaba pensando en los camiones que transportaban el armamento capturado en el desierto saudí para su destrucción.

—Empecemos por la 237.ª. El tipo que encontró el cadáver era de esa compañía. ¿Qué más sabes de ella?

—No mucho, por el momento. Aquí dice que la compañía estuvo desplegada en Los Ángeles doce días. Tan solo se informa de una baja: uno de sus hombres pasó una noche en el hospital con conmoción cerebral después de que alguien le soltara un botellazo.

—¿Y qué hay de la operación Tormenta del Desierto?

Chu señaló la pantalla.

—Aquí está todo. Voy a leerte el informe de su participación: «Los soldados de la 237.ª fueron movilizados el 20 de septiembre de 1990. La unidad, de sesenta y dos hombres, llegó a Arabia Saudí el 3 de noviembre. Durante las operaciones Escudo del Desierto y Tormenta del Desierto, la unidad transportó 21.000 toneladas de carga, trasladó a quince mil soldados y prisioneros de guerra y recorrió 1.347.020 kilómetros sin sufrir un solo accidente. La unidad regresó a Modesto el 23 de abril de 1991 sin haber tenido ni una sola baja». ¿Ves a lo que me refería? Todos esos fulanos eran camioneros y conductores de autobús.

Bosch contempló la información y las estadísticas unos segundos.

—Tenemos que conseguir esos sesenta y dos nombres —indicó.

—Estoy buscándolos. Y tenías razón: cada unidad tiene un archivo y una página web hecha por aficionados, con artículos de prensa y cosas así. Pero no he encontrado ningún listado de nombres correspondiente al 91 o 92. Tan solo hay menciones aisladas a una u otra persona. Por ejemplo, un tipo que por entonces estaba en la unidad ahora es el sheriff del condado de Stanislaus. Y, mira, también se está presentando a las elecciones para el Congreso.

Bosch se acercó con la silla para ver lo que Chu tenía en pantalla. En ella aparecía la foto de un hombre vestido con uniforme verde de sheriff enarbolando un cartel que proclamaba: «¡Drummond, al Congreso!».

—¿Esta es la página web de la 237.ª?

—Sí. Y aquí pone que este tipo formó parte de la compañía entre el 90 y el 98. Así que tuvo que...

—Espera un momento. Drummond... Este nombre me suena.

Bosch trató de recordar por qué, y sus pensamientos volvieron a la noche del crimen en el callejón. Un sinfín de soldados montando guardia y vigilando. Chasqueó los dedos cuando un rostro y un nombre sepultados en su recuerdo salieron a la luz.

—Drummer. Este fulano es el soldado al que llamaban Drummer. Esa noche estaba allí.

—Bueno, pues J. J. Drummond ahora es el sheriff del condado de Stanislaus —indicó Chu—. Igual puede ayudarnos con los nombres.

Harry asintió con la cabeza.

—Es posible que sí. Pero esperemos un poco, hasta que nos hayamos hecho una mejor composición de lugar.

21

Bosch fue a su ordenador y buscó un mapa de Modesto, para tener mejor comprensión geográfica de Manteca, el pueblo donde vivía Francis Dowler.

Ambas poblaciones estaban en el corazón de San Joaquín Valley, más conocido como Central Valley y como el granero del estado. La carne, las verduras, la fruta, los frutos secos... Todo cuanto llegaba a las cocinas o las mesas de restaurante de Los Ángeles y la mayor parte de California procedía de Central Valley, lo que incluía algunos de los vinos servidos en dichas mesas.

Modesto era la principal ciudad del condado de Stanislaus, mientras que Manteca se encontraba al otro lado de la frontera septentrional de dicho condado y formaba parte del de San Joaquín. La capital de este último estado era Stockton, la ciudad de mayor tamaño en todo el valle.

Bosch no conocía estos lugares. Había estado pocas veces en el valle y siempre de paso, de camino hacia San Francisco y Oakland. Pero sí que sabía que en la autopista interestatal número cinco era posible oler los corrales de ganado situados en las afueras de Stockton mucho antes de llegar a ellos. También sabía que si uno tomaba casi cualquier desvío de la autopista 99, no tardaba en encontrarse con puestos de venta de frutas o verduras que reafirmaban a uno en la convicción de que vivía en un lugar paradisíaco. Central Valley era una de las principales razones por las que California era denominada «el estado dorado».

Bosch volvió a centrarse en la declaración de Francis Dowler. Aunque ya la había leído por lo menos dos veces desde la reapertura del caso, volvió a releerla una vez más, tratando de dar con algún detalle que hubiera pasado por alto.

El abajo firmante, Francis John Dowler (21-7-1964), estuvo en misión en Los Ángeles con la 237.ª compañía de la guardia nacional de California el 1 de mayo de 1992. La misión de mi unidad era la de vigilar y mantener las principales arterias de tráfico durante los desórdenes que siguieron a los veredictos en el caso referente a la paliza que unos policías propinaron a Rodney King. La tarde del 1 de mayo, mi unidad estaba desplegada en Crenshaw Boulevard, desde la avenida Florence siguiendo hacia el norte y hasta la avenida Slauson. Habíamos llegado al sector entrada la noche anterior, después de que hubiera sufrido muchos daños por obra de los saqueadores y pirómanos. Yo me encontraba en la esquina de Crenshaw con la Calle 67. Hacia las 22 horas, fui un momento a un callejón situado junto a la tienda de neumáticos por razones de fuerza mayor. En ese momento vi el cuerpo de una mujer tumbado junto a la pared de un edificio calcinado. No vi que en el callejón hubiera ninguna otra persona en ese momento; tampoco reconocí a la mujer muerta. Me pareció ver que le habían disparado. Le tomé el pulso para confirmar que estaba muerta, tras lo cual salí del callejón. Fui a hablar con el operador de radio Arthur Fogle y le pedí que llamara a nuestro superior, el sargento Eugene Burstin, y le dijera que habíamos encontrado un cadáver en el callejón. El sargento Burstin hizo acto de presencia, inspeccionó el cadáver y el callejón, y a continuación ordenó que radiaran un mensaje a la brigada de homicidios del LAPD. Volví a mi puesto y luego me enviaron a restablecer el control en la avenida Florence, pues en esa esquina había grupos de vecinos enfurecidos. Este es un informe completo y veraz sobre mis actividades en la noche del viernes 1 de mayo de 1992. Así lo certifico con mi firma más abajo.

Bosch anotó los nombres de Francis Dowler, Arthur Fogle y Eugene Burstin en una página de su cuaderno bajo el nombre de J. J. Drummond. Por el momento ya tenía la identidad de cuatro de los sesenta y dos soldados de la 237.ª compañía movilizados en 1992. Harry contempló la declaración de Dowler y pensó qué era lo que iba a hacer a continuación.

Fue en ese momento cuando reparó en la pequeña etiqueta de papel impresa y unida a un extremo inferior del documento. Se trataba de una etiqueta de fax. Estaba claro que Gary Harrod había mecanografiado la declaración y se la había enviado por fax a Dowler para que este diera su aprobación y la firmara. La declaración entonces había sido devuelta, también por fax. La identificación del fax situado junto al borde inferior del papel incluía un teléfono y el nombre de una empresa: Productos Agrícolas Cosgrove, Manteca, California. Bosch supuso que se trataba de la empresa para la que Dowler trabajaba.

—Cosgrove —dijo Harry.

Era el mismo nombre que aparecía en el concesionario John Deere desde el que Alex White hizo una llamada diez años atrás.

—Sí, ya lo he visto —dijo Chu a sus espaldas.

—¿El qué? ¿Qué es lo que has visto?

—Cosgrove. Carl Cosgrove. También estaba en la unidad. Aquí sale en algunas de las fotos. Parece que ahora es uno de los peces gordos en esa zona.

Bosch se dio cuenta de que acababan de tropezarse con una conexión.

—Envíame ese enlace, ¿quieres?

—Claro.

Bosch conectó su ordenador y esperó a que llegara el mensaje de correo electrónico.

—Eso que estás mirando es la página web de la 237.ª, ¿no? —preguntó a Chu.

—Sí. Incluye cosas que se remontan a los disturbios y a la operación Tormenta del Desierto.

—¿Hay un listado de efectivos?

—No hay ningún listado, pero en los textos y en los pies de fotos vienen algunos nombres. El de Cosgrove, entre ellos.

El mensaje por fin apareció en la bandeja de entrada del correo. Bosch lo abrió de inmediato e hizo clic sobre el enlace.

Chu tenía razón. La página web parecía que había sido hecha por un aficionado sin mucha idea. Su hija de dieciséis años había creado unas páginas web más vistosas como parte de sus deberes escolares. Era evidente que esa página tenía ya bastantes años, cuando las páginas web constituían un joven fenómeno cultural emergente. Nadie se había molestado en actualizar un poco su aspecto ni su diseño.

El encabezamiento anunciaba que la página era el «Hogar de los combatientes de la 237.ª». Más abajo aparecía lo que parecía ser el lema y el emblema no oficial de la compañía, las palabras «En ruta» y una variante del famoso dibujo de Robert Crumb de un camionero dando un paso al frente, con un pie enorme delante del cuerpo. En la variante de la 237.ª, la figura iba vestida con uniforme del ejército y llevaba un fusil colgado del hombro.

Seguían algunos bloques informativos sobre los cursillos de adiestramiento y actividades de recreo de la compañía. Había enlaces para establecer contacto con quien llevaba la página web o para unirse a grupos de debate. También había un enlace con el epígrafe HISTORIA, que Bosch cliqueó al momento.

El enlace le llevó a un blog que obligaba a saltar por encima de veinte años de informes sobre los logros de la compañía. Por suerte, la guardia nacional se había movilizado de forma muy espaciada, por lo que no necesitó mucho tiempo para llegar a principios de los noventa. Saltaba a la vista que estos informes habían sido incluidos en la página web en el momento de su creación en 1996.

Había un breve escrito sobre la movilización por causa de los disturbios en Los Ángeles, pero no aportaba información que Bosch no conociera ya. Eso sí, junto al texto venían muchas fotos de soldados de la 237.ª estacionados en distintos puntos de South Los Ángeles, con numerosos nombres que Bosch no conocía. Copió en la libreta todos y cada uno de los nombres y siguió buscando.

El pulso se le aceleró al llegar a la actividad de la 237.ª durante las operaciones Escudo del Desierto y Tormenta del Desierto, pues se encontró con muchas fotos parecidas a las tomadas por Anneke Jespersen al informar sobre el conflicto. La compañía estuvo acampada en Dharhan, muy cerca de los barracones que fueron alcanzados por un misil SCUD iraquí. En su condición de unidad de transporte estuvo trasladando a soldados, civiles y prisioneros por las principales vías de comunicación entre Kuwait y Arabia Saudí. Incluso había fotos de los miembros de la 237.ª en permiso de descanso en un transatlántico anclado en el golfo Pérsico.

En este punto aparecían más nombres que Bosch asimismo copió en su libreta mientras que se decía que era probable que los efectivos de la 237.ª no hubieran cambiado mucho entre la guerra del Golfo y los desórdenes en Los Ángeles. Lo más seguro era que los hombres que aparecían en las fotos de la contienda formasen parte de la unidad asignada a Los Ángeles un año más tarde.

Se encontró con una serie de fotografías que mostraban a varios integrantes de la 237.ª en un barco llamado Saudi Princess durante un permiso. Había imágenes de un partidillo de voleibol junto a la piscina del barco, pero las instantáneas eran en su mayor parte de hombres a todas luces borrachos que levantaban botellas de cerveza y hacían posturitas para la cámara.

Bosch se quedó de una pieza al leer los nombres que aparecían bajo una de las instantáneas: un grupo de cuatro hombres descamisados levantaban botellas de cerveza y hacían el signo de la paz con los dedos en una cubierta de madera junto a la piscina. Sus mojados bañadores en realidad eran pantalones de camuflaje recortados por los muslos. Parecían estar tan ebrios como requemados por el sol. Los nombres que aparecían eran los de Carl Cosgrove, Frank Dowler, Chris Henderson y Reggie Banks.

Bosch acababa de dar con otra conexión. Reggie Banks era el vendedor que le había vendido un tractor segadora a Alex White diez años atrás. Anotó los nuevos nombres en su lista y subrayó tres veces el nombre de Banks.

Bosch amplió la foto en la pantalla y la estudió minuciosamente. Tres de los hombres —todos menos Cosgrove— lucían un tatuaje similar en el hombro derecho. Bosch advirtió que se trataba del dibujo del camionero de «En ruta» vestido de soldado: el emblema de la unidad. Bosch a continuación reparó en que detrás de ellos y a su izquierda había un cubo de basura volcado que había desparramado su contenido —botellas y latas— por la cubierta. Mientras contemplaba la fotografía, Harry comprendió que ya la había visto antes. Se trataba de la misma escena, tomada desde otro ángulo.

Bosch al momento abrió una nueva ventana en la pantalla y fue a la página web en homenaje a Anneke Jespersen. Luego abrió el archivo con sus fotos hechas durante Tormenta del Desierto. Las revisó con rapidez hasta llegar al grupo de imágenes tomadas en el transatlántico. Eran seis en total, y la tercera de ellas había sido tomada en la cubierta de madera vecina a la piscina. Y mostraba a uno de los marineros del navío enderezando un cubo de basura volcado.

Fue pasando de una ventana a otra y de una foto a otra, y terminó de cotejar la combinación de botellas, latas y marcas sembradas por la cubierta. La configuración de los recipientes vacíos era exactamente la misma, lo que dejaba claro sin el menor género de dudas que Anneke Jespersen había estado en aquel barco de crucero al mismo tiempo que los integrantes de la 237.ª compañía. Para confirmar este punto, Bosch trató de establecer una comparación con otras cosas capturadas por la cámara: en ambas fotos aparecía el mismo socorrista sentado en una silla alta junto a la piscina, tocado con el mismo sombrero flexible de lona y con la nariz untada de protección solar en una y otra imagen; una mujer en bikini sentada en el borde de la piscina, con la mano derecha metida en el agua; y por último, el camarero tras la barra del pequeño bar en cubierta, con el mismo cigarrillo medio curvo colocado tras una oreja.

No había duda. Anneke había tomado su foto unos minutos después de la que aparecía en la página web de la 237.ª compañía. Anneke había estado con ellos.

Suele decirse que el trabajo de policía consiste en un noventa y nueve por ciento de aburrimiento y un uno por ciento de adrenalina, de intensísimos momentos cuya consecuencia es la vida o la muerte. Bosch no sabía si había una consecuencia de vida o muerte ligada a este descubrimiento, pero la intensidad del momento era más que perceptible. De inmediato, abrió el cajón del escritorio y sacó la lupa. Fue pasando las páginas de la documentación sobre el asesinato hasta encontrar el estuche con las hojas de prueba y las fotos de veinte por veinticinco centímetros reveladas a partir de los cuatro carretes de película hallados en el chaleco de Anneke Jespersen.

Tan solo había dieciséis fotografías de ocho por diez, y en el reverso de cada una estaba apuntado el número del carrete al que pertenecían. Bosch supuso que los investigadores habían seleccionado cuatro fotos de cada carrete para su revelado definitivo. Harry examinó las imágenes con renovado interés y comparó a los soldados que aparecían en ellas con los cuatro hombres que salían en la foto tomada en el Saudi Princess. No encontró nada hasta que llegó a las cuatro imágenes correspondientes al carrete número tres. En las cuatro fotos aparecían numerosos soldados puestos en fila y a la espera de subir a un camión de transporte de tropas aparcado en el exterior del Coliseum de Los Ángeles; pero en todas las fotos aparecía un mismo hombre alto y de complexión atlética, bien enfocado y situado en el centro de las imágenes. Un hombre que se parecía al identificado como Carl Cosgrove en la foto tomada en el barco de crucero.

Bosch se valió de la lupa para efectuar una mejor comparación, pero le resultó imposible estar seguro; el hombre que protagonizaba las fotos de Jespersen llevaba puesto el casco y no estaba mirando a la cámara directamente. Harry comprendió que tendría que entregar las fotos, las tiras de pruebas y los negativos de película a la unidad de fotografía para que realizaran una comparación con medios más adecuados que una lupa de mano.

Al mirar por última vez la imagen de la 237.ª, Bosch reparó en que el nombre del fotógrafo aparecía en letras pequeñas junto al borde derecho:

FOTO: J. J. DRUMMOND

Bosch subrayó de inmediato el nombre de Drummond en su lista y se puso a pensar en la coincidencia con que acababa de tropezarse. Tres de los nombres que ya conocía de la investigación —Banks, Dowler y Drummond— correspondían a unos hombres que habían estado junto a la piscina del Saudi Princess el mismo día y a la misma hora que la fotoperiodista Anneke Jespersen. Un año más tarde, uno de ellos iba a encontrar el cadáver de Anneke en un pequeño callejón de una ciudad de Los Ángeles sumida en el caos. El segundo de ellos iba a conducir a Bosch hasta el cadáver. Y, muy probablemente, el tercero iba a telefonear interesándose por el caso una década después.

Había otra conexión con Carl Cosgrove. Este se encontraba en el barco en 1991 y seguramente había estado en Los Ángeles el año siguiente. Su apellido aparecía tanto en el fax con la declaración de Francis Dowler como en el concesionario John Deere donde trabajaba Reggie Banks.

En todas las investigaciones llega un momento en que las cosas empiezan a encontrar conexión, en que el foco de interés adquiere una intensidad deslumbrante. Bosch había llegado a ese punto. Sabía lo que tenía que hacer y adónde tenía que ir.

—¿David? —dijo, con los ojos aún puestos en la imagen de la pantalla, observando a esos cuatro hombres borrachos y felices bajo el sol abrasador, lejos del miedo y el azar de la guerra.

—¿Sí, Harry?

—Déjalo.

—¿El qué?

—Lo que estés haciendo.

—¿Qué quieres decir? ¿Por qué?

Bosch giró la pantalla para que su compañero pudiese ver la foto. Miró a Chu y dijo:

—Estos cuatro hombres. Ponte con ellos. Búscalos en todas las bases de datos. Encuéntralos. Encuentra todo lo que puedas sobre ellos.

—Muy bien, Harry. ¿Y qué hay del sheriff Drummond? ¿Quieres que contacte con él?

Bosch lo pensó un momento antes de responder.

—No —dijo—. Agrégalo a la lista.

Chu pareció sorprenderse.

—¿Me estás diciendo que... que lo investigue?

Bosch asintió con la cabeza.

—Sí, pero sin decir nada a nadie.

Bosch se levantó y salió del cubículo. Echó a andar por el centro de la sala en dirección al despacho del teniente. La puerta estaba abierta, y vio que O'Toole estaba sentado ante el escritorio, con la cabeza gacha y escribiendo algo en una carpeta abierta. Harry golpeó con los nudillos en el marco de la puerta, y O'Toole levantó la mirada. Titubeó un segundo e indicó a Bosch que entrara.

—Que conste que ha venido usted por su propia voluntad

—dijo mientras Harry entraba—. Sin imposiciones ni coacciones de ninguna clase.

—Queda claro.

—¿Qué puedo hacer por usted, inspector?

—Quiero tomarme unos días de vacaciones. Creo que necesito un poco de tiempo para pensarme bien algunas cosas.

O'Toole guardó silencio un instante, como si temiera estar adentrándose en una trampa.

—¿Cuándo quiere tomarse esos días de vacaciones? —preguntó por fin.

—Estaba pensando en cogerme la semana que viene —dijo Bosch—. Ya sé que hoy es viernes y que estoy avisando con poca antelación, pero mi compañero puede ocuparse de lo que estamos llevando. Y también está preparando una recogida con Trish Allmand.

—¿Y qué pasa con el caso Blancanieves? Hace dos días me dijo que no pensaba dejarlo por nada del mundo, ¿me equivoco?

Con expresión contrariada, Bosch respondió:

—Bueno, verá, el caso se ha atascado un poco. Estoy esperando a ver cómo se desarrollan los acontecimientos.

O'Toole asintió con la cabeza, como si hubiera tenido claro desde el principio que Bosch iba a encontrarse con un callejón sin salida en esa investigación.

—Entenderá que unas vacaciones por su parte no van a cambiar la investigación interna —indicó.

—Naturalmente —repuso Harry—. Simplemente necesito tomarme un respiro y pensar un poco en cuáles son mis prioridades.

Bosch vio que O'Toole hacía lo posible por reprimir una sonrisa de satisfacción. Se moría de ganas de llamar al décimo piso e informar de que Bosch ya no iba a ser un problema, de que el hijo pródigo finalmente había visto la luz.

—Entonces, ¿va a tomarse libre la próxima semana? —preguntó.

—Sí, una semanita nada más —respondió Bosch—. Tengo unos dos meses de vacaciones acumulados.

—Normalmente exijo que me avisen con un poco más de antelación, pero esta vez voy a hacer una excepción. Puede tomarse esas vacaciones, inspector. Ya lo apuntaré.

—Gracias, teniente.

—¿Le importaría cerrar la puerta al salir?

—Cómo no.

Bosch dejó al teniente a sus anchas para que efectuase su discreta llamada al jefe de policía. Antes de volver al cubículo, Harry ya había trazado un plan para resolver la situación en casa durante su ausencia.

22

Ca' Del Sole se había convertido en su restaurante preferido, en el establecimiento de la ciudad que más solían frecuentar. La elección se basaba en el factor romántico, en el gusto personal —a ambos les gustaba la comida italiana— y en el precio, pero sobre todo en la conveniencia. Emplazado en North Hollywood, el restaurante estaba a mitad de camino tanto de sus casas como de sus lugares de trabajo, con una pequeña ventaja para Hannah Stone.

A pesar de dicha ventaja, Bosch llegó el primero y fue invitado a acomodarse en el reservado de costumbre. Hannah le había avisado de que quizá llegaría tarde, pues sus citas en la casa de acogida en Panorama City se habían ido retrasando una tras otra después de la no concertada entrevista con Mendenhall. Bosch llevaba consigo una carpeta y no tenía problema en trabajar un poco durante la espera.

Antes del final de la jornada en la unidad de casos abiertos/no resueltos, David Chu había compilado unas breves biografías preliminares de los cinco hombres en los que Bosch había decidido centrarse. Mediante el recurso a bases de datos tanto públicas como policiales, Chu había logrado reunir en un par de horas lo que a Bosch le habría llevado dos semanas de trabajo veinte años atrás.

Chu había impreso varias páginas de información sobre cada uno de aquellos cinco hombres. Harry tenía dichas páginas en la carpeta, junto con impresiones de las fotos tomadas tanto por

Drummond como por Jespersen a bordo del Saudi Princess, así como una traducción del artículo entregado por Anneke Jespersen al *BT* junto con sus fotografías.

Bosch abrió la carpeta y releyó el artículo. Estaba fechado el 11 de marzo de 1991, casi dos semanas después de la contienda, cuando las tropas se habían convertido en fuerzas de pacificación. El artículo era corto, y Bosch suponía que se trataba de un texto de acompañamiento de las fotos. El programa de traducción por internet que había empleado era rudimentario. No captaba los matices gramaticales ni de estilo, de tal forma que el resultado final era extraño y tosco.

Lo llaman «el barco del amor», pero no hay que llamar a engaño: es un barco de guerra. El transatlántico de lujo Saudi Princess nunca sale de puerto pero tiene máxima seguridad y capacidad. El barco británico ha sido alquilado y usado temporalmente por el Pentágono americano como destino de descanso y diversión para las tropas americanas en la operación Tormenta del Desierto.

Los hombres y mujeres de servicio en Arabia Saudí ocasionalmente tienen permisos de tres días de descanso y diversión, y desde el alto el fuego hay mucha demanda. El Saudi Princess es el único destino en el Golfo Pérsico conservador donde los soldados pueden beber alcohol, hacer amigos y no vestir uniforme de camuflaje.

El barco está en puerto y está bien vigilado por infantes de marina uniformados y armados. (El Pentágono pide a los periodistas de visita que no revelen la situación exacta del barco.) Pero a bordo no hay uniformes y la vida es una fiesta. Hay dos discotecas, diez bares abiertos 24 horas y tres piscinas. Los soldados que llevan semanas y meses estacionados en la región esquivando las balas y los misiles SCUD de los iraquíes tienen 72 horas para diversión, saborear el alcohol y flirtear con el sexo opuesto... Todo cuanto está prohibido en el campamento.

«Durante tres días somos civiles una vez más», dice Beau Bentley, un soldado de veintidós años de Fort Lauderdale, Florida. «La semana pasada estaba luchando en Kuwait City. Hoy estoy tomándome una cerveza fría con amigos. Es lo mejor».

El alcohol fluye en los bares y junto a la piscina. Las celebraciones de la victoria aliada son muchas. Hay quince hombres en el barco por cada mujer, lo que refleja la composición de las tropas aliadas en el golfo. Los hombres en el Saudi Princess no son los únicos que preferirían un reparto más igualado.

«No han parado de invitarme a tomar copas desde que estoy aquí», dice Charlotte Jackson, una soldado de Atlanta, Georgia. «Pero todos los tíos quieren ligar contigo, y al final es cansado. Ojalá me hubiera traído un libro para leer. Ahora estaría en mi camarote leyendo».

A juzgar por el comentario hecho por Beau Bentley de que había estado en combate tan solo una semana antes, Bosch supuso que el artículo había sido enviado al *BT* casi una semana antes de su publicación por ese periódico. Lo que significaba que Anneke Jespersen probablemente había estado a bordo del navío en algún momento de la primera semana de marzo.

Bosch en su momento no había encontrado muy significativo el artículo sobre el Saudi Princess, pero las cosas habían cambiado tras establecer la conexión existente entre Jespersen y los miembros de la 237.ª compañía en el barco. De pronto se dio cuenta de que tenía los nombres de dos testigos potenciales. Cogió el móvil y llamó a Chu. Le respondió el contestador automático. Chu ya no estaba de servicio y seguramente quería pasar una noche tranquila. Bosch dejó un mensaje en voz baja, para no molestar a los demás comensales del restaurante.

—David, soy yo. Necesito que me mires un par de nombres. Los he encontrado en un artículo de prensa de 1991, pero, qué diablos, por probar no se pierde nada. El primer nombre es Beau Bentley, que es o era de Fort Lauderdale, en Florida. El segundo nombre es Charlotte Jackson, de Atlanta, o eso ponía en el artículo. Ambos eran soldados y combatieron en Tormenta del Desierto. No sé en qué unidad. En el artículo no lo pone. Digamos que hoy tendrían entre treinta y nueve y cincuenta años, más o menos. A ver si puedes encontrar alguna cosa. Ya me dirás. Y gracias, socio.

Bosch desconectó y miró hacia la puerta del restaurante. Hannah Stone seguía sin aparecer. Cogió el teléfono otra vez y envió un corto mensaje de texto a su hija preguntando si había comprado algo para comer, tras lo cual volvió a concentrarse en la carpeta.

Hojeó el material biográfico que su compañero había reunido sobre los cinco hombres. Cuatro de los informes incluían una foto en la esquina superior derecha, extraída del carnet de conducir. El carnet de conducir de Drummond no aparecía, pues su condición de agente de la ley hacía que estuviera excluido de la base de datos del ordenador DMV. Bosch se detuvo en el informe correspondiente a Christopher Henderson. Chu había escrito a mano FALLECIDO en mayúsculas y junto a la foto.

Henderson había sobrevivido a Tormenta del Desierto y los desórdenes de Los Ángeles como miembro de la 237.ª compañía, pero no al encuentro con un atracador armado en el restaurante del que era encargado en Stockton. Chu había incluido un recorte de periódico de 1998 en el que se informaba de que a Henderson le habían pillado por sorpresa cuando estaba solo y cerrando un conocido restaurante de carnes a la parrilla llamado The Steers. Un tipo armado cubierto con un verdugo de esquiador y un chaquetón largo le obligó a entrar en el establecimiento otra vez. Un hombre que pasaba en coche se dio cuenta y llamó a la policía, pero cuando los agentes se presentaron poco después, se encontraron con que la puerta de la calle estaba abierta y Henderson yacía muerto en el interior. Le habían pegado un tiro «de ejecución», mientras estaba arrodillado dentro de la gran nevera del restaurante. En el despacho del encargado, la caja fuerte donde se guardaba el efectivo por las noches estaba abierta y vacía.

El artículo agregaba que Henderson tenía previsto dejar el empleo en The Steers para abrir su propio restaurante en Manteca. No tendría oportunidad. Por lo que Chu había encontrado en el ordenador, la policía de Stockton nunca llegó a resolver el asesinato ni a identificar a algún sospechoso.

La biografía hecha por Chu sobre John James Drummond era extensa, pues Drummond era una figura pública. Tras ingresar en la oficina del sheriff del condado de Stanislaus en 1990, fue ascendiendo en el escalafón hasta que en 2006 se presentó a las elecciones con el sheriff en funciones como rival y salió ganador después de una reñida votación. En 2010 fue reelegido y en la actualidad proyectaba ser nombrado representante en Washington. Estaba haciendo campaña para ser elegido congresista por el distrito electoral que englobaba los condados de Stanislaus y San Joaquín.

Una biografía política que había circulado por internet antes de las primeras elecciones en que fue nombrado sheriff describía a Drummond como a un hombre de la zona que había prosperado en la vida. Crecido en el seno de una familia uniparental en el barrio de Graceada Park, en Modesto, durante su etapa como alguacil en la oficina del sheriff había desempeñado varias funciones, incluso la de piloto del solitario helicóptero que tenía la oficina. Pero habían sido sus excelentes dotes como gestor las que habían propiciado su ascensión. La biografía también lo describía como un héroe de guerra: se hacía mención a su participación en la guardia nacional durante la operación Tormenta del Desierto y se agregaba que había sido herido durante los disturbios en Los Ángeles de 1992 al tratar de impedir el saqueo de una tienda de ropa.

Bosch comprendió que Drummond era la única baja sufrida por la 237.ª durante los desórdenes. El botellazo que por entonces recibió bien pudo haber sido uno de los detalles que terminó por encaminarle a Washington. Asimismo reparó en que Drummond ya era un agente de la ley cuando fue movilizado y enviado con la guardia nacional al golfo Pérsico y, después, a Los Ángeles.

El material publicitario de la biografía para la campaña electoral también subrayaba que la criminalidad en el condado de Stanislaus se había reducido durante el mandato de Drummond. Las frases eran del tipo consabido, por lo que Bosch pasó a mirar el informe de Reginald Banks, quien tenía cuarenta y seis años y era vecino de Manteca de toda la vida.

Banks llevaba dieciocho años trabajando como vendedor en el concesionario John Deere de Modesto. Estaba casado y era padre de tres hijos. Era licenciado por el Modesto Junior College.

Al rascar un poco más en el fondo, Chu también había descubierto que a la multa por conducir en estado de embriaguez se le sumaban otras dos detenciones por idéntico motivo, que no habían resultado en multa o condena alguna. Bosch se fijó en que una multa tenía origen en una detención en el condado de San Joaquín, donde se hallaba enclavado Manteca; pero las otras dos detenciones en el vecino condado de Stanislaus no habían redundado en la presentación de cargos contra Banks. Bosch se preguntó si el hecho de haber sido compañero de armas del sheriff del condado de Stanislaus tendría algo que ver en el asunto.

Pasó a Francis John Dowler y se encontró con una biografía no demasiado distinta de la de su amigo Banks. Nacido y crecido en Manteca, donde seguía residiendo, había estudiado en el San Joaquín Valley College de Stockton, pero no llegó a terminar los dos cursos completos.

Bosch oyó una risita a su lado. Levantó la mirada y vio que Pino, el camarero que solía atenderles, estaba sonriendo.

—¿Qué pasa? —preguntó.

—He leído ese papel suyo sin querer. Perdón.

Bosch miró un segundo el informe sobre Dowler y volvió a

fijar la mirada en Pino. Era de origen mexicano, pero como trabajaba en un restaurante italiano se hacía pasar por italiano.

—No pasa nada, Pino. Pero, ¿qué es lo que te divierte tanto?

El camarero señaló una línea del informe.

—Aquí pone que este señor nació en Manteca. Es divertido...

—¿Por qué?

—Pensaba que hablaba español, señor Bosch.

—Un poquito. Pero, ¿qué es eso de Manteca?

—Pues eso mismo: la manteca, la grasa del cerdo.

—¿En serio?

—Pues sí.

Bosch se encogió de hombros.

—Supongo que los anglos que le dieron nombre al pueblo encontraban que la palabreja sonaba bien —dijo—. Lo más probable es que no supieran su significado.

—¿Dónde está ese pueblo de la manteca?

—Al norte de aquí, a unas cinco horas.

—Si va de visita, haga una foto para mí del letrero de entrada: «Bienvenidos a Manteca».

Pino rió y se marchó a atender a los parroquianos de otras mesas. Bosch consultó su reloj. Hannah llegaba con media hora de retraso. Pensó en llamarla, por si pasaba algo. Al coger el móvil vio que su hija había respondido al mensaje con un simple «He pedido una pizza». Era la segunda noche consecutiva que cenaba pizza, mientras que él tomaría una cena supuestamente romántica con ensalada, pasta y vino. De nuevo le entraron remordimientos. Parecía incapaz de comportarse como el padre que sabía que tenía que ser. El remordimiento se transformó en una irritación enfocada a sí mismo que le llevó a llenarse de la resolución necesaria para lo que pensaba pedirle a Hannah... Si es que llegaba a presentarse.

Decidió esperar diez minutos más antes de darle la lata con una llamada. Volvió a sumirse en el trabajo.

Dowler tenía cuarenta y ocho años y llevaba la mitad exacta de su vida trabajando en Productos Agrícolas Cosgrove. La descripción de su trabajo era la de transportista por contrato, y Bosch se preguntó si eso significaba que seguía siendo un camionero. Al igual que Banks, Dowler había sido detenido una vez en el condado de Stanislaus por conducir en estado de embriaguez sin que después se presentaran cargos. También tenía una orden de arresto por no haber pagado unos tickets de aparcamiento en Modesto, que llevaba cuatro años dormitando en el ordenador. Resultaría comprensible en el caso de un residente del condado de Los Ángeles, donde se acumulaban millares de órdenes de arresto por faltas menores hasta que un agente de la ley un día daba el alto al individuo en cuestión y comprobaba su identidad; pero Bosch estaba convencido de que en un condado del tamaño del de Stanislaus tenían el personal y el tiempo necesarios para perseguir a los morosos locales contra los que había una orden de arresto. Y, por supuesto, la responsabilidad de ejecutar una orden de arresto recaía en la oficina del sheriff del condado. Una vez más, Bosch sospechaba que los vínculos trabados en Iraq y otros lugares servían para proteger a un antiguo soldado de la 237.ª compañía en el condado de Stanislaus.

Sin embargo, el patrón que empezaba a aparecer se esfumó cuando Bosch comenzó a leer el informe sobre Carl Cosgrove. Cosgrove también había nacido en Manteca y pertenecía al mismo grupo de edad, pues tenía cuarenta y ocho años, pero el parecido con los otros hombres terminaba en su edad y en su servicio en la 237.ª unidad. Cosgrove no tenía antecedentes de detención, había terminado la licenciatura completa en dirección de empresas agrícolas por la prestigiosa universidad californiana de Davis y era el presidente y consejero delegado de Productos Agrícolas Cosgrove. Un perfil aparecido en 2005 en una publicación llamada *Agricultura californiana* indicaba que la compañía era propietaria de más de 80.000 hectáreas de tierras arables y pastos en

California. La compañía se dedicaba tanto a la cría de ganado como a la producción de frutas y verduras y era una de las principales suministradoras de carne de ternera, almendras y uva en todo el estado; no solo eso, sino que Productos Agrícolas Cosgrove incluso estaba sacándole beneficio al viento. El artículo explicaba que Carl Cosgrove había hecho construir molinos de energía eólica en gran parte de los pastos, que ahora producían tanto carne de res como electricidad.

En el plano personal, el artículo describía a Cosgrove como divorciado tiempo atrás y aficionado a los automóviles rápidos, los buenos vinos y las mujeres de bandera. Vivía en una finca cerca de Salida, en el extremo septentrional del condado de Stanislaus. La vivienda estaba rodeada de un bosque de almendros y contaba con un helipuerto para que pudiera trasladarse con rapidez a sus demás propiedades, entre las que se contaban un ático con terraza en San Francisco y un chalet de esquí en Mammoth.

Se trataba de la clásica historia del hombre que es rico por herencia. Cosgrove dirigía la empresa que su padre Carl Cosgrove sénior había construido en 1955 a partir de una granja en cuyas treinta hectáreas de terreno se cultivaban fresas y un puesto de venta de frutas junto a la carretera. A los setenta y seis años de edad, el padre seguía siendo presidente del consejo de administración, pero había entregado las riendas a su hijo diez años atrás. El artículo explicaba que Carl sénior había preparado a su hijo para ese momento y se había asegurado de que trabajara en todas las facetas del negocio, desde la cría de ganado hasta la irrigación de la granja y el cultivo de viñedos. El padre también insistió en que el hijo ayudara a la comunidad de distintas maneras, una de las cuales había sido su servicio durante doce años en la guardia nacional de California.

El artículo reconocía que Carl júnior había sabido llevar el cincuentenario negocio familiar a nuevas cimas gracias a directrices nuevas y osadas, como mostraban las granjas eólicas productoras de energía ecológica y la expansión de la cadena familiar de restaurantes de carnes a la parrilla —los restaurantes The Steers— que hoy contaban con seis establecimientos distribuidos por Central Valley. La última frase del artículo apuntaba: «Cosgrove está muy orgulloso del hecho de que es casi imposible cenar en uno de los restaurantes The Steers sin comer o beber algo que no haya sido producido por su enorme compañía».

Bosch leyó dos veces esta última frase. Era la confirmación de otra conexión entre los hombres de la fotografía tomada en el Saudi Princess. Christopher Henderson era el encargado en uno de los restaurantes de Carl Cosgrove... Hasta que fue asesinado en ese mismo local.

Chu había añadido una nota al final del artículo publicado en *Agricultura californiana*. «El padre murió en 2010, por causas naturales. El hijo hoy lleva todo el asunto».

Bosch entendió que Carl Cosgrove había heredado el control absoluto sobre Productos Agrícolas Cosgrove y sus numerosas empresas subsidiarias. Lo que le convertía en el rey del valle de San Joaquín.

—Hola. Perdona.

Bosch levantó la mirada mientras Hannah Stone se sentaba a su lado en el reservado. Hannah le dio un rápido beso en la mejilla y dijo que estaba muerta de hambre.

23

Tomaron una copa de vino tinto antes de ponerse a hablar sobre Mendenhall y los acontecimientos del día. Hannah dijo que necesitaba relajarse unos minutos antes de hablar de cosas serias.

—Está bueno —dijo, en referencia al vino pedido por Bosch.

Puso la mano sobre la mesa, cogió la botella y miró la etiqueta. Sonrió.

—Modus Operandi... Naturalmente. Tenías que pedir este vino, y no otro.

—Me tienes calado.

Hannah bebió otro sorbito y a continuación se reajustó de forma innecesaria la servilleta sobre el regazo. Bosch se había fijado en que era un gesto de nerviosismo que solía hacer cuando estaban en un restaurante y la conversación se centraba en su hijo.

—La inspectora Mendenhall me ha dicho que el lunes va a desplazarse a San Quintín para hablar con Shawn —dijo finalmente.

Bosch asintió con la cabeza. No le sorprendía que Mendenhall fuera a San Quintín. Lo que sí que le sorprendía un poco era que se lo hubiese dicho a Hannah. No era una buena práctica revelarle a un entrevistado los propios planes de hablar con otro entrevistado, incluso si eran madre e hijo.

—No tiene mucha importancia que Mendenhall vaya allí —dijo Harry—. Shawn no está obligado a hablar con ella si no quiere. Pero si toma la decisión de hablar con ella, es preciso que le diga toda la...

Bosch se detuvo en seco, pues de pronto comprendía lo que Mendenhall posiblemente se proponía.

—¿Qué pasa? —preguntó Hannah.

—El encubrimiento siempre resulta peor que el delito original.

—¿Qué quieres decir?

—Eso que ha hecho de decirte que el lunes va a ir a San Quintín. Quizá te lo ha dicho porque sabía que me lo ibas a contar. Y es posible que quiera ver si trato de hablar con Shawn antes, para explicarle lo que tiene que decir o para instarle a que se niegue a hablar con ella.

Hannah frunció el ceño.

—No me ha parecido que fuese del tipo retorcido. Más bien me pareció franca y directa. De hecho, tuve la impresión de que no le gustaba encontrarse metida en un asunto de tintes políticos.

—¿Eso lo dijo ella? ¿O fuiste tú la que usó esa expresión?

Hannah lo pensó antes de contestar:

—Creo que yo lo mencioné o lo di a entender antes, pero no le pilló por sorpresa. Dijo que trataba de tener en cuenta la motivación que había detrás de la denuncia interna. Me acuerdo bien. Eso lo dijo ella, no yo.

Bosch asintió con la cabeza, asumiendo que Mendenhall se refería a que O'Toole era el que había elevado la queja. Quizás haría mejor en tener un poco de fe en Mendenhall, en pensar que podía ver las cosas tal y como eran.

Pino les trajo las dos ensaladas César. Se pusieron a comer y dejaron de hablar de la investigación interna. Al cabo de unos minutos, Bosch llevó la conversación en una nueva dirección.

—La semana que viene estoy de vacaciones —indicó.

—¿En serio? ¿Por qué no me lo has dicho? Podría haberme cogido unos días libres. A no ser que... Bueno, es evidente que te apetece estar solo.

Bosch sabía que Hannah llegaría a dicha conclusión.

—Voy a estar trabajando. En el centro del estado: Modesto, Stockton, un pueblo llamado Manteca.

—¿Por el caso Blancanieves?

—Sí. O'Toole no habría dado su aprobación a un viaje por mi parte ni loco. No quiere que resuelva este caso. Así que voy a ir por mi cuenta, en mi tiempo libre y pagándolo de mi bolsillo.

—¿Sin un compañero? Harry, eso no es muy...

Bosch denegó con la cabeza.

—No voy a hacer nada que resulte peligroso. Tan solo voy a hablar con unas personas y vigilar a otras. Desde lejos.

Hannah frunció el ceño otra vez. No le gustaba la idea. Antes de que pudiera poner otra objeción, Bosch apuntó:

—¿Qué te parecería quedarte en casa con Maddie mientras estoy fuera?

La sorpresa se reflejó con claridad en el rostro de Hannah.

—Maddie normalmente se quedaba en casa de una amiga cuya madre se había ofrecido a cuidar de ella, pero Maddie y la chica ya no son amigas. Así que es complicado. Mi hija siempre dice que no tiene inconveniente en quedarse sola, pero no me agrada mucho la idea.

—Ni a mí. Pero no sé qué decirte... ¿Se lo has preguntado a Maddie?

—Aún no. Voy a decírselo esta noche.

—No puedes «decírselo» entre comillas. También tiene que ser su decisión. Tienes que preguntárselo.

—Mira, yo sé que tú le caes bien. Y también sé que habláis de vuestras cosas...

—No hablamos de nada. Solo somos amigas en Facebook.

—Bueno, pues es lo mismo. Así es como se comunican los jóvenes de hoy, por el Facebook y enviando mensajes de texto. Tú fuiste la que compró las cervezas para mi cumpleaños, porque ella te lo pidió.

—Eso no fue nada. Desde luego, no tiene nada que ver con quedarme con ella en tu casa.

—Claro, pero estoy seguro de que a Maddie le parecerá bien. Si así lo deseas, se lo preguntaré cuando llegue a casa. Y cuando me diga que sí, ¿me dirás que sí tú también?

Pino se acercó y retiró los platos de las ensaladas. Bosch volvió a formular la pregunta una vez que se hubo ido el camarero.

—Sí, claro —dijo Hannah—. Estaría encantada de hacerlo. Como me encantaría estar en tu casa cuando tú también estés.

Ella ya había mencionado antes eso de ir a vivir juntos. Bosch estaba cómodo con la relación, pero no tenía claro de si quería dar el paso. No sabía por qué. Ya no era ningún jovencito. ¿A qué estaba esperando?

—Bueno, esto podría ser un paso en esa dirección, ¿no te parece? —dijo, en un intento de aparcar la cuestión.

—Más bien parece una especie de examen. Si la hija me da el aprobado, entonces puedo entrar a vivir en la casa.

—No es eso, Hannah. Pero, mira, no quiero ponerme a discutir de estas cosas ahora mismo. Estoy en mitad de un caso, el domingo o el lunes me voy de viaje y ando con una inspectora de asuntos internos pisándome los talones. Quiero hablar de todo esto. Es importante. Pero, ¿te parece si esperamos a que todo lo demás haya quedado atrás?

—Claro.

Lo dijo de una manera que daba a entender que no le gustaba que Harry postergara la cuestión.

—Vamos, no te enfades.

—No me enfado.

—Se nota que estás enfadada.

—Tan solo quiero decirte que no estoy en tu vida para hacer de niñera.

Bosch meneó la cabeza. La cosa se le estaba yendo de la mano.

Sonrió con expresión pensativa. Era lo que siempre hacía cuando se sentía acorralado.

—A ver un momento. Yo solo te he pedido que me hicieras este favor. Si no quieres hacerlo o crees que nos va a causar problemas, pues entonces mejor que...

—Te he dicho que no estoy enfadada. ¿Podemos dejar el asunto para otro momento?

Bosch cogió la copa y bebió un largo trago de vino, hasta vaciarla. Y cogió la botella para servirse más.

—Claro —dijo.

24

Bosch pasó el sábado atendiendo tanto al trabajo como a la familia. Había convencido a Chu de que se reuniera con él en la sala de inspectores por la mañana para poder trabajar sin ser vistos por el teniente O'Toole y otros miembros de la unidad. No solo no había nadie en su sala, sino que las dos alas de las enormes salas de inspectores de la brigada de robos con homicidio también estaban completamente desiertas. Ahora que las horas extraordinarias habían pasado a la historia, en las principales salas de inspectores tan solo había actividad los fines de semana cuando un caso estaba a punto de ser resuelto. Para Bosch y Chu, era una suerte que no hubiera ningún caso en ese punto, pues podían estar a solas y trabajar en su cubículo sin que nadie les molestase.

Tras quejarse un poco por renunciar a un sábado sin que le pagaran por ello, Chu se puso a trabajar frente al ordenador y realizó una tercera y cuarta búsquedas a fondo de los hombres de la 237.ª compañía de transporte de la guardia nacional de California.

Si bien estaba particularmente interesado en los cuatro hombres de la fotografía tomada en el Saudi Princess y en el quinto hombre que había hecho la foto, Bosch tenía claro que la investigación exhaustiva implicaba consultar todos los nombres vinculados a la 237.ª, en especial los de quienes también habían estado en el barco de crucero en la misma época que Anneke Jespersen.

Por lo demás, Bosch sabía que una iniciativa así podía ser útil si el caso finalmente terminaba en un juicio. Los abogados de la defensa siempre se apresuraban a esgrimir que la policía se había concentrado de forma exagerada en sus clientes mientras el verdadero culpable se salía de rositas. Al ampliar el campo de búsqueda e investigar a todos los integrantes conocidos de la 237.ª en 1991 y 1992, Bosch estaba desmontando una posible alegación de este tipo antes de que los abogados pudieran formularla.

Mientras Chu trabajaba en su ordenador, Bosch hacía otro tanto de lo mismo, imprimiendo todo cuanto habían acumulado sobre los cinco hombres en cuestión. En total contaban con veintiséis páginas de información, pero más de las dos terceras partes estaban dedicadas al sheriff J. J. Drummond y Carl Cosgrove, las dos figuras prominentes en los negocios, la política y la policía de Central Valley.

Bosch imprimió unos mapas de los lugares de Central Valley que pensaba visitar durante la próxima semana. Los mapas le permitían ver la relación geográfica entre los lugares donde trabajaban y vivían aquellos cinco hombres. Se trataba de una medida de rutina que siempre tomaba antes de embarcarse en un viaje de trabajo.

Mientras trabajaba, Bosch recibió un mensaje de correo electrónico de Henrik Jespersen. Henrik finalmente había ido a su pequeño almacén y había encontrado los detalles de los viajes de su hermana durante los últimos meses de su vida. La información simplemente confirmaba casi todo lo que le había dicho a Bosch sobre el viaje de Anneke a Estados Unidos. También confirmaba su breve viaje a Stuttgart.

Según los archivos de Henrik, su hermana tan solo había pasado dos noches en Alemania durante la última semana de marzo de 1992, en la que pernoctó en un hotel llamado Schwabian Inn situado en el exterior de la base militar estadounidense de Patch Barracks. Henrik no sabía decirle qué había estado haciendo allí Anneke, pero, tras mirar en internet por su cuenta, Bosch pudo confirmar que en Patch Barracks se encontraba la División de Investigación Criminal (CID) del ejército. También supo que la oficina de la CID en Stuttgart estaba al cargo de todas las investigaciones de supuestos crímenes de guerra perpetrados durante la operación Tormenta del Desierto.

Para Bosch era evidente que Anneke Jespersen había hecho averiguaciones en Stuttgart sobre un supuesto crimen cometido durante dicha operación. No estaba claro si lo que le dijeron en Stuttgart fue lo que le llevó a viajar a Estados Unidos. Harry sabía por propia experiencia que ni siquiera su condición de inspector de policía resultaba útil a la hora de conseguir un poco de cooperación por parte de la CID del ejército. Y se decía que una periodista extranjera lo tendría aún más complicado a la hora de obtener información sobre un crimen que probablemente seguía estando bajo investigación en el momento en que preguntó al respecto.

A mediodía Bosch ya contaba con las impresiones que pensaba llevar consigo durante el viaje. Tenía ganas de irse, más aún que Chu, o eso parecía. No porque no fueran a pagarle horas extras; sencillamente tenía planes para el resto del día. Sabía que su hija se levantaría pronto y tenía pensado ir con ella a Henry's Tacos, en North Hollywood. Mientras ella desayunaba, él almorzaría; y habían reservado entradas para ver después una película en 3-D que a Maddie le hacía ilusión ver; y por la noche irían los dos a cenar con Hannah en un restaurante de Melrose llamado Craig's.

—Yo ya estoy listo para irme —dijo Harry a Chu.

—Entonces yo también —respondió su compañero.

—¿Has encontrado alguna cosa que merezca la pena? —preguntó, en referencia a la búsqueda que Chu había estado haciendo de los demás nombres asociados a la 237.ª.

Chu negó con la cabeza.

—Nada del otro jueves.

—¿Hiciste esa búsqueda que anoche te pedí en un mensaje?

—¿Cuál?

—La de los soldados entrevistados por Jespersen en su artículo sobre el Saudi Princess.

Chu chasqueó los dedos.

—Me he olvidado por completo. Leí el mensaje anoche a última hora, y esta mañana me he olvidado. Ahora mismo lo miro.

Se giró hacia su ordenador.

—Déjalo. Mejor vete a casa —dijo Bosch—. Puedes mirarlo mañana desde tu casa, o el lunes desde aquí. Al fin y al cabo, es muy poco probable que saquemos algo en claro por ahí.

Chu se echó a reír.

—¿Qué...? —dijo Bosch.

—Nada, Harry. Que contigo todo es siempre muy poco probable.

Bosch asintió con la cabeza.

—Es posible, pero cuando uno de estos intentos sale bien...

Ahora fue Chu quien asintió con la cabeza. Más de una vez había visto cómo los improbables intentos de Bosch terminaban por salir bien.

—Nos vemos a tu vuelta, Harry. Ten cuidado en Central Valley.

Bosch confiaba en Chu y le había hablado del plan que tenía para sus «vacaciones».

—Seguimos en contacto.

El domingo, Bosch se levantó temprano, preparó café y salió con el tazón humeante y el teléfono móvil al porche trasero para disfrutar de la mañana. En el exterior hacía fresco, pero a Bosch le encantaban las mañanas de domingo, porque eran el momento más tranquilo de la semana en el paso de Cahuenga. Llegaba poco ruido de la autovía, no se oía el eco de los martillos neumáticos de las obras en construcción en el pliegue de la montaña, no había coyotes aullando.

Consultó su reloj. Tenía que hacer una llamada, pero pensaba esperar hasta las ocho. Dejó el móvil en la mesita y se arrellanó en la tumbona, sintiendo cómo el rocío de la mañana empezaba a impregnarle la parte trasera de la camisa. Era una sensación agradable.

Por lo general, se levantaba con hambre; pero hoy no. La víspera se había comido medio cesto de pan de ajo en Craig's antes de meterse entre pecho y espalda una ensalada con gambas y anchoas al viejo estilo y un gran entrecot de segundo. Después dio buena cuenta de la mitad del budín de pan que su hija había pedido de postre. Hacía mucho tiempo que Bosch no disfrutaba tanto de unos platos y una conversación. La velada le había parecido inmejorable. Las chicas también lo pasaron bien, aunque dejaron de interesarse por el sabor de sus platos cuando advirtieron que el actor Ryan Philippe estaba cenando con unos amigos en un reservado de la parte posterior.

Mientras bebía el café a sorbitos, Bosch se dijo que ese iba a ser su único desayuno. A las ocho, cerró la puerta y llamó a su amigo Bill Holodnak para confirmar que seguía en pie el plan que habían acordado para esa mañana. Habló en voz baja para no despertar a su hija antes de hora. La experiencia le había enseñado que nada era tan peligroso como una adolescente despertada demasiado pronto en su día libre.

—Podemos ir cuando queráis, Harry —dijo Holodnak—. Ayer comprobé los láseres y lo dejé todo listo. Una pregunta. ¿Quieres probar con la opción de respuesta? Si es así, la vestiremos con protecciones. En todo caso, lo mejor es que se ponga unas ropas viejas.

Holodnak era el funcionario del LAPD que dirigía el simulador de opciones de fuerza en la academia de Elysian Park.

—Creo que por el momento pasaremos sin la opción de respuesta, Bill.

—Me lo pones más fácil. ¿A qué hora vendréis?

—Tan pronto como consiga levantarla de la cama.

—Conozco el paño. Yo mismo pasé por todo eso en su momento. Pero dame un poco de tiempo para llegar.

—¿Qué tal a las diez?

—Me va bien.

—Bien. Mira una cosa...

—Oye, Harry, ¿qué estás escuchando últimamente?

—Pues unas viejas grabaciones de Art Pepper en directo. Mi hija me las regaló por mi cumpleaños. ¿Por qué lo preguntas? ¿Es que tienes alguna cosa nueva?

Holodnak era un aficionado al jazz como ningún otro que Bosch hubiera conocido. Y sus recomendaciones acostumbraban a valer su peso en oro.

—Danny Grissett.

A Bosch le sonaba el nombre, pero necesitó un poco de tiempo para situarlo. Era un juego al que Holodnak y él solían jugar.

—Un pianista —dijo por fin—. Toca en el grupo de Tom Harrell, ¿no es así? Y también es de Los Ángeles.

Bosch se sintió satisfecho consigo mismo.

—Sí y no. Es de aquí, vive en Nueva York desde hace un tiempo. La vi con Harrell en el Standard la última vez que fui a Nueva York para visitar a Lili.

La hija de Holodnak era escritora y vivía en Nueva York. Holodnak viajaba allí con frecuencia, y era corriente que descubriera a buenos músicos de jazz en los clubes que frecuentaba por las noches, después de que su hija le echara del apartamento para poder escribir con tranquilidad.

—Grissett últimamente ha estado grabando al frente de su propio grupo —continuó—. Te recomiendo un disco suyo que se llama *Form*. No es el último que ha sacado, pero vale la pena escucharlo. Be-bop, pero al estilo moderno. En el grupo toca un gran tenor que te va a gustar: Seamus Blake. Fíjate en su solo en *Let's Face the Music and Dance*. Es bueno de verdad.

—Muy bien, me lo pillaré —dijo Bosch—. Y nos vemos a las diez.

—Un momento. No tan rápido, amigo —cortó Holodnak—. Ahora te toca a ti. Tienes que darme algo.

Era la norma. Bosch tenía que corresponder. Tenía que sugerir algo que con un poco de suerte no estuviera aún en el radar musical de Holodnak. Lo pensó bien. Llevaba un tiempo metido por completo en los discos de Pepper que su hija le había regalado, pero antes de recibirlos por su cumpleaños había estado tratando de ampliar un poco sus horizontes jazzísticos y, también, de fomentar el interés de su hija escuchando a artistas jóvenes.

—Grace Kelly —dijo—. No la princesa.

Holodnak se echó a reír ante lo obvio de la sugerencia.

—No la princesa, sino esa chica joven. La nueva figura del saxo alto. Ha tocado en disco con Phil Woods y Lee Konitz. El disco de Konitz es mejor. ¿Otra?

Bosch se sentía impotente.

—Bueno, probemos otra vez. ¿Qué me dices de... Gary Smulyan?

—*Hidden Treasures* —dijo Holodnak al punto, haciendo mención al mismo disco que Bosch tenía en mente—. Smulyan al saxo barítono, y una sección de ritmo con nada más que el contrabajo y la batería. Buen material, Harry. Pero conmigo no puedes.

—Ya. Pero un día te voy a dar un buen rapapolvo.

—Lo dudo mucho. Nos vemos a las diez.

Bosch colgó el teléfono y miró la hora en el móvil. Podía dejar que su hija durmiera una hora más, despertarla con el aroma del café recién hecho y reducir las posibilidades de que se mostrara irritada por tener que levantarse demasiado temprano para ser sábado. Harry sabía que, irritada o no, terminaría por entusiasmarse con lo que le había preparado para esa mañana.

Volvió dentro para anotar el nombre de Danny Grissett.

El simulador de opciones de fuerza era un artefacto de adiestramiento empleado en la academia de policía y consistía en una pantalla del tamaño de una pared en la que se proyectaban varias secuencias con situaciones en las que había que elegir entre si disparar o no. Las imágenes no eran de animación por ordenador, sino que actores profesionales habían sido grabados en distintas secuencias en alta definición que se desarrollaban de acuerdo con las acciones ejecutadas por el agente en la sesión de adiestramiento. Al agente se le suministraba una pistola que disparaba un rayo láser en lugar de balas y que estaba electrónicamente unida a la acción en la pantalla. Si el láser daba a uno de los personajes en la pantalla —ya fuera bueno o malo—, este caía abatido. Cada pequeño guión se iba desarrollando hasta que el agente recurría a la acción o decidía que la mejor respuesta era no abrir fuego.

Había una opción «con respuesta», en la que una pistola de bolas de pintura situada sobre la pantalla disparaba al agente en el mismo momento en que uno de los personajes en la simulación abría fuego.

Durante el trayecto a la academia, Bosch explicó el funcionamiento del simulador, ante el entusiasmo creciente de su hija. Maddie había despuntado como la mejor tiradora de su grupo de edad en diversas competiciones, pero en las que no se hacía más que disparar a unos blancos de cartón. Maddie había leído un libro de Malcolm Gladwell sobre situaciones en que no está claro si hay que abrir fuego o no, pero esta iba a ser la primera vez que se enfrentaba con una pistola en la mano a unas decisiones de vida o muerte a tomar en una fracción de segundo.

El aparcamiento de la academia estaba prácticamente vacío. Los domingos por la mañana no estaban programadas ningunas clases o actividades. Aparte, la congelación de las contrataciones por parte del cuerpo de policía provocaba que las clases estuvieran poco concurridas y que el nivel de actividades fuera bajo, pues el cuerpo tan solo estaba autorizado a contratar a nuevos agentes para sustituir a los que se iban jubilando.

Entraron en el gimnasio y cruzaron la cancha de baloncesto hasta llegar a la vieja sala de almacén en la que se encontraba el simulador de opciones de fuerza. Holodnak, un hombre afable con una mata de pelo blanco grisáceo, ya les estaba esperando. Bosch le presentó a su hija Madeline, y el monitor les pasó una pistola a cada uno. Cada una de ellas estaba equipada con un láser y estaba unida por un vínculo electrónico al simulador.

Tras explicar el procedimiento, Holodnak se situó detrás de un ordenador que había al fondo de la sala. Atenuó las luces y puso en marcha la primera de las situaciones. Esta comenzaba con la vista desde el parabrisas de un coche patrulla que se detenía tras un automóvil parado en la cuneta de una calle. Una voz electrónica explicaba la situación desde lo alto:

—Usted y su compañero de patrulla acaban de parar un automóvil que alguien conducía de forma errática.

Casi al momento, dos hombres jóvenes salieron de uno y otro lado del vehículo situado delante del coche patrulla. Ambos empezaron a gritar e insultar a los agentes que les habían hecho detenerse.

—A ver, hombre, ¿por qué coño tienen que meterse conmigo? —espetaba el conductor.

—¿Y ahora qué mierda hemos hecho? —soltaba el otro joven—. ¡Esto es un abuso!

La situación iba subiendo de tono poco a poco. Dando voces, Bosch ordenó a los dos jóvenes que se giraran y pusieran las manos sobre el techo de su automóvil. Pero ambos ignoraron sus órdenes. Bosch tomó nota mental de sus tatuajes, anchos pantalones y gorras de béisbol puestas del revés, al estilo de los pandilleros. Les invitó a calmarse, pero no lo hicieron en absoluto. En ese momento la hija de Harry intervino:

—¡Tranquilos los dos! Las manos sobre el coche. Ni se les ocurra...

De forma simultánea, los dos jóvenes llevaron la mano derecha al cinturón. Bosch apuntó con la pistola y, nada más ver que el conductor sacaba un arma, disparó, y se percató de que su hija abría fuego a su derecha y en el mismo instante preciso.

Los dos jóvenes se desplomaron en la pantalla.

Las luces se encendieron.

—Y bien —dijo Holodnak a sus espaldas—. ¿Qué es lo que hemos visto?

—Que tenían pistolas —dijo Maddie.

—¿Estás segura? —preguntó Holodnak.

—Mi hombre ha sacado una pistola. Lo he visto.

—¿Tú qué dices, Harry? ¿Qué es lo que has visto?

—Yo he visto una pistola —respondió Bosch.

—Muy bien —repuso Holodnak—. Vamos a verlo todo en detalle.

Volvió a proyectar la situación, a cámara lenta esta vez. Era verdad que los dos jóvenes iban armados, habían empuñado sus pistolas respectivas y estaban levantándolas para disparar cuando Bosch y su hija se adelantaron y abrieron fuego antes. Los impactos en la pantalla estaban marcados con unas equis de color rojo, mientras que los disparos fallidos eran de color negro. Maddie había abatido a su hombre de tres disparos en el torso, sin fallar un solo tiro. Bosch le había dado al conductor dos veces en el pecho, pero el tercer disparo había salido alto, porque su blanco en ese momento estaba cayéndose de espaldas hacia el suelo.

Holodnak dijo que lo habían hecho bien.

—Recordad que siempre estamos en desventaja —explicó—. Hace falta un segundo y medio para reconocer el arma, otro segundo y medio para apuntar y disparar. Tres segundos. Es la ventaja que el hombre armado tiene sobre nosotros, una ventaja que tenemos que neutralizar como sea. Tres segundos es demasiado tiempo. Una persona muere en tres segundos.

Luego proyectó otra situación: un atraco a un banco. Como

en el primer ejercicio, ambos abrieron fuego y tumbaron a un hombre que estaba saliendo por las puertas acristaladas del banco y apuntando a los agentes.

A partir de ese momento, las situaciones fueron tornándose cada vez más difíciles. Los agentes llamaban a una puerta, y el inquilino abría, airadamente y gesticulando con un teléfono móvil en la mano; también había una disputa doméstica en la que los rabiosos marido y mujer de pronto la emprendían con los agentes. Holodnak aprobó la forma en que llevaron ambas situaciones, sin disparar en ningún momento. A continuación hizo que Madeline afrontara en solitario varias situaciones en las que se veía obligada a responder a una llamada sin el concurso de su compañero.

En la primera situación se encontraba frente a un perturbado mental que le amenazaba con un cuchillo. Maddie consiguió convencerlo para que lo dejara caer al suelo; en la segunda se tropezaba con una nueva discusión conyugal, pero el hombre en este caso hacía un molinete con el cuchillo a tres metros de distancia, y Maddie entonces le disparaba, lo cual era correcto.

—Bastan un par de pasos para cubrir tres metros. Si hubieras esperado a que los diera, te habría alcanzado mientras disparabas. Lo que sería un empate. ¿Y quién pierde en un empate?

—Yo.

—Correcto. Has hecho lo que tenías que hacer.

A continuación se daba otra situación en la que entraba en una escuela después de que alguien llamara diciendo haber oído disparos. Al avanzar por un pasillo desierto oía los gritos de los niños más arriba. En ese momento giraba por el pasillo y veía que, delante de la puerta de un aula, un hombre estaba apuntando con una pistola a una mujer acurrucada en el suelo que trataba de protegerse la cabeza con las manos.

—Por favor, no dispare... —suplicaba la mujer.

El hombre armado se encontraba de espaldas a Maddie. Esta

abrió fuego de inmediato, acertándolo en la espalda y el cuello y derribándolo antes de que pudiese disparar contra la mujer. Maddie no se había identificado como agente de policía ni había dicho a aquel sujeto que dejara caer la pistola, pero Holodnak dijo que había hecho lo más adecuado, ajustándose al protocolo de actuación policial. Holodnak señaló una pizarra blanca que pendía de la pared izquierda. En ella había varios diagramas de tiro, bajo unas siglas en mayúscula: DIV.

—Defensa Inmediata de la Vida —explicó Holodnak—. Si tu respuesta se ajusta a la defensa inmediata de la vida, estás actuando de acuerdo con el protocolo. Defensa de tu propia vida o de la vida de otra persona. Es lo mismo.

—Entendido.

—Eso sí, tengo que hacerte una pregunta. ¿Cómo has evaluado lo que has visto? Quiero decir, ¿qué es lo que te ha llevado a pensar que te encontrabas ante un asaltante que estaba encañonando a una maestra? ¿Cómo has sabido que la mujer no era el asaltante y justo acababa de ser desarmada por un maestro?

En un primer momento, Bosch había llegado a las mismas conclusiones que su hija por puro instinto. Él también habría disparado.

—Bien —dijo Maddie—. Por las ropas. El hombre iba descamisado, lo que no es normal en un maestro. Y la mujer llevaba gafas y el pelo recogido como una maestra. También me he fijado en que llevaba una goma elástica en torno a la muñeca, igual que hacía siempre una maestra que tuve.

Holodnak asintió con la cabeza.

—Muy bien, pues has acertado. Tenía curiosidad por saberlo. Es asombroso lo que la mente humana puede registrar en tan poquísimo tiempo.

Holodnak la puso en otra situación: Maddie estaba viajando en un avión de pasajeros, como los inspectores muchas veces hacen. Estaba sentada en su asiento, armada, y un pasajero situado dos asientos por delante de pronto se levantaba, agarraba a una azafata por el cuello y la amenazaba con un cuchillo.

Madeline se levantó y encañonó al tipo, se identificó como agente de policía y le ordenó que soltase a la mujer, quien se debatía entre gritos. Pero el otro acercó el cuerpo de la azafata al suyo y amenazó con herirla. Varios pasajeros estaban gritando y moviéndose por el interior del avión, tratando de dar con un lugar en el que refugiarse. De repente, tras un pequeño forcejeo, la azafata conseguía separarse un palmo del asaltante. Maddie disparó.

Y la azafata en ese momento se desplomó.

—¡Mierda!

Maddie se agachó horrorizada. El hombre en la pantalla chilló:

—¿Quién quiere ser el siguiente?

—¡Madeline! —gritó Holodnak a su vez—. ¿Ya está resuelto el problema? ¿Ha pasado el peligro?

Maddie comprendió que había perdido la concentración. Se enderezó y disparó cinco veces al hombre del cuchillo, quien cayó abatido.

Las luces se encendieron, y Holodnak salió de detrás del ordenador.

—La he matado —dijo Maddie.

—Bueno, vamos a hablar de lo sucedido —repuso Holodnak—. ¿Por qué has disparado?

—Porque ese hombre iba a matarla.

—Bien. Eso se ajusta al principio de defensa inmediata de la vida. ¿Podrías haber hecho otra cosa?

—No lo sé. El hombre iba a matarla.

—¿Estabas obligada a levantarte y mostrar tu pistola, a identificarte?

—No lo sé. Supongo que no.

—Era la ventaja que tenías. Ese hombre no sabía que eras de

la policía. No sabía que ibas armada. Tú misma has forzado la situación al levantarte. Al enseñar la pistola, la situación ya no tenía vuelta atrás.

Maddie asintió cabizbaja, y Bosch de pronto se arrepintió de haber organizado la sesión.

—No pasa nada, chica —indicó Holodnak—. Lo estás haciendo mejor que los policías de verdad que vienen por aquí. Vamos a probar otra situación, para terminar con un final feliz. Olvídate de lo que ha pasado y prepárate.

Volvió a situarse tras el ordenador, y Maddie se enfrentó a una última situación. Estaba fuera de servicio, y un hombre armado de pronto se metía en su coche con la idea de secuestrarla. El desconocido hizo amago de echar mano a su pistola, y Maddie al momento le soltó un disparo a quemarropa. A continuación mantuvo la calma cuando un transeúnte de pronto llegó junto al coche y empezó a gritar, gesticulando con un teléfono móvil en la mano:

—¿Qué es lo que ha hecho? ¡Por Dios! ¿Qué es lo que ha hecho?

Holodnak comentó que había llevado la situación de forma experta, lo que pareció animarla un poco. Holodnak de nuevo agregó que estaba impresionado por su puntería y por su rapidez mental a la hora de tomar la decisión adecuada.

Dieron las gracias a Holodnak y salieron. Estaban cruzando otra vez la cancha de baloncesto cuando Holodnak llamó desde la puerta de la sala del simulador. Seguía empeñado en fastidiar a Bosch con sus conocimientos.

—Michael Formanek —dijo—. *The Rub and Spare Change*.

Señaló a Bosch como diciendo «te he pillado». Maddie se echó a reír, pues no tenía idea de que Holodnak estaba hablando de jazz.

Bosch se dio la vuelta, se puso a andar hacia atrás y levantó las manos en señal de impotencia.

—Un contrabajista de San Francisco —explicó Holodnak—. Lo hace todo bien. Tienes que ser un poco menos cerrado, Harry. No todos los músicos buenos están muertos. Madeline, ven a verme otra vez para el próximo cumpleaños.

Bosch hizo un gesto con la mano enviándole a tomar viento y echó a andar hacia la salida.

25

Fueron a cenar al Academy Grill, cuyas paredes estaban ornadas con imágenes y recuerdos del LAPD y cuyos emparedados llevaban los nombres de antiguos jefes del cuerpo y famosos policías, reales e imaginarios.

Después de que Maddie pidiera la hamburguesa Bratton y Bosch se decantara por un Joe Friday, el buen humor que Holodnak les había insuflado al final del ejercicio de simulación fue disipándose, y la hija de Bosch fue cayendo en el mutismo y encogiéndose en la silla.

—No te lo tomes así, preciosa —trató de consolarla Bosch—. No ha sido más que una simulación. Y en general lo has hecho muy bien. Uno solo tiene tres segundos para entender la situación y disparar... Yo creo que lo has hecho de maravilla.

—He matado a una azafata, papá.

—Pero has salvado a una maestra. Y además, nada de todo eso era real. Decidiste disparar, pero en la vida real seguramente no lo hubieras hecho. El simulador provoca una sensación de urgencia. Cuando las cosas pasan de verdad, todo parece ralentizarse. Lo ves todo... No sé bien cómo decirlo... con mayor claridad.

No pareció que sus palabras hicieran mella en Maddie. Harry lo intentó de nuevo.

—Y, además, lo más probable es que esa pistola tuya no apuntara bien del todo.

—Muchas gracias, papá. Me estás diciendo que todas las otras veces que he dado en el blanco en realidad ha sido por casualidad, pues la pistola no apuntaba bien.

—No, no. Yo...

—Tengo que ir a lavarme las manos.

Se marchó del reservado con brusquedad y enfiló el pasillo mientras Bosch se maldecía por haber sido tan estúpido como para achacar un disparo mal hecho a la conexión entre la pistola y la pantalla.

A la espera de que su hija regresara, se puso a mirar una primera plana de *Los Angeles Times* enmarcada en la pared. Un gran titular en lo alto anunciaba el tiroteo acaecido en 1974 entre la policía y el Ejército Simbiótico de Liberación en el cruce de la Calle 54 con Compton. Bosch había estado allí ese día en condición de joven agente de patrulla y se encargó de dirigir el tráfico y mantener controlados a los mirones y curiosos durante aquel tiroteo con bajas mortales. El día siguiente estuvo de vigilancia mientras un equipo de investigadores peinaba las ruinas de la casa calcinada en busca de los restos de Patty Hearst.

Por suerte para ella, Patty Hearst no había estado en aquella casa.

Su hija volvió y se sentó en el reservado.

—¿Por qué tardan tanto? —inquirió.

—Un poco de paciencia, Maddie —dijo él—. Solo hace cinco minutos que hemos pedido.

—Papá, ¿por qué te hiciste policía?

Durante un segundo, Bosch no supo qué responder a aquella pregunta formulada de buenas a primeras.

—Por muchas razones.

—¿Como cuáles?

Bosch guardó silencio un instante para poner sus pensamientos en orden. Era la segunda vez en una semana que Maddie le hacía esa pregunta. Se daba cuenta de que para ella era importante.

—Lo más fácil sería decir que quería servir y proteger, como dice el lema. Pero me lo estás preguntando tú, así que voy a decirte la verdad. No me hice policía porque tuviera el deseo de servir y proteger a los demás. Cuando ahora lo pienso, me doy cuenta de que en realidad quería protegerme y servirme a mí mismo.

—¿Qué quieres decir?

—Bueno, por aquel entonces acababa de volver de la guerra de Vietnam, y a los tipos como yo, ya me entiendes, a los antiguos soldados que habíamos estado allí, no nos aceptaban demasiado. Y los que menos nos aceptaban eran los que tenían nuestra misma edad.

Bosch echó un vistazo en derredor para ver si les traían la comida. Ahora era él quien se sentía ansioso. Miró a su hija otra vez.

—Me acuerdo de que al volver no sabía muy bien qué hacer. Me puse a estudiar en el City College, en Vermont. En clase conocí a una chica, y empezamos a vernos y tal. No le dije dónde había estado, en Vietnam, ya me entiendes, porque sabía que entonces habría problemas.

—¿La chica no vio ese tatuaje que llevas?

La «rata de túnel» en su hombro habría sido reveladora a más no poder.

—No, porque tampoco habíamos llegado tan lejos. Nunca me había quitado la camisa en su presencia. Pero un día estábamos paseando por el parque después de clase y ella, de pronto, me preguntó por qué era siempre tan callado y reservado... Y, no sé bien por qué, pensé que había llegado el momento de contárselo todo, de decirle la verdad. Pensaba que lo entendería, no sé si me explico.

—Pero no lo aceptó.

—No lo aceptó. Le dije que, bueno, durante los últimos años había estado en el ejército, y ella al momento me preguntó si quería decir que había estado en Vietnam. Le dije que sí.

—¿Y ella qué dijo entonces?

—No dijo nada. Hizo una especie de paso de baile, como de bailarina de ballet, y se marchó de mi lado. Sin decir palabra.

—¡Por Dios! ¡Qué mala idea...!

—En ese momento comprendí adónde había regresado.

—Bueno, ¿y qué pasó cuando volviste a clase al día siguiente? ¿Le dijiste algo a la chica?

—No, porque no volví. Y no volví porque sabía que las cosas iban a ser así. Y esa fue una de las razones principales por las que una semana después ingresé en la policía. El cuerpo estaba lleno de veteranos del ejército, y muchos habían estado en el sureste asiático. Sabía que allí me encontraría con personas como yo y que sería aceptado. En cierto modo, me sentí como el que sale de la cárcel y lo primero que hace es ir a un hogar de acogida. Todavía no formaba verdadera parte de la sociedad, pero me encontraba entre gente como yo mismo.

Maddie parecía haberse olvidado de que acababa de matar a una azafata. Bosch se alegraba de ello, pero no tanto de estar pulsando los botones de su propia memoria.

De pronto sonrió.

—¿Qué...? —dijo Maddie.

—Nada, que de pronto me ha venido a la mente otro recuerdo de esa época. Una cosa de locos.

—Bueno, pues cuéntamela. Acabas de contarme una historia de lo más triste, así que cuéntame esa locura.

Bosch esperó a que la camarera terminase de servirles la comida. La mujer llevaba trabajando allí desde que Harry empezara en la policía casi cuarenta años atrás.

—Gracias, Margie —dijo Bosch.

—De nada, Harry.

Madeline aderezó su hamburguesa Bratton con ketchup, y comieron unos bocados antes de que Bosch empezara a contar la historia.

—Bueno, cuando me licencié en la academia, me dieron la placa y me pusieron a patrullar las calles, me encontré con que la situación seguía siendo la misma. Ya sabes de lo que hablo: de la contracultura, del movimiento de protesta contra la guerra, de locuras por el estilo.

Señaló la primera plana del periódico enmarcada en la pared.

—Mucha gente pensaba que los policías apenas estaban un poco por encima de los asesinos de niños que volvían de Vietnam. ¿Me explico?

—Creo que sí.

—Y mi primer trabajo en la calle como mangas limpias fue el de patrullar a pie...

—¿Qué es eso de mangas limpias?

—Un policía novato. Sin distintivos en las bocamangas todavía.

—Ah, vale.

—Lo primero que me asignaron nada más salir de la academia fue patrullar por Hollywood Boulevard. Y Hollywood Boulevard por entonces estaba muy mal. La zona estaba en plena decadencia.

—Todavía sigue siendo bastante cutre en ciertos puntos.

—Es verdad. Pero, bueno, me asignaron patrullar con un agente veterano que se llamaba Pepin y que estaba encargado de adiestrarme. A Pepin le llamaban el Heladero porque todos los días hacía parada en el recorrido para tomarse un helado en ese lugar que se llama Dips y está junto a la esquina de Hollywood con Vine. No fallaba. Todos los días. Y bueno, Pepin tenía mucha experiencia, y patrullábamos juntos. El recorrido siempre era el mismo. Íbamos andando hasta Wilcox desde la comisaría, torcíamos a la derecha y seguíamos por Hollywood hasta llegar a Bronson. Allí girábamos otra vez y seguíamos caminando hasta llegar a La Brea, y entonces volvíamos andando a la comisaría. El Heladero tenía una especie de reloj en la cabeza y sabía a qué ritmo teníamos que andar para llegar a la comisaría al final de la jornada.

—Suena aburrido.

—Y lo era, a no ser que nos llegara una llamada, o lo que fuera. Pero incluso cuando nos llamaban, siempre eran mierdas sin importancia... Bueno, asuntos sin importancia, quiero decir. Hurtos en tiendas, prostitución, un camello que estaba vendiendo en la calle, cosas sin importancia. Pero lo que pasaba era que casi todos los días había alguien que nos insultaba mientras pasaba en coche por la calle. Nos llamaban fascistas, puercos y demás. Y al Heladero le molestaba que nos llamaran puercos. Ya podían gritarle fascista, nazi o casi cualquier otra cosa, pero lo de puerco le reventaba. Así que, cada vez que alguien nos llamaba puercos desde un coche, el Heladero se quedaba con el modelo y la matrícula del automóvil, sacaba la libreta de multas y anotaba que el coche tal y tal había cometido una infracción al aparcar. Luego arrancaba la copia que en teoría había que dejar bajo el retrovisor del parabrisas, hacía una bola con ella y la tiraba a una papelera.

Bosch otra vez soltó una risa mientras pegaba un mordisco a su emparedado de queso fundido con tomate y cebolla.

—No entiendo —dijo Maddie—. ¿Qué es lo que resulta tan divertido?

—Bueno, el Heladero luego entregaba su propia copia de la multa... Y, por supuesto, el dueño del coche no tenía idea de lo que había pasado, de forma que no pagaba la multa. Al final se emitía una orden de arresto, con lo que al fulano que nos había llamado puercos, al final, un día lo detenían en plena calle. Era la forma que el Heladero tenía de vengarse.

Se comió una patata frita y agregó:

—Me estaba riendo porque el primer día que estuve con él de patrulla, hizo lo que te acabo de contar. «Pero, ¿qué está haciendo?», pregunté. Me lo explicó. Y yo le dije: «Pero eso no forma parte del protocolo de actuación, ¿verdad?». El Heladero respondió: «¡Sí que forma parte de mi protocolo!».

Bosch rompió a reír otra vez, pero su hija se limitó a menear la cabeza. Harry se dijo que era el único en verle la gracia a la historia y se concentró en terminar el emparedado. Finalmente decidió decirle lo que llevaba posponiendo todo el fin de semana.

—Escucha una cosa. Tengo que irme unos días de la ciudad. Y salgo mañana.

—¿Adónde vas?

—Aquí cerca, a Central Valley. A la zona de Modesto, para hablar con algunas personas en relación con un caso. Volveré el martes por la noche o, quizás, el miércoles. No lo sabré hasta que esté allí.

—Muy bien.

Bosch finalmente lo soltó:

—Y por eso he pensado que Hannah podría quedarse contigo.

—Papá, no hace falta que nadie se quede conmigo. Tengo dieciséis años y tengo una pistola. No hay problema.

—Ya, pero quiero que Hannah esté en casa contigo. Así me quedo más tranquilo. ¿Puedes hacerlo como un favor?

Maddie denegó con la cabeza, pero vino a decir que sí, sin mucho entusiasmo:

—Eso supongo. Pero es que no...

—A ella le hace mucha ilusión. Y no va a darte la lata, ni decirte cuándo has de acostarte, ni nada por el estilo. Ya he hablado con ella al respecto.

Maddie dejó en el plato su hamburguesa a medio comer de modo tal que Bosch comprendió que había terminado con la cena.

—¿Y cómo es que Hannah nunca se queda a pasar la noche entera cuando tú estás en casa?

—No sé. Pero ahora estamos hablando de otra cosa.

—Como la noche pasada. Lo estuvimos pasando la mar de bien, pero al final la dejaste en su casa.

—Maddie... Todo eso es privado.

—Como quieras.

279

Las conversaciones de ese tipo siempre terminaban con el inevitable «como quieras». Bosch miró a su alrededor y trató de pensar en otra cosa de la que hablar. Tenía la sensación de que había llevado mal el asunto de Hannah.

—¿Cómo es que de pronto me preguntas por qué me hice policía?

Maddie se encogió de hombros.

—No sé. Solo quería saberlo.

Harry lo pensó un momento antes de decir:

—Mira una cosa. Si tienes dudas sobre tu propia vocación, tienes mucho tiempo por delante para decidir.

—Ya lo sé. No es eso.

—Y sabes que lo que yo quiero es que hagas lo que quieras en la vida. Lo que quiero es que seas feliz, y así es como me harás feliz. Nunca pienses que tienes que hacer esto o lo otro para hacerme feliz o para seguir mis pasos. No se trata de eso.

—Ya lo sé, papá. Simplemente te he hecho una pregunta, eso es todo.

Bosch asintió con la cabeza.

—Muy bien. Pero, dicho esto, tengo muy claro que serías una policía y una inspectora excepcional. Y no lo digo solo porque seas buena tiradora, sino por tu forma de pensar y porque entiendes bien lo que es justo y lo que no. Tienes madera de policía, Maddie. Sencillamente tienes que decidir qué es lo que quieres hacer. Y decidas lo que decidas, cuenta conmigo para lo que sea.

—Gracias, papá.

—Y volviendo un momento a la cuestión del simulador, me siento muy orgulloso de ti. No porque acertaras todos los disparos, sino porque en todo momento mantuviste la cabeza fría y supiste lo que tenías que hacer.

Su hija pareció aceptar bien los elogios, pero Bosch de repente vio que fruncía los labios y respondía:

—Eso díselo a la azafata.

TERCERA PARTE

EL INSPECTOR PRÓDIGO

26

Bosch partió el lunes de madrugada, cuando aún era de noche. El viaje hasta Modesto iba a llevarle por lo menos cinco horas, y no quería perder el día entero en el viaje. La víspera había llamado a la agencia Hertz del aeropuerto de Burbank para alquilar un Crown Victoria, pues las normas del LAPD prohibían el uso del automóvil del cuerpo en días de vacaciones. Era una de las normas que Bosch acostumbraba a saltarse a la torera pero O'Toole no hacía más que vigilar todo cuanto hacía, por lo que decidió ir sobre seguro. Eso sí, Bosch llevaba consigo la luz estroboscópica del coche del cuerpo y también había transferido sus cajas con material y equipamiento de un maletero a otro. Que él supiera, no había ninguna norma que lo prohibiera.

Modesto se encontraba en línea casi recta al norte de Los Ángeles. Bosch salió de la ciudad por la I-5, siguió por el cañón de Grapevine y torció por la autovía 99, que le llevaría a pasar por Bakersfield y Fresno. Conducía escuchando las grabaciones de Art Pepper que su hija le había regalado. Ya iba por el volumen cinco, un concierto que daba la casualidad que había sido grabado en Stuttgart en 1981. El disco compacto incluía una formidable versión del tema más emblemático de Pepper, *Straight Life*, pero fue su emocionante versión del clásico *Over the Rainbow* la que llevó a Bosch a pulsar la tecla de repetición.

Llegó a Bakersfield en la hora punta del tráfico de la mañana y por primera vez tuvo que reducir a menos de noventa kilómetros por hora. Decidió esperar a que el tráfico fuera más fluido y se detuvo a desayunar en un establecimiento llamado Knotty Pine Café. Bosch lo conocía porque se encontraba a unas pocas manzanas de distancia de la oficina del sheriff del condado de Kern, a quien había visitado por cuestiones de trabajo varias veces a lo largo de los años.

Después de pedir huevos, beicon y café, desplegó el mapa que había impreso el sábado en dos hojas de papel que luego había unido con cinta adhesiva. El mapa mostraba los sesenta kilómetros de extensión de Central Valley que se habían convertido en muy importantes para el caso Anneke Jespersen. Todos los puntos que había señalado estaban pegados a la autovía 99, empezando por Modesto en el extremo meridional y siguiendo por Ripon, Manteca y Stockton al norte.

Lo que a Bosch le llamaba la atención era que el mapa pegado con cinta adhesiva se extendía por dos condados: el de Stanislaus al sur y el de San Joaquín al norte. Modesto y Salida estaban en Stanislaus, donde el sheriff Drummond tenía el poder y la jurisdicción; pero Manteca y Stockton se encontraban bajo la jurisdicción del sheriff del condado de San Joaquín. A Bosch no le extrañaba que Reggie Banks, quien residía en Manteca, prefiriese ir a beber a Modesto; lo mismo sucedía con Francis Dowler.

Bosch trazó unos círculos en torno a los lugares que se proponía visitar durante el día: el concesionario John Deere, donde trabajaba Reggie Banks; la oficina del sheriff del condado de Stanislaus; las oficinas de Productos Agrícolas Cosgrove en Manteca. También echaría un vistazo a los domicilios particulares de los hombres a los que quería observar. Su plan para la jornada consistía en conocer lo máximo posible del mundo en que vivían estos hombres. A partir de ahí pensaría en el siguiente paso que dar... si es que lo había.

Una vez que estuvo otra vez en camino por la autovía 99, Harry puso sobre su muslo la impresión de un correo electrónico que

David Chu le había enviado el domingo por la noche. Chu había estado mirando los nombres de Beau Bentley y Charlotte Jackson, los dos soldados mencionados en el artículo de Anneke Jespersen sobre el Saudi Princess.

Bentley no iba a decirles nada. Chu había encontrado la necrológica de Brian *Beau* Bentley, veterano de la guerra del Golfo, en el *Fort Lauderdale Sun-Sentinel*, donde se indicaba que había muerto de cáncer a la temprana edad de treinta y cuatro años.

Chu había tenido algo más de suerte en lo referente a la otra soldado. Valiéndose de los parámetros de edad que Bosch le había dado, había encontrado a siete Charlotte Jackson que vivían en Georgia. Cinco de ellas aparecían como residentes en Atlanta y sus afueras. Chu había logrado encontrar los números telefónicos de seis de esas siete mujeres en la base de datos del cuerpo y en otros motores de búsqueda por internet. Sin dejar de conducir, Bosch comenzó a hacer llamadas.

En Georgia era primera hora de la tarde. Harry pudo comunicar con las dos primeras llamadas. Quienes le respondieron eran las Charlotte Jackson con las que quería hablar; pero ni la una ni la otra eran la mujer que andaba buscando. Nadie respondió a su tercera y cuarta llamadas, por lo que dejó sendos mensajes de voz diciendo que era un inspector del LAPD que estaba investigando un caso de asesinato y que necesitaba que le respondieran con urgencia.

A las siguientes dos llamadas sí que respondieron, pero ninguna de las mujeres con las que habló era la Charlotte Jackson que había servido a su país durante la primera guerra del Golfo.

Bosch cortó la última llamada y se dijo que tratar de dar con Charlotte Jackson seguramente era una pérdida de tiempo. El nombre era corriente, y habían pasado veintiún años. Nada indicaba que siguiera viviendo en Atlanta o Georgia, ni siquiera que continuara con vida. También podía haberse casado y cambiado su apellido. Sabía que siempre podía recurrir a los archivos del ejército estadounidense en Saint Louis y solicitar una búsqueda pero, como sucedía con todos los procesos burocráticos, la cosa entonces se eternizaría.

Dobló la hoja impresa y se la metió en el bolsillo interior de la americana.

El paisaje era más amplio después de Fresno. El clima era árido a causa del sol incesante y la atmósfera estaba cargada de polvo proveniente de los campos resecos. La autovía no estaba en buen estado: el asfalto era fino y se había agrietado por el paso del tiempo y la falta de mantenimiento. La calzada era tan irregular que los neumáticos del Crown Vic tenían que vérselas con ella constantemente, de tal forma que el disco de música a veces saltaba. A Art Pepper no le habría gustado.

El estado de California tenía un déficit de dieciséis mil millones, y en las noticias siempre estaban hablando de sus efectos negativos sobre las infraestructuras. En el centro del estado, la teoría se convertía en un hecho.

Bosch llegó a Modesto al mediodía. Lo primero que hizo fue dar una vuelta en torno al edificio de la oficina del sheriff J. J. Drummond. Parecía ser un edificio bastante nuevo, con una pequeña cárcel al lado. Delante de la edificación se erguía la estatua de un perro policía caído en acto de servicio; Bosch se preguntó por qué a los seres humanos casi nunca se les rinden ese tipo de homenajes.

En condiciones normales, cuando Bosch seguía un caso fuera de Los Ángeles, lo primero que hacía era visitar la comisaría de policía u oficina del sheriff de su destino. Se trataba de una cortesía profesional, pero también era una forma de dejar migas de pan en su camino, por si algo salía mal. Pero esa vez no iba a hacerlo. Harry no sabía si el sheriff J. J. Drummond había tenido algo que ver con la muerte de Anneke Jespersen, pero había demasiados indicios, casualidades y conexiones como para que

286

Bosch corriese el riesgo de alertar a Drummond de la investigación que estaba llevando a cabo.

Resultó que Tractores Cosgrove, el concesionario John Deere donde trabajaba Reginald Banks, estaba a solo cuatro manzanas de la oficina del sheriff. Bosch pasó por delante, dio media vuelta y volvió por donde había venido, para detenerse junto a la acera, frente a la fachada.

Delante del concesionario había una hilera de tractores alineados de menor a mayor tamaño; detrás había un pequeño aparcamiento y, más allá, el edificio del concesionario, cuya fachada estaba formada por ventanales que iban del suelo al techo.

Bosch salió del coche y sacó unos prismáticos pequeños pero potentes de una de las cajas con material que tenía en el equipamiento. En cada una de las dos esquinas frontales del edificio había un mostrador con un vendedor. Entre ellos se extendía otra hilera de tractores y vehículos todoterreno, todos ellos pintados de un reluciente color verde hierba.

Bosch abrió la carpeta y examinó la fotografía de Banks que Chu había encontrado en una base de datos. Volvió a dirigir la vista al concesionario y reconoció con facilidad a Banks como el hombre medio calvo y con un bigote de guías caídas, sentado tras el mostrador situado en la esquina del edificio más próxima a Harry. Contempló a aquel hombre, estudiándolo de perfil en razón del ángulo en que estaba dispuesto el mostrador. Banks estaba absorto en la pantalla del ordenador, y Bosch adivinó que estaba jugando al solitario. Había dispuesto la pantalla de tal forma que no podía ser vista desde el interior, por su jefe sin duda.

Bosch, finalmente, se cansó de mirar a Banks, puso el coche en marcha y salió de la cuneta. Al hacerlo miró por el retrovisor y vio que un cupé de color azul salía a su vez de la cuneta a cinco coches de distancia. Enfiló Crows Landing Road en dirección a la autovía 99, mirando por el retrovisor de vez en cuando; el cupé le estaba siguiendo entre el tráfico. No le preocupó demasiado, se encontraba en una arteria muy transitada y llena de vehículos que iban en su misma dirección; sin embargo, cuando redujo la marcha y empezó a dejar que los coches le adelantaran, el automóvil azul también redujo la velocidad y se mantuvo a sus espaldas. Bosch finalmente se desvió y aparcó junto a la acera de una tienda de piezas de automóvil. Miró por el retrovisor. Media manzana por detrás de donde se encontraba, el cupé torció a la derecha y desapareció. Bosch no tenía del todo claro si le había estado siguiendo o no.

Harry volvió a sumarse al tráfico y continuó mirando por el retrovisor mientras se dirigía a la entrada de la autovía 99. Por el camino pasó frente a lo que parecía ser una interminable sucesión de concesionarios de coches usados y de puestos de comida mexicana, puntuados de vez en cuando por garajes y tiendas de neumáticos y piezas de recambio. La calle entera parecía tener tres únicas funciones: comprar un cacharro desvencijado aquí, llevarlo allí para hacerle una puesta a punto y aprovechar para comprar un taco de pescado en la furgoneta de venta ambulante mientras uno esperaba. A Bosch le deprimió pensar en el polvo de la carretera acumulado en todos aquellos tacos.

Al enfilar la entrada a la autovía 99 vio el primer cartel instando a votar a Drummond para el Congreso. Era de buen tamaño y estaba fijado a la valla de seguridad del paso elevado que cruzaba sobre la carretera. El cartel, en el que aparecía un Drummond muy sonriente, podía ser visto por todos quienes se dirigían al norte por la autovía de abajo. El único problema era que alguien habían pintado un bigotillo de Hitler sobre el labio superior del candidato.

Al entrar en la autopista, Bosch miró por el retrovisor y creyó ver al cupé azul siguiéndole por detrás. Una vez que se hubo sumado al tráfico volvió a mirar, pero los coches ahora obstaculizaban su visión. Se dijo que estaba siendo demasiado paranoico.

De nuevo se dirigió hacia el norte y unos kilómetros antes de llegar a Modesto vio la salida a Hammett Road. Salió de la autopista otra vez y continuó por Hammett Road en dirección al oeste, atravesando unos campos de almendros perfectamente alineados, cuyos troncos oscuros se alzaban del llano irrigado al máximo. El agua estaba tan inmóvil que los árboles daban la impresión de crecer sobre un vasto espejo.

No habría podido pasar por alto la entrada a la finca de Cosgrove ni aunque hubiera querido. El desvío que llevaba a ella era ancho y terminaba en un muro de ladrillos y una gran puerta de hierro negro. La presidía una cámara de vigilancia y, a un lado, había un interfono para quien quisiera entrar. En la puerta estaban inscritas las letras CC, ornadas y en gran tamaño.

Bosch utilizó el ancho desvío de asfalto situado frente a la puerta para dar media vuelta, como si fuese un viajero que se hubiera perdido. Al volver por Hammett Road en dirección a la autovía 99 se fijó en que las medidas de seguridad estaban concentradas en la entrada a la finca desde la carretera. Nadie podía entrar en coche sin autorización y sin que le abrieran el portón, pero nada impedía llegar andando. No había ningún muro o vallado que impidiera el paso. Quien no tuviera problema en acercarse a pie podía hacerlo atravesando el gran campo de almendros. A no ser que entre los almendros hubiera cámaras ocultas y sensores de movimiento, se trataba de una deficiencia típica en lo referente a la seguridad. Todo muy vistoso, pero poco efectivo en realidad.

Tan pronto como volvió a enfilar la autovía 99 en dirección al norte, Harry se encontró con el letrero que daba la bienvenida al condado de San Joaquín. Las tres siguientes salidas correspondían a la población de Ripon, y Bosch vio el anuncio de un motel sobre los macizos de flores blancas y rosadas que flanqueaban la autovía. Torció por la siguiente salida y pronto se encontró frente al motel y licorería Blu-Lite. Se trataba de un antiguo motel alargado y de un solo piso que parecía directamente salido de los años cincuenta. Harry quería alojarse en un lugar que fuera discreto, en el que no hubiera gente que pudiera observar sus idas y venidas. Bosch se dijo que podía resultarle perfecto, pues no se veía más que un solitario coche aparcado frente a sus numerosas habitaciones.

Pagó la habitación en el mostrador de la licorería adyacente tras decantarse por la mejor que había en el establecimiento, un cuarto con cocina americana que salía por 49 dólares.

—Supongo que no tendrán conexión inalámbrica, ¿verdad? —preguntó al encargado.

—Oficialmente, no —respondió el encargado—. Pero si me da cinco dólares, le proporciono la contraseña para la conexión de la casa que hay detrás del motel. Y entonces podrá conectarse sin problemas.

—¿Y quién se lleva los cinco dólares?

—Voy a medias con el hombre que vive en esa casa.

Bosch lo pensó un momento.

—Es una conexión privada y segura —subrayó el encargado.

—Muy bien —dijo Bosch—. Trato hecho.

Condujo hasta la habitación siete y aparcó frente a la puerta. Entró con la bolsa de viaje en la mano, la dejó sobre la cama y echó una mirada a su alrededor: la cocina americana disponía de una pequeña mesa con dos sillas; la habitación le serviría.

Antes de salir, Bosch colgó la formal camisa azul en el armario, por si se quedaba hasta el miércoles y necesitaba ponérsela otra vez. Abrió la bolsa y escogió un polo negro. Se lo puso. Luego cerró la puerta con llave y volvió a subir al coche. Cuando volvió a entrar en la autovía, *Over the Rainbow* estaba sonando de nuevo.

La siguiente parada de Bosch fue en Manteca, población presidida por una torre de agua con el rótulo de Productos Agrícolas Cosgrove que resultaba visible antes de entrar en ella. La compañía de Cosgrove estaba emplazada en una carretera que discurría en paralelo a la autovía. Junto al edificio de oficinas había unos almacenes enormes y un gigantesco aparcamiento donde había decenas de camiones de todos los tonelajes listos para el transporte. Junto al complejo se extendían lo que Bosch entendió como kilómetros y más kilómetros de viñedos, cubriendo el paisaje hasta ascender por las montañas de color ceniza situadas al oeste. El extensísimo paisaje natural tan solo se veía empañado por los gigantes de acero que descendían por las laderas como invasores de otro planeta: los grandes molinos de viento que Carl Cosgrove había hecho instalar en el valle.

Tras quedarse debidamente impresionado por las dimensiones del imperio Cosgrove, Bosch decidió ir a ver los barrios bajos de la localidad. Siguiendo los mapas que había impreso el sábado, fue a las direcciones que la base de datos policial había dado para Francis John Dowler y Reginald Banks. Lo único impresionante de aquellas dos viviendas era que daban la impresión de estar enclavadas en terrenos propiedad de Cosgrove.

Banks residía en una pequeña casa aislada cuya parte posterior daba a los almendros situados junto a Brunswick Road. Al consultar el mapa y reparar en la ausencia de vías de comunicación con Brunswick Road al norte y Hammett Road al sur, Bosch se dijo que seguramente sería posible entrar en el campo de almendros, tras la casa de Banks, y llegar hasta Hammett... bastantes horas después.

La casucha de Banks necesitaba una mano de pintura y sus ventanas pedían a gritos un lavado. El jardín estaba sembrado de botellas de cerveza, todas ellas a tiro de piedra de un porche en el que había un viejo sofá con la tapicería rajada. Banks no había hecho limpieza después del fin de semana.

La última parada antes de cenar la hizo frente a la caravana de doble anchura en la que vivía Dowler. El vehículo residencia tenía una antena parabólica en lo alto y estaba estacionado en un aparcamiento de caravanas vecino a la carretera paralela a la autovía.

Cada una de las caravanas estaba situada junto a un espacio lo bastante grande para aparcar un camión de larga distancia. Allí era donde vivían los camioneros al servicio de Cosgrove.

Mientras Bosch estaba sentado en el coche de alquiler contemplando la vivienda de Dowler, la puerta de una cochera cercana se abrió. Una mujer salió por el portón y se lo quedó mirando con expresión de sospecha. Bosch saludó con la mano como si fuera un viejo amigo, lo que pareció desarmarla un tanto. La mujer se acercó andando por el caminillo, secándose las manos con un paño de cocina. Era del tipo de mujer que Jerry Edgar, el antiguo compañero de trabajo de Bosch, solía tildar de «cincuenta y veinticinco»: cincuenta años y veinticinco kilos de más.

—¿Busca a alguien? —inquirió.

—Bueno, esperaba encontrar a Frank en casa, pero parece que su camión no está. —Bosch señaló la vacía plaza de aparcamiento—. ¿Sabe si va a tardar mucho en volver?

—Ha tenido que llevar una carga de zumo de uva a American Canyon. Es posible que tenga que quedarse allí esperando hasta que le asignen otra carga para el regreso. Supongo que esta noche estará de vuelta. Pero, ¿y usted quién es?

—Un amigo. Sencillamente estoy de paso por aquí. Frank y yo nos conocimos hace veinte años, cuando la guerra del Golfo. Si lo ve, ¿le dirá que John Bagnall ha venido a saludarle?

—Bueno.

Bosch no recordaba si el nombre de la mujer de Dowler aparecía en el material encontrado por Chu. Si supiera su nombre, lo hubiera usado al despedirse de ella. La mujer se dio la vuelta y echó a andar hacia la puerta que había dejado entreabierta. Bosch reparó en que había una motocicleta con el depósito de gasolina pintado como si fuera un moscardón aparcada junto a la caravana. Supuso que Dowler era aficionado a dar vueltas con la Harley-Davidson cuando no estaba ocupado en transportar una carga de zumo de uva en su camión de larga distancia.

Bosch salió en coche del aparcamiento, esperando no haber despertado demasiadas sospechas en aquella mujer. Y esperando que Dowler no fuera del tipo de marido que acostumbraba a llamar a su esposa siempre que estaba de viaje.

La penúltima parada de Bosch en su recorrido por Central Valley tuvo lugar en Stockton. Allí se detuvo en el aparcamiento de The Steers, el restaurante de carnes a la parrilla donde Christopher Henderson fue asesinado en el interior de la gran nevera industrial.

En este caso, Bosch iba a hacer algo más que observar el lugar como parte de la investigación. Estaba muerto de hambre y llevaba el día entero pensando en comerse un buen filete. Iba a ser complicado mejorar el entrecot que se había cepillado en Craig's el sábado por la noche, pero tenía el hambre suficiente para intentarlo.

Harry no era de los que tenían reparos a que le vieran comiendo solo en un restaurante, así que le dijo a la camarera de la entrada que prefería sentarse a una mesa en lugar de comer en la barra. Le condujeron a una mesa para dos situada junto a una acristalada nevera para vinos. Bosch se sentó en el sitio desde donde podía contemplar el restaurante entero; más que nada se trataba de una medida rutinaria de seguridad, pero, ¿quién sabía? Con un poco de suerte, quizás hasta el gran hombre en persona, Carl Cosgrove, entraría a cenar en su propio restaurante.

Durante las dos horas siguientes, en el restaurante no entró nadie que Bosch pudiese reconocer. Pero no todo había sido en vano. Se comió un entrecot con guarnición de puré de patatas, y todo estaba buenísimo. También bebió una copa de vino Cosgrove merlot que acompañaba muy bien la carne de ternera.

El único momento desagradable fue cuando el teléfono móvil de Bosch resonó estrepitosamente en el comedor. Había puesto el tono de llamada muy alto, para asegurarse de que lo oía mientras conducía y había olvidado bajarlo al sonido habitual. Varios de los comensales le miraron con cara de pocos amigos. Una mujer incluso meneó la cabeza con disgusto; a todas luces le había tomado por un arrogante capullo de la gran ciudad.

Arrogante o no, Bosch contestó la llamada, pues en el indicador aparecía el prefijo 404: Atlanta. Como suponía, quien llamaba era una de las Charlotte Jackson a quienes había dejado un mensaje. Unas pocas preguntas bastaron para dejar claro que no era la Charlotte Jackson que andaba buscando. Le dio las gracias y colgó. Acto seguido, sonrió e hizo una seña con la cabeza a la mujer que tan molesta se había mostrado por su impertinencia.

Abrió la carpeta que había llevado consigo al restaurante y tachó a la Charlotte Jackson número cuatro. Tan solo quedaban dos posibilidades: la número tres y la número siete. Y ni siquiera tenía el número de teléfono de una de las dos.

Cuando volvió al aparcamiento ya era de noche y se sentía exhausto después de haberse pasado la jornada entera conduciendo. Pensó en dormitar una hora en el coche, pero terminó por desechar la idea. Tenía que seguir con lo suyo.

De pie junto al vehículo, contempló el cielo un segundo. No se veían nubes, ni tampoco la luna, pero las estrellas refulgían con fuerza sobre Central Valley, cosa que a Bosch no le convenía. Abrió la puerta del coche.

27

Bosch llevaba las luces del coche apagadas cuando pasó junto al acceso cerrado a la finca de Cosgrove; ningún otro vehículo circulaba por Hammett Road. Siguió doscientos metros más allá, hasta llegar a un punto en el que la carretera trazaba una pequeña curva a la derecha, y detuvo el coche en la cuneta de tierra.

También llevaba apagada la luz interior del automóvil, de forma que este se encontraba completamente a oscuras cuando abrió la puerta. Salió al aire fresco de la noche, miró y escuchó. Todo estaba en silencio. Se llevó la mano al bolsillo trasero de los pantalones vaqueros y sacó un papel doblado en cuatro. Lo puso bajo el parabrisas. Antes había anotado en él: ME HE QUEDADO SIN GASOLINA. VUELVO ENSEGUIDA.

Iba calzado con unas botas para caminar por el barro, que había sacado de una de las cajas que llevaba en el maletero. También iba equipado con una pequeña linterna Maglite, que esperaba no tener que utilizar. Bajó por el terraplén de un metro de extensión y se adentró en el terreno encharcado que impregnaba la superficie bajo los almendros.

El plan de Bosch consistía en avanzar en ángulo y volver hacia el camino de entrada, para seguir en paralelo hasta llegar a la casa de Cosgrove. Harry no estaba muy seguro de lo que estaba haciendo o buscando. Se limitaba a seguir su instinto, y este le decía que Cosgrove, con todo su dinero y su poder, seguramente estaba en el meollo del caso. Y sentía la necesidad de acercarse a él y observar dónde y cómo vivía. El agua tan solo tenía unos centímetros de profundidad, pero el barro se pegaba a las botas de Bosch y dificultaba su avance. Más de una vez, la tierra empapada se negaba a soltar el calzado, y el pie de Harry estuvo a punto de salirse de la bota.

El agua que cubría la tierra reflejaba las estrellas en lo alto y hacía que Bosch se sintiera expuesto por completo en su clandestino avance entre los almendros. Cada veinte metros aproximadamente se escondía detrás de un árbol para descansar un momento y escuchar. Imperaba un silencio mortal; ni siquiera se oían ruidos de insectos. El único sonido llegaba de la lejanía, y Bosch no tenía muy claro qué lo producía. Algo parecía estar fluyendo de forma continua, y Harry pensó que quizá se tratara de una bomba de riego del terreno.

Al cabo de un rato, el campo de almendros empezó a tornarse laberíntico. Los árboles eran viejos, tenían más de diez metros de altura y daban la impresión de ser idénticos. También se habían plantado en hileras completamente rectas, por lo que todas las direcciones daban la impresión de ser la misma. Empezó a tener miedo de perderse y lamentó no haber llevado algo con que señalar el camino.

Finalmente, al cabo de una media hora, llegó a la carretera de acceso. Harry estaba agotado y las botas le pesaban como si fuesen de hormigón. Pero no iba a abandonar su misión. Continuó avanzando en paralelo a la carretera, pasando de un árbol a otro.

Casi una hora más tarde, Bosch vio a través de las ramas de los últimos árboles las luces de la mansión en lo alto. Siguió avanzando con dificultad, no sin advertir que aquel sonido de algo que fluía era cada vez más intenso a medida que se iba acercando a las luces. Cuando llegó al final del campo de almendros, se agazapó junto al terraplén y estudió lo que tenía delante. La mansión parecía una exótica versión de un *château* francés. Constaba de dos pisos y tenía los tejados en pendiente muy acusada y torreones en las esquinas; a Bosch le recordó una versión en pequeño del Chateau Marmont de Los Ángeles.

El caserón estaba iluminado desde el exterior por unos focos proyectados desde el jardín. El camino terminaba en una rotonda frente a la fachada, pero había un camino secundario que se perdía tras la estructura principal. Bosch supuso que el garaje estaba en la parte posterior. No se veía ningún automóvil, y Harry se dio cuenta de que las luces que había estado viendo desde el campo de almendros eran las exteriores. El interior del caserón estaba a oscuras. Parecía que allí no había nadie.

Bosch se levantó y subió por el terraplén. Echó a caminar hacia la casa y un momento después se encontró andando sobre una plataforma de hormigón algo elevada sobre el suelo. La gran H pintada en su centro indicaba que se trataba de un helipuerto. Mientras seguía avanzando hacia la casa, su visión periférica detectó algo que le llamó la atención. Miró a la derecha, hacia una pequeña elevación en el paisaje.

Al principio no vio nada. La casa estaba tan brillantemente iluminada que las estrellas apenas eran visibles y el área en torno a la mansión estaba oscura por completo; pero entonces vio un movimiento otra vez, en lo alto de la ladera. De repente se dio cuenta de que lo que estaba viendo eran las oscuras aspas de un molino de viento girando en el aire, que bloqueaban por un instante la débil luz de las estrellas y reconformaban el firmamento.

El extraño sonido que había oído mientras avanzaba por el campo de almendros era el del molino de viento. Cosgrove era un defensor de la energía eólica tan convencido que había hecho construir uno de sus gigantes de hierro en su propio jardín trasero. Bosch comprendió que las luces que bañaban el exterior de la mansión provenían de la energía del viento que continuamente soplaba a través del valle.

Bosch volvió a concentrar su atención en la mansión iluminada, y casi de inmediato sintió que su determinación vacilaba un momento. El hombre que vivía entre sus muros era lo bastante inteligente y poderoso para dominar el viento. Vivía protegido tras un muro de dinero y una falange —un ejército, mejor dicho— de árboles. No necesitaba contar con un vallado que cercara los límites de su vasta propiedad porque sabía que el campo de almendros bastaría para intimidar a cualquier intruso que osara cruzarlo. Residía en un castillo con su propio foso alrededor, ¿quién era Bosch para suponer que podía vencerlo? Bosch ni siquiera sabía cuál era la naturaleza exacta del crimen cometido. Solo sabía que Anneke Jespersen había muerto, y Bosch se estaba moviendo por pura intuición. No tenía pruebas de nada. Tenía una coincidencia que databa de veinte años atrás, y nada más.

De pronto, una oleada de viento y estrépito mecánico le envolvió; un helicóptero se acercaba por encima del campo de almendros. Bosch echó a correr hacia los almendros inmediatamente, deslizándose terraplén abajo hasta llegar al agua y el lodo. Volvió la vista atrás y contempló el helicóptero: una negra silueta recortada en el cielo oscuro. El aparato estaba maniobrando para posarse sobre el helipuerto. De su vientre brotó un haz de luz que iluminó la gran H inscrita en el hormigón. Bosch se agachó y contempló al aparato luchar contra el viento para mantener horizontales los patines de aterrizaje. El helicóptero poco a poco fue bajando y se posó con suavidad sobre el hormigón. La luz se apagó, y la estrepitosa turbina se silenció un momento después.

Los rotores siguieron girando unos segundos hasta detenerse por completo. La portezuela del piloto se abrió, y una figura saltó al exterior. Bosch se encontraba a más de treinta metros de distancia, por lo que tan solo podía ver la silueta del recién llegado, a quien identificó como un varón. El piloto rodeó el helicóptero y abrió la otra portezuela. Bosch pensaba que saldría otra persona del aparato, pero, de pronto, un perro saltó a la noche. El piloto sacó una mochililla, cerró la portezuela y después echó a andar hacia la casa.

El perro fue trotando tras el piloto unos metros, pero, de repente, se detuvo y se giró directamente hacia el lugar donde estaba escondido Bosch. El perro era grande, pero la oscuridad impedía a Harry determinar su raza. Oyó que el can soltaba un gruñido justo antes de salir disparado hacia él.

Bosch se quedó inmóvil mientras el animal se acercaba con rapidez. Sabía que no contaba con ningún lugar en el que refugiarse. Detrás tan solo estaba el barro, en el que no podría avanzar ni dos pasos. Se agazapó más todavía contra el terraplén, diciéndose que el perro furioso quizá saltase por encima y acabara empantanado en el lodazal.

Y también sacó la pistola que llevaba al cinto. Si el perro no se detenía, estaba dispuesto a frenarlo por su cuenta.

—¡Cosmo!

Era el recién llegado quien había gritado desde el caminillo que conducía a la casa. El perro se detuvo a media carrera, con las patas traseras asomándole por delante en su lucha por acatar la orden.

—¡Ven aquí ahora mismo!

El perro giró la cabeza hacia Bosch un momento, y Harry creyó ver que tenía los ojos de un rojo reluciente. El animal echó a correr hacia su amo, quien le reprendió con firmeza.

—¡Perro malo! ¿Qué es eso de echar a correr por ahí? ¡Y nada de ladridos!

El hombre soltó un fuerte palmetazo en la espalda del perro mientras este trotaba a su lado. El can se adelantó unos pasos, tras lo cual se encogió en postura de súplica. Un momento antes se disponía a abrirle la garganta a Bosch; a Harry ahora le daba lástima.

Bosch esperó a que el hombre y su perro terminaran de entrar en la mansión antes de volver a meterse en el campo de almendros, con la esperanza de no perderse en el camino de regreso a su automóvil.

Eran las once cuando Bosch llegó al motel Blu-Lite. Fue directamente al cuarto de baño, se quitó las ropas mojadas y llenas de barro, y las tiró al lado de la bañera. Iba a meterse en ella para darse una ducha cuando oyó el sonido de su teléfono móvil, a volumen más bajo después del episodio en The Steers.

Salió del cuarto de baño con la cintura envuelta en una toalla tan rígida como el cartón. El identificador de llamada no revelaba nombre alguno. Bosch se sentó en la cama y respondió.

—Bosch.

—Harry, soy yo. ¿Estás bien?

—Estoy bien. ¿Por qué?

—Porque no sabía nada de ti y no has respondido a mis correos electrónicos.

—Me he pasado el día entero en la carretera y no he consultado el correo. Acabo de llegar al motel y ni siquiera estoy muy seguro de si tengo conexión a internet.

—Harry, puedes consultar el correo electrónico en tu teléfono.

—Sí, ya, pero eso de la contraseña y demás es un latazo. Es todo muy pequeño, y no me gusta nada. Por eso prefiero enviar mensajes de texto.

—Lo que tú digas. ¿Quieres que te cuente qué es lo que he encontrado?

Bosch estaba muerto de cansancio. La fatiga del día y el agotador paseo de ida y vuelta por el embarrado campo de almendros se le habían metido en los huesos. Le dolían los músculos de las pantorrillas como resultado de las decenas de miles de pasos que parecía haber tenido que dar por el lodo. Lo que quería era tomar una ducha e irse a dormir, pero instó a Chu a decirle de qué se trataba.

—De dos cosas sobre todo —indicó su compañero—. Lo primero es que he establecido una conexión bastante clara entre dos de los nombres de la lista que me diste.

Bosch buscó su cuaderno con la mirada y comprendió que lo había dejado en el coche. Pero ahora no podía salir a por él.

—Cuéntame.

—Bueno, ya sabes que Drummond se ha presentado a las elecciones para congresista, ¿no?

—Sí, hoy he visto un cartel de propaganda. Pero solo uno.

—Claro, porque las elecciones son el año que viene. Así que la cosa no va a calentarse hasta dentro de un tiempo. De hecho, Drummond ahora mismo ni siquiera tiene un competidor. El actual congresista va a jubilarse, y lo más probable es que Drummond haya anunciado su candidatura antes de tiempo para meter el miedo en el cuerpo a los posibles competidores.

—Ya, bueno. Pero, ¿cuál es la conexión?

—Cosgrove. Cosgrove en persona y Productos Agrícolas Cosgrove son dos de los principales donantes a su campaña electoral. He estado mirando el informe inicial de campaña que Drummond presentó al anunciarse candidato.

Bosch asintió con la cabeza. Chu tenía razón. Era un conexión sólida y de interés entre dos de los dos miembros de la conspiración. Todo cuanto ahora necesitaba era la conspiración.

—Harry, ¿sigues ahí? ¿O te estás quedando dormido?

—Casi que sí. Pero buen trabajo, David. Si Cosgrove ahora le está prestando apoyo, lo más seguro es que hiciera lo mismo las dos veces que Drummond se presentó para sheriff.

—Es lo que estaba pensando, pero no es posible acceder a esa información por internet. Es posible que puedas conseguirla en los archivos del condado.

Bosch denegó con la cabeza.

—Esta es una ciudad muy pequeña. Si lo hago, no tardarán en enterarse. Y eso es algo que ahora mismo no me conviene.

—Entiendo. ¿Cómo va por ahí arriba?

—Va. Hoy solo he estado de reconocimiento. Mañana voy a empezar a moverlo todo. Pero, ¿cuál era la otra cosa? Me dijiste que había dos cosas.

Se produjo una pausa, y Bosch comprendió que esta segunda noticia no era buena.

—El Chupatintas hoy me ha hecho ir a su despacho.

Claro, pensó Bosch. O'Toole.

—¿Qué quería?

—Quería saber en qué estaba trabajando yo, pero he visto que también tenía sospechas de que en realidad no estabas de vacaciones. Me preguntó adónde habías ido, cosas así. Le dije que, que yo supiera, estabas en casa pintando las paredes.

—Pintando las paredes. Entendido. Me acordaré. ¿Me has advertido de todo esto en un correo electrónico?

—Sí. Te lo envié después de comer.

—No pongas estas cosas en un correo electrónico. Simplemente llámame. ¿Quién sabe hasta dónde está dispuesto a llegar O'Toole si se le ha metido en la cabeza expulsar a alguien de la unidad?

—De acuerdo, Harry. No volveré a hacerlo. Lo siento.

En el móvil de Bosch sonó un pitido de llamada en espera. Miró la pantalla y vio que era su hija.

—No te preocupes, David. Ahora tengo que dejarte, me está llamando mi hija. Mañana hablamos.

—Muy bien, Harry. Duerme un poco.

Bosch pasó a la llamada de Maddie, quien le habló en voz baja, casi en un susurro.

—¿Cómo ha ido el día, papá?

Bosch lo pensó un momento antes de responder:

—La verdad es que un poco aburrido, ahora que lo preguntas. ¿Y tú, qué tal?

—Pues mi día también ha sido un poco aburrido. ¿Cuándo vuelves a casa?

—Bueno... veamos. Mañana tengo que hacer un poco más de trabajo aquí. Un par de entrevistas. Así que seguramente no vuelva hasta el miércoles. ¿Estás en tu cuarto?

—Sí.

Eso significaba que se encontraba a solas y, con un poco de suerte, fuera del alcance del oído de Hannah. Bosch apoyó la cabeza en las almohadas. Eran delgadas y más bien duras, pero en ese momento se sentía como en el hotel Ritz Carlton.

—Bueno, ¿y qué tal va con Hannah? —preguntó.

—Bien, supongo —respondió ella.

—¿Estás segura?

—Quería que me fuera a la cama temprano. A las diez o así.

Bosch sonrió. Conseguir que una adolescente se acostara pronto era tan difícil como hacer que se levantara temprano.

—Hablé con ella y le dije que te dejara hacer lo que quisieras. Puedo hablar otra vez con ella y decirle que conoces mejor que nadie tu propio reloj biológico.

Era el argumento que la propia Maddie había esgrimido una vez que él trató de cometer el mismo error que Hannah.

—No, no pasa nada. Ya me las arreglo.

—¿Y qué has cenado? No me digas que has vuelto a pedir pizza.

—No, Hannah ha hecho la cena. Y estaba buenísima.

—¿Qué ha preparado?

—Pollo con salsa de yogur. Y macarrones con queso.

—Macarrones con queso. Lo que a ti te gusta.

—Pero ella los hace diferentes.

Maddie quería decir que prefería los que ella misma preparaba. Bosch se estaba llevando un chasco. Trató de animar a su hija un poco.

—Bueno, ya sabes que quien cocina tiene derecho a escoger plato. Si cocinas tú, haz los macarrones a tu manera.

—Sí. Le he dicho que, si no tengo muchos deberes, mañana cocinaré yo.

—Claro. Con un poco de suerte, el miércoles cocino yo.

Bosch sonrió al pensarlo y adivinó que Maddie asimismo estaba sonriendo.

—Sí. Fideos japoneses. Me muero de ganas.

—Lo mismo digo. Pero ahora tengo que dormir un poco, preciosa. Hablamos mañana, ¿vale?

—Sí, papá. Te quiero.

—Yo también te quiero.

Maddie colgó, y Bosch oyó los tres pitidos que indicaban que la línea estaba desconectada. Las luces del cuarto seguían estando encendidas, pero cerró los ojos. Se durmió en cuestión de segundos.

Harry soñó con una marcha interminable a través del fango. Los almendros habían desaparecido y en su lugar había tocones incinerados cuyas negras ramas astilladas se extendían hacia él como si fuesen manos. A lo lejos se oían los ladridos de un perro furioso. Y por más rápido que Bosch quisiera escapar, el perro estaba cada vez más cerca.

28

Bosch estaba profundamente dormido cuando el teléfono móvil empezó a sonar sobre su pecho. Lo primero que pensó fue que se trataba de su hija, acaso metida en algún problema o molesta con Hannah por alguna razón. El despertador que había junto a la cama indicaba que eran las cuatro y veintidós de la madrugada.

Cogió el teléfono al momento, pero no vio la foto de Maddie sacándole la lengua que aparecía en la pantalla cada vez que le llamaba. Miró el indicador de llamada y vio que el número tenía el prefijo 404. Atlanta.

—Inspector Bosch.

Se levantó y miró en derredor para dar con su libreta, hasta que recordó que la tenía en el coche y se dio cuenta de que estaba desnudo salvo por la toalla arrollada a la cintura.

—Sí, me llamo Charlotte Jackson. Ayer me dejó usted un mensaje. No lo vi hasta anoche a última hora. ¿En California es demasiado pronto?

Bosch pensó con un poco más de claridad. Recordó que en el restaurante había recibido una llamada de la Charlotte Jackson número cuatro. Esta tenía que ser la Charlotte Jackson número tres, la que vivía en la avenida Ora, en East Atlanta.

—No hay problema, señorita Jackson —dijo—. Gracias por devolverme la llamada. Como decía en mi mensaje, soy inspector del cuerpo de policía de Los Ángeles. Trabajo en la unidad de casos abiertos/no resueltos, que es una brigada de investigación de casos abiertos, no sé si me explico...

—Siempre miraba *Caso abierto* en la tele. Una serie muy buena.

—Ya, bueno, pues estoy investigando un viejo caso de homicidio y estoy tratando de localizar a una mujer llamada Charlotte Jackson que estuvo en el ejército durante la operación Tormenta del Desierto en 1991.

Se produjo un silencio mientras Bosch esperaba a oír su respuesta.

—Bueno... Yo estaba en el ejército en aquel entonces, pero no conozco a nadie en Los Ángeles ni sé de ningún asesinato. Todo esto es muy raro.

—Claro, lo entiendo, y es normal que el asunto le resulte confuso. Pero si me permite hacerle unas preguntas, creo que lo entenderá mejor.

De nuevo esperó a oír una respuesta, que no llegaba.

—¿Señorita Jackson? ¿Sigue ahí?

—Sí. Hágame esas preguntas. Pero no dispongo de mucho tiempo. Tengo que irme a trabajar.

—Bien, pues trataré de ir rápido. Lo primero, me está llamando desde el fijo de su casa o desde un móvil.

—Desde un móvil. Es el único teléfono que tengo.

—Muy bien. Dice que estaba en el ejército durante la operación Tormenta del Desierto. ¿De qué cuerpo formaba parte?

—Del ejército de tierra.

—¿Sigue usted en el ejército?

—No.

Lo dijo como si la pregunta fuera una estupidez.

—¿Dónde estaba acuartelada en Estados Unidos, señorita Jackson?

—En Fort Benning.

El propio Bosch había estado un tiempo en Fort Benning durante su etapa en el ejército, justo antes de ser trasladado a Vietnam. Harry sabía que el cuartel estaba a dos horas en coche desde Atlanta, la primera ciudad a la que Anneke Jespersen se dirigió tras llegar en avión a Estados Unidos. Bosch empezaba a tener la sensación de que estaba acercándose a algo. Una verdad oculta estaba a punto de salir a la luz. Se esforzó en mantener un tono de voz normal.

—¿Cuánto tiempo estuvo en el golfo Pérsico?

—Unos siete meses en total. Primero estuve en Arabia Saudí, durante la operación Escudo del Desierto, y luego nos llevaron a Kuwait para tomar parte en la lucha en tierra, en la operación Tormenta del Desierto. De hecho nunca llegué a estar en Iraq.

—Durante ese tiempo, ¿en algún momento estuvo de permiso en el barco de crucero Saudi Princess?

—Pues claro —respondió Jackson—. Casi todos estuvimos en ese barco en uno u otro momento. Pero todo esto, ¿qué tiene que ver con un asesinato en Los Ángeles? La verdad es que no entiendo su llamada y, como digo, tengo que irme a trabajar y...

—Señorita Jackson, le aseguro que esta llamada va muy en serio y que puede ayudarnos a resolver un asesinato. Si puedo preguntarle, ¿en qué trabaja hoy día?

—Trabajo en el Palacio de Justicia de Atlanta, en Inman Park.

—Muy bien. ¿Es usted abogada?

—No. No, por Dios.

De nuevo lo dijo como si Bosch hubiera formulado una pregunta estúpida o sin sentido, por mucho que Harry nunca antes hubiese hablado con ella.

—¿Qué es lo que hace en el Palacio de Justicia?

—Trabajo en administración. Me encargo de poner en contacto a las personas con los abogados. Pero yo, de abogada, nada. Solo trabajo para Edie Primm; la abogada es ella. Y no le gusta un pelo que llegue tarde por las mañanas. Así que voy a tener que dejarle.

De una forma u otra, Bosch se había desviado del propósito

fundamental de la entrevista. Siempre le fastidiaba que una entrevista no se ajustase a lo planeado. Lo achacó al hecho de que le hubieran despertado de golpe y se viera sumido de sopetón en la conversación.

—Unas pocas preguntas más, por favor. Volvamos a la cuestión del Saudi Princess. ¿Recuerda en qué momento estuvo en ese barco?

—En marzo, justo antes de que mi unidad fuera devuelta a casa. Recuerdo haber pensado que no hubiera ido al barco de haber sabido que un mes después iba a estar en Georgia. Pero los del ejército no me lo dijeron, y por eso pedí un permiso de setenta y dos horas.

Bosch asintió con la cabeza. La entrevista otra vez estaba encarrilada. Lo único que hacía falta era seguir así.

—¿Se acuerda de si una periodista le hizo una entrevista? ¿Una mujer llamada Anneke Jespersen?

La pausa que siguió fue muy corta esta vez. Jackson apuntó:

—¿Aquella chica holandesa? Sí, me acuerdo de ella.

—Anneke era danesa. ¿Estamos hablando de la misma mujer? ¿Una rubia muy guapa, de unos treinta años?

—Sí, sí. Solo hablé con ella una vez. Holandesa, danesa... Me acuerdo del nombre y me acuerdo de ella.

—Bien, ¿recuerda dónde le hizo la entrevista?

—En un bar. No me acuerdo de cuál, pero sí de que estaba junto a la piscina. Era el bar al que yo iba siempre.

—¿Se acuerda de alguna otra cosa referente a la entrevista?

—Pues no, la verdad. La mujer nos hizo unas cuantas preguntas rápidas a varios de nosotros y eso fue todo. Además allí había mucho follón y todo el mundo estaba borracho, no sé si me explico.

—Sí.

Había llegado el momento. El momento de formular la única pregunta que de verdad tenía que formular.

—Después de ese día, ¿volvió a ver a Anneke alguna otra vez?

—Bueno, volví a verla la noche siguiente, en el mismo lugar. Solo que entonces no estaba trabajando. Me comentó que había enviado el texto y las fotos a no sé dónde y que ahora ella también estaba de permiso. Estuvo dos días más en el barco y se marchó. Bosch hizo una pausa. Esto no era lo que quería oír. En ese momento estaba pensando en el viaje de Jespersen a Atlanta.

—¿Cómo es que me pregunta por ella? —inquirió Jackson—. ¿Es a ella a quien han asesinado?

—Sí. Está muerta. La asesinaron hace veinte años en Los Ángeles.

—Oh, por Dios.

—La mataron durante los disturbios del 92. Un año después de la operación Tormenta del Desierto.

Aguardó a escuchar la reacción al otro lado de la línea, pero solo le llegó el silencio.

—Creo que el asesinato tuvo relación con su estancia en ese barco —dijo—. ¿Recuerda alguna cosa más sobre su estancia a bordo? ¿Había bebido cuando volvió a verla al día siguiente?

—No sabría decir si estaba borracha. Pero sí que tenía una botella en la mano. Lo mismo que yo. Era lo que hacíamos en ese barco. Beber.

—Ya. ¿Se acuerda de alguna otra cosa?

—De lo que me acuerdo es de que, como era una rubia que estaba muy buena, lo tenía más difícil que el resto para mantener a raya a los chicos.

Con «el resto» se estaba refiriendo a las demás mujeres en el bar y en el barco.

—Es lo que ella misma me preguntó cuando vino a Fort Benning a verme.

Bosch se quedó paralizado. No emitió sonido alguno, no respiró. Esperó a oír más. Cuando no le llegó más que el silencio, trató de animarla a seguir.

—¿Eso cuándo fue? —preguntó.

—Un año después de la operación Tormenta del Desierto, más o menos. Me acuerdo porque a esas alturas estaba a punto de terminar en el ejército; me quedarían unas dos semanas para dejarlo. Pero ella se las arregló para encontrarme y vino a la base haciéndome todas esas preguntas.

—¿Qué le preguntó exactamente? ¿Se acuerda?

—Pues me estuvo preguntando sobre ese segundo día, el día en que ella también estaba de permiso, por así decirlo. Primero me preguntó si la había visto ese día, y yo le dije que si no se acordaba. Entonces me preguntó con quién estaba y cuándo fue la última vez que la vi.

—¿Qué le respondió?

—Me acordaba de que se había ido con algunos de los chicos. Decían que se iban a la discoteca, pero yo no tenía ganas. Así que se marcharon. No volví a verla hasta que se presentó en Fort Benning.

—¿Usted le preguntó por qué quería esa información?

—No, la verdad. Creo que ya lo sabía, más o menos.

Bosch asintió con la cabeza. Era la razón por la que probablemente recordaba aquella última conversación con tanta claridad después de veinte años.

—A Anneke le pasó algo en el barco —dijo.

—Eso creo —repuso Jackson—. Pero no le pregunté los detalles. Tampoco creo que quisiera dármelos. Lo que ella quería era que respondiese a sus preguntas. Lo que quería era averiguar con quién de ellos había estado.

Bosch ahora creía entender muchos de los misterios del caso: cuál había sido el crimen de guerra que Anneke Jespersen estaba investigando y cómo era que no le decía a nadie lo que estaba haciendo exactamente. Sintió mayor lástima que nunca de la mujer a quien nunca había conocido personalmente.

—Hábleme de esos hombres con los que estuvo tratando en el barco. ¿Cuántos eran?

—No me acuerdo. Tres o cuatro.

—¿Se acuerda de alguna cosa de ellos? ¿De cualquier cosa?

—De que eran de California.

Bosch hizo una pausa; la respuesta de Jackson estaba repiqueteando como una campana en su mente.

—¿Es todo, comisario? Tengo que irme.

—Unas pocas preguntas más, señorita Jackson. Está usted siendo de mucha utilidad. ¿Cómo sabía que esos hombres eran de California?

—Sencillamente, lo sabía. Supongo que nos lo dijeron, porque tenía muy claro que eran de California. Es lo que le dije a ella cuando vino a verme a la base.

—¿Se acuerda de algún nombre?

—No, ahora mismo. Ha pasado muchísimo tiempo. Solo me acuerdo de lo que estoy contándole porque ella luego vino a verme.

—Ya, pero, ¿y luego qué? ¿Se acuerda de si le dio alguno de los nombres de aquellos tipos?

Se produjo una larga pausa mientras Jackson lo consideraba.

—No recuerdo si sabía el nombre de alguno. Quiero decir, es posible que conociera a alguno por su nombre de pila, pero no sé si me acordaría un año después. En el barco había un montón de gente. De lo único de lo que me acuerdo es que eran de California y les llamábamos los camioneros.

—¿Los camioneros?

—Pues sí.

—¿Cómo es eso? ¿Es que ellos les dijeron que conducían camiones?

—Eso no lo sé, pero lo que sí que recuerdo es que todos llevaban un tatuaje del camionero de «En ruta»: ya sabe, el camionero andando con los zapatones enormes. ¿Se acuerda del dibujo?

Bosch asintió con la cabeza, no en respuesta a su pregunta, sino a la confirmación de tantas cosas.

—Sí. De modo que esos hombres llevaban un tatuaje. ¿Dónde?

—En el hombro. En el barco hacía calor, y todos estábamos en el bar de la piscina, así que andaban descamisados o con camisetas de tirantes. Por lo menos un par de ellos llevaban ese tatuaje, de forma que las chicas en el bar empezamos a llamarlos los camioneros. Me cuesta recordar los detalles, y voy a llegar tarde al trabajo.

—Está siendo de mucha ayuda, señorita Jackson. No sé cómo darle las gracias.

—¿Fueron esos tipos quienes la mataron?

—Aún no lo sé. ¿Tiene usted correo electrónico?

—Por supuesto.

—¿Puedo enviarle un enlace? Es una foto de una página web en la que salen algunos de los hombres que entonces estaban en el Saudi Princess. ¿Puede mirarla y decirme si los reconoce?

—¿Le importa si lo hago cuando llegue al trabajo? Tengo que irme.

—Sí, muy bien. Voy a enviarle ese enlace nada más colgar.

—De acuerdo.

Jackson le dio su dirección de correo electrónico y Bosch la apuntó en el taco de papel para notas que había en la mesita de noche.

—Gracias, señorita Jackson. Dígame algo sobre el enlace tan pronto como le sea posible.

Bosch colgó. Fue a la mesa de la cocina americana, encendió el ordenador portátil y lo conectó a la señal inalámbrica de la casa situada tras el motel. Localizó el enlace de la foto tomada en el Saudi Princess y recogida en la página web de la 237.ª compañía y se la envió a la Charlotte Jackson con quien acababa de hablar.

Fue a la ventana y miró a través de las cortinas. Todavía estaba oscuro en el exterior, sin la menor traza de que el sol estuviera saliendo. De un modo u otro, el aparcamiento de repente estaba medio lleno de coches. Bosch decidió darse una ducha y prepararse para la nueva jornada mientras esperaba a que le llegase una respuesta respecto a la foto.

Veinte minutos después estaba secándose con una toalla que había sido lavada un millar de veces. Oyó el ding que anunciaba la llegada de un mensaje de correo y fue al ordenador a mirarlo. Charlotte Jackson había respondido.

Creo que son ellos. No puedo estar segura, pero eso creo. Los tatuajes son los mismos, y el barco es ese. Es verdad que ha pasado mucho tiempo y que ese día estuve bebiendo. Pero, sí, creo que son ellos.

Bosch se sentó sobre la mesa y releyó el mail. Se sentía sobrecogido al tiempo que eufórico, y de forma cada vez más intensa. Charlotte Jackson no había ofrecido una identificación positiva, pero poco menos. Harry se daba cuenta de que los sucesos acaecidos veinte años atrás estaban empezando a imbricarse a una velocidad innegable. La mano del pasado estaba cerniéndose hacia abajo, y no se sabía qué o a quién iba a agarrar y a arrastrar consigo.

29

Bosch pasó la mañana en la habitación; únicamente salió para cruzar el aparcamiento e ir a la bodega a comprar un cartón de leche y unos donuts para desayunar. Dejó el letrero de «No molestar» colgando del pomo de la puerta y prefirió hacerse él mismo la cama y tender las toallas para que se secasen. Telefoneó a su hija antes de que Maddie se marchase al colegio y también habló con Hannah. Ambas conversaciones fueron rápidas y para saludar, más que nada. A continuación, se puso a trabajar y pasó las dos horas siguientes sentado ante el ordenador portátil, poniendo al día en detalle el resumen de la investigación. Al terminar volvió a meter en la mochila el ordenador y todos los documentos que había estado usando.

Antes de marcharse preparó la habitación: acercó la cama a una de las paredes para crear un espacio central abierto bajo la luz del techo; luego empujó la mesa de la cocina americana y la situó bajo esa misma luz; por último, quitó las pantallas de las dos lámparas de las mesitas de noche y las colocó de tal forma que enfocaran al rostro de la persona que iba a sentarse al otro lado de la mesa.

Al llegar a la puerta se palpó el bolsillo trasero de los pantalones para asegurarse de que llevaba consigo la llave de la habitación. Palpó la placa de plástico atada a la llave y otra cosa más. Sacó la tarjeta de visita de la inspectora Mendenhall y comprendió que la había estado llevando en el bolsillo desde que la encontrara en su escritorio.

La tarjeta le hizo pensar en la posibilidad de llamar a Mendenhall para ver si había ido a San Quintín ayer, como había dicho a Hannah que pensaba hacer. Desechó la idea y decidió seguir concentrándose en las oportunidades que la llamada de Charlotte Jackson acababa de brindarle. Se metió la tarjeta en el bolsillo otra vez y abrió la puerta. Se aseguró de que el letrero de «No molestar» continuaba pendiendo del pomo y cerró.

Se trataba de un procedimiento habitual de investigación. La forma mejor y más rápida de quebrar una conspiración consistía en identificar el eslabón más débil de la cadena y dar con la forma de vencer su resistencia. Cuando un eslabón estaba roto, la cadena terminaba por ceder.

Por lo general, el eslabón más débil era una persona. Bosch estaba convencido de encontrarse ante una conspiración que se remontaba veinte años en el tiempo y en la que estaban implicadas por lo menos cuatro personas, cinco, posiblemente. Una de ellas estaba muerta, dos estaban protegidas por el poder, el dinero y la ley. Lo que dejaba a John Francis Dowler y Reginald Banks.

Dowler estaba fuera de la ciudad, y Bosch no quería esperar a su regreso. Las cosas estaban avanzando con celeridad y quería mantener esa rapidez. Bosch creía que Banks era quien había telefoneado diez años atrás para interesarse por el caso, lo cual era síntoma de que Banks estaba angustiado. Tenía miedo. Era una muestra de debilidad que Bosch pensaba aprovechar.

Tras almorzar a hora temprana en el In-N-Out Burger de la avenida Yosemite, Bosch volvió en coche a Crows Landing Road y encontró la misma plaza de aparcamiento desde la que podía observar cómo trabajaba Reginald Banks.

Al principio no vio a Banks sentado ante el escritorio de la víspera. El otro vendedor sí que se encontraba en su escritorio respectivo, pero no sucedía así con Banks. Bosch esperó pacientemente hasta que, veinte minutos después, Banks salió por una de las puertas del concesionario con una taza de café en la mano. Se sentó, le dio a la barra espaciadora de su ordenador y se puso a hacer una serie de llamadas, resiguiendo con el dedo la pantalla del ordenador cada vez que efectuaba una de ellas. Bosch adivinó que estaba haciendo llamadas en frío a antiguos clientes, para preguntarles si estaban interesados en renovar su modelo de tractor. Bosch estuvo observándolo media hora más, al tiempo que iba perfeccionando la historia que iba a contarle. Cuando el otro vendedor se puso a atender a un cliente de carne y hueso, Bosch entró en acción. Salió del coche y cruzó la calle hacia el concesionario. Entró en la sala de exposición y se acercó al vehículo todoterreno más próximo al escritorio de Banks, quien seguía ocupado en hablar por teléfono.

Harry empezó a dar vueltas en torno al vehículo, que era de dos plazas y tenía una pequeña caja plana de transporte, así como una barra antivuelco. Como suponía, Banks no tardó en colgar el teléfono.

—¿Está pensando en comprar un Gator? —dijo desde el escritorio.

Bosch se giró y lo miró como si reparase en él por primera vez.

—Es posible —repuso—. Este modelo no lo venden usado, ¿verdad?

Banks se levantó y caminó en su dirección. Iba vestido con una americana deportiva y llevaba la corbata suelta bajo el cuello de la camisa. Llegó junto a Bosch y contempló el vehículo como si lo viese por primera vez.

—Este es el modelo XUV de alta gama. Tiene tracción en las cuatro ruedas, inyección de combustible, motor de cuatro tiempos que casi no hace ruido... Y también amortiguadores ajustables, frenos de disco y la mejor garantía que puede conseguirse para una de estas preciosidades. Tiene todo lo que usted necesita, se lo digo yo. Es un modelo tan robusto como un tanque, pero con la comodidad y la fiabilidad de John Deere. Y, bueno, me llamo Reggie Banks.

Le tendió la mano, y Bosch se la estrechó.

—Harry.

—Encantado de conocerle, Harry. ¿Quiere llevárselo?

Bosch soltó una risita de comprador nervioso.

—Veo que tiene todo lo que necesito. Pero no estoy seguro de necesitar un modelo nuevo de fábrica. No sabía que estos cacharros costasen tanto dinero. Casi me puedo comprar un coche por esa suma.

—Pero este modelo lo vale, hasta el último centavo. Y tenemos un programa de descuentos que eliminaría algo del montante.

—Ya. ¿Cuánto?

—Quinientos en efectivo y doscientos cincuenta en vales para reparaciones. Puedo hablar con mi jefe para que le haga una pequeña rebaja en el precio de venta. Pero no va a rebajar mucho, estos modelos se están vendiendo muy bien.

—Ya. Pero, ¿para qué necesito esos vales para reparaciones si me dice que este vehículo es tan robusto como un tanque?

—Mantenimiento y puesta al día, amigo mío. Esos vales le garantizan por lo menos un par de años, piénselo.

Bosch asintió con la cabeza y se quedó mirando el vehículo como si estuviera considerando las posibilidades.

—Entonces, ¿no tienen ningún modelo usado? —preguntó, finalmente.

—Siempre podemos mirar lo que tenemos almacenado en la parte de atrás.

—Pues a por ello. Así por lo menos podré decirle a mi esposa que estuve mirando los modelos usados.

—Buena idea. Voy un momento a por las llaves.

Banks entró en el despacho del gerente situado en la parte posterior de la sala de exposición y al momento volvió con un gran llavero repleto de llaves. Condujo a Bosch por un pasillo hacia la parte trasera del edificio. Salieron por una puerta y llegaron a una extensión vallada en la que estaban almacenados los tractores y todoterrenos de segunda mano. Junto a la pared posterior del concesionario se alineaban numerosos todoterrenos.

—Son los que tenemos —explicó Banks, que andaba un paso por delante—. ¿De recreo o profesional?

Bosch no estaba seguro de lo que quería decir, así que no respondió. Fingió no haber oído la pregunta porque estaba fascinado por la hilera de vehículos relucientes.

—¿Tiene usted una granja o un rancho? ¿O solo lo quiere para hacer excursiones por el campo? —preguntó Banks, dejándole la cosa más clara a Bosch.

—Acabo de comprar unos viñedos cerca de Lodi. Quiero algo que me permita moverme con rapidez entre las hileras de vides. Estoy demasiado mayor para pasarme el día andando.

Banks asintió con la cabeza, como si aquello le resultara familiar.

—Un hacendado, ¿eh?

—Más o menos. Algo así.

—Todo el mundo está comprando viñedos, la producción de vino se ha puesto muy de moda. Mi jefe, el propietario del concesionario, tiene un montón de viñedos en Lodi. ¿Le suenan los viñedos Cosgrove?

Bosch asintió con la cabeza.

—Es imposible no fijarse en ellos. Pero nunca los he visitado. Mi explotación es muchísimo más pequeña.

—Ya, bueno, pero por algo hay que empezar, ¿no? A ver si encontramos algo que le vaya bien. ¿Qué modelo le gusta?

Señaló los seis vehículos todoterreno con caja plana. Bosch los encontraba todos iguales. Los seis estaban pintados de verde, y las únicas diferencias que podía percibir era si tenían barras antivuelco o cabinas completas, o si las cajas de transporte es-

taban más o menos deterioradas por el uso. Los vistosos pedesta-
les de plástico con las etiquetas de precios aquí brillaban por su
ausencia.

—Veo que solo los tienen en verde —observó Bosch.

—En nuestra gama de segunda mano solo los tenemos en verde. Ya sabe usted que el verde es el color de John Deere. Pero si
estamos hablando de un modelo nuevo, siempre podemos encar-
gar uno que venga pintado de camuflaje.

Con expresión pensativa, Bosch asintió con la cabeza.

—Me interesa que tenga la cabina completa —indicó.

—Claro. La seguridad es lo primero —convino Banks—. Bien
pensado.

—Pues sí —repuso Bosch—. La seguridad siempre es lo primero. Vamos a ver ese modelo que tenía en la sala de exposición.

—Naturalmente.

Bosch volvió a su coche una hora después. Había estado a punto
de comprar el todoterreno en exposición, pero en el último momento se había echado atrás, alegando que tenía que pensarlo
bien. Banks se quedó frustrado por haberse quedado a punto de
efectuar una venta, pero hizo lo posible para dejar abierta la posibilidad. Dio su tarjeta a Bosch y le animó a telefonearle otra vez.
Según dijo, estaba dispuesto a puentear al gerente y pedirle directamente al jefe que autorizase un descuento extraordinario para
el todoterreno. Banks agregó que el jefe y él eran amigos desde
hacía veinticinco años.

La visita tan solo tenía un propósito para Bosch: conocer a
Banks de cerca y tratar de estudiarlo, de sacarle alguna cosa con
un poco de suerte. La verdadera acción iba a llegar más tarde,
cuando pusiera en marcha la segunda fase de su plan.

Bosch arrancó el coche de alquiler y se marchó, por si Banks estuviera observándole. Condujo a lo largo de un par de manzanas hasta llegar a Crows Landing, dio media vuelta y se dirigió al concesionario de nuevo. Esta vez aparcó media manzana antes de llegar al edificio y al otro lado de la calle, en un punto desde el que también podía ver a Banks sentado ante su escritorio.

Banks no tuvo que atender a ningún otro cliente de carne y hueso durante el resto del día. De vez en cuando hacía llamadas telefónicas o tecleaba en el ordenador, pero a Bosch le dio la impresión de que sin mucho éxito en su labor. Se movía nerviosamente en su asiento, tamborileaba con los dedos sobre el escritorio y se levantaba cada dos por tres para ir adentro a llenar la taza de café otra vez. En dos ocasiones, Bosch vio que se servía en la taza un poco de licor de una petaca que sacaba de un cajón del escritorio.

A las seis de la tarde, Banks y los demás empleados cerraron el concesionario y se marcharon. Bosch sabía que Banks vivía en Manteca, al norte de Modesto, por lo que puso el coche en marcha, pasó por delante del concesionario y dio media vuelta para estar en situación de seguirlo durante el regreso a su hogar.

Banks salió al volante de un Toyota plateado y puso rumbo al norte según lo esperado. Pero pronto sorprendió a Bosch al torcer a la izquierda por Hatch Road, alejándose de la autovía 99. Durante un momento Harry pensó que igual estaba tomando un atajo, pero pronto quedó claro que no era el caso. Banks ya casi estaría en casa si hubiera seguido por la autovía.

Bosch le siguió por un barrio en el que se mezclaban los edificios industriales y las viviendas residenciales. A un lado se extendía un vecindario de casas de clase baja o media baja, apiñadas las unas junto a las otras, mientras que el otro lado era una continua sucesión de talleres, desguaces y chatarrerías de todo tipo.

Bosch estaba obligado a mantenerse a cierta distancia de Banks para no ser detectado. Perdió de vista el Toyota en el punto donde

Hatch Road empezaba a trazar una larga curva que acompañaba el caudal del adyacente río Tuolumne.

Aceleró y terminó por salir de la curva, pero el Toyota había desaparecido. Siguió adelante, aumentando la velocidad, y de pronto reparó en que acababa de dejar atrás un local de la VFW.* El instinto le llevó a aminorar la velocidad y dar media vuelta. Condujo hasta el local de la VFW y entró en su aparcamiento. Al momento vio el Toyota plateado estacionado detrás del edificio, como si estuviera escondido. Bosch adivinó que Banks se había parado a tomar una copa de camino a casa y seguramente no quería que nadie lo supiese.

Bosch entró en el bar, que estaba débilmente iluminado. Se detuvo un momento para que se le acostumbrara la vista y pudiera localizar a Banks. No le fue necesario hacerlo.

—Vaya, vaya, quién aparece por aquí...

Bosch se dio la vuelta y vio a Banks sentado en un taburete, a solas y sin la americana ni la corbata. Una camarera joven le estaba sirviendo un vaso. Bosch fingió sorprenderse.

—Hombre, qué casualidad... He entrado a tomar un trago antes de salir para el norte.

Banks hizo una seña invitándole a sentarse en el taburete vecino al suyo.

—Bienvenido al club.

Bosch se acercó y sacó la billetera.

—Yo también soy miembro de este club.

Sacó su tarjeta de veterano de guerra y la dejó en la barra surcada de arañazos. Antes de que la camarera pudiera examinarla, Banks cogió la tarjeta y la miró.

—Pensaba que me había dicho que se llamaba Harry.

—Es la verdad. Todo el mundo me llama Harry.

—Hi... er... ¿Cómo se pronuncia este nombre suyo tan raro?

* Asociación de Veteranos de Guerra. (N. del t.)

321

—Hieronymus. Es el nombre de un pintor que vivió hace mucho tiempo.

—No es de extrañar que se presente como Harry.

Banks pasó la tarjeta a la camarera.

—Yo respondo por este hombre, Lori. Es buena gente.

Lori echó un somero vistazo a la tarjeta y se la devolvió a Bosch.

—Harry, te presento a la triple L —dijo Banks—. Lori Lynn Lukas, la mejor camarera que hay en el sector.

Bosch saludó con la cabeza y se sentó en el taburete junto a Banks. La cosa parecía haber salido bien. Banks no daba la impresión de desconfiar ante tanta coincidencia. Y si seguía bebiendo así, sospecharía menos todavía.

—Lori, apúntalo todo a mi cuenta —indicó Banks.

Bosch le dio las gracias y pidió una cerveza. Al momento le sirvieron una botella helada, y Banks levantó su vaso para brindar.

—Por nosotros, los soldados.

Banks golpeó con el vaso la botella de Bosch y engulló la tercera parte aproximada de lo que tenía en el vaso, whisky escocés con hielo, según creyó adivinar Bosch. Al acercar la mano con el vaso, Harry se había fijado en que llevaba un gran reloj de tipo militar con varios indicadores y un bisel de medición. Se preguntó para qué podía servirle un reloj así en la venta de tractores.

Banks entrecerró los ojos, miró a Bosch y dijo:

—A ver si lo adivino. Vietnam.

Bosch asintió con la cabeza.

—¿Y usted?

—Tormenta del Desierto, amigo. La primera guerra del Golfo.

Brindaron otra vez.

—Tormenta del Desierto —repuso Bosch con aire admirado—. Esa me falta en la colección.

Banks lo miró y preguntó:

—¿De qué colección me está hablando?

Bosch se encogió de hombros.

—Soy una especie de coleccionista. Me gusta tener alguna cosa de cada guerra, ya me entiende. Armas capturadas al enemigo, sobre todo. Mi mujer piensa que estoy mal de la cabeza.

Banks no respondió, por lo que Bosch continuó con la comedia.

—La pieza más valiosa de mi colección es un *tanto* encontrado en el cuerpo de un japonés muerto en una cueva de Iwo Jima. El hombre lo había usado.

—¿Qué es eso? ¿Una pistola?

—No, un cuchillo.

Bosch fingió abrirse el estómago de izquierda a derecha con un cuchillo. Lori Lynn emitió un grito de asco y se fue a la otra punta de la barra.

—Pagué dos mil dólares por él —explicó Bosch—. Me habría costado menos si el japonés no... bueno, pues si no lo hubiera usado. ¿Se trajo algún recuerdo interesante de Iraq?

—De hecho, nunca llegué a estar en Iraq. Estuve destinado en Arabia Saudí y fui algunas veces a Kuwait. Mi unidad era de transporte.

Terminó de beberse el whisky. Bosch asintió con la cabeza y apuntó:

—Así que no llegó a entrar en acción, ¿eh?

Banks hizo chocar su vaso vacío contra la barra.

—Lori, ¿es que esta noche no trabajas o qué?

Se giró hacia Bosch y lo miró fijamente.

—Qué carajo, hombre, si algo no nos faltó fue acción. Nuestra unidad entera estuvo a punto de ser hecha pedazos por un misil SCUD. Y también nos cargamos a algunos, no crea. Y como decía, la unidad era de transporte, así que teníamos acceso a todo tipo de cosas... y sabíamos lo que había que hacer para meterlas en Estados Unidos.

Bosch se volvió hacia él como si de repente estuviera muy interesado. Pero esperó a que Lori Lynn terminase de servirle la copa al otro y se alejase de nuevo. Hablando en tono bajo y cómplice, explicó:

—Para que lo sepa, estoy buscando alguna cosa de la guardia republicana iraquí. ¿Sabe de alguien que tenga algo? Es la razón por la que siempre que llego a una ciudad me acerco al local de la VFW. Porque en estos locales es donde encuentro lo que me interesa. El *tanto* me lo vendió un anciano que conocí en el bar de la asociación en Tempe. De eso hará unos veinte años.

Banks asintió con la cabeza, tratando de seguir sus palabras entre una creciente nebulosa de alcohol.

—Bueno... conozco a algunos tipos que tienen de todo: armas, uniformes, lo que haga falta. Pero hay que pagarles y, hablando de pagar, podría empezar por comprar ese puto Gator que se ha pasado el día mirando.

Bosch asintió con la cabeza.

—Mensaje captado. Podemos hablarlo. Mañana me pasaré otra vez por el concesionario. ¿Cómo lo ve?

—Empezamos a entendernos, socio.

30

Bosch se las arregló para salir del local de la VFW sin tener que invitar a Banks a una copa y sin que este pareciese haber reparado en que Harry se había bebido menos de la mitad de su cerveza. Una vez sentado al volante de su coche, Harry condujo hasta el extremo más alejado del aparcamiento, donde había un embarcadero que daba al río. Aparcó junto a una fila de camiones de media distancia con los contenedores vacíos. Tuvo que esperar veinte minutos, pero Banks finalmente salió del bar y subió a su automóvil.

Bosch le había visto beberse tres whiskies en el bar. Y suponía que antes se había tomado otro y luego otro más, por lo menos. Le preocupaba la posibilidad de que Banks se mostrara verdaderamente incapacitado para conducir; en tal caso, Bosch tendría que presentarse como policía demasiado pronto y darle el alto para evitar la posibilidad de un accidente grave.

Pero Banks resultó ser un experto en conducir borracho. Se puso en camino y se dirigió al este por Hatch Road, por donde había venido. Bosch le seguía a cierta distancia, pero sin apartar la mirada de los faros traseros de su coche; no vio que hiciera ningún movimiento brusco. Banks parecía tener el coche bajo control.

Sin embargo, Bosch pasó diez minutos en tensión mientras seguía a Banks por el desvío de acceso a la autovía 99, donde el Toyota plateado se dirigió al norte. Una vez en la autovía, Bosch aceleró y se situó justamente detrás de Banks. Cinco minutos después pasaron junto a la salida de Hammett Road y un poco más adelante dejaron atrás el letrero que daba la bienvenida al condado de San Joaquín. Bosch puso la luz estroboscópica sobre el salpicadero y la conectó. Redujo aún más el espacio entre ambos vehículos e hizo parpadear los brillantes faros delanteros, iluminando el interior del coche de Banks. Bosch no llevaba sirena, pero era imposible que Banks no se diera cuenta de los fuegos artificiales que centelleaban a su espalda. Al cabo de unos segundos conectó el intermitente derecho.

Bosch contaba con que Banks no se detendría en el arcén de la autopista, y eso fue lo que pasó. El primer desvío hacia Ripon se encontraba a unos seiscientos metros. Banks redujo la marcha, torció por el desvío y a continuación salió de la calzada y detuvo el auto en el terreno de gravilla de un puesto de venta de fruta que estaba cerrado. Apagó el motor. El lugar estaba desierto y a oscuras, lo que resultaba perfecto para Bosch.

Banks no salió del coche para protestar, como suelen hacer los borrachos. Tampoco bajó el cristal de su ventanilla. Bosch se acercó con la linterna Maglite sobre el hombro, para que la luz brillante impidiese a Banks reconocer su rostro. Golpeó con los nudillos en la ventanilla, que Banks finalmente bajó de mala gana.

—No tiene ningún motivo para darme el alto, amigo —dijo, antes de que Bosch pudiera pronunciar palabra.

—Señor, llevo un buen rato siguiéndole, y no hace usted más que dar bandazos. ¿Ha estado bebiendo?

—¡Y una mierda!

—Baje del coche, por favor.

—Tenga.

Banks le tendió el carnet de conducir por la ventanilla abierta. Bosch lo cogió y lo levantó a la luz como si lo estuviera examinando. Pero sus ojos en realidad no se apartaban de Banks.

—Llame —dijo Banks, en claro tono desafiante—. Llame al sheriff Drummond cuanto antes y verá como le dice que se vuelva a su coche camuflado y se vaya a tomar por el saco lo antes posible.

—No necesito llamar al sheriff Drummond.

—Más le vale llamar, amigo, pues es su puto empleo el que está en juego. Hágame caso y llame de una puta vez, ande.

—No me ha entendido, señor Banks. No necesito llamar al sheriff Drummond porque no estamos en el condado de Stanislaus. Estamos en el condado de San Joaquín, y nuestro sheriff se llama Bruce Ely. Podría llamarle, pero no quiero molestarle por una tontería, solo porque un conductor parece estar borracho.

Bosch vio que Banks bajaba la cabeza al darse cuenta de que había cruzado el límite del condado, pasando de territorio protegido a no protegido.

—Salga del coche —dijo Bosch—. Que no tenga que repetírselo.

Banks llevó la mano con rapidez a la llave de contacto y trató de poner el motor en marcha. Pero Bosch estaba preparado para algo así. Al momento dejó caer la Maglite y metió los brazos por la ventanilla, agarró la mano de Banks y la apartó a tiempo de la llave de contacto. A continuación agarró a Banks por la muñeca con una mano mientras abría la puerta del coche con la otra. Sacó a Banks del interior, le hizo girar y le empujó hasta situarlo de bruces contra el lateral del vehículo.

—Está detenido, Banks. Por resistencia a un agente de la autoridad y como sospechoso de conducir ebrio.

Banks se debatió cuando Bosch le puso las manos tras la espalda para esposarlo; se las arregló para volver el rostro y mirar. La portezuela del coche estaba abierta y la luz interior estaba conectada. Pudo reconocer a Bosch.

—¿Usted?

—El mismo.

Bosch terminó de esposar a Banks.

—¿Qué mierda es todo esto?

—Una detención. La suya. Ahora vamos a ir andando a mi coche y, si vuelve a resistirse, lo que va a pasar será que tropezará y se caerá de morros, ¿entendido? Y luego va a estar escupiendo gravilla, Banks. ¿Es eso lo que quiere?

—No. Lo que quiero es un abogado.

—Podrá llamarlo desde el calabozo. Vamos.

Bosch lo agarró y echó a andar con él hacia el Crown Vic. La luz estroboscópica seguía titilando. Bosch condujo a Banks hacia la portezuela trasera del coche, hizo que se sentara y amarró el cinturón de seguridad en torno a su barriga.

—Si se le ocurre moverse un milímetro mientras conducimos, le voy a dar con la linterna en la boca. Y entonces necesitará a un dentista además de un abogado. ¿Queda claro?

—Sí. No voy a resistirme. Lléveme al calabozo y déjeme hablar con mi abogado de una vez.

Bosch cerró de un portazo. Volvió al coche de Banks, sacó el llavero del contacto y cerró la puerta con llave. Lo siguiente que hizo fue ir a su propio coche y coger la nota que ya utilizó la víspera y que decía: «Me he quedado sin gasolina». Fue con ella en la mano al coche de Banks y la puso bajo uno de los limpiaparabrisas.

Al volver a su automóvil, Bosch pudo distinguir vagamente otro coche iluminado por las luces de la autovía. Era de color oscuro y estaba aparcado en el arcén de la salida. Bosch no recordaba haber visto un automóvil aparcado en ese punto al salir detrás de Banks.

El interior del coche estaba demasiado oscuro para que Bosch pudiera ver si había alguien dentro. Abrió la portezuela de su propio vehículo, apagó la luz estroboscópica y encendió el motor. Salió de la gravilla derrapando y enfiló la carretera que discurría en paralelo a la autovía; lo hizo sin dejar de mirar por el retrovisor, tanto para vigilar a Banks como para vigilar al coche misterioso.

Bosch se detuvo en el aparcamiento del Blu-Lite y vio que tan solo había otros dos coches y que estaban estacionados en el extremo más alejado de su habitación. Dio marcha atrás hasta situar el lateral del vehículo a corta distancia de la puerta de su habitación.

—¿Qué pasa aquí? —quiso saber Banks.

Bosch no contestó. Salió, cogió la llave y abrió la puerta de su habitación. Volvió junto al coche, miró a ambos lados del aparcamiento y sacó a Banks del asiento trasero. Le hizo cruzar la puerta con rapidez, rodeándole el cuerpo con un brazo, como si estuviera ayudando a caminar a un borracho.

Una vez dentro de la habitación, encendió la luz, cerró la puerta de una patada y condujo a Banks hasta la silla junto a la mesa, enfocada por las dos luces de las mesitas de noche.

—Esto es irregular —protestó Banks—. Lo que tiene que hacer es registrar mi detención y dejar que llame a un abogado.

Bosch seguía sin responder. Se situó detrás de Banks, le quitó la esposa de una de las muñecas y pasó la cadena y la esposa por los dos barrotes del respaldo de la silla. Luego volvió a esposarle la muñeca a Banks, a quien ahora tenía sujeto a la silla.

—Se le va a caer el pelo —juró Banks—. No me importa en qué condado estemos; esto no puede hacerlo. ¡Quíteme las esposas, cabrón!

Bosch no respondió. Se acercó a la cocina americana y llenó un vaso de plástico con agua del grifo. Volvió junto a la mesa y se sentó. Bebió un poco de agua y dejó el vaso en la mesa.

—¿Va a escucharme de una puta vez? Yo conozco a gente. A gente que tiene mucho poder en este valle. Y le estoy diciendo que la ha jodido a base de bien.

Bosch se lo quedó mirando sin hablar. Pasaron varios segundos. Banks tensó los músculos, y Bosch oyó el metálico roce de las esposas contra los barrotes del respaldo de la silla. Pero el esfuerzo no sirvió de nada. Derrotado, Banks echó la cabeza hacia delante y gritó:

—¿Va a decir algo de una vez?

Bosch sacó el teléfono móvil y lo dejó en la mesa. Bebió otro sorbo de agua y se aclaró la garganta. Finalmente, habló con voz clara y tranquila, utilizando una variante del argumento que había empleado con Rufus Coleman la semana anterior.

—Este es el momento más importante de su vida. La decisión que va a tomar es la decisión más importante de su vida.

—No sé de qué coño me está hablando.

—Sí que lo sabe. Lo sabe perfectamente. Y si quiere salvarse, ya puede empezar a contármelo todo. Porque eso es lo que tiene que decidir: si va a salvarse o no.

Banks meneó la cabeza como si estuviera tratando de quitarse de encima una pesadilla.

—Pero, por favor... Esto es de locos. Usted no es policía, ¿verdad? Porque se trata de eso. Es usted un chalado que se dedica a hacer cosas así. Si es de la policía, muéstreme la placa. Enséñemela, cabrón, vamos.

Bosch tan solo se movió para beber un nuevo sorbo de agua. Se mantenía a la espera. Las luces de un automóvil barrieron las ventanas, y Banks aprovechó para ponerse a gritar.

—¡Eh! ¡Socorro! ¡Me han...!

Bosch cogió el vaso y arrojó lo que quedaba del agua al rostro de Banks, para hacerle callar. Fue corriendo al cuarto de baño y cogió una toalla. Al salir, Banks estaba tosiendo y resollando, y Bosch le amordazó con la toalla que luego anudó tras la nuca. Le cogió por el pelo, movió su cabeza hasta situarla en ángulo y musitó al oído de Banks.

—La próxima vez que vuelva a gritar, no voy a ser tan considerado.

Bosch se acercó a la ventana y entreabrió las persianas con un dedo. No vio más que los dos coches que ya estaban en el aparcamiento. Quienquiera que fuese el que acababa de entrar en el aparcamiento parecía haber dado media vuelta y salido por donde había venido. Se volvió para mirar a Banks, se quitó la americana y la tiró sobre la cama, dejando al descubierto la pistola que guardaba en una funda junto a la cadera. Se sentó frente a Banks.

—Y bien, ¿por dónde íbamos? Por su decisión, esto es. Esta noche va a tener que tomar una decisión, Reggie. La decisión inmediata es la de contármelo todo o no. Pero esta decisión tiene muchas implicaciones para usted. En el fondo se trata de decidir si quiere pasar el resto de su vida en la cárcel o si prefiere enmendar un poco su situación cooperando con nosotros. ¿Sabe lo que quiere decir enmendar? Quiere decir mejorar.

Banks meneó la cabeza, pero no en señal de negativa, sino de incredulidad ante una situación así.

—Dentro de un momento voy a quitarle la mordaza, y si vuelve a gritar otra vez... Bueno, las consecuencias serían muy serias. Pero antes de quitársela, quiero que se concentre en lo que voy a decirle en los próximos minutos, porque me interesa que entienda bien cuál es la situación en la que se encuentra. ¿Entendido?

Banks asintió con diligencia e incluso trató de expresar su acuerdo a través de la mordaza, si bien lo que le salió fue un sonido ininteligible.

—Bien —dijo Bosch—. Le cuento. Usted forma parte de una conspiración que data de hace más de veinte años. De una conspiración iniciada a bordo de un barco llamado Saudi Princess y que se extiende hasta este mismo momento.

Bosch vio que los ojos de Banks se abrían de miedo al comprender lo que acababa de escuchar. En su rostro se estaba pintando una expresión de pavor.

—¿Va usted a pasarse pero que muchos años en la cárcel o va a cooperar y a ayudarnos a desmontar esta conspiración? Si coopera, es posible que sea tratado con un poco de indulgencia y consiga evitar la cadena perpetua. ¿Puedo quitarle la mordaza ya? Banks asintió vigorosamente con la cabeza. Bosch extendió el brazo por encima de la mesa y le sacó la toalla de la cabeza sin demasiadas contemplaciones.

—Hecho —dijo.

Bosch y Banks se miraron el uno al otro un largo instante. Y entonces Banks habló con marcada desesperación en la voz.

—Por favor, señor... No sé qué coño quiere decir con eso de las conspiraciones y demás. Yo me gano la vida vendiendo tractores. Usted mismo lo ha visto, hombre. Es a lo que me dedico. Si quiere preguntarme por un tractor John...

Bosch soltó un manotazo en la mesa.

—¡Ya está bien!

Banks guardó silencio, y Bosch se levantó. Fue hacia a la mochila, sacó la carpeta con los papeles del caso y la llevó a la mesa. Por la mañana había dispuesto su contenido de tal forma que, al abrirla, las fotos y los documentos apareciesen en la secuencia que más le convenía. Bosch la abrió, y lo que apareció fue una de las fotos de Anneke Jespersen abatida en el callejón. La deslizó sobre la mesa y la situó frente a Banks.

—Esta es la mujer a la que mataron entre los cinco. Y cuyo asesinato luego encubrieron.

—Está loco. Esto es...

Bosch deslizó en su dirección la siguiente imagen: una foto del arma del crimen.

—Y esta es la pistola del ejército iraquí con la que le dispararon. Una de las armas capturadas en el Golfo que entraron ilegalmente en el país, como usted mismo me dijo antes.

Banks se encogió de hombros.

—¿Y? ¿Y qué van a hacerme por eso? ¿Retirarme la tarjeta de la VFW? Pues vaya una puta mierda. Quíteme esas fotos de delante, venga.

332

Bosch movió otra instantánea en su dirección. Banks, Dowler, Cosgrove y Henderson junto a la piscina del Saudi Princess.

—Y aquí están ustedes cuatro en el Princess, la noche antes de que se emborracharan y violaran a Anneke Jespersen.

Banks denegó con la cabeza, pero Bosch vio que esta última foto había dado en el blanco. Banks estaba asustado porque comprendía que era el eslabón débil de la cadena. Dowler también podía serlo, pero no era Dowler el que estaba esposado a una silla. Era él.

El miedo y la angustia que bullían en su interior llevaron a Banks a cometer un error colosal.

—Los casos de violación prescriben a los siete años, así que no tiene por dónde pillarme. Yo no tuve nada que ver con toda esa otra mierda.

Se trataba de una revelación crucial por su parte. Hasta ese momento, Bosch defendía una teoría de conspiración sin pruebas que la respaldase. La jugada hecha a Banks tan solo tenía un propósito: hacer que se volviera contra los demás. Convertirlo en la prueba incriminatoria contra todos ellos.

Pero Banks no parecía darse cuenta de lo que había revelado. Bosch pilló la ocasión al vuelo.

—¿Fue eso lo que Henderson dijo? ¿Que ya no podían juzgaros por violación? ¿Por eso amenazó a Cosgrove con destapar el pastel? ¿Porque quería dinero para montar su propio restaurante?

Banks no respondió. Daba la impresión de sentirse anonadado por lo mucho que Bosch sabía. Y Harry estaba dando palos de ciego, aunque basándose en el tipo de relación existente entre los hombres que estuvieron en el barco.

—Solo que la maniobra le salió mal a Henderson, ¿verdad?

Bosch asintió con la cabeza, a modo de confirmación de sus propias palabras. Vio que en los ojos de Banks aparecía cierto brillo de comprensión. Era lo que estaba esperando.

—Eso mismo —dijo Bosch—. Dowler nos lo ha confesado

todo. No quiere pasarse el resto de su vida entre rejas, así que ha estado cooperando.

Banks denegó con la cabeza.

—Eso es imposible. Acabo de hablar con él. Por teléfono. Justo después de que se marchara usted del local.

Era el problema de improvisar. Uno nunca sabía en qué momento su historia iba a toparse con hechos irrefutables. Bosch trató de disimular. Esbozó una sonrisa avisada, asintió con la cabeza y espetó:

—Pues claro que ha hablado con él. Solo que Dowler estaba con nosotros cuando le ha llamado. Y le ha dicho exactamente lo que queríamos que le dijera. Y luego ha seguido contándonos más cosas sobre usted y Cosgrove y Drummond... Drummer, como por entonces le apodaban.

Bosch vio que los ojos de Banks se tornaban crédulos, pues alguien tenía que haberle contado a Bosch la existencia de dicho sobrenombre. Bosch no podía habérselo inventado por su cuenta.

Bosch fingió examinar la carpeta sobre la mesa, como si se estuviera cerciorando de que no olvidaba nada.

—Reg, lo tiene usted mal. Cuando todo esto llegue ante un gran jurado y los cuatro estén acusados de asesinato, violación, conspiración y demás, ¿qué clase de abogados van a contratar Cosgrove y Drummond? ¿Y qué clase de abogado va a poder contratar usted? Y cuando les carguen el muerto y digan que todo fue cosa de usted, Dowler y Henderson, ¿a quién cree que el jurado hará más caso? ¿A ellos o a usted?

Con las manos esposadas a la silla, Banks trató de erguirse, pero apenas logró enderezarse unos centímetros. Así que echó la cabeza hacia delante con miedo y rabia en el gesto.

—La cosa ha prescrito —dijo—. A mí no pueden juzgarme por lo del barco, y eso fue lo único que hice.

Bosch meneó la cabeza pausadamente. La mente criminal

siempre le sorprendía por su capacidad para distanciarse de sus crímenes y para racionalizarlos.

—No se atreve ni a decirlo con todas sus letras, ¿verdad? Lo del barco, dice. Pero fue una violación. Porque ustedes la violaron. Y tampoco conoce muy bien la ley, por lo que veo. Una conspiración criminal establecida para el encubrimiento de un crimen constituye la prolongación de dicho crimen. Así que aún puede ser juzgado, Banks. Y van a juzgarlo.

Bosch estaba improvisando sobre la marcha, inventándose lo que hiciera falta. Era lo que tenía que hacer, pues tan solo le servía un resultado: tenía que persuadir a Banks, hacerlo hablar y convencerlo para que testificara y aportara pruebas contra los demás. Todas las amenazas sobre un juicio y la cárcel en el fondo carecían de fundamento. Harry contaba con unas pruebas circunstanciales muy débiles a la hora de relacionar a Banks y los otros con el asesinato de Anneke Jespersen. No tenía testigos ni pruebas físicas que establecieran dicha relación de forma irrefutable. Contaba con el arma del crimen, pero era incapaz de ponerla en manos de alguno de los sospechosos. Sí que podía demostrar la estrecha proximidad entre la víctima y los sospechosos durante la guerra del Golfo y, un año más tarde, en South Los Ángeles; pero eso no bastaba para probar un asesinato. Bosch sabía que no era suficiente, y que ni el fiscal de distrito más novato de Los Ángeles tocaría un caso así. Harry tan solo tenía una oportunidad, que consistía en «darle la vuelta» a un miembro del grupo. Con engaños o como fuese, tenía que conseguir que Banks se viniera abajo y confesara lo sucedido.

Banks negó con la cabeza, como si estuviera intentando apartar de la mente algún pensamiento o imagen; como si creyera que menear la cabeza le podía servir para evadirse de aquella realidad insoportable.

—No, no puede, usted... Tiene que ayudarme —dijo de pronto—. Voy a contárselo todo, pero tiene que ayudarme. Tiene que prometérmelo.

—Yo no puedo prometerle nada, Reggie. Lo que sí que puedo hacer es ir a ver al fiscal y hablarle bien de usted. Y si hay una cosa que tengo clara es que los fiscales siempre cuidan de sus testigos clave. Si le interesa, lo que tiene que hacer es empezar a hablar y contármelo todo. Todo. Y no puede decirme una sola mentira. Una mentira, y todo se va al garete. Y a usted le cae la perpetua.

Dejó que el otro asumiera sus palabras antes de continuar. Ahora iba a decidirse si podría incriminar a los demás o no. Era una ocasión única, y si la perdía, ya nunca tendría otra.

—Y bien —repuso—. ¿Está dispuesto a hablar?

Banks asintió con expresión vacilante.

—Sí —dijo—. Voy a hablar.

31

Bosch tecleó la contraseña en su móvil, conectó la aplicación de grabación e inició la entrevista. Se identificó a sí mismo, mencionó de qué caso se trataba y procedió a identificar a Reginald Banks, del que dio su edad y dirección. Leyó a Banks sus derechos de una tarjeta que tenía en el estuche de la placa, y Banks dijo que entendía cuáles eran sus derechos y que estaba dispuesto a cooperar, dejando claro que no quería hablar antes con un abogado.

Banks pasó a relatar en noventa minutos una historia que se remontaba a veintiún años atrás. No llegó a usar la palabra «violación», pero reconoció que cuatro de ellos —Banks, Dowler, Henderson y Cosgrove— mantuvieron relaciones sexuales con Anneke Jespersen en un camarote del navío mientras la periodista danesa estaba incapacitada por efecto de una droga que Cosgrove había deslizado en su bebida. Banks dijo que Cosgrove llamaba a aquella droga «el rompecoños», y que les explicó que era un producto que suministraban al ganado para tranquilizarlo antes de transportarlo.

Bosch entendió que se trataba de un sedante empleado en veterinaria y llamado Rompun. Sabía de su existencia porque ya había aparecido en otros casos que había llevado.

Banks agregó que Jespersen se había convertido en el blanco específico de Cosgrove, ya que este les dijo a los demás que creía que era una rubia natural y que nunca antes se había acostado con una mujer de ese tipo.

Cuando Bosch preguntó si J. J. Drummond se encontraba en el camarote durante lo sucedido, Banks respondió que «no de forma física». Según agregó, Drummond estaba al corriente de lo sucedido pero no había tomado parte en el asunto. Y añadió que los cinco hombres de California no eran los únicos integrantes de la 237.ª compañía que se encontraban de permiso en el barco esos días, pero que nadie más estuvo implicado en lo sucedido.

Banks lloraba mientras contaba la historia, y varias veces se mostró arrepentido de haber tomado parte en el episodio del camarote.

—Era la guerra, amigo. La guerra te volvía medio tarado.

Bosch había oído esa excusa antes, la idea de que los miedos y las angustias de vida y muerte de la guerra en cierto modo amparaban las acciones criminales o despreciables que uno no cometería ni por asomo en su propio país. Era una argumentación empleada para excusar todo tipo de aberraciones, desde el exterminio de todos los habitantes de una aldea hasta la violación en grupo de una mujer semiinconsciente. Bosch no la aceptaba, y se decía que Anneke Jespersen había tenido razón: ese tipo de sucesos constituían crímenes de guerra y no podían ser excusados. Harry era de la opinión de que la guerra sacaba a relucir la verdadera naturaleza —buena o mala— de una persona. Banks y los demás no le inspiraban la menor lástima.

—¿Fue esa la razón por la que Cosgrove llevaba el rompecoños en el petate al salir de Estados Unidos? ¿Por si la guerra le volvía medio tarado? ¿Con cuántas otras mujeres usó el rompecoños? ¿Y con cuántas lo había usado antes? ¿En el colegio, por ejemplo? Porque algo me dice que fuisteis todos al mismo instituto. Y algo me dice que ya habíais probado eso del rompecoños antes del barco.

—No, oiga, yo nunca hice nada de eso. Yo nunca había usado esa cosa. Ni siquiera me enteré de que se la había metido a la chica en el vaso, fíjese lo que le digo. Yo pensaba, bueno, pues que la chavala estaba borracha, y punto. Fue Drummond quien me lo contó todo.

—¿Y ahora de qué me está hablando? Acaba de decirme que Drummond no estuvo presente.

—Y no lo estuvo. Drummond me lo contó luego. Después de volver aquí. Drummond sabía lo que había pasado en el camarote. Lo sabía todo.

Bosch necesitaba saber más antes de evaluar el papel preciso que Drummond había jugado en los crímenes cometidos con Anneke Jespersen. Con la idea de mantener a Banks en tensión, de repente efectuó un salto en el tiempo hasta los desórdenes en Los Ángeles de 1992.

—Ahora hábleme de lo que pasó en Crenshaw Boulevard —indicó.

Banks meneó la cabeza.

—¿Cómo? Yo de eso no puedo decirle nada.

—¿Cómo que no puede decirme nada? Usted estuvo allí.

—Bueno, sí que estuve allí, pero no allí precisamente, no sé si me entiende.

—No, no le entiendo. Explíquese.

—Bueno, claro que estaba allí. Nos habían movilizado. Pero me encontraba lejos del callejón cuando le pegaron el tiro a la chavala. A Henderson y a mí nos habían asignado el control de documentos de identidad en el puesto situado en la otra punta de la formación.

—¿Me está diciendo, y le recuerdo que lo grabo todo, que no llegó a ver a Anneke Jespersen, ni viva ni muerta, durante el tiempo que estuvo en Los Ángeles?

El tono formal de la pregunta hizo que Banks se detuviera a pensarlo mejor. Sabía que le estaban grabando, y Bosch antes le había dicho de forma explícita que tan solo diciendo la verdad podía albergar esperanzas. Si mentía, aunque fuera una sola vez, todo se iría al garete, y ni el propio Bosch estaría capacitado para mejorar su situación.

En su calidad de testigo cooperante, Banks ya no estaba esposado. Se mesó los cabellos con nerviosismo. Dos horas antes estaba sentado a la barra del local de la VFW, y ahora estaba luchando por su vida, en sentido figurado. Una vida que, desde luego, iba a ser muy distinta después de esta noche.

—A ver un momento, no es eso lo que estoy diciendo. Sí que la vi. La vi, pero no tenía idea de que fuesen a pegarle un tiro en ese callejón. Yo estaba muy lejos de allí. Me enteré de que la muerta era ella al volver aquí, unas dos semanas después. Es la pura verdad.

—Muy bien, pues cuénteme eso de que la vio.

Banks explicó que, poco después de la llegada a Los Ángeles de la 237.ª compañía como parte del operativo antidisturbios, Henderson dijo a los demás que había visto a «la rubia del barco» junto a otros periodistas en el exterior del Coliseum, donde las unidades de la guardia nacional californiana estaban agrupadas tras el largo viaje en convoy de camiones desde Central Valley.

Los otros al principio no creyeron a Henderson, pero Cosgrove envió a Drummond a espiar, dado que Drummond no había estado en el camarote del Saudi Princess y no podían reconocerlo.

—Ya. ¿Y cómo podía él reconocerla? —preguntó Bosch.

—Porque la había visto en el barco y sabía qué pinta tenía. Lo que Drummond no hizo fue ir con nosotros al camarote. Recuerdo que comentó que las multitudes le ponían nervioso.

Bosch tomó nota mental e instó a Banks a proseguir. El otro dijo que Drummond volvió al cabo de un rato e informó de que la chica efectivamente estaba entre los periodistas.

—Recuerdo que nos preguntamos qué era lo que quería y cómo carajo nos había localizado. Pero Cosgrove no estaba preocupado. Decía que la chica no podía demostrar nada. Por entonces aún no existía lo del ADN y esas otras cosas de la serie CSI, no sé si me explico.

—Se explica bien. Pero ¿cuándo la vio usted personalmente?

Banks declaró que vio a Jespersen después de que su unidad recibiera orden de dirigirse a Crenshaw Boulevard. La periodista había seguido a los vehículos de transporte y estaba fotografiando a los integrantes de la unidad en el momento de ser desplegados por el bulevar.

—Parecía ser un fantasma que nos estuviera siguiendo, haciéndonos fotos. Se me pusieron los pelos de punta. A Henderson también. Se nos ocurrió que igual tenía previsto escribir un artículo sobre nosotros o algo parecido.

—¿La mujer habló con usted?

—Conmigo no. En ningún momento.

—¿Y con Henderson?

—No, que yo viera, y Henderson estuvo a mi lado casi todo el tiempo.

—¿Quién la mató, Reggie? ¿Quién la condujo al callejón y la mató?

—Ojalá lo supiera, porque se lo diría. Pero yo no estuve allí.

—¿Y ustedes cinco después no hablaron de lo sucedido?

—Bueno, sí que lo estuvimos hablando, pero nadie dijo quién había sido. Drummer tomó la voz cantante y propuso hacer un pacto de silencio. Dijo que Carl era rico y que nos arreglaría la vida a todos siempre y cuando estuviéramos calladitos sobre lo sucedido. Y que si alguno hablaba, haría lo posible por incriminarnos a todos.

—¿Cómo?

—Dijo que tenía pruebas del crimen. Y que lo sucedido en el barco era un motivo de asesinato, por lo que todos seríamos acusados. Por conspiración para cometer un asesinato.

Bosch asintió con la cabeza. Lo dicho por Banks encajaba con su propia teoría.

—Y bien, ¿quién fue el que disparó a la mujer? ¿Fue Carl? ¿Es la impresión que tuvo en ese momento?

Banks se encogió de hombros.

—Bueno, sí, es lo que siempre pensé. Que la empujó al interior del callejón o la atrajo hacia allí de alguna forma mientras los demás vigilaban. Los tres estaban allí. Carl, Frank y Drummer. Pero Henderson y yo no, amigo. Lo digo de verdad.

—Y, la noche siguiente, Frank Dowler entra en el callejón para echar una meada y resulta que «descubre» el cadáver.

Banks se contentó con asentir con la cabeza.

—¿Por qué? ¿Por qué se tomaron la molestia? ¿Por qué no se limitaron a dejar el cuerpo donde estaba? Lo más probable era que nadie lo encontrase en unos cuantos días.

—No lo sé. Supongo que pensaban que si alguien lo encontraba durante los disturbios, la investigación sería más complicada. Que tendrían que investigar deprisa y corriendo, de mala manera. Drummer era alguacil del sheriff de por aquí y sabía cómo funcionaban esas cosas. No hacíamos más que oír que nadie estaba haciendo lo que había que hacer. La situación en la ciudad era de locos.

Bosch se quedó mirándolo un rato largo.

—Bueno, en ese punto tenían razón —convino.

Bosch se puso a considerar las preguntas que aún le quedaban por hacer. A veces, un testigo empezaba a revelar tantos aspectos de un caso o un crimen que resultaba difícil seguirle el ritmo. Se acordó de que la pistola era lo que le había llevado a encontrarse con Banks en la habitación de este motel. «Hay que seguirle el rastro a la pistola», se dijo.

—¿De quién era la pistola con que la mataron? —inquirió.

—No lo sé. Mía no era. La mía la tengo en casa, metida en una caja fuerte.

—¿Todos tenían pistolas Beretta procedentes de Iraq?

Banks asintió con la cabeza y explicó que su unidad estuvo

transportando cargamentos de armamento iraquí confiscado hasta un gran agujero excavado en el desierto saudí, para su destrucción con explosivos y posterior cubrimiento con arena. Casi todos los miembros de la compañía asignados a la operación se hicieron con algunas armas cortas de las acumuladas en los camiones, incluyendo los cinco hombres que luego iban a encontrarse en el Saudi Princess al mismo tiempo que Anneke Jespersen. Más tarde las armas se enviaron a Estados Unidos, escondidas por el propio Banks —el suboficial al cargo del inventario de la compañía— en el fondo de las cajas de cartón con material de la unidad.

—Era como si el zorro estuviera al mando del gallinero —dijo Banks—. La nuestra era una compañía de transporte, y yo era uno de los soldados encargados de desmontar todas las armas y esconder las piezas en las cajas de cartón. Meter las pistolas en Estados Unidos fue pan comido.

—Y, una vez en nuestro país, se las repartieron.

—Eso mismo. Pero yo lo único que sé es que tengo mi pistola metida en la caja fuerte de mi casa, lo que demuestra que yo no fui el que mató a la chica.

—Cuando fueron asignados a Los Ángeles, ¿se llevaron esas pistolas consigo?

—No sé. Yo no la llevaba, desde luego. Uno siempre tenía que estar escondiéndola.

—Pero iban ustedes a una ciudad que estaba completamente fuera de control. Lo habían visto en televisión. ¿No pensaron en cargar con un arma extra, por si las moscas?

—No lo sé. Yo, al menos, no.

—¿Y los demás?

—No lo sé, hombre. A esas alturas ya no estábamos tan unidos, ¿comprende? Después de la operación Tormenta del Desierto, cada uno volvió a su casa y se dedicó a lo suyo. Y luego nos movilizaron a todos otra vez y nos enviaron a Los Ángeles. Pero nadie preguntó a los demás si llevaban encima las pistolas de Iraq.

—Muy bien. Pero una cosa más en relación con las pistolas. ¿Quién borró los números de serie de las armas?

Banks lo miró confuso.

—¿Qué quiere decir? Ninguno de nosotros hizo eso, que yo sepa.

—¿Está seguro? La pistola con la que mataron a la mujer en el callejón tenía el número de serie borrado. ¿Me está diciendo que eso no lo hicieron ustedes? ¿Que no limaron los números de serie?

—No. ¿Para qué íbamos a hacer una cosa así? Las pistolas solamente eran un recuerdo de la guerra. Una especie de souvenir.

Bosch iba a tener que meditar la respuesta de Banks. Charles Washburn había insistido en que la pistola que encontró en el jardín trasero de su casa ya tenía el número de serie borrado. Eso cuadraba con el hecho de que el autor del disparo había tirado el arma al otro lado del vallado después de cometer el asesinato, lo que denotaba su convicción de que nadie iba a poder relacionarlo nunca con esa pistola. Pero si Banks estaba diciendo la verdad, no todos los miembros del quinteto del Saudi Princess borraron los números de serie. Tan solo uno de ellos lo hizo. Había algo siniestro en dicha circunstancia. Por lo menos, uno de aquellos cinco hombres sabía que la pistola, con el tiempo, iba a ser algo más que un simple recuerdo de guerra; que la pistola, un día, iba a ser utilizada.

Bosch pensó en lo que tenía que preguntar a continuación. Era importante documentar todos los aspectos de la historia, así como la relación fluida y cambiante entre los cinco hombres que estuvieron en el barco.

—Hábleme de Henderson. ¿Qué cree que fue lo que le pasó?

—Que alguien lo mató. Eso fue lo que pasó.

—¿Quién?

—Pues no lo sé, colega. Lo único que sé es que Henderson me dijo que podíamos estar tranquilos, que lo del barco ya había prescrito. Y que nosotros no habíamos tenido nada que ver con lo sucedido en Los Ángeles, así que también podíamos estar tranquilos a ese respecto.

Banks explicó que no volvió a hablar con Henderson desde entonces. Un mes más tarde, Henderson fue asesinado durante el atraco al restaurante del que era encargado.

—Cosgrove era el propietario de ese restaurante —recordó Bosch.

—Pues sí.

—La prensa por entonces dijo que Henderson estaba empezando a montar su propio restaurante. ¿Sabe alguna cosa al respecto?

—También lo leí en el periódico, pero yo no sabía nada de todo eso.

—¿Cree que el asesinato fue una simple coincidencia?

—No. Para mi fue una especie de mensaje. Creo que Chris pensaba que lo del barco había prescrito y ya no podrían juzgarle, por lo que estaba convencido de que podía chantajear a Carl. Fue a hablar con él y le dijo que le metiera en el negocio o se atuviera a las consecuencias. Y entonces se lo cargaron. Ya sabe que nunca encontraron al que se lo cargó, y nunca van a encontrarlo.

—¿Quién se lo cargó?

—¿Y yo cómo coño voy a saberlo? Carl está forrado de pasta. Y si necesita algo, pues va y lo encarga. A ver si nos entendemos.

Bosch asintió con la cabeza. Entendía. Cogió la carpeta y ojeó su contenido, en busca de inspiración para nuevas preguntas. Se encontró con varias fotos de cámaras fotográficas como las que se sabía que Anneke Jespersen había estado usando. Después de los disturbios, el DICD había hecho circular las fotos por las casas de empeños del barrio, pero sin resultados.

—¿Qué pasó con las cámaras fotográficas de la mujer? No estaban junto a su cuerpo. ¿Vio a alguien cargando con cámaras?

Banks denegó con la cabeza. Bosch insistió.

—¿Y qué me dice de los carretes? ¿Cosgrove mencionó en algún momento que hubiera sacado los carretes de la cámara?

—A mí no me consta nada de eso. Y es que yo no sé nada de lo que pasó en el callejón, hombre. ¿Cuántas veces tengo que decírselo? Yo no estaba allí.

Bosch de pronto recordó que había olvidado efectuar una pregunta clave, descuido que se reprochó en silencio. Harry tenía claro que tan solo disponía de esta oportunidad para aclarar las cosas con Banks. Una vez que la investigación siguiera adelante, Banks contaría con un abogado. Incluso si su abogado le aconsejaba seguir cooperando, era improbable que Bosch volviera a tener ocasión de sentarse a hablar a solas con él, sin abogados en la estancia y marcando la pauta de la conversación. Tenía que sacarle todo lo posible a Banks en este preciso momento.

—¿Y qué me dice de la habitación del hotel donde estuvo alojada Jespersen? Alguien entró en ella después de su muerte, alguien que tenía la llave porque se la quitó del bolsillo después de matarla.

Banks meneó la cabeza antes de que Bosch terminara de formular la pregunta. Harry lo interpretó como que la cosa le sonaba.

—Yo de eso no sé nada —dijo Banks.

—¿Está seguro? —preguntó Bosch—. Si está ocultando algo, es lo mismo que si me estuviera mintiendo. Y si le pillo por ahí, no hay trato que valga; haré todo lo posible para que le encierren en la trena.

Banks cedió.

—Mire, yo no sé mucho. Pero cuando estábamos en Los Ángeles oí que a Drummer le habían herido y enviado al hospital. Me dijeron que había sufrido una conmoción cerebral y que estuvo hospitalizado una noche entera, pero Drummer luego me dijo que todo había sido un cuento chino. Me contó que Carl y él habían organizado un montaje para que pudiese ir al motel de la chica, entrar en el cuarto con su llave y mirar si tenía alguna cosa que, bueno, que nos incriminara por lo sucedido en el barco.

Bosch estaba al corriente de la historia oficial. Drummond, el héroe de guerra, fue el único integrante de la 237.ª que resultó herido durante el operativo en Los Ángeles. Todo había sido un engaño, parte de un montaje para encubrir una violación en grupo y un asesinato. Y ahora, con el apoyo económico de uno de los hombres a los que entonces había encubierto, Drummond estaba cumpliendo su segundo mandato como sheriff y aspiraba a ser elegido congresista en Washington.

—¿Qué más le dijeron? —insistió Bosch—. ¿Qué fue lo que se llevaron de su habitación?

—De lo único que me enteré fue de que Drummer encontró sus notas. Una especie de diario en el que la chica detallaba el seguimiento que nos había estado haciendo. Parece que había estado tratando de averiguar quiénes éramos exactamente y que tenía pensado escribir un libro sobre lo sucedido, o eso creo recordar.

—¿Drummond sigue conservando esas notas?

—No tengo ni idea. Yo ni siquiera llegué a verlas.

Bosch se dijo que Drummond sin duda aún conservaba aquel diario. El diario y su conocimiento de lo que había sucedido eran lo que le permitía mantener bajo control a los otros cuatro. Y en particular a Carl Cosgrove, que era rico y poderoso, y podía ayudarle a conseguir sus ambiciones políticas.

Bosch consultó el teléfono móvil; seguía grabando, y el reloj indicaba que llevaban noventa y un minutos de conversación. Había otra cuestión sobre la que quería preguntar a Banks.

—Hábleme de Alex White.

Banks meneó la cabeza con expresión confusa.

—¿Quién es Alex White?

—Un cliente suyo de hace tiempo. Hace diez años, usted le vendió un tractor segadora en el concesionario.

—Bueno. Pero, ¿y eso qué...?

—El día que White vino a llevarse el tractor, usted llamó al LAPD y utilizó su nombre para preguntar sobre el caso Jespersen.

Bosch vio que en los ojos de Banks aparecía un destello de reconocimiento.

—Ah, sí. Es verdad. Yo fui quien llamó.

—¿Por qué? ¿Por qué hizo esa llamada?

—Porque tenía curiosidad por saber qué había pasado con la investigación. Había estado leyendo un periódico que alguien había dejado tirado junto a la máquina de café, y había un artículo recordando los diez años que habían transcurrido desde los disturbios. Así que llamé y pregunté por el caso. Me pusieron con varias personas y, al final, un fulano habló conmigo. Pero me dijo que tenía que darle mi nombre; si no, no iba a poder decirme nada. Y, bueno, pues no sé. Vi ese nombre en el papel que tenía delante, o lo que fuera, y le dije que me llamaba Alex White. El otro no me había pedido el teléfono ni nada por el estilo, así que daba lo mismo.

Bosch asintió con la cabeza. Era consciente de que si Banks no hubiera efectuado esa llamada, seguramente no habría podido establecer la relación con Modesto y el caso seguiría estando abierto.

—De hecho, la policía anotó el número desde el que hizo la llamada —dijo a Banks—. Es la razón por la que estoy aquí.

Con expresión sombría, Banks asintió con la cabeza.

—Pero hay algo que no entiendo —dijo Bosch—. ¿Por qué hizo esa llamada? Nadie sospechaba de ustedes. ¿Para qué arriesgarse a despertar sospechas?

Banks se encogió de hombros.

—No lo sé. Fue una especie de impulso. El artículo del periódico me llevó a pensar en aquella chica, en lo que había pasado. Y empecé a preguntarme si todavía andaban buscando a alguien.

Bosch consultó su reloj. Eran las diez en punto de la noche. Tarde, pero no quería esperar al día siguiente para trasladar a

Banks en coche a Los Ángeles. Quería seguir adelante con la investigación a toda costa y sin perder un minuto.

Puso fin a la grabación y la guardó. Y, para ser un hombre no muy devoto de las nuevas tecnologías, Bosch a continuación hizo algo inusual: empleó el correo electrónico del móvil para enviar el archivo sonoro a su compañero Chu. Por si el móvil se le averiaba, el archivo estaba dañado o se le caía el teléfono por el retrete. Por si acaso. Quería salvaguardar el testimonio de Banks como fuese.

Esperó hasta oír el sonido de molinillo del teléfono móvil, indicador de que el correo electrónico se había enviado al destinatario. Se levantó de la silla.

—Muy bien. Hemos terminado por hoy.

—¿Va a llevarme a mi coche?

—No, Banks, usted se viene conmigo.

—¿Adónde?

—A Los Ángeles.

—¿Ahora?

—Ahora. Levántese.

Pero Banks no se movió.

—Oiga, no tengo ganas de ir a Los Ángeles. Lo que quiero es irme a casa. Tengo hijos.

—Ya. ¿Y cuándo fue la última vez que vio a sus hijos?

Banks guardó silencio. No tenía respuesta.

—Era lo que pensaba. Vámonos. Levántese.

—¿Por qué tenemos que ir ahora? Déjeme marcharme a casa.

—Escúcheme bien, Banks. Usted se viene conmigo a Los Ángeles ahora mismo. Por la mañana voy a hacer que se siente delante de un ayudante del fiscal del distrito, quien se encargará de tomarle declaración y seguramente pondrá en marcha los trámites para un juicio. Y luego decidirá cuándo se vuelve usted a casa.

Banks seguía sin moverse. Era un hombre paralizado por el pasado. Se daba cuenta de que, escapara o no a ser enjuiciado por un crimen, su vida tal como la conocía había terminado para siempre. En Modesto y en Manteca, todo el mundo iba a enterarse del papel que había desempeñado en el caso... Tanto entonces como ahora.

Bosch recogió las fotos y los documentos y los devolvió al interior de la carpeta.

—Voy a explicarle lo que hay —dijo—. Ahora mismo vamos a salir para Los Ángeles. Puede ir sentado delante y a mi lado o puedo detenerlo formalmente, esposarlo y sentarlo en el asiento trasero. El viaje por carretera es largo, y si va encorvado en el asiento de atrás durante horas y horas, lo más probable es que nunca más en la vida vaya a poder andar de forma normal. Y bien, ¿cómo prefiere hacer el viaje?

—Muy bien, muy bien. Voy con usted. Pero antes tengo que echar una meada. Ya vio que me tomé unas cuantas copas, y no fui al baño mientras estuve en el local de la VFW.

Bosch frunció el ceño. La petición tenía sentido. De hecho, el propio Harry estaba pensando en cómo podía ir al cuarto de baño él mismo sin darle a Banks ocasión de cambiar de idea y salir por patas.

—Muy bien —convino—. Vamos.

Bosch entró primero en el baño y examinó la ventana que había sobre el retrete. Se trataba de una vieja ventana con persiana y abertura de manivela. A Bosch le resultó fácil arrancar la manivela, para dejarle claro a Banks que ni soñara con escapar.

—Haga lo que tenga que hacer —indicó.

Salió del cuarto de baño, pero dejó la puerta abierta para poder oír todo posible intento de abrir o romper la ventana por parte de Banks. Mientras este orinaba, Bosch miró en derredor a fin de poder usar el cuarto de baño también, antes del trayecto de cinco horas por carretera. Se fijó en los barrotes del cabezal de la cama.

Bosch empezó a meter su ropa en la maleta a toda prisa y de

cualquier manera. Al oír que Banks tiraba de la cadena y salía del cuarto de baño, Bosch fue hacia él, le condujo hasta la cama, hizo que se sentara y le esposó al cabezal.

—¿Y esto qué coño significa? —protestó Banks.

—Por si le da por cambiar de idea mientras estoy meando.

Bosch se encontraba en el cuarto de baño, terminando de orinar, cuando oyó que la puerta de la habitación se abría con violencia. Se subió la cremallera con rapidez y fue raudo a la habitación, preparado para salir corriendo en pos de Banks; pero al momento vio que Banks seguía esposado al cabezal.

Su mirada se trasladó a la puerta abierta y al hombre, que, desde el umbral, le encañonaba con una pistola. No llevaba el uniforme ni el bigotillo hitleriano que le habían pintado en el cartel electoral, pero Bosch reconoció con facilidad a J. J. Drummond, el sheriff del condado de Stanislaus. Un hombre alto, corpulento y apuesto, con el mentón prominente. Un candidato de ensueño para el director de una campaña electoral.

Drummond entró en la habitación sin dejar de apuntar al pecho de Bosch con la pistola.

—Inspector Bosch —dijo—, está usted totalmente fuera de su jurisdicción, ¿no le parece?

32

Drummond ordenó a Bosch que levantara las manos. Se acercó, le quitó la pistola de la funda y se la metió en el bolsillo de su chaquetón verde de cazador. Señaló a Banks con su propia arma y ordenó:

—Quítele las esposas.

Bosch sacó las llaves del bolsillo y soltó a Banks del cabezal.

—Coja las esposas y póngase una en la muñeca izquierda.

Bosch hizo lo que se le ordenaba y se metió las llaves en el bolsillo otra vez.

—Termina de esposarlo, Reggie. Por la espalda.

Bosch llevó las manos a la espalda y dejó que Banks le esposara. Drummond entonces se acercó lo bastante para poder tocarlo con el cañón de la pistola, si quería.

—¿Dónde tiene el teléfono móvil, inspector?

—En el bolsillo de la derecha.

Drummond sacó el móvil del bolsillo y, a dos palmos de distancia, clavó sus ojos en los de Bosch.

—Tendría que haber dejado las cosas como estaban, inspector.

—Es posible —repuso Bosch.

—¿Las llaves?

—En el otro bolsillo.

Drummond sacó las llaves y cacheó los bolsillos de Bosch para asegurarse de que no había nada más. Se acercó a la cama, cogió la americana de Bosch y fue palpándola hasta dar con el estuche con la placa de Bosch y las llaves del coche de alquiler. Se lo metió todo en el otro bolsillo del chaquetón. A continuación, se llevó la mano a la espalda, rebuscó bajo el chaquetón y sacó otra pistola, que entregó a Banks.

—Vigílale, Reggie.

Drummond se acercó a la mesa, abrió la carpeta con la uña del dedo y se puso a mirar las fotografías de los modelos de cámara fotográfica empleados por Anneke Jespersen.

—Y bien, ¿qué es lo que han estado haciendo, caballeros?

Banks se apresuró a contestar, anticipándose a Bosch.

—Este tipo ha estado tratando de sonsacarme, Drummer. Sobre lo de Los Ángeles y sobre lo del barco. Está enterado de lo del barco. El cabrón me ha secuestrado, lo que se dice secuestrado. Pero yo no le he contado una mierda.

Drummond asintió con la cabeza.

—Muy bien, Reggie. Así me gusta.

Seguía mirando la carpeta, valiéndose de la uña del dedo para pasar los papeles. Bosch comprendió que en realidad no estaba estudiándolos; lo que estaba haciendo era tratar de valorar la situación y determinar cómo debía actuar al respecto. Finalmente, cerró la carpeta y se la metió bajo el brazo.

—Creo que vamos a dar un paseíto —anunció.

Bosch en ese momento habló, efectuando una argumentación que admitió como inútil en el mismo momento de pronunciarla.

—Mire, sheriff, todo esto no hace falta. Lo único que tengo son unas cuantas intuiciones, con menos valor legal que lo que cuesta una taza de café en Starbucks.

Drummond sonrió sin alegría.

—No sé. Diría que un hombre como usted no actúa por simple intuición.

Bosch le devolvió otra sonrisa sin alegría.

—Se sorprendería.

Dummond se dio la vuelta y examinó la habitación para asegurarse de que no olvidaba nada.

—Muy bien, Reg. Recoge la americana del inspector Bosch. Vamos a salir a dar una vuelta. Iremos en el coche del inspector.

El aparcamiento estaba desierto cuando salieron y condujeron a Bosch al Crown Vic de alquiler. Le subieron al asiento trasero, y Drummond pasó las llaves a Banks y le indicó que condujera. Drummond se acomodó en el asiento trasero, junto a Bosch y detrás de Banks.

—¿Adónde vamos? —preguntó Banks.

—A Hammett Road —respondió Drummond.

Banks salió del aparcamiento y enfiló el acceso a la autovía 99. Bosch miró a Drummond, que continuaba empuñando la pistola.

—¿Cómo se ha enterado? —preguntó.

En la semioscuridad pudo percibir que en el rostro de Drummond se pintaba una sonrisa satisfecha.

—¿Que cómo me he enterado de que estaba husmeando por la zona? Bueno, pues porque ha cometido unos cuantos errores, inspector. En primer lugar, anoche dejó unas cuantas pisadas de barro en el helipuerto de la casa de Carl Cosgrove. Carl se fijó en ellas esta mañana y me llamó diciendo que un intruso había estado merodeando por su propiedad. Así que envié a dos de mis muchachos a investigar.

Además, esta noche me ha llamado Frank Dowler, diciéndome que el amigo Reggie había estado tomando copas en el local de la VFW con un tipo interesado en comprar una pistola de la guardia republicana iraquí. La coincidencia entre una cosa y otra me ha dado que pensar y...

—Drummer, este tipo me engañó —dijo Banks desde el asiento delantero, buscando con los ojos la mirada de Drummond en el retrovisor—. Yo no sabía nada, socio. Pensaba que hablaba en serio y por eso llamé a Frank, por si estaba interesado en venderle su pistola. La última vez que hablé con él andaba muy corto de pasta.

—Es lo que me supuse, Reggie. Pero Frank sabe un par de cosas que tú no sabes... Y estaba nervioso porque su mujer le había dicho que un desconocido se había acercado ayer a su casa haciendo preguntas.

Miró a Bosch y asintió con la cabeza, como diciéndole que no había dudas sobre la identidad del visitante.

—Frank sumó dos más dos y fue lo bastante listo para telefonearme. Yo mismo hice algunas llamadas y no tardé en enterarme de que en el Blu-Ray estaba alojado alguien cuyo nombre me sonaba de una noche de hace muchos años. Ese fue otro error, inspector Bosch: registrarse en el motel con su verdadero nombre.

Bosch no respondió. Contempló la oscuridad a través de la ventana y trató de consolarse con el recuerdo de que había enviado a su compañero el archivo sonoro de la entrevista con Banks.

Harry entendía que podía utilizar dicha circunstancia en su favor, acaso para negociar su puesta en libertad, pero la jugada era muy arriesgada. No tenía idea de los contactos con que Drummond pudiera contar en Los Ángeles, por lo que no era cuestión de poner en peligro la vida de su compañero por una grabación. Tenía que conformarse con la certeza de que —con independencia de lo que le pasara a él esta noche—, Chu terminaría por escuchar la grabación, y Anneke Jespersen sería por fin vengada. Se habría hecho justicia. Era algo de lo que Harry podía estar seguro.

Fueron hacia el sur y no tardaron en cruzar el límite del condado de Stanislaus. Banks preguntó cuándo podría ir a recoger su coche, y Drummond contestó que por eso no se preocupara, que ya irían a buscarlo más adelante. Banks conectó el intermitente al llegar ante la salida a Hammett Road.

—Vamos a ver al jefe, ¿eh? —observó Bosch.

—Algo así —convino Drummond.

Salieron de la autovía y cruzaron a través del campo de almendros hasta llegar a la imponente entrada de la finca de Cosgrove. Drummond indicó a Banks que se acercara un poco más, a fin de poder pulsar la tecla del portero electrónico desde el asiento trasero del vehículo.

—¿Sí?

—Soy yo.

—¿Todo en orden?

—Todo en orden. Abre.

La puerta se abrió de forma automática y Banks la cruzó. Siguieron por el camino de acceso entre los almendros en dirección a la mansión, recorriendo en un par de minutos la distancia que a Bosch le había llevado una hora cubrir la noche anterior. Harry acercó la cabeza a la ventanilla y miró a lo alto. La noche parecía ser más que oscura esta vez. Las nubes habían cubierto las estrellas en el firmamento.

Salieron del campo de almendros y Bosch vio que las luces exteriores de la mansión estaban apagadas. Quizá no soplaba el viento necesario para alimentar la turbina situada tras el caserón, o quizá Cosgrove prefería que la finca se encontrara a oscuras en previsión de lo que estaba por llegar. Los faros del coche iluminaron un helicóptero negro estacionado en el helipuerto y listo para despegar.

Un hombre estaba de pie en la rotonda frente a la mansión. Banks se detuvo y el hombre subió al asiento delantero. La luz del porche permitió a Bosch reconocer a Carl Cosgrove. Fuerte y corpulento, con un abundante y ondulado pelo grisáceo. El mismo de las fotos. Drummond no dijo palabra, pero Banks dio muestras de alegrarse del reencuentro con su viejo compañero de la guardia nacional.

—Carl. Cuánto tiempo sin verte, hombre.

Cosgrove miró un instante a Bosch, con visible menor entusiasmo.

—Reggie —agregó con sequedad.

Drummond indicó a Banks que rodease la rotonda y torciese por el camino que discurría por detrás de la mansión, hasta dejar atrás un garaje y ascender por la ladera situada en la parte posterior de la propiedad. Pronto llegaron a un granero rodeado de establos para el ganado pero con aspecto de estar abandonado y en desuso.

—¿Qué vamos a hacer? —preguntó Banks.

—¿Qué vamos a hacer? —repitió Drummond—. Ocuparnos del inspector Bosch por no haber sido capaz de dejar en paz a los fantasmas del pasado. Para delante del granero.

Banks detuvo el automóvil, cuyos faros estaban iluminando las grandes puertas dobles. En la puerta izquierda había un letrero de prohibido el paso. Las puertas estaban aseguradas por un gran barrote transversal de hierro, así como por una gruesa cadena sujeta con un candado en torno a los tiradores.

—Los chavales siempre se colaban aquí y luego lo dejaban todo perdido de latas de cerveza y porquería —dijo Cosgrove, como si fuera necesario explicar por qué estaba cerrado el granero.

—Abre —instó Drummond.

Cosgrove salió del coche y se dirigió a las puertas del granero con la llave ya en la mano.

—¿Estás seguro de esto, Drummer? —preguntó Banks.

—No me llames así, Reggie. Hace mucho tiempo que la gente no me llama de esa forma.

—Lo siento. Perdona. Pero, ¿estás seguro de que tenemos que hacer esto?

—Ya empezamos otra vez. Tenemos, dices. Como si estuviéramos todos en el mismo barco. ¿Cuándo fue la última vez, Reg? Siempre soy yo el que tiene que dar la cara. El que siempre tiene que arreglar vuestras torpezas.

Banks no respondió. Cosgrove había terminado de soltar el candado y estaba abriendo la puerta derecha.

—Vamos. Hay que hacerlo —dijo Drummond.

Salió del coche y cerró de un portazo. Banks se demoró un instante, y Bosch aprovechó para mirarlo por el retrovisor.

—No se meta en un lío como este, Reggie. Drummer le ha dado una pistola, así que puede evitarlo.

La portezuela de Bosch se abrió y Drummond asomó el cuerpo en el interior con intención de sacarlo del coche.

—¿A qué estás esperando, Harry? Vamos de una vez, hombre.

—Ah. No sabía que yo también tenía que salir.

Banks salió del auto al mismo tiempo que Drummond sacaba a Bosch del asiento trasero.

—Entre en el granero, Bosch —ordenó Drummond.

Bosch miró al cielo oscuro otra vez, mientras le hacían cruzar a empujones la puerta del granero. Una vez en el interior, Cosgrove encendió una bombilla que estaba situada a tanta altura en las vigas centrales del techo que apenas iluminaba la escena.

Drummond se acercó a una de las columnas centrales que sostenían el henar elevado y se apoyó en ella para comprobar su firmeza. Aguantaba bien.

—Aquí —dijo—. Traedlo.

Banks empujó a Bosch, y Drummond lo agarró por el brazo e hizo girar su cuerpo de forma que su espalda fue a dar contra la columna. Levantó la pistola y apuntó a la cara de Bosch.

—Quietecito —ordenó—. Reggie, átalo a la columna.

Banks sacó las llaves del bolsillo, abrió una de las esposas que aprisionaban a Bosch y le amarró los brazos en torno a la columna. Harry comprendió que aquello significaba que no iban a matarlo. Todavía no, al menos. Lo necesitaban con vida, por alguna razón.

Una vez que Bosch estuvo sujeto a la columna, Cosgrove se envalentonó y se situó frente a él.

—¿Sabe lo que tendría que haber hecho con usted? Tendría que haberlo acribillado a tiros con el fusil cuando estaba en aquel callejón. Y me habría ahorrado todo esto. Pero supongo que apunté demasiado alto.

—Déjalo ya, Carl —indicó Drummond—. ¿Por qué no os volvéis los dos a la casa y esperáis a Frank? Yo me ocupo de todo esto. En un momento estoy con vosotros.

Cosgrove dedicó a Bosch una larga mirada y sonrió con expresión perversa.

—Siéntese —le invitó.

Dio una patada al pie izquierdo de Bosch, levantándolo en el aire, al tiempo que empujaba su cuerpo hacia abajo presionándole el hombro. Harry se deslizó columna abajo, hasta dar en el suelo con la rabadilla.

—¡Carl! ¡Que lo dejes de una vez, hombre! Ya nos encargaremos nosotros.

Cosgrove se apartó, al tiempo que Bosch comprendía la referencia que acababa de efectuar sobre un fusil. Cosgrove fue el soldado que abrió fuego aquella noche e hizo que todo el mundo pusiese cuerpo a tierra en la escena del crimen. Bosch ahora entendió por qué en ese momento no vieron a nadie en el tejado. Cosgrove en realidad se había propuesto ponerlos un poco nerviosos a todos y desviar la atención momentáneamente de la investigación del crimen que acababa de cometer.

—Estoy en el coche —dijo Cosgrove.

—No, el coche lo dejamos aquí. No quiero que Frank se ponga nervioso si lo ve llegar. Su mujer le dijo que Bosch se presentó en ese coche a verlo.

—Bueno. Pues vuelvo andando.

Cosgrove salió del granero; Drummond se situó frente a Bosch y se quedó mirándolo al amparo de la débil luz de la bombilla. Llevó su mano al interior del chaquetón y sacó la pistola que le había arrebatado a Bosch.

—Oye una cosa, Drummer —repuso Banks con nerviosismo—. ¿Qué querías decir con eso de que mejor que Frank no viera el coche? ¿Cómo es que Frank...?

—Reggie, te dije que no me llamaras de esa forma.

Drummond levantó la pistola de Bosch y la puso en la sien de Reggie Banks. Seguía mirando a Bosch cuando apretó el gatillo. El ruido fue ensordecedor. Un chorro de sangre y masa cerebral alcanzó a Bosch una fracción de segundo antes de que el cuerpo de Banks se desplomara sobre el suelo cubierto de heno, a su lado.

Drummond contempló el cuerpo. Las últimas contracciones

del corazón hicieron que del punto de entrada de la bala brotara sangre que fue a parar al heno sucio. Drummond se metió el arma de Bosch en el bolsillo y se agachó para recoger la pistola que un momento atrás entregara a Banks.

—Cuando se quedó a solas con él en el coche, le dijo que la utilizara en mi contra, ¿verdad?

Bosch no respondió, y Drummond al momento agregó:

—Lo lógico hubiera sido que Reggie comprobara si estaba cargada.

Sacó el peine de balas y se lo mostró a Bosch. Estaba vacío.

—Tenía usted razón, inspector. Buscó el eslabón más débil, y Reggie era el eslabón más débil. Ahí fue muy listo.

Bosch comprendió que estaba equivocado. Había llegado el final. Levantó las rodillas y apretó la espalda contra la columna. Se preparó para lo inminente.

Bajó la cabeza y cerró los ojos. Y en ese momento revivió una imagen de su hija, el recuerdo de un día bonito. Era domingo, y había llevado a Maddie al aparcamiento vacío de un instituto cercano para enseñarle a conducir. Maddie había empezado mal, pisando el freno con demasiada fuerza. Pero cuando terminaron, manejaba el coche con mayor destreza que la mayoría de los conductores con que Bosch se cruzaba en las calles de Los Ángeles. Se sentía orgulloso de ella y, lo más importante, Maddie se sentía orgullosa de sí misma. Al final de esa mañana, una vez que se cambiaron de asientos y Bosch conducía de vuelta a casa, Maddie le dijo que de mayor quería ser policía y continuar llevando a cabo su misión. Lo dijo de sopetón, porque ese día se habían sentido muy unidos.

Bosch se acordó del momento y de pronto se encontró sumido en la calma. Este iba a ser su último recuerdo, el que iba a llevarse consigo a la caja negra.

—Quédese donde está, inspector. Más tarde voy a necesitarlo.

Era Drummond. Bosch abrió los ojos y levantó la mirada.

Drummond asintió con la cabeza y echó a andar hacia la puerta. Bosch le vio meterse su pistola bajo el chaquetón y hacer lo propio en la parte posterior del cinto con la pistola que antes entregara a Banks. La facilidad con que había matado a Banks y el modo experto en que acababa de esconder el arma tras su espalda le hicieron a Bosch comprender; una persona no era capaz de liquidar a otra con semejante sangre fría sin haberlo hecho antes. Y de los cinco conspiradores, tan solo uno tenía un empleo en el que podía resultar útil una pistola «de usar y tirar», esto es, con el número de serie borrado. Para Drummond, la pistola capturada a la guardia republicana iraquí no había sido un recuerdo de la operación Tormenta del Desierto, sino un arma cuya función era ser usada. Por eso la había llevado consigo a Los Ángeles.

—Fue usted —dijo Bosch.

Drummond se detuvo y lo miró.

—¿Ha dicho algo?

Bosch fijó la mirada en él.

—He dicho que sé que fue usted quien lo hizo. No fue Cosgrove. Fue usted quien la mató.

Drummond se acercó a Bosch otra vez. Escudriñó con la mirada los rincones oscuros del granero y se encogió de hombros. Sabía que tenía todos los triunfos en la mano. Estaba hablando con un muerto, y los muertos no podían denunciar a nadie.

—Bueno —dijo—. Aquella chavala estaba empezando a ser una lata.

Esbozó una sonrisa torcida; parecía estar encantado de confirmarle a Bosch el crimen cometido veinte años atrás. Bosch aprovechó para preguntar:

—¿Cómo se las arregló para llevarla al callejón?

—Eso fue lo más fácil de todo. Fui a hablar con ella directamente y le dije que sabía qué y a quiénes andaba buscando. Expliqué que yo también había estado en el barco y me había enterado de lo sucedido. Dije que estaba dispuesto a contárselo todo, pero que en ese momento no podía hablar. Propuse encontrarme con ella a las cinco en punto en el callejón. Y fue tan estúpida como para presentarse.

Asintió con la cabeza como diciendo: asunto concluido.

—¿Y qué paso con sus cámaras?

—Lo mismo que pasó con la pistola: lo tiré todo al otro lado del vallado del callejón. Después de haber sacado los carretes, claro.

Bosch se lo imaginó. Una cámara fotográfica aterrizaba de pronto en un jardín y el tipo que se la encontraba se la quedaba o la llevaba a empeñar en lugar de entregarla a la policía.

—¿Alguna cosa más, inspector? —preguntó Drummond, a todas luces encantado de pasarle su astucia por las narices a Bosch.

—Sí —dijo Harry—. Si fue usted quien lo hizo, ¿cómo se las arregló para mantener bajo control a Cosgrove y los demás a lo largo de veinte años?

—Fácil. Carl júnior se habría quedado sin herencia si su padre se hubiera enterado de que estaba metido en todo este asunto. Los demás sencillamente hicieron lo que Cosgrove decía, menos uno que se pasó de listo y tuvimos que encargarnos de él.

Dicho esto, se giró hacia la puerta. La abrió, pero vaciló un segundo en el umbral. Miró a Bosch con una sonrisa sin alegría y apagó la luz del techo.

—Descanse un poco, inspector.

Salió al exterior y cerró la puerta a sus espaldas. Bosch oyó el ruido de la barra de acero. Drummond lo había encerrado.

Bosch se encontraba solo y sumido en la oscuridad más absoluta. Pero seguía con vida. De momento.

33

No era la primera vez que Bosch se encontraba solo y sumido en la oscuridad. En muchas de las anteriores ocasiones tuvo miedo y sintió que la muerte estaba próxima. Pero también aprendió que si tenía un poco de paciencia se las arreglaría para ver un poco, que había un remanente de luz en todos aquellos lugares oscuros y que si lo encontraba estaba salvado.

Bosch sabía que tenía que entender lo que había sucedido y por qué. No era lógico que siguiera con vida. Todas sus teorías terminaban por llevar a la imagen de su cuerpo metido en una caja. A Drummond matándole de un disparo en la cabeza de la misma forma despiadada en que había ejecutado a Reggie Banks. Drummond tenía por norma eliminar cualquier estorbo, y Bosch para él era un estorbo. No tenía sentido que le hubiera perdonado la vida, aunque fuese de modo temporal. Bosch tenía que comprender su motivación para actuar así, si es que quería sobrevivir.

El primer paso consistía en salir de donde se encontraba. Dejó a un lado todas las preguntas sin responder y se concentró en encontrar una forma de escapar. Levantó los tobillos bajo su cuerpo y se irguió, poco a poco, hasta que estuvo de pie, a fin de hacerse una mejor composición de lugar del entorno y de las posibilidades.

Empezó por la columna: un sólido madero de quince por quince centímetros. Trató de golpearla con la espalda, pero la columna no se movió ni un milímetro. Lo único que consiguió fue sentir dolor en la espalda. Con el madero no iba a poder, así que iba a tener que pensar otra cosa.

Levantó la mirada hacia la oscuridad y a duras penas consiguió atisbar las formas de las vigas del techo. Antes de que Drummond apagara la luz, ya se había dado cuenta de que encaramarse a lo alto para liberarse iba a serle imposible.

Miró hacia abajo, pero tan solo logró distinguir sus propios pies en la oscuridad. Bosch sabía que, bajo la capa de heno, el suelo era de tierra. Soltó un fuerte taconazo sobre el punto de convergencia entre el suelo y la columna de madera. Esta dio la impresión de contar con un anclaje sólido, pero Bosch no sabía hasta qué punto.

Sabía que tenía que elegir entre esperar a que Drummond regresara o intentar escapar. Le vino a la mente el anterior recuerdo de su hija y se dijo que no iba a rendirse con facilidad. Lucharía hasta el último aliento. Apartó el heno del suelo con los pies y empezó a clavar el tacón en el piso de tierra, en un intento de excavar poco a poco.

Sabedor de que era un intento a la desesperada, taconeó con ferocidad, como si estuviera dándole a su peor enemigo. Los talones comenzaron a dolerle intensamente por el esfuerzo. Tenía las esposas tan ceñidas a las muñecas que estaba empezando a notar que los dedos se le entumecían. Pero no importaba. Seguía empeñado en patear todo cuanto le había amargado la existencia.

Su esfuerzo resultó fútil. Finalmente, llegó a lo que parecía ser el anclaje de hormigón al que estaba sujeta la columna. Un anclaje sólido a más no poder. El esfuerzo de Bosch era en vano. Se echó hacia delante, cabizbajo. Estaba exhausto y se sentía próximo a la derrota.

Comenzó a decirse que su única oportunidad radicaba en esperar a que volviese Drummond y tratar de pillarlo por sorpresa. Si Bosch era capaz de aportar una razón para que Drummond le quitase las esposas, entonces tendría una oportunidad. Podría tratar de hacerse con su arma o intentar escapar corriendo; fuera lo uno o lo otro, iba a ser su única oportunidad.

Pero, ¿qué podía decirle a Drummond para que este cediese en su ventaja estratégica fundamental? Bosch descansó la espalda contra el madero. Tenía que estar bien despierto. Tenía que estar preparado para todas las posibilidades. Se puso a pensar en todo lo que Banks le había contado en la habitación del motel, tratando de dar con algo que pudiera serle útil. Necesitaba pensar en algo con que pudiese amenazar a Drummond, en alguna cosa que estuviera escondida y a la que tan solo Bosch pudiera conducirlo.

Se mantuvo en la idea de que no podía revelarle a Drummond que había enviado un mensaje de correo electrónico a su compañero Chu. No era cuestión de poner a Chu en peligro, ni tampoco podía facilitarle a Drummond la labor de borrar el archivo sonoro que solventaba el caso para siempre. La confesión de Banks era demasiado importante para entrar en componendas de ese tipo.

Bosch estaba seguro de que a estas alturas Drummond ya había mirado en su teléfono móvil, pero el aparato estaba protegido con una contraseña. El teléfono estaba programado para bloquearse a la tercera vez que se tecleaba la contraseña errónea. Si Drummond lo intentaba por cuarta vez desencadenaría una purga de datos. Chu se daría cuenta de que le había llegado el mensaje con el archivo sonoro, sin que Drummond lo supiera. Bosch en ese momento no podía permitirse hacer algo que pudiera poner en peligro dicha posibilidad.

Necesitaba dar con algo inmediatamente. Una historia, un embuste, algo con lo que poder trabajar.

¿Qué?

Su mente se sumió en la desesperación. Tenía que haber algo. Podía empezar por el hecho de que Drummond había matado a Banks porque sabía que había estado hablando con Bosch. Partiendo de esta base, Bosch podía intentar embaucarle diciendo que Banks le había enseñado algo, un indicio o una prueba que había estado guardando como medida de seguridad. Algo que podía servirle para comprometer a Cosgrove y a Drummond, si las cosas venían mal dadas.

¿Qué?

De repente creyó tener algo. La pistola, otra vez. Tenía que seguir el rastro de la pistola. Esta había sido la norma durante toda la investigación y no había razón para cambiarla en ese instante. Banks había dicho que en su momento él había sido el suboficial al cargo del inventario en la compañía de la guardia nacional; el que metía las pistolas de recuerdo en el fondo de las cajas con material para introducirlas en Estados Unidos ilegalmente. El zorro al mando del gallinero.

Bosch diría a Drummond que el zorro había escrito una lista. Que Banks tenía una lista con los números de serie de cada pistola y los nombres de sus respectivos propietarios, incluyendo el nombre del soldado con cuya pistola habían asesinado a Anneke Jespersen. Dicha lista estaba escondida, pero ahora que Banks estaba muerto, tan solo Bosch podía conducir a Drummond hasta el lugar donde se encontraba.

Bosch sintió una punzada de esperanza. Se dijo que el plan podía funcionar. Aún no estaba completo, pero podía servir. Había que pulirlo. Había que dar con algo que sirviera para meterle el miedo en el cuerpo a Drummond, el miedo a que la lista saliera a la luz y le descubriera como el asesino ahora que Banks estaba muerto.

Bosch estaba empezando a pensar que tenía una oportunidad. Lo único que hacía falta era adornar con detalles creíbles la historia que acababa de urdir. Lo único que...

Sus pensamientos se frenaron en seco. Había visto una luz. Comprendió que había mantenido los ojos abiertos mientras ideaba lo que iba a decirle a Drummond. Pero su atención ahora estaba concentrada en un destello blanco verdoso que relucía cerca de sus pies, un círculo borroso de puntos, no mayor que una moneda de medio dólar. En el interior del círculo había movimiento. Un diminuto punto de luz iba recorriendo la circunferencia, trasladándose de un punto a otro y otro más... Bosch comprendió que lo que estaba viendo era el reloj de Reggie Banks. Y en ese momento se le ocurrió una forma de escapar.

Harry no tardó en trazar un plan. Se deslizó columna abajo hasta encontrarse sentado sobre el heno. A pesar de que le dolían los tendones y las pantorrillas a causa de la caminata por el campo de almendros de la noche anterior, se valió de la pierna derecha para asentar la espalda firmemente contra la columna y mantener la posición, tras lo cual extendió el pie izquierdo. Trató de alcanzar con él la muñeca del muerto y arrastrarlo hacia donde se encontraba. Necesitó varios intentos para finalmente enlazarla y mover el brazo. Una vez que hubo conseguido moverlo todo lo posible con el pie, se levantó con la espalda pegada a la madera y dio un giro de ciento ochenta grados en torno a la columna. Se extendió en el suelo cuan largo era y trató de aferrar la mano de Banks. Le costó lo suyo, pero finalmente lo consiguió.

Con la mano del muerto presa entre las suyas, Bosch se echó hacia delante con todas sus fuerzas, a fin de arrastrar el cadáver más cerca todavía. Lo logró. Llevó la mano a la muñeca de Banks y le quitó el reloj. Sosteniéndolo con la mano izquierda, echó la hebilla hacia atrás, para que el pasador se extendiera suelto. Giró la muñeca e insertó el minúsculo pasador de acero en la pequeña abertura de la esposa derecha.

Mientras trabajaba, Bosch hacía lo posible por visualizar el proceso. La cerradura de una esposa resultaba muy fácil de abrir sin necesidad de llave, siempre que uno no estuviera haciéndolo en la oscuridad y con las manos amarradas a la espalda. La cerradura de unas esposas en realidad no era más que una diminuta barrita de acero con una muesca. Y las llaves eran universales, pues era corriente que las esposas fueran usadas con un detenido u otro, por un agente u otro. Todo par de esposas pasaba por

muchas manos. Si cada par contara con una llave propia, el trabajo de los policías se tornaría aún más complicado de lo que ya era
de por sí.

Bosch estaba reflexionando sobre ello mientras iba probando
con el pasador de la hebilla del reloj. Harry era diestro usando el
juego de ganzúas que llevaba escondido bajo la placa en la billetera que Drummond acababa de confiscarle, pero ahora se trataba
de utilizar el pasador de una hebilla de reloj como si fuera una
ganzúa.

Consiguió abrir la esposa en menos de un minuto. Llevó las
manos al frente y abrió la otra esposa con mayor rapidez todavía.
Estaba libre. Se levantó y de inmediato se encaminó hacia la puerta del granero, lo que le llevó a tropezar con el cadáver de Banks y
caer de bruces sobre el heno. Se levantó, volvió a orientarse y lo
intentó de nuevo, caminando con los brazos por delante. Cuando
llegó a la puerta, se movió hacia la derecha y palpó la pared hasta
encontrar el interruptor de la luz.

Por fin había luz en el granero. Bosch volvió a situarse ante las
enormes puertas dobles. Había oído a Drummond atrancar las
puertas con una barra de hierro, pero, aun así, hizo lo posible por
abrirlas, empujando con todas sus fuerzas. No lo logró. Trató de
conseguirlo dos veces, con el mismo resultado.

Bosch dio un paso atrás y miró a su alrededor. No tenía ni
idea de si Drummond y Cosgrove iban a volver dentro de un minuto o dentro de un día, pero sentía la necesidad imperiosa de
estar en movimiento.

Volvió sobre sus pasos, rodeó el cadáver y se dirigió a los rincones más oscuros del granero. Descubrió que en la pared posterior había otra doble puerta, la cual estaba cerrada con llave. Se
dio la vuelta y continuó examinando el interior, pero no había
más puertas ni ventanas. Maldijo su suerte en voz alta.

Hizo lo posible por calmarse y pensar. Se imaginó fuera del
granero y trató de recordar cuál era su aspecto. Tenía la fachada

en forma de A y, en ese momento lo recordó, contaba con una puerta en lo alto para cargar y descargar el heno directamente del henar.

Bosch se acercó con rapidez a una escalera de madera que llevaba a una de las principales vigas de apoyo y empezó a subirla. En el henar había varias balas de heno que llevaban allí desde que el granero fuera abandonado. Bosch las rodeó y llegó a la pequeña doble puerta. La doble puerta estaba cerrada con candado, esta vez desde el interior.

El candado era de los grandes y se cerraba con un simple pestillo. Bosch tenía claro que de tener una ganzúa adecuada podría abrir aquel candado, pero el juego de ganzúas seguía estando en el estuche de la placa, estuche que ahora se encontraba en el bolsillo de Drummond. La hebilla del reloj no iba a bastarle.

Se aproximó a la débil luz para estudiar el cerrojo lo mejor posible. Pensó en tratar de abrir la doble puerta a patadas, pero la madera daba la impresión de ser resistente, y la base del cerrojo estaba firmemente sujeta con ocho tornillos de madera. Además, el intento de abrir la puerta a patadas claramente resultaría ruidoso, por lo que tan solo podía hacerlo como último recurso. Su intento de escapar resultó frustrado.

Antes de bajar al suelo miró a su alrededor en busca de alguna cosa que pudiera servirle para escapar o defenderse. Una herramienta para arrancar el cerrojo de la puerta o un pedazo de madera que pudiera utilizar como cachiporra. De pronto encontró algo todavía mejor: tras una hilera de balas de heno rotas había una horca de hierro oxidada.

Dejó caer la horca al suelo, con cuidado de que no fuese a aterrizar en el cuerpo de Banks, y bajó del henar. Con la horca en la mano, volvió a rebuscar en el granero, tratando de dar con un medio para escapar. No encontró ninguno, así que volvió al área iluminada en el centro del granero. Registró el cuerpo de Banks con la esperanza de encontrar una navaja plegable u otra cosa que le sirviera. Lo que encontró fueron las llaves de su propio coche de alquiler. Drummond había olvidado quedárselas después de matar a Banks.

Bosch se situó ante las puertas delanteras del granero y volvió a empujarlas con el cuerpo, aunque sabía que no iban a abrirse. Se encontraba a menos de cinco metros de su coche, pero no podía llegar a él. Harry sabía que en el maletero, entre las cajas de cartón con material, había otra caja que había trasladado del coche de trabajo al de alquiler. En esa caja estaba su segunda pistola, una Kimber Ultra Carry del 45, cargada con un peine de siete balas y un proyectil adicional en la recámara.

—Mierda —murmuró.

Bosch comprendió que no le quedaba más remedio que esperar. Iba a tener que enfrentarse a dos hombres armados cuando estos finalmente se presentasen. Apagó la luz, y el granero se sumió de nuevo en la oscuridad. Harry ahora contaba con la horca de hierro, la oscuridad y el factor sorpresa. Se dijo que no estaba mal del todo.

34

No tuvo que esperar demasiado. Unos diez minutos después oyó el sonido del metal contra el metal: estaban retirando el barrote transversal del exterior de la puerta. Lo hicieron con lentitud, casi sin hacer ruido, lo que llevó a Bosch a pensar que quizá Drummond estaba tratando de pillarle por sorpresa.

La puerta se abrió poco a poco. Desde donde se encontraba, Bosch vio la negra noche al otro lado y sintió que una corriente de aire frío entraba en el granero. Acto seguido vio la silueta de una persona cruzando el umbral.

Bosch se preparó para acometer; levantó la horca. El recién llegado estaba de pie junto al interruptor de la luz. Bosch se mantuvo al otro lado del interruptor, en silencio, a la espera de que el recién llegado fuera a encenderlo. Su plan era atravesarle el cuerpo con la horca. Dejar fuera de combate al primero de ellos y hacerse con la pistola. Y entonces serían uno contra uno.

Pero la figura solitaria no se acercó al interruptor, sino que continuó plantada en el umbral, como si tratara de acostumbrar sus ojos a la oscuridad. Finalmente, dio tres pasos hacia el interior, lo que descolocó a Bosch, que seguía situado junto al interruptor. Ahora se encontraba demasiado lejos del hombre para sorprenderlo con la horca.

Una luz iluminó el granero de improviso, una luz que no procedía de lo alto. Quien acababa de entrar llevaba una linterna. A Bosch le pareció que se trataba de una mujer.

La persona recién aparecida había dejado atrás la posición de Bosch y seguía iluminando el interior con la linterna. Bosch no podía verle la cara, pero por su físico y su forma de moverse comprendió que no eran Drummond ni Cosgrove. Era una mujer, con toda seguridad.

El haz de luz barrió el interior del granero hasta centrarse en el cadáver del suelo. La mujer se acercó para iluminar el rostro del muerto. Banks yacía boca arriba, con los ojos muy abiertos y el horroroso orificio de entrada en la sien derecha. Tenía el brazo en alto, extendido hacia la columna central en un ángulo inusual. El reloj de pulsera estaba tirado en el heno a su lado.

La mujer se acuclilló junto a Banks y examinó el cadáver con la linterna. Al hacerlo reveló la pistola en su otra mano y, después, su rostro. Bosch bajó la mano armada con la horca y salió de la oscuridad.

—Inspectora Mendenhall.

Mendenhall se giró en redondo y encañonó a Bosch con la pistola. Harry levantó las manos; con la derecha seguía sujetando la horca.

—Soy yo.

Se dijo que sin duda parecía salido del famoso cuadro *Gótico americano*, que retrataba a un granjero con una horca en la mano y su esposa al lado. Sin la mujer, claro. Soltó la horca, que cayó en el heno del suelo.

Mendenhall dejó de apuntarle y se levantó.

—Bosch, ¿qué es lo que está pasando aquí?

Bosch reparó en que Mendenhall esta vez no se había dirigido a él por su rango, a pesar de sus propias exigencias de ser siempre tratada con el debido respeto. No respondió, sino que se acercó a la puerta y miró al exterior. Vio las luces de la mansión entre los árboles, pero ni el menor rastro de Cosgrove o Drummond. Salió, fue a su coche de alquiler y abrió el maletero.

Mendenhall lo siguió.

—Inspector Bosch, acabo de preguntarle qué es lo que está pasando aquí.

Bosch sacó una de las cajas de cartón del maletero y la dejó en el suelo.

—No levante la voz —indicó—. ¿Qué hace usted aquí? ¿Acaso me ha estado siguiendo por todas partes para investigarme por la queja de O'Toole?

Encontró la caja en la que estaba la pistola. La abrió.

—No exactamente.

—¿Entonces?

Sacó la Kimber y comprobó que funcionaba bien.

—Quería saber una cosa.

—¿El qué?

Metió la pistola en la funda al cinto. Sacó de la caja el cargador de balas adicional y se lo guardó en el bolsillo.

—Qué era lo que estaba haciendo, para empezar. Algo me decía que en realidad no estaba de vacaciones.

Bosch cerró el maletero sin hacer ruido y miró en derredor. Luego fijó la vista en Mendenhall.

—¿Dónde está su coche? ¿Cómo ha llegado hasta aquí?

—Lo he aparcado en el mismo lugar que usted anoche. Y he venido por el mismo camino.

Bosch contempló los zapatos de la mujer. Estaban cubiertos por el barro del campo de almendros.

—Me ha estado siguiendo. Y viene sola. ¿Hay alguien que sepa que está aquí?

Mendenhall desvió los ojos, y Harry supo que la respuesta era negativa. Mendenhall estaba investigando a Bosch por su cuenta y riesgo, mientras Harry hacía otro tanto en lo referente al caso Jespersen. Sin saber bien por qué, la cosa le gustaba.

—Apague la linterna —instó— o de lo contrario van a vernos.

Mendenhall obedeció.

—Y bien, ¿qué es lo que hace aquí, inspectora Mendenhall?

—Investigar el caso que me han asignado.

—Con eso no basta. Me está investigando de forma irregular, y quiero saber por qué.

—Digamos que la investigación me ha llevado a salir un poco de mi territorio habitual. Y dejémoslo ahí. ¿Quién ha matado a ese hombre del granero?

Bosch sabía que no era el momento de debatir con Mendenhall sus motivos para haberle seguido hasta allí. Si salían de esa, ya llegaría el momento de aclararlo todo.

—El sheriff J. J. Drummond —respondió—. A sangre fría. Delante de mis narices y sin pestañear. ¿Ha visto a Drummond ahí fuera?

—He visto a dos hombres. Los dos han entrado en la casa.

—¿No ha visto a nadie más? ¿A un tercer hombre?

Mendenhall negó con la cabeza.

—No. Solo he visto a esos dos. Pero, por favor, ¿puede decirme qué es lo que está pasando aquí? Antes vi que tres hombres le hacían entrar en el granero. Ahora uno de esos hombres está muerto en el interior, y a usted le han encerrado y...

—Mire, ahora mismo no tenemos mucho tiempo. Si no hacemos algo para remediarlo, pronto va a haber más muertos. Para resumirlo todo, el caso abierto que estaba investigando me ha traído hasta aquí. El caso del que le hablé, el que me llevó a hacer la visita a San Quintín. Ese caso me ha conducido hasta aquí. Suba.

Bosch siguió hablando en un susurro, mientras se dirigía a la portezuela del conductor.

—He estado investigando un caso de asesinato. Anneke Jespersen, una periodista danesa, corresponsal de guerra. Cuatro soldados de la guardia nacional la drogaron y violaron durante un permiso cuando la operación Tormenta del Desierto, en el 91. Un año después, Jespersen vino a nuestro país para buscarlos. No sé si se proponía escribir un artículo, un libro o qué, pero terminó por encontrarlos en Los Ángeles durante los disturbios. Y esos cuatro hombres aprovecharon la situación de caos en la ciudad para matarla.

Bosch subió al coche, metió la llave en el contacto y encendió el motor discretamente, sin apenas revolucionarlo. Mendenhall subió al otro lado.

—He estado investigando y al final he alborotado el gallinero. Esos tipos habían hecho un pacto de silencio, pero ahora se ven obligados a actuar. Banks era el eslabón más débil de la cadena, y por eso lo han matado. Les he oído decir que iba a venir otro hombre, y sospecho que también se proponen matarlo.

—¿Quién es?

—Un tipo llamado Frank Dowler.

Dio marcha atrás y empezó a alejarse del granero. Siempre con los faros apagados.

—¿Y cómo es que a usted no le han matado? —preguntó Mendenhall—. ¿Cómo es que solo han matado a Banks?

—Porque me necesitan con vida. Por el momento. Drummond tiene un plan.

—¿De qué plan me está hablando? Esto es de locos.

Bosch había estado considerando a fondo la situación mientras se encontraba en la oscuridad del granero con la horca en la mano. Y finalmente había llegado a comprender qué se proponía J. J. Drummond.

—Drummond me necesita vivo para establecer con claridad el momento de la muerte. Su plan consiste en culparme de todo. Dirá que acabé por obsesionarme con el caso y que estaba empeñado en vengar a la víctima. Que maté a Banks y luego a Dowler. Y que cuando iba a matar también a Cosgrove, el sheriff consiguió abatirme a tiempo. Drummond tiene previsto acabar conmigo tan pronto como se cargue a Dowler, y presentarse después como el valeroso sheriff que hizo frente a un policía enloquecido —yo mismo— y salvó la vida de uno de los ciudadanos más ejemplares de Central Valley: Cosgrove. Se convertirá en el héroe del día y lo tendrá chupado para ser elegido congresista. He olvidado mencionar que va a presentarse a las elecciones para el Congreso.

Bosch se dirigió ladera abajo hacia la mansión. Las luces exteriores seguían apagadas y del campo de almendros llegaba una neblina que oscurecía aún más el entorno.

—Pero no entiendo cómo Drummond puede estar metido en una cosa así. Estamos hablando del sheriff de este lugar, por Dios.

—Drummond es el sheriff porque Cosgrove se encargó de que saliera elegido, como se encargará de que sea elegido congresista. Drummond conoce todos sus sucios secretos porque estaba con ellos en la 237.ª compañía. Estuvo con ellos en el barco durante la operación Tormenta del Desierto y también en Los Ángeles cuando se produjeron los disturbios. Fue él quien mató a Anneke Jespersen. Y por eso tiene a Cosgrove bajo control desde enton...

Bosch detuvo el coche; acababa de comprender una cosa. Recordaba lo que Drummond le había dicho antes de salir del granero: «Carl júnior se habría quedado sin herencia si su padre se hubiera enterado de que estaba metido en todo este asunto».

—Drummond también se propone matar a Cosgrove.

—¿Por qué?

—Porque el padre de Cosgrove ha muerto. Y Drummond ya no puede mantener a Cosgrove bajo control.

A modo de confirmación, un disparo resonó en la mansión. Al momento, Bosch puso el coche en marcha y aceleró. Poco después llegaron junto a la rotonda situada ante la puerta principal.

A media docena de metros de la puerta había una motocicleta aparcada. Bosch reconoció el depósito de gasolina pintado de azul metálico.

—Dowler —indicó.

Oyeron otro disparo procedente de la casa. Y otro más.

—Llegamos demasiado tarde.

35

La puerta principal estaba entreabierta. Bosch y Mendenhall entraron y se situaron a uno y otro lado del marco. El vestíbulo de entrada era circular y en él había un grueso espejo ovalado cuya base consistía en un tocón de madera de ciprés de un metro de altura. En la estancia no había nada más, a excepción de una mesa para dejar las llaves y el correo. Echaron a andar por el pasillo principal y reconocieron un comedor con una mesa lo bastante grande para doce comensales, así como una sala de estar que debía de tener casi doscientos metros cuadrados, con sendos hogares a uno y otro lado. Salieron al pasillo, que pasaba junto a una escalinata imponente y desembocaba en un pasillo posterior más estrecho que conducía a la cocina. Ante la puerta de la cocina estaba tumbado el perro que la noche anterior había olido a Bosch. Cosmo. Le habían disparado tras la oreja izquierda.

Se distrajeron un instante mirando al perro, y las luces de la cocina de pronto se apagaron. Bosch supo lo que estaba por venir.

—¡Al suelo!

Se arrojó al suelo, situándose tras el cadáver del perro. Una figura apareció en el umbral de la cocina, y Bosch vio los fogonazos de una pistola antes de oír los disparos. Notó que el cuerpo del perro se estremecía por un impacto dirigido a él y abrió fuego a su vez, atravesando con cuatro disparos el umbral a oscuras. Oyó ruido de cristales rotos y de madera astillándose, seguido por el sonido de una puerta al abrirse y unos pasos que se alejaban corriendo.

No habían llegado disparos de respuesta. Miró a su alrededor y vio a Mendenhall agazapada junto a una estantería llena de libros de cocina junto a la pared.

—¿Está bien? —murmuró Bosch.

—Estoy bien.

Volvió el rostro y contempló el pasillo al otro lado del umbral. Habían dejado abierta la puerta principal; quien les había disparado muy bien podía estar rodeando la casa para sorprenderlos por la espalda. Era imperioso salir de allí cuanto antes.

Bosch se puso en pie de un salto, eludió el cuerpo inerte del perro, se acercó con rapidez al umbral y entró en la cocina.

Llevó la mano a la pared derecha, palpó un instante, dio con una batería de cuatro interruptores y los conectó de golpe. La cocina quedó bañada en luz. A su izquierda había una puerta abierta que daba a un jardín trasero con piscina.

Barrió la cocina con el cañón de la pistola y se aseguró de que no había nadie.

—¡No hay peligro!

Salió al jardín y de inmediato se situó a la derecha, para que su figura no se recortara ante la luz de la cocina. Las oscuras aguas de la piscina centelleaban por efecto de dicha luz, pero más allá todo estaba en sombras. Bosch no veía nada.

—¿Se ha ido?

Bosch se dio la vuelta. Mendenhall estaba a sus espaldas.

—Está ahí fuera, en algún sitio.

Volvió al interior de la cocina para examinar el resto de la vivienda. Al momento vio que de una puerta situada junto a la descomunal nevera de acero inoxidable salía un pequeño charco de sangre, al parecer. Bosch señaló el charco a Mendenhall cuando esta entró en la cocina. La inspectora se situó en posición de disparo mientras Bosch cogía el pomo de la puerta.

Bosch abrió la puerta, que era de la despensa; en el suelo yacían dos cadáveres. Harry reconoció a uno de ellos de inmediato:

era Carl Cosgrove. El otro tenía que ser Frank Dowler. Lo mismo que el perro, ambos habían sido ejecutados con un disparo detrás de la oreja. El cuerpo de Cosgrove estaba encima del de Dowler, lo que indicaba la secuencia de los asesinatos.

—Drummond hizo que Cosgrove llamara a Dowler ordenándole venir a su casa. Se cargó a Dowler en cuanto apareció; ese fue el primer disparo. Luego mató al perro y, finalmente, a su amo.

Bosch sabía que podía estar equivocado en lo referente a la secuencia de los hechos, pero de lo que no tenía duda era de que Drummond había disparado con la pistola del propio Harry. También reparó en las similitudes con el asesinato de Christopher Henderson catorce años atrás. A Henderson también le habían obligado a dirigirse a un espacio reducido en una cocina y lo habían ejecutado con un tiro en la nuca.

Mendenhall se acuclilló y tomó el pulso a los cuerpos. Bosch tenía claro que era un caso perdido. Mendenhall movió la cabeza en señal de negación y fue a decir algo, pero sus palabras se vieron interrumpidas por un estrepitoso ruido metálico que de pronto llegaba por el pasillo.

—¿Qué demonios es eso? —gritó Mendenhall por encima de un estruendo que se hacía cada vez más fuerte.

Bosch miró por el umbral de la cocina y el pasillo hasta la puerta principal que habían dejado abierta.

—¡El helicóptero de Cosgrove! —gritó, encaminándose al pasillo con rapidez—. Drummond es piloto.

Echó a correr por el pasillo y salió por la puerta principal. Mendenhall le siguió al exterior. Casi al momento les llegaron varios disparos que hicieron trizas los revoques y el marco de madera de la puerta. Bosch se tiró de nuevo al suelo, rodó sobre sí mismo y se agazapó tras uno de los grandes maceteros de hormigón que había en la entrada principal.

Asomó la cabeza y vio que el helicóptero seguía estacionado en la pista circular de hormigón, con los rotores girando y ganando velocidad para emprender el vuelo. Miró hacia al puerta principal y vio que Mendenhall estaba rodando por el suelo en el umbral, con una mano pegada al ojo derecho.

—¡Mendenhall! —gritó—. ¡Escóndase dentro! ¿Está herida?

Mendenhall no respondió, pero rodó por el suelo hasta situarse en el interior.

Bosch volvió a asomar la cabeza para ver el helicóptero. La turbina gemía de forma cada vez más ruidosa, y el aparato estaba a punto de alcanzar velocidad de despegue. Aunque la portezuela estaba abierta, Bosch no veía quién estaba dentro de la cabina. Pero sabía que tan solo podía ser Drummond. Sus planes se habían venido abajo después de que Bosch lograra escapar del granero y ahora simplemente estaba tratando de huir.

Bosch se levantó de un salto y disparó repetidamente al helicóptero. Después de cuatro tiros se quedó sin munición, por lo que regresó corriendo a la puerta principal. Se agazapó junto a Mendenhall e hizo saltar el peine de balas.

—Inspectora, ¿está herida?

Metió el segundo peine de munición en el arma y una bala en la recámara.

—¡Mendenhall! ¿Le han dado?

—¡No! Bueno, no lo sé. Tengo algo en el ojo...

Bosch agarró su brazo y trató de apartarle la mano del ojo. Mendenhall se resistía.

—Déjeme ver.

La inspectora apartó la mano. Bosch inspeccionó el ojo, pero no vio nada.

—No le han dado, Mendenhall. Tiene que ser una astilla de madera o el polvo del yeso.

Mendenhall se volvió a tapar el ojo con la mano. Afuera, la turbina en movimiento alcanzó velocidad crítica, y Bosch comprendió que Drummond estaba despegando.

—Tengo que pararlo.

Se levantó y fue hacia la puerta principal.

—Deje que se vaya —instó Mendenhall—. No podrá esconderse en ningún lugar.

Bosch ignoró sus palabras y salió. Llegó a la pequeña rotonda en el mismo momento en que el helicóptero empezaba a elevarse de la pista.

Bosch se encontraba a unos cincuenta metros de distancia, y el helicóptero se zarandeaba de derecha a izquierda en su ascensión sobre las copas de los almendros. Aferró la pistola con ambas manos y apuntó a la carcasa de la turbina. Tenía siete disparos para derribar el aparato.

—¡Bosch! ¡No puede dispararle!

Mendenhall acababa de salir y estaba a sus espaldas.

—¡Sí que puedo, maldita sea! ¡Ese tipo ha estado tirando a matar!

—¡Esto no se ajusta al protocolo!

Mendenhall ahora estaba a su lado, con la mano sobre el ojo lastimado.

—¡Sí que se ajusta a mi protocolo!

—¡Escúcheme! ¡Ese hombre ya no está amenazándole! ¡Lo que está haciendo es escapar! ¡No está defendiendo usted ninguna vida!

—¡A la mierda!

Bosch apuntó alto y disparó tres tiros al cielo en rápida sucesión, con la idea de que Drummond los oyera o viera los fogonazos.

—¿Y ahora qué está haciendo?

—¡Hacerle creer que estoy disparándole!

Bosch disparó tres tiros al aire más, conservando una bala en la recámara, por si acaso. Funcionó. El helicóptero cambió de dirección y se alejó abruptamente de la posición de Bosch, volando por detrás de la mansión para tratar de escudarse en ella.

Bosch se mantuvo inmóvil. Y entonces lo oyó. Un ruidoso chasquido metálico, seguido por el sonido chirriante de un rotor quebrado que giraba fuera de control, proyectándose sobre el campo de almendros, con las aspas segando las ramas como lo harían unas hoces gigantescas.

El tiempo quedó en suspenso durante un milisegundo; pareció como si la turbina hubiera quedado en silencio, lo mismo que el mundo entero. Y entonces oyeron cómo el helicóptero se estrellaba en la ladera situada tras la mansión. Una bola de fuego apareció por encima del tejado.

—¿Qué...? —gritó Mendenhall—. ¿Qué es lo que ha pasado? ¡No ha podido alcanzarlo con sus disparos!

—¡El molino de viento! —gritó él.

—¿Qué molino de viento...?

Bosch fue a la esquina de la casa y vio que la ladera estaba sembrada de humo y pequeños incendios aislados. El aire olía a gasolina. Mendenhall llegó junto a él y, enfocando con la linterna, le precedió en el camino.

El helicóptero había caído desde unos treinta metros de altura, y el impacto lo había destrozado por entero. A la derecha del aparato había un pequeño incendio en la ladera, allí donde el depósito de combustible aparentemente se había soltado y había estallado. Encontraron a Drummond en el interior de la cabina hecha un amasijo de hierros, con las extremidades rotas, el torso en un ángulo inusual y una profunda herida en la frente ocasionada por el metal retorcido por el impacto. Cuando Mendenhall iluminó su rostro, al cabo de un segundo reaccionó y abrió los ojos con lentitud.

—¡Por Dios! Está vivo... —dijo la inspectora.

Los ojos de Drummond siguieron las manos de Mendenhall, atareadas en apartar los escombros que lo cubrían, pero la cabeza no se movía en absoluto. Los labios sí que lo hicieron, pero la respiración de Drummond era demasiado débil para que pudiera emitir un sonido.

Bosch se acuclilló y llevó la mano al bolsillo izquierdo del chaquetón de Drummond, de donde sacó su teléfono móvil y su billetera con la placa de policía.

—¿Qué está haciendo? —dijo Mendenhall—. Lo que tenemos que hacer es buscar ayuda y tratar de salvarlo. Y no puede usted quedarse con nada de cuanto esté en el lugar de los hechos.

Bosch no hizo el menor caso. Eran sus cosas y las estaba recuperando.

Mendenhall sacó su móvil a fin de pedir una ambulancia y más investigadores. Por su parte, Bosch palpó el otro bolsillo del chaquetón de Drummond y notó la forma de una pistola. Su propia pistola, según tuvo claro. Miró a Drummond a la cara.

—Voy a dejarla donde está, sheriff. Para que le encuentren con ella.

Oyó que Mendenhall soltaba un juramento y se dio la vuelta en su dirección.

—No tengo cobertura —explicó.

Bosch pasó el dedo pulgar por la pantalla de su propio móvil, y este volvió a la vida. Parecía haber sobrevivido al accidente. Y la señal indicaba que tenía cobertura. Sin embargo, Harry dijo:

—También estoy sin cobertura.

Se llevó el móvil al bolsillo.

—¡Maldita sea! —soltó Mendenhall—. Tenemos que hacer algo.

—¿Eso le parece? —apuntó Bosch.

—Sí —respondió ella con énfasis—. Es lo que hay.

Bosch fijó la mirada en Drummond.

—Vaya a la casa —indicó a la inspectora—. En la cocina había un teléfono.

—Muy bien. Ahora mismo vuelvo.

Bosch volvió el rostro y contempló a Mendenhall emprender el descenso por la ladera. De nuevo miró a Drummond.

—Por fin estamos a solas, sheriff —repuso con suavidad.

Hacía rato que Drummond trataba de decir algo. Bosch se puso a gatas y acercó el oído a la boca de Drummond. Con voz débil y entrecortada, este dijo:

—No... no siento... nada.

Bosch echó la cabeza hacia atrás y trató de evaluar las heridas de Drummond. Este hizo lo posible por esbozar una sonrisa. Harry vio sangre de color rojo brillante en sus dientes; había sufrido una perforación de pulmón durante el accidente. Drummond musitó algo que Bosch no llegó a entender.

De nuevo acercó el oído.

—¿Cómo ha dicho?

—Había olvidado decírselo... en el callejón... la obligué a ponerse de rodillas... e hice que me suplicara...

Bosch se echó hacia atrás, con el cuerpo estremecido de furia. Se levantó y se apartó de Drummond. Miró hacia la mansión; no se veía a Mendenhall por ninguna parte.

Se dio la vuelta y miró a Drummond otra vez. Bosch tenía el rostro desencajado por la ira. Todos los poros de su piel le apremiaban a la venganza. Se arrodilló y agarró el faldón de la camisa de Drummond. Acercó el rostro y dijo entre dientes:

—Sé qué es lo que quiere, pero no voy a darle ese gusto, Drummond. Espero que viva muchos años de forma dolorosa. En una cárcel. En una cama. En un lugar que huela a mierda y a meados. Respirando por un tubo. Alimentándose por un tubo. Y espero que todos los días tenga ganas de morirse y no pueda hacer una puta mierda al respecto.

Bosch lo soltó y apartó el rostro. Drummond ya no sonreía. Tenía la mirada perdida en el futuro desolador.

Bosch se levantó y se limpió las rodillas de polvo y porquería. Dio media vuelta y echó a caminar ladera abajo. Vio que Mendenhall volvía con la linterna en la mano.

—Ya vienen —informó—. ¿Él...?

—Sigue respirando. ¿Cómo tiene el ojo?

—He conseguido quitarme lo que tenía dentro. Me escuece.

—Haga que se lo miren cuando lleguen.

Bosch la dejó a sus espaldas, siguió bajando por la ladera y cogió el móvil con la idea de llamar a casa.

BLANCANIEVES, 2012

Eran las siete de la mañana en Copenhague en el momento en que Bosch hizo la llamada. Henrik Jespersen no tardó en ponerse al teléfono de su casa.

—Henrik, soy Harry Bosch, de Los Ángeles...

—Inspector Bosch, ¿cómo está? ¿Hay alguna noticia sobre Annelie?

Bosch guardó silencio un momento. Le parecía que Jespersen había formulado la pregunta de un modo extraño. Henrik había hablado con voz entrecortada... esto el esta para la libreta que llevaba veinte años esperando. Bosch hizo el gesto.

—Henrik, hemos detenido al asesino de su hermana. Yo quería pedirle...

—¡Endelig!

Bosch no conocía el significado de aquella palabra danesa, pero le pareció que expresaba una sorpresa rotunda. Se produjo un largo silencio, y Bosch tuvo la impresión de que el hombre se había trasladado a un medio mundo de distancia. Seguramente estaría llorando. Era un comportamiento que Bosch había visto otras veces al zambullirse en persona una noticia semejante. En este caso había pedido autorización para viajar a Dinamarca a fin de informar personalmente a Henrik Jespersen, pero el teniente O'Toole le había denegado la autorización, porque estaba resentido por la zambullida de Mendenhall y la OAP a seguir investigando a Bosch.

—Lo siento, inspector —dijo Henrik—. Como puede ver, soy...

Eran las siete de la mañana en Copenhague en el momento en que Bosch hizo la llamada. Henrik Jespersen no tardó en ponerse al teléfono de su casa.

—Henrik, soy Harry Bosch, de Los Ángeles.

—Inspector Bosch, ¿cómo está? ¿Hay alguna novedad sobre Anneke?

Bosch guardó silencio un momento. Le parecía que Jespersen había formulado la pregunta de un modo extraño. Henrik había hablado con voz entrecortada, como si esta fuera la llamada que llevaba veinte años esperando. Bosch fue al grano.

—Henrik, hemos detenido al asesino de su hermana. Y yo quería pedirle...

—*Endelig!*

Bosch no conocía el significado de aquella palabra danesa, pero le pareció que expresaba tanto sorpresa como alivio. Se produjo un largo silencio, y Bosch adivinó que el hombre situado a medio mundo de distancia seguramente estaba llorando. Era un comportamiento que Bosch había visto otras veces al comunicar en persona una noticia semejante. En este caso había pedido autorización para viajar a Dinamarca a fin de informar personalmente a Henrik Jespersen, pero el teniente O'Toole había denegado la autorización, porque estaba resentido por la negativa de Mendenhall y la OAP a seguir investigando a Bosch.

—Lo siento, inspector —dijo Henrik—. Como puede ver, soy

un hombre que se emociona con facilidad. ¿Quién es el asesino de mi hermana?

—Un hombre llamado John James Drummond. Ella no le conocía de nada.

Henrik no respondió, así que Bosch explicó:

—Henrik, es posible que algunos periodistas traten de hablar con usted sobre esta detención. En su momento hice un trato con un periodista del *BT* de Copenhague. El hombre me estuvo ayudando en la investigación y voy a llamarle después de hablar con usted.

De nuevo se produjo un silencio.

—Henrik, ¿me está...?

—Ese hombre, Drummond. ¿Por qué la mató?

—Para congraciarse con un hombre y una familia con mucho poder. Mató a su hermana para encubrir otro crimen cometido contra ella.

—¿Este hombre ahora está en la cárcel?

—Todavía no. Está en un hospital, pero pronto van a trasladarlo a una cárcel.

—¿En un hospital? ¿Es que usted le disparó?

Bosch asintió con la cabeza, en señal de la emoción que había detrás de la pregunta. Una emoción que se llamaba esperanza.

—No, Henrik. Drummond trató de escapar en un helicóptero y se estrelló. Nunca más va a volver a caminar. Tiene la columna vertebral destrozada. Los médicos creen que está paralizado del cuello para abajo.

—Me parece bien. ¿Cómo lo ve usted?

Bosch no vaciló en responder:

—También me parece bien, Henrik.

—Dice usted que ese hombre consiguió poder al matar a Anneke. ¿Cómo es eso?

Bosch estuvo resumiéndoselo todo durante los quince minutos siguientes. Quiénes eran los hombres implicados en aquella conspiración de silencio y qué era lo que habían hecho. El crimen de guerra al que Anneke hiciera referencia. Terminó por explicar el último giro que la investigación había dado, las muertes de Banks, Dowler y Cosgrove, la ejecución de las órdenes de registro de las dos fincas y el almacén que Drummond tenía en el condado de Stanislaus.

—Encontramos el diario en el que Anneke anotaba los pormenores de su investigación. Una libreta. Drummond pidió que se la tradujeran tiempo atrás. Parece que usó varios traductores para diferentes partes de manera que nadie se pudiera enterar de la historia al completo. Era policía y seguramente dijo que era para un caso que estaba investigando. Contamos con esa traducción. El diario empieza por referir lo que sucedió en el barco, al menos lo que Anneke recordaba. Sospechamos que su hermana tenía guardado el diario en la habitación del hotel y que Drummond fue allí y se apropió de él después del asesinato. Era uno de los recursos de que disponía a la hora de mantener bajo control a los demás hombres del barco.

—¿Puedo quedarme con ese diario?

—Ahora mismo, no, Henrik, pero voy a hacer una copia y se la enviaré por correo. El diario se utilizará como prueba en el juicio. Es una de las razones por las que le llamo. Voy a necesitar muestras de la escritura de Anneke para certificar la autenticidad del diario. ¿Tiene alguna carta de su hermana o cualquier cosa escrita de su puño y letra?

—Sí, tengo varias cartas. ¿Puedo enviarle unas copias? Esas cartas son muy importantes para mí. Es todo cuanto me queda de mi hermana, aparte de las fotografías.

Esa era una de las razones por las que Bosch había querido ir a Dinamarca para hablar en persona con Henrik. O'Toole había tachado su iniciativa de despilfarro, de un intento por su parte de tomarse unas vacaciones pagadas con el dinero de los contribuyentes.

—Henrik, tengo que pedirle que me deje los originales. Los necesitamos porque el grafólogo necesita comprobar la puntuación, la forma de hacer hincapié en determinadas letras, ese tipo de cosas. ¿Le parece bien? Prometo devolvérselo todo intacto.

—No hay problema. Confío en usted, inspector.

—Gracias, Henrik. Voy a necesitar que me las envíe cuanto antes. El primer paso en el juicio es lo que llamamos la comparecencia ante un gran jurado y necesitamos autentificar la escritura antes de sacar a relucir el diario. Y una cosa, Henrik, el fiscal asignado al caso es una persona muy competente. Me ha preguntado si estaría usted dispuesto a venir a Los Ángeles para asistir al juicio.

Se produjo una larga pausa, antes de que Henrik respondiera:

—Tengo que ir, inspector. Se lo debo a mi hermana.

—Es lo que pensaba que diría.

—¿Cuándo tendría que ir?

—Lo más seguro es que aún pase algún tiempo. Como he dicho, el primer paso es el gran jurado, y lo normal es que haya retrasos.

—¿Cuánto tiempo?

—Bueno, el estado físico de Drummond seguramente va a retrasar las cosas un poco, y su abogado... En nuestro sistema judicial, los culpables siempre tienen muchas oportunidades para retrasar lo inevitable. Lo siento, Henrik. Sé que ha estado esperando mucho tiempo. Le mantendré informado sobre...

—Ojalá le hubiera disparado. Ojalá lo hubiera matado.

Bosch asintió con la cabeza.

—Entiendo lo que dice.

—Tendría que estar tan muerto como los demás.

Bosch pensó en la oportunidad que había tenido en la ladera, cuando Mendenhall lo dejó a solas con Drummond.

—Entiendo —repitió.

La respuesta fue el silencio.

—¿Henrik? ¿Sigue ahí?

—Lo siento. No cuelgue, por favor.

El otro se retiró del teléfono antes de que Bosch pudiese decir nada. De nuevo se lamentó por no poder hablar personalmente con el hombre que había sufrido una pérdida tan enorme. O'Toole le había espetado que Anneke Jespersen llevaba veinte años muerta, que el tiempo había pasado y que no había razón para costearle el capricho de viajar a Copenhague para notificarle personalmente al hermano de la muerta la detención de su asesino.

Mientras aguardaba a que Henrik se pusiera otra vez al teléfono, Bosch levantó la mirada por encima del cubículo, como un soldado que asoma los ojos por la trinchera. O'Toole estaba en la puerta de su despacho, contemplando la sala de inspectores como si se tratase de un terrateniente que mira su finca. O'Toole lo veía todo en términos de números y estadísticas. No tenía ni idea del verdadero trabajo de sus subordinados. No tenía ni idea de la misión que cumplían.

Los ojos de O'Toole fueron a posarse en los de Bosch; se sostuvieron las miradas un momento. Pero el más débil terminó por ceder. O'Toole se metió en su despacho y cerró la puerta.

Mientras estaban en la ladera esperando la llegada de la ambulancia y los refuerzos policiales, Mendenhall le había confiado a Bosch algunos secretos de la investigación. Sus revelaciones sorprendieron e hirieron a Harry. O'Toole simplemente había estado aprovechando una oportunidad para meterle presión a Bosch, pero en realidad el teniente no había elevado la queja. La había elevado Shawn Stone, en San Quintín. Stone aseguraba que Bosch había puesto su vida en peligro al hacerle ir a una sala de interrogatorios, argumentando que los demás presos podían pensar que se había convertido en un soplón. Mendenhall explicó a Bosch que, tras hablar con todos los interesados, su conclusión era que a Stone le movían más los celos que sentía de Bosch por la relación de este con su madre que la posibilidad de ser etiquetado como un delator. Lo que Shawn se proponía con su queja era poner trabas a la relación entre Hannah y Harry.

Bosch aún no había hablado con Hannah del asunto y no estaba seguro de cuándo iba a hacerlo. Tenía miedo de que su hijo, con el tiempo, fuera a salirse con la suya.

Lo único que Mendenhall no le reveló a Bosch fueron sus propias motivaciones, pues se negó a explicar qué le había llevado a abandonar su territorio habitual a fin de seguir a Harry; tenía que contentarse con agradecer a la inspectora la ayuda que le había prestado   .

—¿Inspector Bosch?

—Sí, Henrik.

Se produjo un momento de silencio mientras Henrik trataba de poner en orden sus pensamientos.

—No sé cómo explicarlo —dijo finalmente—. Pensaba que todo esto iba a ser distinto, no sé si me entiende...

Tenía la voz llena de emoción.

—¿En qué sentido?

Otra pausa.

—Llevo veinte años esperando esta llamada... Y durante todo este tiempo me he estado diciendo que desaparecería. Sabía que la tristeza por lo que le había ocurrido a mi hermana nunca iba a desaparecer, pero pensaba que lo otro sí.

—¿Qué es lo otro, Henrik?

Aunque ya sabía la respuesta.

—La rabia... Sigo sintiendo esa rabia, inspector Bosch.

Bosch asintió con la cabeza. Contempló el escritorio, las fotos de las víctimas bajo la cubierta de cristal. Casos y rostros. Sus ojos se trasladaron de la foto de Anneke a las demás; eran casos que aún no había podido resolver.

—Yo también, Henrik —dijo—. Yo también.

AGRADECIMIENTOS

El autor quisiera expresar su gratitud y reconocimiento a quienes le han ayudado en la documentación y escritura de esta novela. Entre ellos se cuentan los inspectores Rick Jackson, Tim Marcia, David Lambkin y Richard Bengtson, así como Dennis Wojciechowski, John Houghton, Carl Siebert, Terrill Lee Lankford, Laurie Pepper, Bill Holodnak, Henrik Bastin, Linda Connelly, Asya Muchnick, Bill Massey, Pamela Marshall, Jane Davis, Heather Rizzo y Don Pierce.

La música de Frank Morgan y Art Pepper también ha sido de incalculable inspiración. Muchas gracias a todos.

Francisco González Ledesma, *Una novela de Méndez*, 2007
I Premio RBA de Novela Negra, 2007

El comisario Ricardo Méndez ...

Andrea Camilleri, *La muerte de Amalia Sacerdote*, 2008
II Premio RBA de Novela Negra, 2008

Michele Caruso, director de la RAI ...

Philip Kerr, *Si los muertos no resucitan*, 2009
III Premio RBA de Novela Negra, 2009

Un año después de abandonar ...

Harlan Coben, *Alta tensión (Live Wire)*, 2010
IV Premio RBA de Novela Negra, 2010

Bolitar siempre ha soñado con ...

Patricia Cornwell, *Niebla roja* (SN, 161)
V Premio RBA de Novela Negra, 2011
La doctora Kay Scarpetta se encuentra ante una difícil encrucijada: la resolución lógica de una serie de brutales asesinatos que está cometiendo una retorcida mente criminal en Savannah (Georgia) y su instinto de mujer, que le dicta normas que van más allá de las pruebas imputables y de la ciencia forense.

Michael Connelly, *La caja negra* (SN, 236)
VI Premio RBA de Novela Negra, 2012
¿Qué relación puede guardar un asesinato reciente con un crimen acontecido dos décadas atrás? El inspector Harry Bosch debe plantearse dicha pregunta cuando, por alguna extraña razón, la investigación de un homicidio le hace regresar a la peor época que recuerda de su larga trayectoria profesional: las revueltas raciales que arrasaron Los Ángeles en 1992.